有澤晶子著

見立の文化表象

中国・日本――比較の観点

研文出版

〈装丁の図版〉

「蘇州」東山魁夷画（著者所蔵）

まえがき

　現代において、日本の伝統文化や行事としてあたりまえにすごしている日常の基底には、過去の文化受容の記憶が取り込まれている。だがその表象は複雑だ。変容し、単純な積み重ねではない淘汰と新生を繰り返しながら、間断なく変化していく複合的な現象として今日を形づくっているからである。歴史的な知識や好奇心がなければ日常の中で疑問を抱くことも気づくこともないだろう。だが、今日の立脚点を考える時、歴代の人々が何を考え、文化を創り出していったのか、それは意識的あるいは無意識的にせよ無視することはできない。

　文化を読み解く鍵は様々ある。鍵とは視点、観点である。任意に定めた特定の方向から対象とする国や民族の表出した文化現象に焦点をあてる。それによって全体を網羅することはできないまでも、今まで見えなかったものが姿を顕してくる。何を観点とすれば、文化変容を経た日本的の「的」なるものを紐解き、文化を創造してきた人達の智慧や想いの琴線を現前に躍動するものとしてとらえることができるのか。模索の末、「見立の文化」を比較の観点に据えた。文化表象を読み解くことによって、常に解釈や価値や位置づけを変えながら、新陳代謝をくり返すようにおこなわれてきた受容・変容・創造にかかわる歴史の記憶、時代の記憶、それを形成する個々人の記憶の遺産を探究できる時空を越えられる方法であると考えた。

　「見立」という言葉は、多様性をもった概念である。上代ではミタツという動詞として「適当な場所を見定めて立てる」という文字通りの意味でつかわれており、その後、熟成したことがうかがえる。選定すること、病気を診断すること、予測することなどと一般的に使われ、一方で、あるものを他のものに擬(なぞら)えるといった文化の表現手法としても多様される。ことに、日本の近世文学・文化においては術語として用いられる。たとえば鈴木春信による見立絵は一枚の絵に、物語の典故が見事に盛り込まれ秀逸である。その場合、何も知らなくても鑑賞は成立するが、一つ一つが何を見立てているのかを知って見ると、その受け取るものの妙趣は一変する。あるいは、より広義な意味で、隠喩や直喩、もどき（擬）がある。狭義であっても広義であっても、そこには、知識や記憶に関する個々の体験や感性の投影が存在している。

したがってここでの「見立」は、「文化変容の記憶を凝縮した象徴を読み解く方法」という意味で用いる。いわば文化変容の探求装置といったものである。つまり見立はその褶曲し複雑に張り巡らされたネットワークのような構造となった文化へ切り込む方法であり、何かのきっかけでそれは反応してその存在を浮き上がらせてくれるのである。以前、北京の恭王府で数年暮らしたことがある。今は博物館になってしまったが、九十九間半と呼ばれた楼閣には美術や演劇など様々な文化領域の研究拠点があり文人研究には欠かせない場所だった。夜は人もいなくなり、皓々と月光が中庭の梨の木を闇から浮かびあがらせた。そこに昔の文人の姿を夢想したことを今も鮮明に思い出す。日本と中国の文化関係における密度は濃く範囲は膨大である。表現に托された情念やその特徴、美的感覚を言葉によって理路整然と解き明かすのは困難を伴う。それは、それぞれの時を生きた人々がどのように文化を創造し日常の中で育てていったのか、時空をこえてその世界観を現代と結びつけようとする無謀な試みでもある。

本書であつかう範囲は五つの領域に限定した。異なる領域で、中国と日本それぞれの文化の記憶を考察し、「的」に結実するまでの文化の変容過程を探求する旅である。何かの発見ができる旅となれば幸いである。

見立の文化表象

中国・日本――比較の観点

目次

まえがき……1

見立の文化表象

中国・日本——比較の観点

第一章
中国園林の表象

可園　蘇州園林

一　庭を見る視点

庭園を作った当時のまま保存することは物理的に難しい。だが現存する庭園は各時代を生きた人々による理想の刻印を宿し、後の人はそれを追憶する。庭園は単なる自然の縮小ではない。築かれてきた自然観や美意識をベースにしながら追い求めたイメージや記憶の集積体でもあり、意図的に創り出された世界観をもっている。

現代中国の代表的な研究者で造園も手掛けた陳従周は『説園』(1)で、庭園には静観の庭と動観の庭の別があり、観る人の視点で小さな庭園はもっぱら動かずじっとして観賞し、大きな庭は歩き回ることによって観賞が成立するとした。庭園は「三分は匠、七分は主(あるじ)で、主とはおもに設計する人」(『園冶』(2))とあるように、実際に造園する人と、自身の意図をもって作庭を依頼する所有者の存在がある。静観動観にかかわらず、そこに作り手が如何なる意識を投影させ、いかなるイメージが見立てられているのか。ここではおもに主である作り手が、その庭園にどういった世界観を創り出そうとしたのか、景物としての石や樹木や水は、何を象徴しているのか、現存する拙政園を例にして文献と実景をもとに中国庭園の見立の表象を探りたい。

中国庭園に関しては、田中淡が「中国造園史研究の現状と諸問題」(3)で、日本中国及び欧米を含めた主要な研究成果と問題点とを列記している。さらに『中国古代造園史料集成』(4)では、秦から六朝までの造園に関わった四四六人に関する文献記録が蒐集されている。これにより中国においても空白に近かった造園の歴史の断片がつながってきた。中国庭園の研究成果は間断なく加えられている。しかも、農学、造園学、作庭家といった実践的な立場からの視点、歴史や考古学からのアプローチ、韻文や散文からの読み解き、日本と中国の庭園の比較など様々な領域からの分析を見ることができる。ところが日本に大きな影響を与えた中国古代、中世の庭園は、現存するものがほとんどない。そのため現存する庭園の残る明清時代の研究に偏りがちとなっている。世界遺産として残っている蘇州園林も、できた当初のままではなく、持ち主が変わるたびに大きな改造を加えられ、原型のままではないとされる[5]。

杉村勇造は『中国の庭―造園と建築の伝統』[6]で歴代庭園を網羅的多角的に概説している。その中で、明・清の私家庭園は、『蘇州府志』によると、明代には二七一件、清代には一三〇件もあったことをあげ、蘇州が歴史的にも園林にめぐまれた土地であるとする。宋代には三五七本の橋があり、水の都という立地条件があった。現存する蘇州四大名園とよばれるのが滄浪亭（北宋）、獅子林（元）、拙政園（明）、留園（清代に改造）であり、さらに拙政園と留園は、宮廷庭園である頤和園（北京）と承徳の避暑山荘（河北省）とともに中国四大名園にも数えられる。ここでは最も一般的に知られる私邸庭園の典型である拙政園を中心に探っていくこととする。（中国では庭園のことを「園林」と呼称する。本書では固有名詞、文献名称の他、必要に応じて園林を用いる）。

二　拙政園とその記録

（一）拙政園の来歴

拙政園の造園時期は、明の一五〇九年頃から一五一三年頃とされる。現在の蘇州市東北街一七八号に位置し、面積は五・二ヘクタールで東京ドーム（四・七ヘクタール）の一・一倍にあたる。今は園内では音声ガイドが案内してくれる。図入りの解説としては、劉敦楨著、田中淡訳による『中国の名庭―蘇州古典園林』[7]が造園の特徴についても詳しい。

水の都蘇州

造園のさいの持ち主は明の御史であった王献臣（『明史』巻一八〇）である。官界に失望し官を辞し、故郷に隠居の地を求め、廃墟同然となっていた元の時代に創建された大宏寺があった場所に造った(8)。そこで隠遁の地として大がかりな造園をおこなうわけだから、自己の理想の居場所へ掛ける思いの強さは人一倍であったことだろう。

拙政園はその後、持ち主が次々と変わっていく運命をたどることになる。王献臣亡き後、息子は一夜にしてそのすべてを失い庭園は人手に渡った。この空間を我がものにしたい輩に虎視眈々と狙われていたらしい。似非（えせ）賭博を仕組まれて、いとも簡単に騙しとられてしまったのである。それからの拙政園の命運はまさに満身創痍、切り売りされて三つに分断され所有者を転々とする。

そのうちの東部、今は東園とよばれている部分は、荒廃にまかせていたが、王心一（一五七二～一六四五）が手に入れる。明も末となり国の先行きが不安定な時期、一六三一年に売りに出されていたところを「余は努力してなんとか手に入れた」と『帰田園居記(9)』で語っている。

「余は山や丘を好む質で、風光明媚な場所にであうと、目は釘付けとなり去りがたく、手は勢いを得たように筆を取りたくなり、会得するところも大きい」。王心一は書画を得意とした。市中の山居に山水画の境地を具現化しようとしたことがみてとれる。現在、拙政園の中で最も簡素で、広々とした東園は、王心一のいた当時のままではないが、多少なりともその『帰田園居記』に記した思いをたどることができる。

庭園を手に入れた王心一は、改造にとりかかる。「池に適すこ

拙政園の現在の入り口

の地の土を掘って池となし、高く積んだ土は築山となした。池の上や築山の間は庵を造るに適している」。手に入れてから五年も掛けて一六三五年冬に造園が終わる。それほどに執着したこの庭に「帰田園居」と名づけたのは、王心一の友人で文徴明の曾孫である文震孟だった。はるか東晋の時代の陶淵明が四十二歳のときに詠んだ五言詩「帰園田居」をもじったものであることは明らかだ。「羈鳥は旧林を恋い、池魚は故淵を思う。荒を南野の際に開かんとし、拙を守って園田に帰る。（通釈）かごの鳥がもと棲んでいた林を恋い、池の魚がもとの淵を慕うように、わたしも生まれ故郷がなつかしく、世渡りべたなもちまえの性格を守り通して田園に帰り、村の南端の荒地を開墾しつつある。（「帰園田居・其一後半」[10]）」と詠って、しがらみを捨て田園暮らしに身をゆだねた達観した陶淵明の隠逸への志向は、脈々と受け継がれている。

清の乾隆年間には、中央部が「復園」、西部が「書園」（光緒年間には補園）と分かれ、一九四九年以降に再度一緒になって拙政園の名称に戻った。三つに分かれて主を変えていった庭園は、それぞれに主の意図を反映して造り替えられていった。だが、総合的な表象の意図は共通している。

（二）『王氏拙政園記』を歩く

当時、拙政園のことを記した『王氏拙政園記』[11]は、文徴明の手による。（一五三三年嘉靖十二年、文徴明六十四歳）文徴明（一四七〇～一五五九、『明史』巻二八七）は蘇州画壇では文人画の代表的人物とされ、書や詩文でも名望があった。拙政園を探索する前に、まず、文徴明と王献臣の関わりにふれておこう。文徴明と王献臣との交流は、文徴明三十一歳の一五〇〇年に王献臣が左遷の憂き目にあった時に「送侍御王君左遷上杭丞叙」（『甫田集』巻十六）[12]という詩を送っており、その後も、交情は長く続いている。

『文徴明年譜』[13]によると、一五一四（正徳九）年、文徴明四十五歳の時、「春、王献臣の園池にて飲む、詩あり」とあり、その詩「飲王敬止（字）園池」（『文嘉抄本』）に「座して名園をいつくしみ、水に映った緑をめでる」とある。

この時にはすでに庭園は完成している。さらに事跡をあげてみる。

一五一七年「王献臣に寄せる詩。折しも王献臣の住まう園池はすでに拙政園と名を定めた」。

一五一九年正月二日「雪中、王献臣の拙政園夢隠楼へ登る」。

文徴明は、名声はあっても科挙には意を得ず、五十四歳（一五二三年）で翰林院の職に推挙されて上京し編纂の仕事にあたる。在京の日も浅いうちに、何度も帰郷の希望を出し、三年の任期を経て早々と故郷蘇州へ帰ってきた。そしてこの頃の文徴明のことは、次男の文嘉が「先君行略」で次のように記している。「家に至りて屋敷の東に部屋を建て、玉磬（ぎょくけい）山房（さんぼう）と名づく。庭に桐の木が二本あり、一日そこを徘徊して嘯詠（うたう）、人はこれを見て神仙のごとしという」（『甫田集』三十五巻本附録）。その後三十年以上、山房での暮らしが続くが、一五二八年三月十日「王献臣のために『拙政園図』並びに題を描く。王寵の詩もある」。その詩は「会心するに必ずしも郊外にいく必要があろうか……信ずるに山林は市中にあり」（「明文徴明槐雨園亭図一軸」『石渠宝笈』[14]）とあり、市中の山居を理想としている。その三年後（一五三一年嘉靖十年）

文徴明（明）独楽園図並書記（部分）八十九歳一五五八年作　国立故宮博物院

に王献臣のために、「拙政園詩三十詠」を創作する。（文嘉抄本『甫田集』巻十二）[15] 翌一五三二年三月六日拙政園で蘇軾の「洋州園池詩」を臨模している。さらに紫の藤を一株、園内に植えたとある。次の年（一五三三年嘉靖十二年五月十六日）王献臣のために制作したのが『拙政園詩画冊』[16] であった。この画冊について、書画骨董の蘊蓄を記した胡爾栄の『破鉄網』にはこう記されている。「文衡山『拙政園図』の真蹟、絹本、大阪冊子。すべてで三十一景に分けて描いてある。王侍御槐雨（王献臣の官名、槐雨は号）が文待詔（文徴明の翰林院の官名）に一つ一つ依頼してこれを描いてもらったものである。画法は秀でた描写で、書体は四体。どの画も大略が記され短い詩でつながっている。後ろに園記が附されている。いずれも『甫田集』未載である」とあり、また直筆の画冊はその後、私蔵されていたようである。「詩文は雄渾で、画は南北二派を兼ね備え、書は行書、楷書、篆書、隷書の各書体を具え、しかもいずれも重複がない。徴明の多才ぶりがここに結集されている」（『文徴明年譜』）と評される。

『王氏拙政園記』（略称『園記』）は画冊の附録となっている。作庭師のような専門的描写ではないものの、庭園の景観や位置関係が記されている。文徴明による記述に導かれながら散策してみたい。〔（　）は筆者注〕

槐雨先生（王献臣、字は敬止）の住まいは、街の東北区の婁門と齊門の間にある。住まいの地は広く、溜め池がその中央にあり、浚渫（掘削）した。林木で囲み、楼は南側に二層に造って「夢隠楼」と名づけ、堂は北側に造って「若墅堂」とする。堂の前は「繁香塢」、その後ろは「倚玉軒」となす。軒の北は夢隠楼が隣接し、流れを止めて橋を架け、「小飛虹」と名づける。小飛虹を越えた北側は、流水が西へ向かって巡り、岸辺には芙蓉が繁茂し「芙蓉隈」という。また西側の中流には高殿を作り、「小滄浪亭」という。亭の南は長く伸びた竹で陰翳を作る。そこを西に進み水辺に出ると石があって座ることができ、かがめばその水で濯ぐことができ、「志清処」という。ここに至って、水流は北へ折れ、深く広々と広がり、湖のようである。岸辺には美しい木を植え西には柳が多く「柳隩」という。東岸に土を積んで台となし、「意遠台」とよぶ。台の下に石をたて磐となし、坐して釣りができ、「釣磐」という。釣磐に沿って北に進みさらに廻ると、林木が益々深くなり、水の流れは益々清らかで速くなり、水は小沼へと流れていき、蓮をその中へ植えて「水花池」となす。池のまわりに美しい竹が千本植えられて、涼をとることができ、中に亭を設け「浄深」という。浄深を廻って東には柑橘の果樹が数十本あり、亭は「待霜」という。さらに東は夢隠楼にでたあと、高い丈の松が植えてあり、涼しい風がふけば音をかきたて「聴松風処」という。ここから廻って夢隠楼の前にでると古木竹藪があって一休みでき「怡顔処」という。さらに前方を水は東へ巡り、見渡す限りの果樹林「来禽囿」(囿は庭、園の意)がある。囿を過ぎると、桧を縛って囲み幄をなした「得真亭」がある。亭の後ろは「珍李坂」で、その前は「玫瑰柴」(ハマナス)となっており、さらに前には「薔薇径」がある。水の流れが南に曲がって流れるところに岸をはさんで桃が植えられ、「桃花沜」という。沜の南は「湘筠塢」で、さらに南は古槐の大樹が枝を弓なりに広げて陰をつくっており、「槐幄」という。その下手に水流を跨いで小橋がある。橋を越えて東には、竹林の陰翳が見え、楡、槐が蔽い、亭の軒が水面に突き出しているのは「槐雨亭」である。亭の後ろは「爾耳軒」があり、左は「芭蕉檻」である。およそさまざまな亭、檻、台、榭(屋根のある台)はみな水面のほうに正面が向いている。桃花沜の南は水の流れが次第に細くなり、伏流水は南に流れ、百武(不明)を越え、別圃(果樹の植栽)と竹林の間に出たところを「竹澗」となす。竹澗の東は江梅(梅の一種、野梅)百株があり、開花のときは白い花が艶やかで、瑤林(玉のように美しい林)玉樹(仙木)を眺めるようで、

拙政園

「瑤圃」（玉の園、『楚辞』に仙人のすまうところとされる）という。圃の中には亭があり、「嘉実亭」といい、泉は「玉泉」という。

およそ堂が一つ、楼が一つ、亭が六つ、軒、欄干（檻）、池、台、土手（塢）の類が二十三、全部で三十一あり、名を「拙政園」という。

そして王献臣の言葉が引用されている。

「王君（王献臣）がこんなことをいった。『昔、潘岳氏（西晋の潘安仁、二四七〜三〇〇、文才があり美男子の代名詞だったが私怨により刑死した）は仕官したが大成できず、そのため家を築き木を植え庭に水を引き野菜を売った。潘岳は、此れ亦、拙なる者の政を為すなり』といった（潘岳『閑居賦』の一節）。余は役人になって今に至るに四十年がすぎた。同期の者は、あるものは家を盛り立て高官となり、中央官僚にのぼりつめている。それにひきかえ私は地方の一役人にすぎず、老いて官を辞し隠居する。その為せる政とは潘岳の言と同じであり、園の名とすることとした」。このようにこの庭園を造るに至った心情や、命名に関すること等が記されている。文徴明は、「その隠遁の志に寄せ、独り君を羨み、すでに園の景物をことごとく賦になし、またここに記した」とする。作庭の処々にこめた作意や工夫といったことは述べられてはいない。そこで、現風景に投影された意匠をさかのぼって、他の文献などから、拙政園に配された表現に内包される作意をたぐり寄せてみたい。

三　隠逸志向からの表象

（一）山居という場

山居に住まうことへの願望の根底には隠逸志向が秘められている。隠逸志向は、魏晋時代のいわゆる竹林の七賢への理想化と追慕を歴代見ることができる。竹林の七賢の存在が象徴的で、竹林そのものも実態のないものであっても、そこから増幅される印象は小さくない。岡大路は『支那庭園論』[18]で、唐宋の文人が『世説新語』を手に取るものが多く、その第十八「棲逸篇」に「俗界を避けて隠遁せしものに就ての記事を見出す」とし、「棲逸から山水を愛するに通じ、其れが唐宋の時代を経て山居というものに纏められ発展した」とする。実際、『晋書』嵆康伝にいう「竹林の遊」の記載や『世説新語』（第二十三任誕篇）にいう「七人が常に竹林の下に集い、気ままに痛飲して楽しみ、世に竹林の七賢といわれるようになった」の表現は、竹林という場所から喚起される心象風景が、隠逸への憧憬とともに、強く具体的な場所のイメージとして形成されたと考えられる。それは士大夫の理想的生き方や生活のありようにとりこまれ、居住空間としての山居が意識され、さらに仙境に対する希求と結びついて、理想空間としての庭園に投影されていくと見ることができよう。

明の王世貞（一五二六〜一五九〇）は、蘭渓霊洞山（浙江省蘭渓県）に別荘の山居を建てた趙汝邁を尋ねていった時のことを「霊洞山房記」[19]として記している。そこには自然の山の洞や天池泉の水を利用した霊洞山房の様相とともに、次に示す王世貞の心境を知ることができる。

自分の性は山林を愛するが、運命はそれとは相反する方向にある。海の近くに生まれ長らく都市に居住していることを残念に思い、いわゆる市中の山居を作り、「弇山園」と名づけた。山水の景観を備えていたが、来客は引きも切

唐寅（明）山居図（部分）　国立故宮博物院

らず、かえって煩わしさは増し後悔するようになった。人間の造ったものには限界がある。やはり自然の真の山水には及ばない、と自己嫌悪になっていた。そこへ霊洞山房のことを知り、尋ねていく。しかし以下のことに思い至る。「おしなべて園林別荘を造る経済力がある者は、往々にして飲食、道楽、賓客、日常生活の便利さなど様々な享受を欠かせない。だから自然の山居というわけにはいかない。遠く離れた山林に住まう者は、往々にして園林別荘を建てる財力がない。力があって山林に造園したとしても、もし長く留まっていることを厭うようであれば、山林のよさをしっかり味わうことはできない。山居し園林造園の力があっても、多くは文学の士ではなく、詩文を詠ずることもなく時が過ぎ去りすべて過去のこととなっていけば、園の名を長く世人の耳目に留めることはできない」。

ここには都市の喧噪の煩わしさを嫌い山居の静謐を求める心と、不便さや寂しさをかこち、趣味人としての生活や名利を求める相矛盾する心に気づいた王世貞の率直な心情が読み取れる。はたして市中の山居がやはり文人の求めるところであり、都会の喧噪の中で一歩足を踏み入れれば別世界を現前に生じさせる、そんな現実的な空間が求められたのであろう。蘇州に生まれ文徴明と同い年で深い交友のあった唐寅（一四七〇～一五二三）の「山居図」にもそんな願望が投影されている。

(二) 山水画の立体化

文徴明は拙政園図や山水画を描いたが、そこにはどんな考え方が投影されているのだろうか。山水画と庭園の関係を岡大路はすでに次のように指

探幽・都市の山居の様々な仕掛け　獅子林

摘している。「園林構築訣に関する著書は、絵画を以て立った人によって、乃至は画に対して深き造詣と批判力を有する人々によってのみ成し遂げられているという点に注目しなければならぬ」、「園林構築技術というものは絵画に密接なる関係を有するというよりは、画人に非ざれば其の要諦を捉えることができない」とまで述べ、作庭に画人が不可欠であるという姿勢を示している。さらに画論が「園林構築の規範に対して有力なる暗示を与えている」（『支那庭園論』）とする。

宋の郭熙は『林泉高致』「山水訓」[20]で次のように記し、また代表作「早春図」により表現している。

「山はいきものである。……水は山のいわば血流であり草木は毛髪で、烟雲は風采である。故に山は水を得て活き、草木を得て華やかに、烟雲を得て秀媚となる。山は水の顔面であり、亭樹は眉目であり……故に水は山を得て媚に、亭樹を得て明快に、（略）……これが山水の布置である」。

こういった山水画の要訣は、庭園にも通じるであろう。つまり庭園の作意は自然の風景の再現ではなく、意志的に隠逸の環境に近づけることにある。あるいはその理想に浸ることのできる山水画の世界を庭で再現することにある。

明代においては「園林築造は漸く造園専門家の輩出となったが、主体は園主の理念と技術の理解によるものであることは、文人、画家の園林が時代をリードしたことによって裏付けられる[21]」とあるように、明代は、個人の意識が強く庭園に反映されている。

郭熙　早春図（一〇七二年作）
国立故宮博物院

一方、造園家の側からの記録もある。庭造りが、住まいの造営から独立して、「造園」という言葉をつかった明末の造園家である計成（字は無否、江蘇省呉江の出身、一五八二〜？）は、その蘊蓄を傾けて『園冶』（三巻）を著す。中国に庭園は多いものの、実際に作る側のために書かれた設計に関わる書物はほとんどなく、『園冶』は作法などが記述された貴重なものとなる。もちろん『園冶』の考え方が、明末になって突如出てきたわけではない。唐、宋、元を経て明に私邸園林が数多く造られるようになる時期を迎える中で、造園技術や考えが集積されたことの反映といえるであろう。『園冶』の最後に、この書は造園の合間に執筆し、息子二人が幼いために知識を伝えることもままならないので、刊行して世に問うたとある。晋陵（現江蘇省常州）の官吏であった呉玄から依頼されて造った東第園、汪士衡の依頼により鑾江（現江蘇省儀征県）に造った寤園、揚州（江蘇省）で鄭元勲の依頼により影園を造園したことが知られるが、いずれも現存しておらず文面から推測するほかない。

計成は造園前の心境を次のように自序に記している(22)。

「私はその地形の最も高いところと、水源の最も低く尽きるところを見、高木が天に伸び、枝が伸びるにまかせて地をおおっているのを見た。そこで私はいった。『ここに園林を造るには、石を高く積み上げるだけですむわけではない。土を掘って地盤を下げ、高木に高低をつけ、山腹に湾曲した根や石を組み込めば、さながら山水画の世界になる。池の傍らの山上に亭台を造れば、その影が入り混じって水に映り、湾曲した深奥な谷と高いところに造る廻廊との美しさは、人をして意思の外に置かしめるであろう』」。そして完成後には、依頼主の呉玄は「門を入ってから出るまで歩くことわずか四里（二キロ）であったが、予は江南の景勝をこの中にすべて収め得たようである」と喜んだ。

環秀山荘の多種多様な漏窓

このように造園家もまた、山水画の理想化した世界を創り出すことを目指したのである。

庭園の全体像として、山水の世界の構築には、細部もまた重要である。それは随所に組み込まれた窓や門で、漏窓（別称は花墻洞、透かし窓）、空窓（くり抜き窓）、洞門（くり抜き門）とよばれる。これらは、「景色を切り取る額縁」となり、「一幅ずつ小品の絵画をつくりあげる」（劉敦楨）常套手段である。採光、通風といった実用上の必要性よりも、この風景を切り取る額縁の見立に蘊蓄が傾けられる。劉敦楨によると、漏窓の図案は幾何学模様と自然界のものを題材としており、その種類は蘇州だけでも数百種をくだらないという。

拙政園の西花園にある「扇亭」は、清末に、豪商張履謙によって造られた。水面に面した位置に、床面も屋根も扇型の形状で、窓洞も扇型に開けられ、風景を切り取る。ちょうど扇型の空窓からは、築山の上に位置し緑の中にたたずむ笠亭が見える。

留園の漏窓・亭内から風景を透かし見る

明末清初にアウトサイダーとして劇作や売文で趣味的生活を送った李漁（りぎょ）（一六一一～一六八〇）は、その文人趣味を文字化した一人でもある。その著『閒情偶寄』[23]で、自分には二つ得意な技能があって、「一つは音楽に詳しいこと、もう一つは園亭を造ること」（「房舎第一」）と記している。そして「窓を作るおもしろさをいえば、借景くらいおもしろいものはなく、借景の方法にのめりこんでしまう。一人で楽しんでいたが、ちかごろは趣味人が増えてきた」（「取景在借」）と吐露し、人が喜んでくれたら自分も嬉しいとして、窓のデザインを図入りで九種類詳述している。

西湖湖畔に住んでいた頃には、船の左右の窓枠を扇型にして、真ん中を開ける。「その中に座っていると、両岸の湖や山の景色、寺や道観、雲煙、竹樹、さらには行き交う樵、牧童、酔客、遊女にいたるまで、人も馬もことごとく扇面の中に取り入れて、我が天然の図画を作る。その景色は時々に変化して一定の形をしていない」。「一日の中に幾千万幅とも知れぬ美しい山水の眺めを現出させて、それをすっかり扇面に取り入れたことになる」。

李漁が楽しんだのは船に作った窓で、走馬燈のような効果だったことがわかる。庭園における漏窓は、見る角度から切り取る景観は変わり、四季の変化によってもそこに切り取られる自然の山水画は変化する。漏窓を額縁に見立てた借景の情趣である。

(三) 石が生む秘境

拙政園の東園は、旧名「帰田園居」とよぶ。その築山は、池を作ったさいにその土を盛ったものである。築山上にはそそり立つ二本の太湖石がある。石は現在も王心一の当時からの姿を受け継いでいる。「池の南には(太湖石の)峰が際立って伸び、雲が樹木のこずえにかかるかのようで、〈綴雲峰〉と名づけ、池の左には対峙する二つの峰が、掌のごとく帆のごとくあり、〈聯壁峰〉という」(王心一「帰田園居記」)。「綴雲峰」は頭部が大きく横に広がり、峰に雲がかかっているその瞬間を見立てている。その他、「帰田園居」では蓮池に周りを囲まれた高殿「芙蓉榭」(芙蓉は蓮の別称)の中にも、いつから置かれたのか不明だが太湖石が配されている。園の入り口にも象徴的に太湖石が立てられている。

太湖石の峰の下方には、洞を作り〈小桃源〉と名づけている。洞内は

扇亭　獅子林

石床、鍾乳洞があり、洞から自分の居室にいたるまでの間に、梅や竹に囲まれた小径や石段を作って、あたかも桃源郷へと通ずる道を創り出していたかのようである。「余は不精者だが、家にいても人間関係のつきあいを免れない」とした王心一は、この密かな空間に身を置いて、古の人々と心を通わせようとしたともいえる。南宋の謝枋得（しゃほうとく）は、宋王朝が滅びて元王朝になった時に、名を隠して武夷山で隠遁をしていたものの、五度も仕官を迫られてはそのたびに断り、ついには強制的に都大都（北京）につれていかれた。それでも節を曲げず、元王朝には仕えぬと絶食して死を選んだ。その詩と同じ句が「帰田園居記」には盛り込まれている。

太湖石といえば、唐の白居易の石好きは抜きんでた存在である。都洛陽に邸宅をもち、造園をおこない『太古石記』を書くなど、石を愛し庭を愛した。杉村勇造は『中国の庭園』の中で「白氏こそはまことに中国造園の祖師」と述べているのも、宋代以降よく登場する太湖石の庭が、白居易以前には見えないことにもよる。

北宋の杜綰（とわん）による『雲林石譜』は、一一六種類の石について図解入りで微細に観察記述し、宋代の愛石家の嗜好をよく表している。「太湖石は最も背の高いもので三・五丈（一丈三・〇三メートル）あり、普通は十尺（一尺三・〇三センチ）くらいで時に一尺ほどのものもある。この石は大きいものだと築山にふさわしく、庭園の花木の中に置くのも

太湖石「冠雲峰」がそそり立つ留園

よい。小さな太湖石は書斎の机上で観賞するのがよい(24)」とする。太湖石に関して、外村中が「明末清初以前の中国庭園における太湖石について(25)」で、代表的史料として六十一件をあげ、太湖石についての蘊蓄は『雲林石譜』の説明がその後も踏襲されていることを示している。

南宋の周密（一二三二〜一二九八）は『呉興園林記(26)』で（呉興は現在の浙江省湖州市で、北側は太湖に接する）南宋末の園林三十六カ所について記している。その中の「南沈尚書園」は尚書の官職を勤めた沈徳和の園で、「聚芝堂」とよぶ建物の前に大池を作り、その中に小山をもうけ「蓬莱」とよんだ。「池の南側に太湖三大石を立てる。それぞれ高さ数丈ある。きわだって艶があり、とりわけそそり立つさまは有名であった」とある。

獅子吼える太湖石　獅子林

網師園（もうしえん）

さらに「兪氏園（ゆしえん）」について、刑部侍郎となった兪子清が大湖湖畔に居をかまえ、その子孫も晩年には園池を楽しんだと記している。その庭園は、「築山の奇たるや天下第一である」と評している。さらに周密は『癸辛雑識（きしんざっしき）』で次のように形容している。「兪子清の胸中におのずと山や谷があり、また画がうまかったので、絶妙にその心を働かせることができた。峰の大小はおよそ百、高いもので二、三丈あり、奇々怪々名状しがたい。峰々の間に、谷川がくねくねと巡り、五色の小石で敷石を積み、そばに引いた清流は、その流れが石にぶつかって水が高いところから下に落ち、さらさらと音を発して、大石の深い淵に注がれる」。

文徴明の曾孫にあたる文震亨（一五八五～一六四五）は、『長物志』(27)の中で、石についての思いを記している。

「石というものは太古の時をよびさまし、水は遠くかなたへ思いを馳せさせる。園林には水と石は不可欠である。その要は水がめぐり石がそそり立ち、一峰の姿が千尋（一尋は八尺、一・八メートル）の華山を思い起こさせ、一勺の水は万里の江湖を想像せしめることにある。また脩竹、老木、怪藤、奇樹が、からみあい繁茂して、蒼い崖、渓谷、碧の渓流、流れる滝、早瀬、深山絶壁の中にいるようである」。

このように庭石という使い方以前に、石に対する強い思い入れがはぐくまれてきた。石に抱く心象は、多様で豊かだ。それはここに吐露される「太古の時代をよびさまし」というように、石は古から続く山水に対する人々の遠い記憶を喚起してくれるからでもあろう。

仇英（明）百美図（部分）国立故宮博物院

太湖石が庭石に用いられ、かなり重きをおかれていたことは、絵画でも知ることができる。文徴明との合作もある仇英の「百美図」には中央にそそり立つ大湖石がある。作者未詳の「明人十八学士図」は、園の中で文人たちが、大湖石、箏、香、茶、将棋を楽しむ趣味人としての様子が克明に描かれている。右の画では太湖石は楊柳の大樹の左にそそりたち、左の画では中央須弥台座に鎮座している。

李漁は『閒情偶寄』「山石」の冒頭で、こう述べている。「書斎で集めた石を鑑賞するのは、もともと本意ではない。巌(いわお)の下に身を寄せ、木石に囲まれて暮らすこともできないため、一巻の画を山の代わりとし、一勺の水を淵の代わりにするのは、いわゆる無聊の極みをなぐさめるためだ。しかし、市中を山林に変え、峰を平地に招き寄せるようなことは、もとより神仙の妙術である。それを人の手をかりて妙手を示したものであって、小手先の技などということはできない。それに、石の山を畳みあげるのは特別の蘊蓄と際立った巧みさが必要なのだ」。

さらに作庭には、「巧みと不細工、雅と俗の別がある。主の選択次第でどちらにでもなる。主が雅な人で巧みなのを好めば、そうなるし、俗な人で拙いものを取り入れるならば、拙くて俗なものができるであろう」という。

「明人十八学士図」　国立故宮博物院

石を書斎の庭園の中の構成要素として用いて作庭するにあたって、石や水を山水に見立てていくには、知識と手腕が必要であり、さらにそれを企画選択する人の力量も表れる、という認識を示している。

（四）仙洞という空間

白壁を満月にくり抜いた円形門を入ると、そこが蘇州の街の中であることを忘れさせてくれる。現在の拙政園の入り口になっている場所は、当時は王心一が「最も幽なるところ」と記した秘やかな空間だったはずである。頭上に「幽に通ずる」という文字を刻んだ円形門をくぐり抜けて中に入る。これは、俗世間から理想郷の別世界へ入るという象徴化された造りを意味している。

「別有洞天」は、西花園の宜両亭と中花園へ通ずる柳陰路曲との間にある半亭（半亭は劉敦楨によると「歩廊と連結され、塀に寄り添って建てられるので半亭とよばれる」）で、「亭は、休憩し、もたれながら景色を眺めるところ」である。この別有洞天の円形にくり抜かれた月洞門からのぞくと深い奥行きを見せてくれる。「円形門はかなりの厚みで、トンネルの効果があり、どちらの方向からも異なる感じで、実際に別世界のようである」(29)といった状況を醸し出す。別有洞天から南は「三十六鴛鴦館」まで、北は「倒影楼」まで、水上にかかる「波形廊」とよぶ長い水廊が走る。水廊は廻廊の一種で、「水源の深さと水面の広さを増幅させて見せることができ

別有洞天　拙政園

る」という効果をもつとされる。水面上に波の形を象った廻廊は水に映って、水の中にまた世界が広がっているように見える。さらにこの水廊は白壁に沿って作られており、花瓣文様の漏窓が連なり、漏窓ごしに隣接する別空間の園林をのぞくことができる。『園冶』の「門窓」の項目でも、「別に一壺の天地あり」とある。別有洞天は、仙境を指す言葉でもあり、ここは道教でいう洞天福地に見立てられた仙境を再現したといえよう。

洞天福地は、陶弘景（四五六～五三六）による『真誥』（巻十一）で、すでに「地中の洞天三十六カ所」が示され、その形状も具体的に記されている。「洞天の内部空間には、いずれも石段があり、くねくねと曲がって門口へと続いており、往来して上下できるようになっている、怱卒（そうそつ）に出入りする者はここが洞天の中だとは全く気がつかないで、あい変わらず自分では外界の道路だと思っている」[30]。

またさらには、北宋の張君房によって体系的に編纂された『雲笈七籤』（洞天福地は巻二十七）にも所収されている。これによって士大夫はその詳細を容易に知ることが可能になったはずで、これらの書の文学に対する影響はすでにしばしば論じられてもいる。

『雲笈七籤』では洞天は十大洞天、三十六小洞天と増えている。それらは場所が特定できないものや、あまり名の知られていないものもあり、また編纂する道教の道士によっても異なるが、『雲笈七籤』は唐の司馬承禎（六四七～七三五）による『天地宮府図』を掲載している。それによると、羅浮山洞（十大洞天の第七、広東省恵州博

波形廊　拙政園

林屋洞は天井部分が平らな鍾乳洞で仙府と呼称

第九洞天・林屋洞の入り口雨洞門　太湖西山風景区

羅県）、南岳衡山洞（三十六小洞天の第三、湖南省衡州衡山県）、廬山洞（三十六小洞天の第八、江西省九江県）、桃源山洞（三十六小洞天の第三十五、湖南省常徳市）などは、歴代詩賦でよく詠まれたり、また道教の聖地となった場所である。福地は七十二ヵ所あり、君山（七十二福地の第十一、湖南省洞庭湖の中の島）、爛柯山洞（七十二福地の第三十、浙江省衢州市）などをあげている。[31]

このように単なる観念の世界ではなく、実際に全国各地の山岳景観地が洞天福地として示されたことで、具体的なイメージを形成することに大きく作用したものであろう。そして、その洞窟に足を踏み入れると、別天地のユートピア、仙境が広がるというイメージが形成され、さらに巡礼すべき聖地となり、修行の空間ともなる。

あるいはまた、「費長房伝」が『後漢書』「方術列伝」をはじめ、『神仙伝』「壺公」などで広く知られるようになると、仙人壺公に導かれ、費長房が丸い壺の口から足を踏み入れたとたんに別世界が広がる「壺中天地」のイメージをより容易にさせる。地理書である北魏の酈道元による『水経注疏』（巻二十一）「汝水」にさえも、「昔費長房が町役人（市吏）であった時、王壺公が壺を腰に下げて市にいるのを見かける。費長房はこれに従い、自ら遠路出向いて、ともにこの壺に入り、仙人の道（仙路）へ消えてしまった」とある。[32]『真誥』（四十巻）にも壺公のことは記載されている。

岡大路は神仙思想と園林の関係について次のように述べている。「神仙思想に現れたる山川海島はそのままの姿に於て思索観賞の対象となり得る許りでなく、それが空想的幻影によって理想化されていくという所に特長を有し」とし、「假山（築山）や選石に種々の名称を附し、自然風致の中に見られるあるがままの形を誇張し空想化していくという趣致的方面にまで展開していくのも、その根源を索(もと)むれば遠くこの神仙思想に胚胎するということにもなるのである。また他の方面にありては神仙思想は老荘と結びつき高踏隠逸の居常を求むるという傾向を帯び、彼の道観が常に山川幽邃(ゆうすい)の地を選んで営まれるというのも畢竟するに這般(しゃはん)（これら）の思想から出発するのであって、それが再転して山居の林泉風致に影響を与えていくものと思う」。これは全体傾向をいったもので、作庭意図全体に対する志向は、細部にもその工夫が表れる。

李漁は、庭園構築に欠かせない築山について、大小にかかわらず「洞」に造り、人が入れるようにして、さらに「水の落ち口を造り、水のしたたる音が、朝となく夕となく、ぽたりぽたりと聞こえるようにしておく」。この中に入ると「六月にも寒さを感じ、ほんとうに奥深い谷間に住んでいる」（「石洞」）と感じられるように造る。そうすれば築山は山中の洞窟に見立てた効果を充分に発揮できる。

園林の配置として、「中国古代の庭園に常用されたところの、大小の空間を転換させる対比の手法」（劉敦楨）が用いられているとされる。それは、小さな中庭から別有洞天の洞の向こうに別の風景が

唐寅　嵩山十景の一景・洞元室　国立故宮博物院

唐代に林屋洞と命名・俗称竜洞
暘谷の門・第九洞天出口

見え隠れし、そこをくぐれば別の空間が広がる「壺中天地」の仕掛けでもある。

　中園の「雪香雲蔚亭」の回りには梅の木など樹木が取り囲む。その亭に入るには白壁に円形がくり抜かれた洞門を通る。その東に小径を進んで橋を渡ると池に面して文徴明による題字「梧竹幽居」の掛かる亭があり、亭の白壁には四方に円洞門がある。「これを通して池を望めば、風景があたかも環のなかに収まったようである」（劉敦楨）とあるように、重なりあって重層的な景色を切り取る。壁に空けられた洞門や漏窓、空窓も、山水画の見立にとどまらず、壺中天地に思いを馳せる視覚的な仕掛けにもなっている。

また、『園冶』「掇山・池山」では、「池に山を配することは園中の第一の景勝である。大なるがごとく小なるがごとく妙境を現出することができる。水際には歩石を配し、小高く嶺を作ったり梁のように横に渡したりする。洞穴を密かに潜ませ、巌の間に水は巡り、連なる峰は霞み、雲間に月光漏れる、その趣は世上の仙境とすることができよう」、「そそり立つ岩山は壁を利用して作る。白壁を紙に見立ててこれに石を絵のように配する。岩は皴文（ひだのある岩）を結び古人の筆さばきのごとき感じを出す。これに黄山の松栢・古梅・叢竹を植えて景を円窓の中に収める」（「掇山・峭壁山」）とある。池に山を配しそこに、掇山の項目であげられている山石池、峰、巒（連なる山）、巌、洞、澗、曲水、瀑布を配して、峭壁山の全体像は、山水画の世界のようであり、その境地は仙境に見立てられる。

　すなわち、これら庭園は、ただ閑居を好んで自然のミニマム版を住まいに作り野趣の悦楽に耽ったのではなく、都会の限られた環境の中にあって、意趣をこらしてその空間を山水画の意境に浸ることができるように、見立の工夫が配され、理想とする空霊の境地、あるいは仙境の幻想を意識的に構築していったものと見ることができよう。

看松読画軒　網師園

複雑な石の表情　獅子林

(五) 船の意象

中園には「香洲」とよばれる固定された「舫(ボウ)」(ふね)がある。つまり「香洲」の楼閣は、二層船室を見立てている。「蘇州の画舫(彫刻・絵画で装飾した船)に似ている」(劉敦楨)とされる。水面に面してその姿が映る。船の先は台、それに続く亭、船の中程は榭(うてな)(屋根付き台)、船尾は閣(高殿)によって構成されている。東西南北の流れが交差するところに突き出る形で配されている。舫の屋根は前後二つの入母屋造りで、拙政園の場合は比例の美しい典型的な例とされる。また、舫の中には「一枚の大鏡があって対岸の倚玉軒一帯の景物を映し出すが、これもまた景観の奥行きを増す一種の方法である」（劉敦楨）という。

石と木でできた固定した「舫」は、拙政園だけのものではない。水に臨んで建てられて「旱船（かんせん）」ともよばれ、水面と調和させるために「必ず水平線を基調とする」ことに注意がはらわれる。池のほとりに位置しない場合は「船庁」とよばれる。

舫には如何なるイメージが投影されているのか、北宋の欧陽脩（一〇〇七～一〇七二）（号は酔翁）による『画舫斎記』（一〇四二年、三十五歳の時に書かれた[33]）から考えてみたい。「官署東側の部屋に、休憩場所を造って《画舫斎》と名づけた。画舫斎の部屋は間口一部屋分、奥行き七部屋分の広さで、筒抜け状になっていて、この部屋に入ると、あたかも船室にいるかのようである。部屋の奥まった暗がりにはその上に穴を空けて明かり取りの窓をつけた。風通しがよすぎるところは、両側に欄干をわたして起ち居の支えにした。この部屋で休む時にはあたかも船上で休んでいるかのようである。外に見える石山は高くそそり立ち、とりどりの草木が両側の庇の下に見え、川の中ほどに浮かんで、両岸の風景を眺めているような好ましい風情である。そこで舫という命名をしたのだ」。

部屋を舫に見立て、窓から見える庭を川の両岸に見立てている。それは単なる好みというのではなく、意図的に造られている。

拙政園

『周易』の卦の象で困難な状況にさしかかっていれば必ず「渉川（川を渉る）」すべしという。思うに舟とは、難関を渡るために用いるのであって、安住するためのものではない。現在私が官署のとなりにこの部屋を作ったのは、休むためであるのに、舟という命名をするのは、理に背いているのではないか」。

そして今まで様々な命の危険にさらされたり、左遷させられるたびに舟で川を渡り、今に至った。その艱難をくぐり抜けてきた経歴を述べ、さらに舟で危険なめにあっている光景を夢にまで見たという。

最後は次のように綴っている。

「もしも危険を冒して利益を求めることなく、罪を犯して自由にならぬという身でもなく、順風満帆舟を進め、堂々と舟の寝床の上にいて一日に千里も奔れるならば、舟の行程も楽しいことではないか。考えてみると自分には暇な時間がない。〈舫〉とは休みための舟のことである。ならば、まずは我が部屋に命名したところで不都合なわけでもあるまい」。

『周易』震下巽上の「卦全体の判断、卦辞（かじ）」として、「益は往く攸（ところ）有るに利あり。大川を渉るに利あり」（この卦が出たら前進してよろしい。冒険をしてもよろしい）とある。これについて欧陽脩より少し後になるが「伊川易伝」（北宋・程頤、号は伊川、一〇三三〜一一〇七）では、「益とは天下に益するの道なり。故に往く攸有るに利あり。益の道以て険難を済（わた）る可し。大川を渉るに利あり。」（益とは天下に利益を与える道である。そこで「往く攸有るに利あり」、前進してよろしいという。益の卦の行き方というものは、危険を渡るのに適している。そのことを「大川を渉るに利あり」という）とする。[34]

舫に見立てた香洲　拙政園

欧陽脩は、今までの危険な状況の乗船とは異なり、今度は公を利するために官職について働いており、何の臆するところもない状態にある。このままこの川を渡っていくべきで、今乗る船は、何のはばかることもなく心配することもない船なのだという意識が投影されていよう。欧陽脩はここでは直接庭園を作ったわけではないが、庭園という空間は、そこには不可欠なものとして存在する。岸辺に見立てた庭園と船に見立てた部屋は自分の心休まる居場所を得たその心情の表出であったのではないか。

石舫　獅子林

＊　＊　＊

拙政園の中でもここに選択した景観は、他の庭園にも共通する意味づけをもっている。時代的な変遷を経てもなお重層的にその考え方を背負っている工夫に焦点をあて、その趣向の中に蓄積された意図や背景を考えてみた。

拙政園は主を転々と変えながら、そのつど新たな主の意図が加わっていった。李漁は「人が住宅を造るのは、読書し作文するのと趣は同じ」とし、みなが名園ばかりをまねするだけで、独創性がなく陳腐なものばかり追いかけた作庭をすることは、人まね文章で新しい文章を作らないのと同じだと批判し、新しい創意工夫を主張した。中国においては古典庭園をそのまま珍重して維持しようとするベクトルよりも、新しい工夫を編み出し常に変化するのを好む傾向が強いともいえる。

にもかかわらず、拙政園を通して見た庭園の表象に見られるように、新しい意匠はそれが全く新たに出てきたのではなく、変わらず希求されてきた古来からの隠逸志向がある。そこには喧噪の中に山居を求め、園林山居でありながら壺中天地の静謐な別世界を構築しようとする意志を見ることができる。そして庭園空間には、石、水、築山をはじめとする構成要素に托した山水の景観が見立てられた。さらには、漏窓、洞門に見立の工夫が重ねられ、理想のイメージが増幅されていったことがわかる。中国庭園はどこをとっても多様な見立に満ちており、いわばイメージの集積体となっている。

ここには時代を超えて共鳴しあう心情があり、古人への共感と自分自身の存在の証を庭園に凝縮させて残していった個々人の姿が見えてくる。のどかに見える庭園の空間は、実は自己の居場所、精神の居場所を堅持する、命を懸けた攻防の一つの形でもあるのだった。

注

（1）陳従周『説園』（中英対照）同済大学出版社　二〇〇三年二月、邦訳書として下記がある。佐藤昌・河原武繁　日本造園修景協会・東洋造園研究会　一九八六年九月

（2）『木経全書』（『園冶』）橋本時雄解説　渡辺書店　一九七〇年一月
佐藤昌『園冶研究』日本造園修景協会東洋造園研究会　一九八六年九月

（3）田中淡「中国造園史研究の現状と諸問題」『造園雑誌』五十一（三）日本造園学会　一九八八年二月

（4）田中淡・外村中・福田美穂編『中国古代造園史料集成—増補哲匠録　畳山篇　秦漢—六朝』中央公論美術出版　二〇〇三年五月

（5）田中淡「中国造園史における初期的風格と江南庭園遺構」『東方学報』六十二　京都大学人文科学研究所　一九九〇年三月

（6）杉村勇造『中国の庭—造園と建築の伝統』求龍堂　一九六六年九月

（7）劉敦楨著、田中淡訳『中国の名庭——蘇州古典園林』小学館　一九八二年七月、劉敦楨『蘇州古典園林』中国建築工業

出版社（一九八〇年）の全訳

（8）呉偉業「拙政園連理山茶」『中国歴代名園記選注』（陳植・張公弛選注）安徽科学技術出版社　一九八三年九月

（9）王心一「帰田園居記」『中国歴代名園記選注』所収

（10）陶淵明「帰園田居」『陶淵明全集』（上）松枝茂夫・和田武司訳注　岩波書店　一九九〇年一月、『陶淵明集箋注』袁行霈撰　中華書局　二〇一一年十一月

（11）『王氏拙政園記』陳植・張公馳選注、陳従周校閲『中国歴代名園記選注』所収　拙政園の創建については『中国歴代名園記選注』では正徳初年までさかのぼれるとし、劉敦楨によると「王氏拙政園記」の記載からの判断では一五一三年になり、王献臣の「拙政園図詠跋」からでは一五〇九年になるとする。

（12）文徴明『甫田集』巻十六　陸暁冬校訂　西泠印社出版社　二〇一二年四月
『甫田集』四巻が文徴明四十三歳の時に編まれ、没後に三十五巻本が版を重ね、それをもとに整理されている。

（13）周道振・張月尊編纂『文徴明年譜』百家出版社　一九九八年八月
文徴明三十九歳の一五〇九年、この頃王献臣は広東の駅丞（宿駅の業務の官吏）から永嘉（現浙江省）知県に左遷となっており、文徴明は王献臣に詩を寄せたとある。翌一五一〇年（正徳四年）王献臣の父親王瑾が亡くなって王献臣は帰郷しており、この頃官を辞したのであろう。三年後文徴明は王献臣からその父親の墓碑を頼まれている。「王氏敕命碑陰記」（『甫田集』巻十八）が残されている。

「王献臣は官を辞して帰郷し志節を曲げなかった」（『姑蘇名賢小記』巻下「徴君国子博士王先生」）ともある。一五〇九年は、文徴明の画の師であり当時の画壇を代表する沈周（しんしゅう）（一四二七〜一五〇九）を喪った年でもある。

（14）『秘殿珠林石渠寶笈三編』国立故宮博物院編　一九六九年
『石渠宝笈』名人巻・文徴明　江西美術出版社　二〇一七年三月

（15）文嘉抄本『甫田集』巻十二　文徴明の次男文嘉による抄本は、欠落が多いとされ、三十五巻本『甫田集』に収録されておらず、『文徴明年譜』記載による。

（16）『拙政園詩画冊』台湾華正書局　出版年未詳

一五五一年（嘉靖三十年辛亥）、文徴明八十二歳のときに、一回目のものを抜粋して新たに十二点の「拙政園詩」入り風景を描いていたとされ、そのうち現存している八枚の拙政園詩画原本がメトロポリタン美術館（ニューヨーク）に所蔵されており、ここに掲載したのはそのうちの画の部分である。

（17）胡爾栄『破鉄網』『藕香零拾』所収　（清）繆荃孫編　中華書局　一九九九年二月

（18）岡大路『支那庭園論』彰国社　一九四三年八月 国会図書館デジタル版、引用にあたっては新仮名遣に改めた。

（19）王世貞「霊洞山房記」『中国歴代名園記選注』所収

（20）郭煕（宋）「山水訓」『林泉高致』周遠斌校注　山東画報出版社　二〇一〇年八月、邦訳書として下記も参照。『東洋画論集』上巻　四賀煌編　中央美術社　一九二六年七月、青木正児訳「歴代画論」『青木正児全集』第六巻　春秋社　一九八三年三月

（21）佐藤昌『中国造園史』（上巻）日本公園緑地協会　一九九一年六月

（22）計成『園冶図説』趙農注釈　山東画報出版社　二〇〇五年五月、上原敬二『園冶』加島書店　一九七二年十月

（23）李漁『閒情偶寄』『李漁全集』第三巻　浙江古籍出版社　一九九二年十月、『閒情偶寄』巻四「居室部」のみ邦訳書として中田勇次郎『文房清玩』三（二玄社　一九七六年五月）がある。

（24）杜綰『雲林石譜』陳雲軼訳注　重慶出版集団　二〇〇九年七月

（25）外村中「明末清初以前の中国庭園における太湖石について」『ランドスケープ研究』五十九（一）日本造園学会　一九九五年八月

（26）周密「呉興園林記」『中国歴代名園記選注』所収、周密『癸辛雑識』中華書局　一九九七年十二月

（27）文震亨『長物志』重慶出版社　二〇〇八年五月　東洋文庫『長物志』一　荒井健他訳注　平凡社一九九九年十二月「石は人を古(こ)にさせ、水は人を遠(えん)にさせる」の注に、「古が世俗からの時間的隔離ならば、遠は空間的隔離」とする。訳は杉村勇造『中国の庭』も参考とした。

（28）『故宮博物院第一巻南北朝～北宋の絵画』日本放送出版協会　概説・藤田伸也　一九九七年十一月

（29）計成『園冶図説』趙農注釈（引用部分は注釈部分）山東画報出版社　二〇〇五年五月

（30）陶弘景『真誥』巻十一　道蔵・太玄部六三七～六四〇、訳文は下記による。『真誥研究・訳注篇』吉川忠夫・麥谷邦夫編　京都大学人文科学研究所　二〇〇〇年三月
（31）（宋）張君房『雲笈七籤』書目文献出版社　一九九二年七月
（32）酈道元『水経注疏』楊守敬・熊會貞疏・段熙仲点校・陳橋驛復校　江蘇古籍出版社　一九八九年六月
（33）『欧陽脩全集』第二冊　李逸安点校　中華書局　二〇〇九年一月
（34）本田濟『易経講座』下　斯文会　二〇〇七年三月

付記

写真は特に明記しないもの以外は筆者撮影による。絵画図版も特に明記しないものは筆者蔵。以下の章でも同様。
本文中に名をあげなかった蘇州私邸園林で写真掲載のものを列記する。
可園：蘇州市城南、宋代には滄浪亭（五代の呉越の頃創建）の一部であった。
獅子林：蘇州市城区、拙政園の南側に位置する。元王朝の一三四二年、天如禅師が浙江天目山獅子岩で修行をしたことに因み、弟子が創建。
環秀山荘：蘇州市城中、唐代金谷園とよばれてから紆余曲折を経て清に王氏宗祠として再建し改名。
留園：蘇州市西北の閶門（しょうもん）外、明代創建で東園とよばれた。一度は廃れるが、清代に石を愛した劉恕が大湖石を集めて改築し、後に劉にちなんで留園と改名。
網師園：蘇州市城区、南宋の創建で漁隠と呼称される。清代に増改築されて改名。

第二章
意図する掌の別天地

九山八海の庭・中央は遺愛石と銘打った須弥台　重森三玲復元
東福寺霊雲院　京都東山

一　創造のひと・重森三玲

京都東福寺の伽藍の一つ方丈の廊下を渡ると、右手に雲海に見立てた白州の上に高低をつけた石柱を配する北斗七星の庭が見える。さらに進むと、視界は急にひらけ、蓬萊、方丈、瀛洲、壺梁の四島に見立てた石組みが、中国の神仙思想の象徴ともいうべき仙境の空間を形づくっている。渦を巻く荒波の白州に林立する個性的な石組みは、悠然とそびえて想像力をかき立て、空想の世界へと誘ってくれる。鎌倉時代に創建された臨済宗の寺に、重森三玲（一八九六〜一九七五）が明確な主張をもって一九三八年につくりあげた八相の庭とよばれる枯山水である。四十路をすぎた三玲が、造園家として一躍世に出て、以後本格的な作庭を始めるステップともなった庭である。その後、二百あまりの作庭をおこなって、「永遠のモダン」といううたい文句で紹介され、日本を代表する造園家となる。「永遠のモダン」という言葉は三玲が自著『枯山水』(1)で、枯山水の名園として知られる竜安寺や大仙院、頼久寺に対して与えた評価である。模倣や定型ではなく、永遠のモダンである庭のみが、永遠に保存される生

重森三玲作・東福寺方丈の八相の庭立面図（部分）
（『日本庭園史体系』第二十七巻より）

命をもっているのだとその庭を評する。庭の生命力の源泉を捉えた三玲は、自らの庭にそれを吹き込もうとした。

三玲はもともと庭の専門家ではない。日本美術学校で日本画を学んでいる。そんな三玲が、いかにして豊かな庭の表現力をもつことができたのか。その要因の一つとして、三玲が日本歴代の庭の表現手法を掌中にし得たことがあげられよう。

それまで日本庭園の研究は、系統的にはおこなわれておらず、各地の庭園は時代が不明なものが多かった。あいまいな伝説や推測はあっても、建築物のように棟札(むなふだ)があるわけでも、仏像彫刻のように銘が刻まれているわけでもない。庭園は自然の造形物から成るので、変化も激しく把握するのは容易ではない。そこで、全国の庭園を調査して系統的に時代別に整理し、『日本庭園史図鑑』として上梓することを企画実行する。だれもがその完成を疑ったという全二十六巻(有光社)を一九三六年からわずか三年間という信じられないようなスピードで完成させ、世に送った。日本全国の庭園六四〇余件をつぶさに調査分析し、そのうち二五一件を詳述するというこの計画は、過去に国の機関や研究所が抱

枯山水様式による八相の庭(南庭部分)　東福寺

きながらも果たせなかった困難な事業であった。

この三年間は、他の仕事は一切断り、「如何なる苦労があっても、完成せずには置かぬ決心」（「緑陰漫筆」[2]）で、睡眠時間も平均三時間半しかとらず、まさに寝食忘れて古庭園の世界に没頭していった。たとえば三万坪ある六義園の調査では、朝から晩まで計測のポールをもって走り回り、普通の人が半月かける実測作業を正味四日で終え、しかも「一石一本何れも明示した図面」を作成している。行く先々で、庭の平面測量図、立面スケッチ図を一木一石に至るまで記し、細部写真をとり、これに基づけば、復元修復がいつでも可能という緻密さをめざした。そうして構築していった庭園年代識別方法は、具体的かつ物象的なので、一読する限りでは無味乾燥に思えてしまうかもしれない。たとえば、平安時代の鑑別では、必要な条件として、池が大きいこと、舟遊式庭園で景勝の地、池は建物の方角へ凸字式、出島が必ずあり、中島は多島式、回遊式をとらない、といったことをあげている。手法に関してはさらに細かい分析がなされる。（「日本庭園の時代鑑別法」[3]）

この一連の調査を通して、庭は自然の材料により構成されるとはいっても時代精神に支配され、時代の形として表れることを確信する。庭は自然の景観をただ再現するわけのものではない。そこには強く人間の主観がはいり、その精神性は象徴化され抽象化されて表出される。こうしてその時代ごとの特徴を識別する基準と、それを象徴的に表現する手法とを手に入れた。

図鑑編集の完成も間近に迫ったころ、三玲は日本の新しい庭園をつくるべきだという考えを表明している。これだけの庭園文化の蓄積をもちながら、現代的で日本的な庭園を新しく創作できないのは、古人に対して恥ずべきことであり、文化史的に見てもあるべからざることなのだ、という強い使命感を抱き実行する。こうして、三玲は時代を超えても生命力をもつ永遠のモダンなる庭をめざして創作していくこととなったのである。

三玲の遺作となった京都松尾大社の庭は、四国吉野川の青石を用い、風に波立つ水を湛えた曲水の庭となった。築山部分は植栽の緑の中に三尊石が組み込んである。平安貴族の雅な遊びを象徴するのが曲水である。ここではそれを越えて新たな生命を吹き込まれ、大胆にうねるデザインは豊かな存在感を示している。一つとして重複することのない三玲の庭園は、日本の庭園文化として象徴表現の粋を集めたものといえるであろう。

二　重森三玲による庭園研究

日本や中国における庭園は単なる自然のミニチュアか否か。

「心にとめて大切に取り扱うものであり、秘すべし秘すべし（重宝也可秘々々）」でしめくくられ、日本最古の作庭秘伝書とされる『作庭記』（作者不詳・平安時代十一世紀末から十二世紀後半頃までに成立）(4) の冒頭には次のようにある。

（（　）は原文の表記）

> 石をたてん事、まづ大旨をこころふべき也。
>
> 一、地形により、池の姿（すかた）に従いて（したがひて）、よりくる所々に、風情をめ□□□（ぐらして）、生得の山水をおもはへて、その所々は□（さ）こそありしかと、思い寄せ思い寄せ（おもひよせおもひよせ）立つ（たつ）べきなり。

これについて重森三玲は、次のように解している。(5)

> ここで「石をたてん事」とあるのは、石を立てるだけのことではなくて、庭を作るということは、という意味である。庭は石を立てるということが中心の美的構成であることから、「庭を作る」ということの代名詞として「石をたてん事」といったのであり、そのことに注意しておく必要がある。

このようにまず、庭園全体のことについて述べたものであるという前提を示している。そして、次の記述について、「生得の山水、即ち生きている大自然の風景を思い出して、その所々には、なるほどと合点のゆく風景を造るべきだと主張している」と読み取った上で、次のようにつづく。

「ここでむずかしいのは生得の山水ということである。これは生きた自然のままの山水ということであるが、生きた山水ということは、対象としての自然ではなく、自己の中に生きて映る自然の山水ということであって、これには上古以来の神と人とを同体のものとして含めた意味があって（以下略）」と考察している。

「生得の山水」に対する三玲の考え方は、これより前に『枯山水』の著でも述べている。「自然美としての景色のみでなく、その上に追加された風情感の上からのみ自然の美を見ているのである」とし、その風情感とは、「自然に対する自我主観を強調することによってのみ、自然の美は存在する」ものだとして主観を強調する。さらに山水について、室町初期以来、中国山水画や画論等の流入によって、「最初は自然への景観に対して山水と称し、後には庭園に対してまでもしだいに山水と称するようになった」「山水画的な庭園が発達し、

滝石組（一）
（平安〜室町）

鹿苑寺（鎌倉）

青女の滝
法金剛院（平安）

光前寺（鎌倉）

古茂池庵（鎌倉）

天竜寺（鎌倉）

保国寺（室町）

願勝寺（鎌倉）

多聞寺（鎌倉）

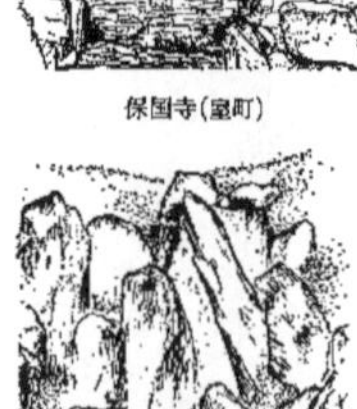
常栄寺（室町）

大仙院（室町）

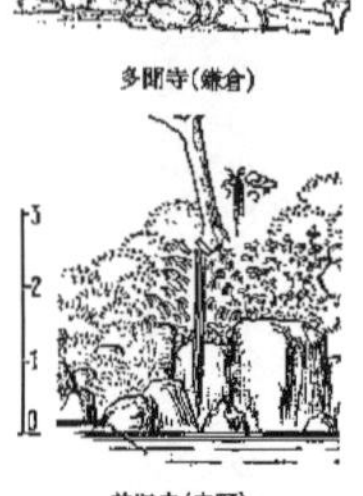
慈照寺（室町）

重森三玲による庭石分析スケッチ『日本庭園史大系』第三十四巻

庭園をもっぱら山水と称することが流行したとみるべきである」とする。

つまり、実際の自然の風景を見ながら造るのではなく、自然の風景を心の中に収めて、そこに過去からの自然に対する思いなども勘案し、自らの心象も投影して作り出すものであるということであろう。こういった作り方は、中国の山水画が、自然の風景を心の中に写し取って、場を換えて一気に描き出す写意表現によることと共通の創作方法をもっていると考えることができる。すなわち庭園は、自らの美的追求を貫いて造っていくものであり、そこに作り手の精神が積み重ねられ、庭は人間の精神世界を象徴した独自の世界観を形成していくことになる。

重森三玲は日本全国三百件の庭園を三年かけて克明に実測調査し、『日本庭園史図鑑』全二十六巻[6]にまとめあげた。その後さらに庭園の分析分類も系統化が進められ、『日本庭園史大系』全三十五巻[7]を著している。こうして三玲は日本庭園の歴史、特性を掌中にし、同時に造園家として作庭にその成果を昇華させている。三玲は、日本庭園の根本概念は象徴主義である、という明確な見方を示している。そして庭園は、各々そのテーマをもち、抽

舟石・無字庵庭園・旧重森邸（重森三玲庭園美術館）京都左京区

象を具現化するものととらえ、それによって現代に展開する表現としての日本庭園の存在を可能にしている。

中国から受容した庭園文化が日本的変化を遂げながら形づくられた枯山水式庭園が、その独自性を鮮明にする後期枯山水（東山時代以降）への変化を三玲は「砂をもって水に代え、石をもって海や山に代え、全く異なった領域の材料によって、別格の庭園を構成して行った…（略）…姿に見えぬ景色そのものを具現化したものであった」（『枯山水』）と解する。庭の見立の質的変化ととらえることができるであろう。つまり、池泉式庭園では海を見立てるに水をもってし、築山と植栽で山を見立てたが、枯山水ではそれが砂と石になった。これにより単なる素材の変化にとどまらず、より抽象的なテーマへと表現の可能性をひろげたのである。

重森三玲に関する研究は、中田勝康『重森三玲庭園の全貌』[8]で、三玲が作庭した庭について、「重森三玲の格闘を記録、証明、考察すること」を目的に、写真つきで非公開庭園も含めて一一三件の庭を作庭順に解説している。このほかに、三玲が実測調査した庭園をどうとらえたかを考察している。これ以外では、三玲の主な京都の庭を紹介する書として『重森三玲』Ⅰ・Ⅱがある。また、建築学会や造園学会等における茶室を対象にする研究や個別のテーマについての研究がなされている。

ここでは、庭園の見立表現の特徴を明らかにするために、三玲の作庭とそこに投影される古典庭園の特徴とを対比させながら検討してみたい。三玲は、「庭は、あくまでも、自然を乗り越えた、別の自然が創作された時にのみ存在する」[9]という。その創作が如何なる意図のもとに作庭されたのか、そしてそれはどの時代の如何様な創作精神に基づいて発展熟成させたものなのか、作庭の根底に流れる見立表現の世界観を明らかにしたい。

庭園は総じて作庭年代やその後の変遷を記録することは稀で、確たる文献資料がない。しかも建造物と同時期に作庭されているとは限らない。そこで三玲は様式、手法によって分類して歴史を推し測っている。三玲は如何なる基準で分類し、庭園の様式と変遷をどうとらえたのであろうか。基本的には、古くからある分類法を参照しながら、「系統的に庭園様式を分類」しようとした。その目的は、体系化や鑑賞のため以外に、「自ら作庭する場合」に有効と考えたからであると明言している。したがって、この庭園研究は、三玲の作庭の基礎となったものということができる。[10]三玲は庭園の様式を、形式、用途、内容によって分けて系統化している。それぞれの時代における庭園の用途は、求める精神に応じて内容が決まり、さらに盛衰を経て複合的な構成が積み重ねられてきた。三玲が全国踏査によって為し得たもので、そこには三玲独自の観察眼や視点がある。分類は単純ではない。たとえば毛越寺庭園（岩手県西磐井郡平泉町）や平等院鳳凰堂庭園（京都府宇治市）などは、配置全体で、極楽浄土に見立てた空間ということで浄土庭園という言い方で類型化されている。三玲の場合は、毛越寺庭園は泮池式（用途様式による分類で社寺様式をさらに細分した呼称）大池泉観賞式（形式的様式分類）で、さらに「舟遊廻遊を含む」という複合的な構造を示し、平等院鳳凰堂庭園は、形式としては池泉様式でさらに舟遊式といった解析をしている。[11]

石組の手法による大別では、内容的分類と景致的分類、さらに実用的なものと三大別している。その内容的分類では、道教的石組、仏教的石組、神道的石組、陰陽石組の四系統に類型化している。さらにこれが時代や作者によって「千変万化」する性質をもっていると考えている。道教的石組に類別される蓬莱などのテーマは時代の求めるところによっており、時代が移るに従って、テーマも変わってくる。「テーマは各々その時代の人々の生活に必然的要素であり、「必然性の無くなったテーマなどは、およそ無意味である」（『枯山水』）と断言している。

すなわち三玲は、庭の実測データに文献資料を補って膨大な蓄積をおこないながら、作庭の表現一つ一つに込められた意味を分析し、表現の分類をおこなって、庭園の過去から現代までの長い歴史の変遷を把握している。三玲の創作は、こういった重層化した構造を掌中にした上で、さらにそれを超えて現代において新たな存在感を示せる作庭を実現しようと意図したものである。

三　三玲の作庭に対する考え方

人はなぜ庭をつくるのか、三玲は自問自答している。人は自然美を再現したがる、ただそれは、「自然の意訳」であって、「超自然的、超現実的、超写実的」なものとなる傾向にあるとする。作庭にあたっては、この千変万化を会得することによって新しい創作ができるのだという認識をもっている。以下、実際の作庭から三玲の作庭意識を探っていく。

（一）松尾大社における作庭

松尾大社（京都市右京区嵐山宮町）は、三玲の遺作となった庭園で、一九七五年に完成した。その由来については、『釈日本紀』『本朝月令』などの記載をあげ、その創建者が秦氏であることを示し、七〇一年に創建（大化の改新で大宝律令制定の年、文武天皇の勅命のもと秦都理によって創建）され、さらに『新撰姓氏録』から、渡来人である秦氏の脈系を示している。

ただし、神社と庭園は本来、無縁であった。三玲は次のように指摘する。「平安時代以降、神社自体に作庭がおこなわれた実例は全くない」(12)。一見、庭園があるように見える境内は、豪族の住居庭園がそのまま利用されたにすぎない。神社が庭園をもたない理由は、元来神社は、「神を斎く場所であり、祈る場所」で、「風流を楽しむ場所」ではないという習俗がある(13)。神社に作庭をおこなうことへの変化は、「松尾大社造園誌」の記載によると明治四年に神職世襲が廃止され、新たに神職が任命されて、宮司が境内に常住するようになり、神社という場所が人を接遇する場の機能をもつようになったことからという。

松尾大社の作庭について、三玲は次のように構想している。「当社の作庭は、この場所に上古の盤座（いわくら）・盤境（いわさか）を設け、社務所西側には平安期としての遣水を中心とする曲水の庭を作り、下方旧池を改造してここに鎌倉期の池庭を設計した」[14]。以下、その詳細をみてみよう。

（1）磐座、磐境の「上古の庭」

これを造る際の三玲の発想は「伝統的な古い時代の庭というものを再現するのではなく、古い時代のものをよく研究することによって、それを参考として、現代の庭を作るべきである。参考にするということは、イミテーションを作るということではない」「古い庭を充分研究し尽した上で、そうした伝統を一切捨て去ることが必要である」（「松尾大社庭園」）とする。捨て去る、とは否定するということではない。この考え方は松尾大社の上古の庭に限ったことではなく、三玲の作庭に対する基本的な姿勢である。それは伝統表現に共通するものでもある。芸能で「型から入って型をでる」という言い方をするように、伝統表現を探求し、その神髄を会得してはじめて伝統を掌中にして伝統に裏打ちされた自分の表現ができるように、三玲の作庭もまた、単なる模倣の段階を超えている。だからこそ、三玲の作庭は、伝統の表象を内包しながら同時にモダンであり得るのだろう。

磐座、磐境については、「この石組みは庭園としての石組ではない。庭園以前のもの」（「琴苔普」三十二）であり、「もとより庭園ではないから、この石組は全く庭園的な石組ではない。殊に盤座は石そのものが神格化されたもの」とある。このように、上古の時代における石への

上古の庭を臨む　松尾大社

信仰の投影をもってこの時代感覚を表現しているのである。

三玲が調査する上古の庭でも、櫛石窓神社（兵庫県篠山市）は、神山としての小山があり、その山頂に巨岩が立つ。「境内に霊巌あり高さ數丈巍然として秀づ（高くそびえ立って秀でる）」と表現される。今は、樹木で岩が山麓からは見えづらくなっているようだ。実際に三玲が見た光景は次のものであり、当時の写真資料からもそれが裏付けられる。「八個の巨岩が神秘そのままに立ち、二個の立石が更にも増して屹立しているし、多数の小石が横石や臥石となって、やや円形に磐境的構成」となっており、神が磐に鎮座し、神聖な領域が意識化されていると認めている。これらは「大部分のものは自然のままであるが、一部の小石は人工によるものと見られる構成」とする。(15)

磐座磐境に関するその他の特徴を、三玲の調査から抽出すると、人工的に移動した立石系のものについて、「決して組み合わされていない点は、後世の庭園石組と大きな差」があり「無技巧的な技巧」であるとする。そして、石に神格を認め、石を神体とした神社を「延喜式神名帳」から一〇三社列記している。(16) 作庭に石がなぜ重要なのかは、こういった古代からの石に対する意味づけが集積した特別な存在であることを身を以て体験していったのである。

上古の庭　松尾大社

（2）「曲水の庭」

中国に始まる曲水の日本における記載が『日本書紀』にはじまることはすでに解説中で触れられている。奈良時代からおこなわれた曲水の宴は、曲水の庭でおこなう詩歌の遊びである。平安時代の庭園の特徴である遣水は、曲水を稲妻形に変形させた意匠で、水は外の川から庭に引かれ池泉に流れこむ。

平安時代の庭園のありようを今に伝える庭としては、前述の岩手県平泉の毛越寺があげられる。毛越寺について三玲は、『日本庭園史大系』一巻に現地調査による詳細を記載している。それによると、毛越寺庭園は、「寝殿造りの発想を持った庭園であり、しかも『作庭記』の影響も見られる」と明示している。

冒頭でもあげた『作庭記』は、中国からはいってきた庭造りが日本風に変化を遂げてきた九世紀末からの平安時代における庭園技法の集大成を見ることができる書とされる。二万字程度の短いものでありながら、日本では最古の造園書と位置づけられている。ただし図はない。書の成立は平安時代後期（十一世紀末～十二世紀後半）で、著者ははっきりしていない。藤原頼通の子、道長の孫にあたる橘俊綱（一〇二八～一〇九四）説もあるが、飛田範夫『「作庭記」からみた造園』[17]はその矛盾を指摘し俊綱より後に書かれたものと述べる。

『作庭記』には、「四神相応の地をえらぶ時、左より水ながれたるを、青竜の地とす。

曲水の庭　松尾大社

（小埜解釈）四神相応の地を選定する時は、南面する建物から見て、左から水が流れているのを青龍の地とする」とし、遣水は建物の東からでて、南へむかわせ、さらに西へ流すべきとする。「遣水のたわめる内ヲ竜の腹とす、居住をそのハらにあつる、吉也。背にあつる、凶也。又北よりいだして南へむかふる説あり。北方ハ水也。南方ハ火也。これ陰をもちて、陽にむかふる和合の儀歟。（小埜解釈）遣水が湾曲する凹の内側を龍の腹とす。住まいをその腹に当てがうのは吉である。背に当てがうのは凶であると。また、遣水を北から出して、南へ流すという説がある。（陰陽五行説からいけば、）北方向は水である。南方向は火である。これは陰によって陽に対抗する和合ということであろう」。遣水を龍に見立て、庭には龍が棲む。そこに陰陽五行を配当させている。

遣水、曲水の宴が催される　毛越寺

　遣水について注目すると、平安京では湧水が豊かで、貴族の館では、水源は廷内からとれた。それができない場合は、外の川の水をひきこんだ。遣水を建物の床下に通し、せせらぎの音を楽しんだという。遣水の形は、「谷川様、山河様、大河様」と、自然の景観に見立てるにも、歌に詠める雅な風情を選択している。自然の風景を写し取り、選び取り「縮小しているところが、自然をそのまま原寸大で写しとるイギリス風景式庭園と異なる点である。中国庭園から学んだ自然を縮小して表現することが、日本の庭園の伝統となって現代にも影響を与えている」と飛田範夫は『作庭記からみた造園』では述べている。ただ縮小しているのではなく、そこにはさらに作り手の選択、意思が込められ、心象に写し取ったイメージ、理想的な世界の構築が存在している。

毛越寺の遣水は、現在は毎年五月に曲水の宴が催されているが、三玲はこの曲水を見てはいない。毛越寺の解説によると、曲水の宴は、一九八六年に「大泉が池」の遣水の遺構が復元されたことを記念して開かれるようになったとされる。三玲による実測図にも遣水はほぼまっすぐに描かれ、現在の曲線上の形状とは異なる。『日本庭園史大系・飛鳥・奈良・平安の庭』で実測した庭園には、曲水の庭はでてこない。「平安期以来の遣水は殆ど残っていない。毛越寺にその址があったり、法金剛院で発掘されたりしたが、羽爵（盃）を渡し得るものではない」と述べている。

大系の中で、このほかに曲水が確認されている例は、室町時代の巻に横岳山崇福寺（福岡県筑紫郡太宰府町）があげられ、室町期までくると、「曲水式の伝統が曲流の形にだけ残って来たもの」という程度になる。さらに、室町期の武将細川高国（一四八四〜一五三一）を中心とした作庭で、曲水宴式の池庭例を五庭示し、「いずれも中国詩歌を愛し、曲水宴を好んだ関係が理解される」と記している。（洛中洛外図屏風にも、細川屋敷の曲水式池庭が描かれていることをあげている）。なかでも、北畠神社庭園（三重県一志郡美杉村）の様式は蓬莱曲水池泉観賞式で、「曲水式意匠は、一種の装飾性を主張した意匠」（重森完途）という。「互いの石と石とが有機的にからみ合って、どの石をも取りのぞくことができないという意匠は、まことに詩的な構成であるといえる」

荒磯に見立てた景観の出島　毛越寺

（完途）と評価される。「豪華な石組意匠」が融合して成り立っている。この種の意匠は、三玲による曲水の創作についてもいえる。このほかに、江戸初期の巻[19]に収められている太宰府天満宮庭園（福岡県筑紫郡太宰府町）がある。本来は平安時代の作庭で、その後江戸初期に改修されたものである。文献としては多くの記載がある。実測図で書かれた当時の場所とその形は、現在復元されている曲水の宴の場所とは異なっているようである。三玲は「遣水は景観の上だけでなく、曲水宴を催す上からは、実用性が強く要求されていることであり、曲水宴が好調であるためには、水流の傾斜に問題」があり、せせらぎが生まれる勾配が不可欠だとする。

松尾大社の曲水は、うねる曲線と流れが強調されて、曲水の存在を主張し、今は過去となった曲水の宴という文化の印を秘めつつ、流水の意象を示している。

（3）池泉廻遊式の「蓬莱の庭」

仏教伝来の影響は作庭の分野にも及んでいる。これについて三玲は、庭園が仏教化したのではなく、「神と仏と、延命の蓬莱思想が三重にある」「この時代の庭園が直ちに神・道・仏の三教一致的なものとして成立」したと述べている。それは「中島の配置等には、上代の神池神島の影響が多く、多島式の

蓬莱の庭　松尾大社

ものには蓬萊式の影響が多く、石組などの細部的なものには仏教的内容が見られる」（「飛鳥・奈良・平安時代庭園の様相」）といった形態をとって現れると分析している。池の形態は「蓬萊思想による蓬萊、方丈、瀛洲、壺梁等の多くの中島を設けることが典型化」と、この時代の特徴を特定している。それは上代の神池神島と神仙思想の蓬萊島とが混合することによって移行を容易にしたとする。平安時代には、作庭を「石を立てること」と言うほど石組は作庭の中心であったと三玲は言う。『作庭記』は石に特に関心が高い。なぜ石組を重視するのか、それは庭園において、地割りや植栽は時とともに変化してしまうのに対し、石組は「永遠不滅」で、「作者の当初の作成意図がそのまま伝えられている」ためという。平安時代は、池泉には舟遊がつきものだった。過渡期には舟遊と廻遊が兼用の形態となり、鎌倉室町の時代になると、舟遊はなくなって廻遊だけとなる。その場合、優雅な大和絵的意匠と北宋山水画の墨画的なものの二つの風格に分かれるという。

以上のように、三玲は、本来庭のない松尾大社に、奈良、平安、鎌倉、室町それぞれの時代を象徴する庭園の表現を用いながら、総体として斬新な現代の庭園を作り上げた。それは、闇雲に選択したのではない。各時代の表現の精神から、人間共通の精神へと昇華させ、美的表現として抽象化させることによって成し得た作庭であったといえよう。

(二) 石像寺庭園の作庭

石像寺（兵庫県丹波市市島町）は六五五年に創建されたとされる曹洞宗永平寺派の寺院である。寺院には江戸時代に作られた庭があったと三玲は記している。[20] ここに一九七一年から翌年にかけて作庭をおこなっている。寺の背後に石蔵山がありその山上に盤座があることから、上代の表現を示すために、作庭にあたっては「四神相応」の庭を設計したとする。四神相応の考え方は、漢代の地理書（作者未詳）『三輔黄図』に次のように記されている。[21]「蒼龍、白虎、朱雀、玄武は天の四霊とし、以て四方を正す。王は宮殿楼閣をつくるにこの法を用いる」（巻三未央宮）。さらに『礼記』に「行軍には朱鳥を前に、玄武を後に、青龍を左に、白虎を右にす」（曲礼）と記される。

また『淮南子』天文訓（前漢）では天上の四神獣を五行に配当している。東方は木で、その獣として蒼龍、南方は火で、その獣として朱鳥、西方は金で、その獣として白虎、北方は水で、その獣として玄武、さらに中央は土で、その獣として黄竜がそれぞれ配当されている。[22] 後漢の墳墓石刻や瓦当には、四神文様の出土品が知られている。王充（二七年～九六年頃）は『論衡』で「天に四星の精があり、それがくだって四獣の体を生じたのだが、血の通っている動物では、この四獣が長なのである」[23]と論じる。このように、天の星座を動物に見立て、それをさらに地上の動物として投影させ、五行思想で方角と色彩に適合させてきた。この概念を、三玲は庭園の上に具現化させていく。日本では飛鳥時代の高松塚古墳（一九七二年発掘）、キトラ古墳（一九八三年発掘）の天文図と四神の彩色壁画がよく知られる。勿論三玲はキトラ古墳に出会うことはなかったが、高松塚古墳発掘は、ちょうど作庭の時期と重なる。

三玲は、東西南北を守護する神としての四神を作庭に反映させようと考える。「この四神相応の庭は、未だかつて、日本庭園の中には出現しなかったのであるから、本庭は日本で最初の四神相応の庭であり、日本庭園史に特筆される一頁を加えたことになる」という認識をもつ。重森完途による石像寺庭園の解説からその表現の特徴を抜粋してみる。

玄武：「亀石組が意匠」「色は黒色の石で、亀頭石・亀尾石・両脚石等があって、やや写実的表現」「甲にあたる部分は伏石」「敷砂も黒砂」。

青竜：「青石の長石で竜の姿を意匠し、苔地の意匠で竜の手足の形態をとった表現」「地表は青砂」。

白虎：「白虎であるから白い石一石で、しかも、虎が吼えているかのような姿の石」「敷砂は白川砂」。

朱雀：「朱雀の石組は、やはり鞍馬の赤石を用いており、鳳凰が羽を広げた形の意匠」「敷砂は、やはり赤砂」。

このように、石でその形を象り、石の色で配当された色を表現している。石による見立表現の具象化により、古代中国から日本の古代に伝わったこの概念を意図的に明示することで、古代人の考え方を想起させる意志的庭園となっている。

（三）東福寺方丈庭園――八相の庭

再び冒頭でふれた東福寺にもどる。東福寺（京都市東山区本町）は臨済宗東福寺派本山、鎌倉末期の一二三九年に創建された。しかしここには庭園がなく、一九三九年に三玲が作庭をおこなった。この年ちょうど三玲は『日本庭園史図鑑』全二十六巻を完成させたばかりで、その詳細な研究の成果が生かされる最初の作庭となっている。

作庭は方丈を囲む東西南北に配し、かつ「永遠に保存されることを条件とする限り、第一に一木一草用いない枯山水が最も適している」[24]として設計をする。それはまた同時に、鎌倉時代を象徴する作庭方法でもある。ただ、三玲の苦心は、伝統ある竜安寺の石庭の模倣にならないことであったという。

東庭には、東司（とうす）の修理ででた余材の石柱の使用を頼まれたことから、ここにその柱を高低を変えて作り出した北斗七星の形状が完成し、その周りは白砂でおおって雲紋を描いている。

西庭には「葛石を二メートル近い大桝形の市松様に敷き」、サツキの刈り込みと白砂で構成して色彩

北斗七星に見立てる　東庭

井田を現出する　西庭

の変化をねらった井田（せいでん）（中国周代の井字形に区画した田）を見立てている。

北庭は敷石の余材の使用を依頼され、これを使って苔地と敷石による小形の市松紋を作り出した。市松紋は江戸初期の作庭家小堀遠州も襖の模様に使っている。桂離宮の壁にも用いられる等、江戸で流行ったデザインである。

中心となる方丈前の南庭は、「平安期大和絵に出てくる網代（あじろ）波式の砂紋を研究」し、それを応用して「蓬莱神仙の感じ」を出したとする。ここの石組は、蓬莱・方丈・濠洲・壺梁の仙境の世界を石組と白砂で表現したものである。

この仙境の表現は、中古以来日本庭園表現に頻繁に用いられる。『史記』には三神山を求めて海へ探しにいったことなどが記されており、その「孝武本紀第十二」に、庭園として造られたことが記載してある。[25] 前漢の武帝（在位前一四一～前八七）は、「渤海に臨んで、蓬莱山やその類の仙山を遙かに望みまつり、神山の異域（原文は殊庭、仙人のいる蓬莱をさす）に至りたいとこいねがった」とあり、都に帰還すると、その前の月に火災で焼けた柏梁台に代わる、より大きな建章宮を建立した。その東には銅製の鳳凰を飾った鳳闕があって高さ四十五メートル余。その西には庭園があり、広さ数百ヘクタールの虎を養う圏（おり）があった。その北には大きな池と高さ四十五メートル余の漸台（ぜんだい）があった。池の名は泰液池。池の中には、蓬莱・方丈・濠洲・壺梁などの島があったが、これはみな海中の神仙の山や亀魚の類に象ったのである。

苔と石によるモダンな市松紋　北庭

『史記』ではこのように四島が描かれている。一方日本の庭園では、蓬萊は頻繁にでてくるものの、この三玲の東福寺のように四島をもれなく表現したものは極めて少ない。

この庭を八相の庭と命名したのは、以上の八景の表現と、さらに、東福寺が釈迦像を安置したことから、「釈迦の八相成道」（衆生救済のための釈尊の生涯を表したもの）で「八種の相を示したことに因んだ」とする。

三玲は自著『枯山水』で枯山水に対する以下の考え方を示している。

「枯山水とは、庭園造形の中にある自然美を、高度に詩訳したものである」。「不可能を可能とする芸術性に徹した」ものであり、「水を象徴的に、又は抽象的に扱う」。「奇想天外な作品」であり、「創意にあふれた永遠のモダンが内在的に発展」でき、「超自然主義に通じる」。「無から有への内容を求める」ものとする。

枯山水という言葉は、専門用語としては『作庭記』にすでにあるが、一般的にいわれるのはずっとあとで、「仮山水」といわれたと三玲はいう。(26)「築山は、大自然の山ではなく、庭園景観を強調する意味から作られた仮の

手前から方丈・蓬萊・瀛洲・壺梁の仙境、奥の築山は京都五山に見立てる　南庭

山であるから仮山といったのは必然の呼称」とする。そこには、枯山水というものの本質がこめられている。枯山水は、精神を庭に投影させた重層構造の典型的表現の一つなのである。

（四）漢陽寺の瀟湘八景

漢陽寺（山口県都濃群鹿野町）は、臨済宗南禅寺派の寺で一三八〇年、室町時代の創建となる。しかしその後は寂れてしまい、一九六五年、三玲が作庭を依頼され、五年の歳月をかけて、まず平安式遣水を作り、それを中心に作庭をおこなうなど、さまざまな要素を盛り込んだ複数の庭園を造っていく。

その中でも、聴流殿という書院の前方に作庭した、瀟湘八景に見立てた庭園は明確な意志をもった庭園である。「聴流殿という名称をテーマとして、水の風景を逆に枯山水としての極端なモダンのデザインによる瀟湘八景の庭として作意したのであった。（瀟湘八景については次の第三章で詳細を記す）それは瀟湘八景が水の景を主題として成立している関係を、ここに見立てたのである」という。[27]具体的には「右方前方の立石附近が江天の暮雪、手前が瀟湘の夜雨、左方手前が山市晴嵐、中央の一石のところが遠浦（浦）の帰帆、堀外の鐘声が遠寺の晩鐘（本来は煙寺）、中央手前が平砂（沙）の落雁、東部の石組附近が漁村の夕照、前方東南部が洞庭の秋月を抽象した」という。

中国北宋の宋迪による山水画から始まる八景は、実際に各地に名所の意識化を促し、また絵画にも描かれる。江戸時代には作庭においで八景を見立てたとする大名庭園は数多く出現することになる。たとえば、小堀遠州（一五七九～一六四七）作庭による孤篷庵庭園（京都市北区筑紫野大徳寺町）では、つぎのように評される。[28]書院風の茶室忘筌室の前庭で、孤篷庵の孤篷は一つの窓を意味し、部屋の障子を篷窓に、書院を舟に見立て、「遠州の故郷たる近江八景の景趣を楽しむようにしている」とあり、「近江八景の抽象的な縮景様式」（完途）とする。また、それは瀟湘八景ともいわれているという。近江八景は瀟湘八景を基にして命名されたもので、その風景も近似したものが選ばれている。ただし庭園の場合には、三玲の作庭の場合のようにそれぞれ個別の風景の現象を明確に対応させたわけではなく、全体として印象風景を見立てたものである。

三玲の場合、動きのある情景を描写するその表現は、「極度に抽象化された枯山水様式」によって、はじめて時代を超えた表現として、象徴的に表し得るものであった。それゆえにその表現の一つ一つに明確な意図と歴史とが凝縮されて托されてもいるのである。

＊　＊　＊

三玲の伝統のとらえ方というのは、伝統が伝統になる前の発展の時代には、いわば最先端の文化であり、モダンであった。だからこそ次の時代にも生き残って伝統となり得たというものである。たとえば、「元来茶の湯そのものがモダンそのもの」であったということから、そのモダンさは型にはまってしまっては死んでしま

雲紋から突き出る竜の角・竜吟庵　東福寺

うと考える。

庭園も同様である。庭園の景物に対しても作者の「意欲を入れて」いくことが現代に伝統を生かしていく方法だという意識をもっている。そのため、飛石は自然石だけでなく形に工夫をこらした切石を用いる。「庭園は自然を本意としたものであると考えているのは、先入的な観念であって、それは大変な誤り」とし、「構成的には実は超自然的である」とする。

三玲の庭園の中でも時代の要素を意志的に抽出して昇華した表現をとりあげてきた。その意匠は、各時代で庭に託された精神性を特化させつつも、現代に生きる表現として明確なテーマを主張している。三玲が心血をそそいだ曲水や四神相応、瀟湘八景といったテーマは、中国から日本に受容されたことは確かである。ところが時代を経るうちにその存在意義が変化し曖昧となっていく。三玲はそれを真正面から向き合って、明確で斬新な表現手法として現代に創出し得たといえよう。東福寺には、毎年秋にだけ公開される庭「竜吟庵」がある。重森三玲の作である。名のごとく雲海の中でうねる竜の様が、枯山水の雲紋の間からにょきっと突き出て想像をかきたててくれる。

注

（1）重森三玲『枯山水』中央公論新社　二〇〇八年十一月　初版は一九四六年に大八洲出版から出され、追補版が一九六五年に河原書店から刊行されている。
（2）重森三玲「緑陰漫筆」『日本庭園史図鑑』月報二十号　有光社　一九三八年五月
（3）重森三玲「日本庭園の時代鑑別法」『日本庭園史図鑑』月報二十五号　有光社　一九三八年十二月
（4）『作庭記』林屋辰三郎校注　『古代中世藝術論』所収　日本思想体系二十三　岩波書店　一九七三年十月　本稿中『作庭記』原典引用はこれによる。ただし、成立年代および作者については、その後の研究によって解釈の異なる注（17）にあげた『「作庭記」からみた造園』によった。
（5）「飛鳥・奈良・平安時代庭園の様相」『日本庭園史大系・飛鳥・奈良・平安の庭』第二巻　社会思想社　一九七四年六月

（6）重森三玲『日本庭園史図鑑』全二十六巻　有光社　一九三六年六月〜一九三九年三月
（7）重森三玲・重森完途『日本庭園史大系』全三十五巻　社会思想社　一九七四年十二月〜一九七六年八月
（8）中田勝康『重森三玲庭園の全貌』学芸出版社　二〇〇九年九月
溝縁ひろし写真『重森三玲』Ⅰ　京都通信社　二〇〇七年九月、重森三明『重森三玲』Ⅱ　京都通信社　二〇一〇年八月
この他『住宅建築』第三七二号（二〇〇六年三月）では「重森三玲邸にみる〈継承と創造〉」という特集が組まれ、京都市左京区吉田上大路町にあり、庭園、書院、茶室・無字庵、茶亭・好刻庵によって構成されている重森三玲邸の紹介と記述がある。中村昌生「〈伝統〉に対する重森美学の斬新さ」、重森三明「美をつなぐ―三玲が夢みたもの」、平山友子「重森三玲の作品に触れ、もっと自由に日本文化を楽しむ」
（9）重森三玲「琴苔普（ちんたいふ）」五『日本庭園史大系』月報五号　一九七一年十二月
（10）「日本庭園観賞要覧」『日本庭園史大系・日本庭園史年表他』第三十四巻　一九七六年七月
（11）「平等院鳳凰堂庭園遺構」「毛越寺庭園（円隆寺址庭園）遺構」『日本庭園史大系・飛鳥・奈良・平安の庭』第二巻一九七四年六月
（12）「松尾大社文献・資料」『日本庭園史体系・現代の庭（五）』第三十三巻
（13）「松尾大社造園誌」『日本庭園史大系・現代の庭（五）』第三十三巻に抜粋所収
（14）「琴苔普」三十一『日本庭園史大系』月報三十一号　一九七五年四月
（15）「櫛石窓神社磐座・磐境」『日本庭園史大系・上古・日本庭園源流（二）』第三十一巻　一九七五年四月
（16）「保久良（ほくら）神社盤座・磐境」前掲書（15）
（17）飛田範夫『「作庭記」からみた造園』鹿島出版社　一九八五年十一月　このほか、小埜雅章『庭師が読みとく作庭記』学芸出版社　二〇一〇年六月、上原敬二編『解説　山水並に野形図・作庭記』加島書店　二〇〇六年七月を参照
『作庭記』は原本がのこっておらず、現存写本で古いとされる谷村本は一二八九年鎌倉時代の年号が記されている。加賀藩主前田家（石川県）所蔵のものだったのが、明治維新のときに市中に出て、金沢の古美術商谷村が購入した。これが『作庭記』写本とわかり、国宝に指定されるに至ったという。

（18）「横岳山崇福寺庭園」「北畠神社庭園」「旧鈴木三郎居館庭園」『日本庭園史大系・室町の庭（一）』第五巻　一九七三年四月
（19）「太宰府神社庭園」『日本庭園史大系・江戸初期の庭（一）』第十四巻　一九七三年一月
（20）「石像寺庭園」『日本庭園史大系・現代の庭（五）』第三十三巻　一九七六年二月
（21）『元本三輔黄図』（一三二八年刻本）『元本東京夢華録　元本三輔黄図』国学基本典籍叢刊　国家図書館出版社、『三輔黄図校釈』何清谷校訂　中国古代都城資料選刊　中華書局　二〇一九年八月、市原亨吉・今井清・鈴木隆一訳「曲礼」上『礼記』上　集英社　一九八〇年九月
（22）劉安『淮南子』上　楠山春樹訳注　新釈漢文大系五十四　明治書院　一九七九年八月
（23）王充『論衡』（物勢篇─「物」の本質について─）大滝一雄訳　平凡社東洋文庫　一九九四年十月
（24）「東福寺方丈庭園」『日本庭園史大系・現代の庭（一）』第二十七巻　一九七一年十二月
（25）司馬遷『史記』二（本紀）吉田賢抗訳注　新釈漢文大系三十九　明治書院　一九七三年四月
（26）枯山水の意味には諸説あり、たとえば、注（17）にあげた小埜雅章『庭師が読みとく作庭記』では、からさんずい、と読み、「水を想定していない所に石が立っている」「水で隠されているべき石の足下が顕れている」それはちょうど裾を「紮（から）げられた状態」であり、紮ぐが「から（枯）」の語原としている。
（27）「漢陽寺庭園」『日本庭園史大系・現代の庭園（四）』第三十巻　一九七四年十二月
（28）「孤篷庵庭園」『日本庭園史大系・江戸初期の庭（八）』第二十一巻　一九七三年九月

第三章

風景の表象としての八景

瀟湘八景の一景・漁村夕照　牧谿（南宋）（33.3×113.3cm　国宝）　根津美術館

一　八景とは

日本には琵琶湖の南側の風景の点景を呼称する近江八景をはじめとして、近年おこなわれた調査によると、全国で四百を越える八景がある。その分布は、沖縄から、北海道まで及んでおり、現在でもまだ増殖中である。八景の原点は中国の「瀟湘八景」である。そこから中国各地はもとより、日本をはじめ、朝鮮半島、ベトナム、シンガポールなど東南アジアにも早くに拡散している。風景に対する視点は、時代により起伏はあるものの、ドラマチックな想像をかきたてさせてくれ、文化現象を誕生させている。

八景に関する研究は、日本、中国において、大きく三つの領域からのアプローチがある。一つには絵画の面から、二つには詩歌の面から、三つには環境学の面からで、これには日本国立環境研究所による日中韓三カ国の共同プロジェクト『八景の分布と最近の研究動向』(1)がある。中国の八景に関する研究も、近年盛んになっている。観光学や地方観光産業の勃興に触発されるかたちで、瀟湘八景の地元である湖南省の大学において、研究プロジェクトが組まれ、その成果として上梓された『探尋古《瀟湘八景》』(2)からも八景の広がりがうかがえる。

八景を題材とした絵画誕生から一千年の時を経てもなお発展的なテーマとして運用され続けられるのは、八景が単なる特定の風景を表現したものではないことを示している。各時代や地域の多様な意識を投影させ、積み重ねていける包括力と拡張できる性質を八景がもっているからに他ならない。その性質とは見立という文化の転換方法が兼ね備えている特性でもある。ここでは八景を、見立の表現方法の一典型としてとらえる。そこには風景画にこめた人間の旅情という時代を超えた意識があり、旅がかなわぬ人にとっての仮想体験としての旅の再現がある。そしてさらにその風景に投影されてきた歴代の人々の足跡や意識を時をこえて共有したいという願望がある。八景の文化ツールとしての機能は何か。中国における現象を探ってみたい。

二　概念化する瀟湘八景

（一）山水画から見る位置づけとしくみ

瀟湘八景の初期の記述で、まず常にあげられるのが北宋の沈括（一〇三一～一〇九五）による『夢渓筆談』にある以下の記述である[3]。

> 度支員外郎の官職にあった宋迪は画がたくみで、とりわけ平遠山水がうまかった。その得意とするものに、《平沙落雁》《遠浦帰帆》《山市晴嵐》《江天暮雪》《洞庭秋月》《瀟湘夜雨》《煙寺晩鐘》《漁村落照》があって、これを〝八景〟といった。物事に深く心を寄せる人は、たいていこれを伝えている。

ただ最後の一文は原文では「好事者多傳之」で、伝えたとは、模写したのか、あるいは宋迪にまた依頼して求めたものか、言葉による伝承なのか、実際の事情はよくわからない。宋迪については、宋の徽宗皇帝時代の宮中所蔵目録『宣和画譜』の宋迪の項目に、「生来、画を嗜み、山水を描くのを好み[4]」とある。内府所蔵として『八景図』『瀟湘秋晩図』などの記載が見えるが、残念ながら現存していない。得意とした平遠山水の構図は、唐代からすでにある空間構図である。三遠の法として明示したのは北宋の郭熙（一〇六八～一〇七七）が『林泉高致』「山水訓[5]」において論じたものである。「山を画くに三遠法あり。山の下から山頂を仰ぐ見方を高遠という。山の前から山の後ろを窺う見方を深遠という。近い山から遠くの山を望む見方を平遠という」とする。瀟湘八景はすべてこの平遠にあたる。その特徴として、「平遠の色は明あり暗あり」、「平遠の風情ははるばるとのびやか」とあり、さらに点景の人物の画き方は、「平遠の場合は淡い」「淡いとは大きくないことである」とする。つまり八景はこういった特徴をもっているということになる。そして重要なのは、八つの画題は、いずれも成語のように四文字で、上の二文字で場所を下の二文字で情景が示される組み合わせとなっており、画題そのものが、幅広い応用力を秘めたものとなっていることである。

（二）見　立

『夢溪筆談』に記された宋迪の事績は、これで終わりではなく、まだ重要な内容が続いているにもかかわらず、たいていの八景に関する論考や紹介は、これ以下を切り捨てている。その記述とは、画家陳用之へ「崩れた壁に絹を張って見る」というやり方を指南した次の内容である。

以前のことになるが、小窯村の陳用之は画をえがくのが巧みだった。迪はその山水画を見て用之にいった。

「君の画は技術はあるが、自然の趣きが欠けている」。

用之はその言葉に深くおそれいりこたえて言った。

「常々昔の人に及ばないと悩んでいた点は、まさにそこなのです」

迪は言った。

「これはむつかしいことではない。君はまず崩れた築牆（つきがき）を探し、白絹を張り広げたら、築牆によせかけ、朝な夕なこれを観察してごらん。久しく観察をつづけていると、白絹を隔てて眺める築牆には高低曲折があり、それがいずれも山水の形象に見えてくる。心にかけて観察していると、高いところが山で、低いところが水、くぼんだところが谷、隙間になったところが澗（たにがわ）、鮮明なところは近景、暗く不明瞭なところは遠景と、心で感じて意識的に覚えこむのだ。すると忽然と人間や動物、草木が飛び出し動き出すさまがはっきり眼前に見えてくるので、すぐに意のままに筆を走らせる。深

遠浦帰帆　伝・牧谿　（32.3×103.6cm 重文）　京都国立博物館

く精神で会得すれば、自然に画境は天の働きに近づき、人為でできるものではなくなる。これを活筆というのだ」。

用之はこののち、画の格調が日ましにあがった。

文中の陳用之（陳用智）は、宋の郭若虚の『図画見聞志』巻三「人物門」(6)によると、画院にいたが、ほどなくして辞めて故郷の郾城（えんじょう）（現河南省）に帰っている。「画に巧みで、仏教、道教、山水、林木、極めて精密」とある。この記述からは宋迪が山水画を描く方法の一端を推し量ることができる。見立てそのものである。だがこれだけ見ると、おざなりな画き方に思え、なぜこれが「活筆」にまでなりうるのかと疑問が湧く。もちろんこれは作画に対する一面をとらえたものに他ならない。そこでこれを、当時の宋代の絵画のありようの上に置いてみる必要がある。

宋の鄧椿（とうちん）による『画継（がけい）』巻六「山水林石」(7)には、陳用之と宋迪のこのやりとりがそのまま挿入されている。そのすぐ後には、八景を画いた画家王可訓のことが記されている。山水画に優れ自ら一派をなした画家と評し、次のように続く。

かつて『瀟湘夜雨図』を作成しようとするも、まことに主題を決め難かった。宋古復（宋迪）の八景は、みな晩景である。その中で、「煙雨晩鐘」、「瀟湘夜雨」は、すこぶる描写するのに骨が折れ、鐘の音はもとよりつくりえない。しかも瀟湘の夜ときたら、これにまた雨というのは、いかなる考えがあってのことか。もしかすると宋古復はまず画いて、その後で

山市晴嵐　玉澗　（南宋）　(33.3×83.3cm　重文)　出光美術館

主題を決めたのではあるまいか。だからおおまかに靄で掩われた薄暗い情景をそなえているに過ぎないのではないか。後の凡庸な画家は、この画題を学ぶに、かがり火でとも綱を照らし、ともしびで船を映し、その浅はかさはお粗末である。描写できないと、かえって照れ隠しでこう言うのだ。「数尺の黒絹を切って室内に張って画いたにすぎないから、その名に見合っているのだ」。王可訓の作品は、いずれもこの欠点はない。

『画継』ではこれ以外に八景の画題を画いた人をあげていないので、批判している問題の画家や画は具体的にはわからない。ただ、ほぼ同時代に宋迪の八景は一気に広まり、同時にこの画く方法もよく知られ、多く画かれたことがうかがえる。八景のモチーフが、初期段階でこのように暗中模索の状態であったことが知れる貴重な辛口批判である。

見立が機能するためには、そこに立意が必要である。立意について、荊浩（唐末～五代）は、「すべて山水を画くには、意が筆を動かすより先にある」（「画山水賦」[8]）とする。書と画は一体で筆法が重んじられ、また、形より意を重んじるようになったことを示してもいる。さらに山水をえがく具体的な景観要素を開示している。

早朝の景色は夜明けを待つ山々が朝靄に包まれ、朦朧と残月がかかる。夕方の景色は真っ赤な太陽が山の端に入り、河岸の舟の帆は巻き下されて大河の渚に見え、道行く人が家路を急ぎ、柴の戸はなかば閉じている。春の景色は霧で煙り、霞が棚引き、水は藍で染めた如く、山は青く色づく。夏の景色は古木が天を蔽い、水は緑色に染まって波もなく、雲を穿つ瀑布、水辺にひっそりとたたずむ亭。秋の景

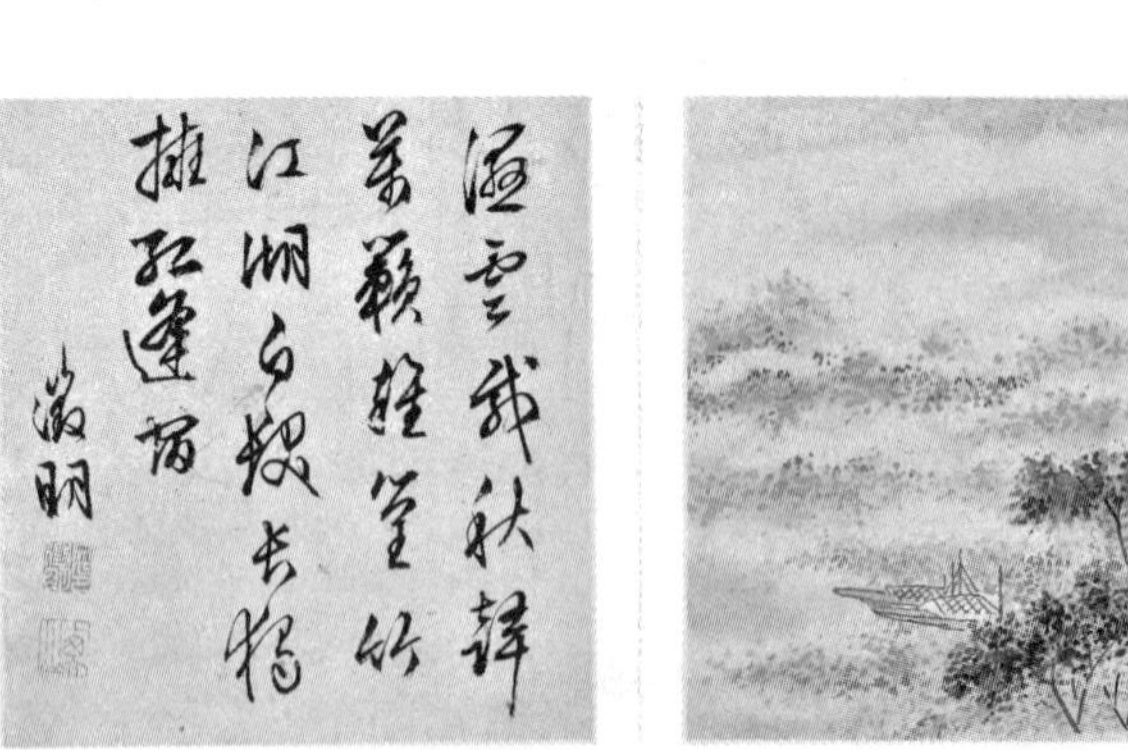

瀟湘夜雨　文徴明（明）　メトロポリタン美術館

色の空は水のように透明で、深い林が重なりあい、雁や鴻(ヒシクイ)のいる澄んだ江湖、蘆でおおわれた干潟の汀。冬の景色は、素材の地の色を雪にしたてる。樵が薪を背負い、漁船は岸により、江湖の水は浅く干潟は平らか。

ここで示される時や四季の景物を抜き出してみる。

早朝―山、朝靄、残月
夕方―残照、山、帰帆、河、渚、行人
春―煙霧、霞、水面、青山
夏―古木、緑水、瀑布、亭
秋―幽林、江湖、雁、鴻、蘆
冬―雪、樵、漁船、干潟

すでに九世紀初頭の五代にはこのように、朝夕、春夏秋冬を象徴させる構成要素を認識としてもっていたことがうかがえる。それは八景の象徴表現とつながる考え方ともいえる。

荊浩はさらに「附　筆法記」(9)で山水画の要訣を記している。まず自身が太行山（現山西省）の洪谷で田を耕し、自然を観察して筆をもって写生をするなど、隠遁の生活を送っていることが明かされる。そしてある日、山中で老人と出会って画について教えを受けた不思議な体験によって得た山水画の極意を述べている。

老人がいう。「そもそも画には六要というものがある。一つ

荊浩画巻（五代梁）　主題は山水（44×479.2cm部分）国立故宮博物院

には気、二つには韻、三つには思、四つには景、五つには筆、六つには墨という」。〔私〕「画とは形の見事さ（華）です。ただ似せて本物を得るのみです。そんな面倒なことなどありえないでしょう」。老人「そうではない。画とは画（劃）るということだ。物象を度り、その真をつかみ取ることなのだ。物の表面からはその形を取り、物の実（内面の美、華の反対語）からはその内面の美を取る。表面だけをとってその物の実とすることはできない。もしも方法を知らなければ、かりに似せることはできても、真を得ることはできないものなのだ」。老人はこのあと六要について語っている。歴代画論を研究した兪剣華は、六朝時代の謝赫による「六法」が人物画を対象としたのに対し、これは山水を対象にしたものと評す。六法と対比してみる。

六要　荊浩	該当する謝赫の六法の記述
一「気」:気とは、心筆に従って運び、象をとらえて惑わず。（解釈）意がすでに筆先に凝縮されて、一気呵成に画く。心が筆を運び、気もそこに宿る。	一に気韻生動:すぐれた精神がいきいきと脈動していること
二「韻」:韻とは、跡を隠して形を立て、姿を残しながら俗にならず。（解釈）技法を露骨には出さずに物の形を表わし、品格も備えている。	
三「思」:思とは、削ぎ落として物の大要を残し、想いを凝らして物を象る。（解釈）構図にあたって取捨選択をして要を明確にする。	五に経営位置:画面を構成すること
四「景」:景とは、時代に応じた規を反映し、その要所を把握して真の姿を創る。（解釈）時代ごとに風俗は異なりその妙所を反映させる。	三に応物象形:対象に応じて形をうつすこと

五「筆」：筆とは、法則によるとはいえど、動きは自在で、形に拘泥せず、飛ぶが如く動くが如く。（解釈）法則を把握しながら自由闊達な筆使いをする。

六「墨」：墨とは、濃淡によって物の高低、奥行き、紋様彩りが自然に表され筆で画いたとは思えないほどの表現。

二に骨法用筆：骨格を形づくる用筆

四に随類賦彩：対象にしたがって色彩をほどこすこと

六に伝模移写：模写すること

この後、山水画を得意とした北宋の韓拙（かんせつ）（一〇六一頃～一一二七頃）は『山水純全図』(12)で荊浩の論も随所で引用しつつさらに展開させている。「古より『画とは画（はか）（劃（はか））るということだ』（荊浩）といわれる。まさしく、画は天地も至らないところを窮め、日月も照らさない物を顕らかにする。極細の筆を揮えば、万物を心中より現出させ、胸中の能力で千里の遠きも掌中におさめる。筆こそは造化をたすけるものではないか」。（「序」）筆を用いて画を画くことの神髄を簡明に言い得ている。

さらに筆について、「そもそも画とは筆である。これすなわち心のうごきでもある。まだ形になる前に模索し、形はその後に得る。黙契のうちに造られる」、「すべて、筆を操る前に、先ず神（こころ）を集中して構想をきめ、目前にその情景を見る。だからこそ意が筆より先にある。そうして書法にのっとって創作を進めれば、その画は心を得、手はそれに応じたということになる」（「用筆墨、格法、気韻の病を論ず」）。

そして山水を画くことについて、「山は林木を衣となし、草を毛髪となし、煙霞を神采（かおつき）（風采）となし、景物を粧飾とし、水を血脈となし、嵐霧（らんむ）（山の霧）を気象としているのである」（山を論ず）とあり、心象を現す本体である山と血管である水とは不可分のものとして結びつけられている。

先にあげた鄧椿は『画継』（巻九雑説　論遠）で、形より伝神が重要であることを明示していう。

画の必要性は大きい。天地の間に満ちている万物は、ことごとくみな、沈思黙考し筆をふるえば、その態を表し尽くすことができる。ただし表し尽くすことができるのは、ただ一つの方法のみである。一つとは何かといえば、「伝神のみ」ということである。世の人は人に神（こころ）があることは知っているが、物に神があることを知らない。これは郭若虚（『図画見聞誌』の著者）が職人画を軽蔑して、「画とはいっても画に非ずとは、まさしく形を伝えることができるだけで、神を伝えられないからである」といった。故に画法は気韻生動を以て第一とする。

（三）象徴表現としての山水画

瀟湘八景図は山水画であるが、そもそも山水画は、風景の写実なのか、それとも抽象的観念の構図なのか。これについては、米澤嘉圃が『中国絵画史研究』(13)の中で、「近代の風景画とは性格を異にする」とし、「中国人の心情のしみこんだ山の姿を画いたのが山水画なのである。だから、中国の山水画は客観的よりも主観的であり、自然主義的であるよりは理想主義的になりがちであったことは見易い道理であろう」との言説がその性質をよく言い得ている。

山水画を描く目的を明記したものは、郭熙による『林泉高致』「山水訓」が明解でわかりやすい。本来、隠遁の願望はあっても現

瀟湘臥遊図　李公麟（南宋）（30.3×403.6cm部分　国宝）東京国立博物館

実的には簡単ではない。それでも「林泉を愛する志、烟霧のともとなる願いは夢にまでみる」。つまり喧噪を離れて身を自然の中におく願望は消えない。その願いをかなえるのが山水画であるという。

今、画の名手を得て、鬱然とした山水をここに画き出せば、部屋を出ずとも、坐して泉の湧き出る谷に身をおき、猿の声、鳥のさえずりが確かに耳に響いてくる。山なみの光、水の色は深くて広く、目を奪うばかり。これは人の心を楽しませないではおかない。実に我が意を得たりではないか。これが世の山水を画くことを貴ぶ理由の本来の意義なのだ。

このように、山水画はまさに臥遊を可能にし、それはひいては、夢にまで見る隠遁の感覚を体験させてくれる必須の方法でもあるのだ。自然の景観に足を運ばずとも、その景観に身を浸しているかのように感じられることを「画の景外の意」とし、さらにそこから、さまざまな思いが誘発されることを「画の意外の妙」と山水画がもたらす心への働きを述べている。

北宋時代の絵画は、山水画の表現がもっとも高い水準に達していった時期とされる。それは、物の形を写す段階から脱して、画家の心情を筆に託して表現する写意表現が確立したことが大きい。沈括の「書画の妙は神（こころ）で感じ取るべきで、表面的な形器で追求することは難しい」（『夢渓筆談』）とのことばがそれをよくあらわしている。

瀟湘臥遊図（部分）

さてこういった画の評価の形成をふまえて、瀟湘八景にもどりたい。

北宋時代の文人李公麟（一〇四九～一一〇六、字は伯時、号は竜眠居士）は画家として名を残し、『瀟湘臥遊図』（東京国立博物館蔵、国宝、巻画の冒頭には乾隆帝による「気呑雲夢」という太い筆がはいっている）が残されている。『宣和画譜』によると、李公麟は舒城（安徽省）の人で、後年は病により職を辞して竜眠山荘で、画に没頭したという。夏文彦による『図絵宝鑑』（元代）[14]には、「名書名画を博覧し、ゆえに古人の用筆の意を悟る。顧愷之・陸探微・張僧繇・呉道玄（いずれも唐の張彦遠の『歴代名画記』で論じられている）および過去の王朝の名手のよいところを自らのものにして、一家を成した。作画は多くは色を用いない白描画である」、「筆法は雲行流水のごとし」とし、「宋代の画のなかで第一である」と評している。『瀟湘臥遊図』は、この画の跋文によると、雲谷師（圓照老人、老禅）は行脚すること三十年、山河大地をめぐり禅の境地は進んだが、瀟湘には行けなかったのを残念に思い、名筆に頼んで画いてもらったものの好事家が持ち去り、最後にまた頼んで画いてもらったものという。板倉聖哲は「本図巻を凝視すれば、漁村の生活情景や群雁、寺院らしき建物といった点景モティーフが看守され、八景の各主題との繋がりを想起させる」と評す[15]。

ただこの段階では、『画継』の王可訓の項目で見たように、画題はまだ曖昧としたものを含んでいたようである。臥遊はその過程において、気韻を備えた山水画を眺めることで、眼前にひろがる景色と画家が筆にこめた精神世界へと心を遊ばせるものとなっていたことがうかがえる。この臥遊の精神は、これ以降八景が地域を越え、国を超えて展開するうえで、根本に流れる精神といえるであろう。

（四）絵画の手本　詩書画一体のイメージ増幅

八景という呼称に関しては、「近くは唐代の連章組詩形式による名勝詠の伝統を、遠くは沈約『八詠詩』の古寺を連想させる」と分析する内山精也は、瀟湘八景の展開を八景現象と言い表している[16]。韓拙の『山水純全図』で「水を論ず」に「江湖というのは洞庭とこれに注ぐ水の広大な流域である」とあり、この記述からは瀟湘のさす範囲は洞庭湖およびそれ以南の広大な地域を指すことは、江湖を画く際の規範としてすでに定着していたともいえる。したがって宋迪の場合、ただ単に、瀟湘への懐かしさゆえに自分の慰みとして画いたというより、画手本の如き位置づけになった可能性がある。先にあげた、画の指導でみせた見立の考え方は、まさに山水画を画くための心得を述べている。普段、自然の風景をじっくり観察していることがまず前提としてある。その風景は心の奥深くに刻まれ、殊に実際に風景を見ることのできない状況におかれたときに、心情と共鳴し、増幅されて心象風景となり、それを一気呵成に筆に托す。心情表現を具体的にどう表せばよいのか、といったとき、八景は巧みなしくみをもっていた。瀟湘八景の画題は場所と情景の組み合わせから成っていることはよく知られているが、徐々に画題の明確化がすすんでいる。もちろんその中でも、景物を好まない画家もいれば、景物を明確に画く画家もいる。画題をつけることによって、何を画いたものなのか、情景とそれに必要な筆法が明示されることになる。

おそらく先の宋迪の記述で、物を風景に見立てるのは、自らの脳裏に焼き付けられている懐かしい風景を心象風景として心に浮かび上がらせるためのきっかけに過ぎないのであろう。それが自然の中での神秘の感受によってもたらされる霊感が生み出す美的風情の象徴化とともに、「活筆」になるためには、画の六法や六要でいわれる最高のレベル気韻生動が不可欠となる。

その気韻生動について、「気韻生動は生まれながらにして会得しているものであって、天から自然に授かっているものである。また一面、学んで得られるところでもある。万巻の書をよみ万里の路を旅し、胸中から塵や汚れを取り除けば、自ずと大自然の山水が胸中に沸き上がり、輪郭をなして浮かびあがるから、手の赴くままに描き出せば神を伝えるものとなる」。（明・董其昌・『画旨』[17]）とあるように、基礎としてやはり実地の体験、自然への関心が不可欠であり、そのうえで、山水画は四時をこめる。つまり、一日の時間の推移である朝昼夕夜に加えてさらに四季をこめる。そのためこの表現は自然観照の深化とされる。

宋迪が得意とした画について、『宣和画譜』では次のように記されている。

「本性は画を特に好み、山水を画くのにすぐれている。覧たものを画くのを得意とし、また物を画くに創意あり、しかも想を練ること巧妙にして、詩人墨客が先頭にたって賦に臨むようなもので、当時高く評価され、往々にして名ではなく字（あざな）の宋復古で呼んだ。また松を画くのを好み、老松の切株、高松、反り返った松、孤松、双松など千株、万株にいたり茂って驚くほどである」。確かに『宣和画譜』に宋迪の画として「対岸古松図」「老松対南山図」「双松列岫図」「万松図」といった松を題材としたらしい画題が見え、「遙山図」「遠山図」「遙山松岸図」「群峯遠浦図」「闊浦遠山図」「闊浪遙岑図」「古岸遙岑図」「遠浦征帆図」といった作品名はその傾向をよく表している。『宣和画譜』には一一二〇年（北宋末宣和二年）の序がある。絵画に長けていた徽宗の内府収蔵絵画に関する著述で、魏晋時代からの所蔵名画を画題によって一〇に分類し画論と画家小伝を記している。この中の巻第十二「山水三」に上記の小伝があり、所蔵する画として三十一幅があがってお[18]り、「瀟湘秋晩図二」「八景図一」となっている。また、南宋の曾敏行（一一一八～一一二八）著『独醒雑志』巻九には、次の一文がある。

八景図はことさらに幽致である。たとえば洞庭秋月では月を見ず、江天暮雪では雪を見ず、清朗、苦寒の情景の

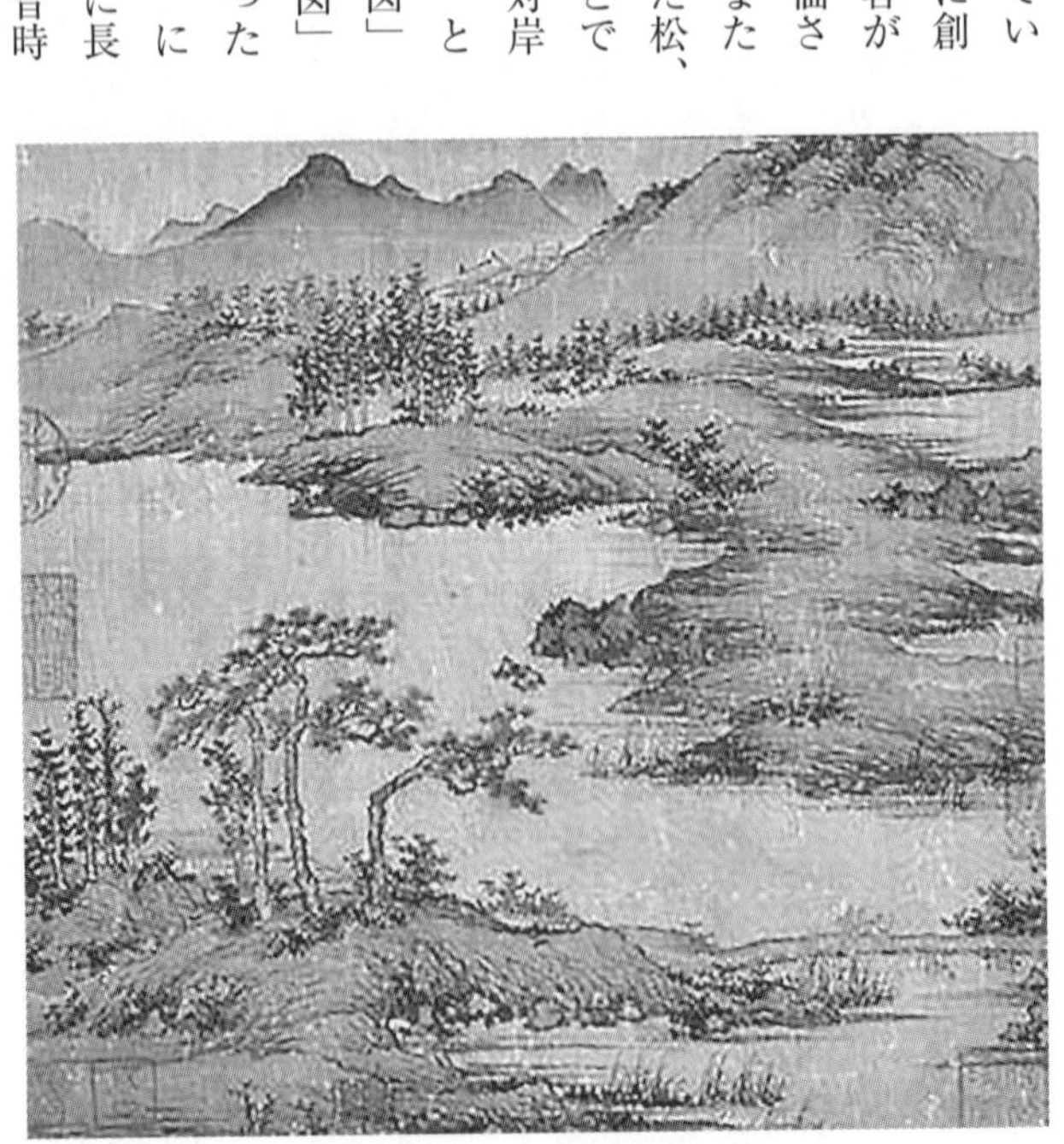

渓山平遠　宋迪　国立故宮博物院

洞庭秋月

平沙落雁

煙寺晩鐘

江天暮雪　瀟湘八景
文徵明　メトロポリタン美術館

みである。また瀟湘夜雨は、とりわけ形容しがたい。通常の画は行人がかぶり物で区別をつけるが、漁船の灯りで川を渡るその髣髴とした灯りでそれと見せる。

宋迪の瀟湘八景の原画は残されていないが、同時代以降、同じ画題が描かれていくことになる。現存する瀟湘八景図巻は、南宋の王洪（一一三一～一一六一）による四幅二巻（プリンストン大学美術館所蔵でｗｅｂ上で公開されている）が最古とされる。根津美術館には、日本に伝来した北宋の牧谿による瀟湘八景図の断簡七図のうちの一図（漁村夕照）および狩野栄川による模本八景図一巻（全長八九四センチ、ただし瀟湘夜雨部分は追補という）が所蔵されている。足利義満が、座敷に飾るために、巻物を切断して軸物にしたとされる。本来は四幅二巻で、吉宗の時にはすでに散逸していたという。板倉聖哲は作品解説で、この絵を「光や大気の変化を最もよく表した」とし、「記号的モティーフ」という表現でそこに描かれる素材をあげている。

ではなぜ記号的モティーフとなり得、繰り返し瀟湘八景だけが模写されていくのか、それは、水墨画の画手本としての要素と、心象イメージを各自が投影できる幅と深さを網羅でき、画家の目指す究極の気韻生動に到達しやすいと考えられたからなのではあるまいか。

（五）宋迪の瀟湘晩景の図

宋迪については、島田修二郎著「宋迪と瀟湘八景」[19]を超すものは未だないようであるが、中国における研究とは多少齟齬がある。宋迪の生没年はその兄の宋道の墓誌銘があり、一〇八三年に七十歳で死去したことから推測されている。中州（河南省の古称）の人で、好んで鞏洛（河南省洛陽一帯）の風景を作り「鞏洛小景図巻」があった。「嘉祐年間から治平年間（一〇五六～六七）にかけて、湖南の運判に任じて瀟湘の地に居た」とされる。運判とは宋代の官職で、米などの発送運送の管理、徴税をする。また、明の一四六一年に英宗の世に出た明代の地理書『大明一統志』巻六十三の記述を根拠に、宋の嘉祐年に長沙（湘水下流東岸）に八景台がつくられ、その建築に宋迪がたずさわり、ここに八景図を画いたとする。ただしこの書は、『四庫全書提要』には「誤りがあり齟齬をきたし、粗雑さがきわだつ」と評される。八景図に関しても、当時の根拠が明示されていない。先にあげた「探尋古『瀟湘八景』」では、北宋の画家米芾（一〇五一～一一〇七）が宋迪の瀟湘八景を見て高く評価し、それに小序と総序、賛をつくり、さらに、資金を集めて長沙府湘江のほとりに八景台を建て、『瀟湘八景』図を陳列して誰もが観賞できるようにしたと記している。ただし、どのような根拠によるかは示されていない。息子の米友仁（一九七四～一一五一）には「瀟湘図」がある。代表作「雲山図巻」は牧谿の「漁村夕照」の墨づかいと共通する表現とされる。

宋迪と交友関係があった蘇軾（一〇三六～一一〇一）が「宋復古画く瀟湘晩景の図　三首」[20]を残している。その詩から浮かぶ宋迪の画を想像してみたい。

其の一
征西して南国を憶う、
堂上に瀟湘を画く。
眼を照らして雲山出で、
空に浮かんで野水長し。

（解釈）
西へ赴いて、離れた南国におもいをめぐらせていると、
堂の上に飾られた瀟湘晩景図を目にした。
その画は遠山にたなびく雲に夕日がまぶしく照り返し、
野を流れる川は、はるか空に溶け込ん

雲山図巻　米友仁（北宋）（部分）　クリーヴランド美術館

旧游（きゅうゆう）　心（こころ）自ら省み、
手に信（まか）せて筆すべて忘る。
たまたま衡陽（こうよう）の客あり、
来り看て意渺茫（びょうぼう）。

其の二

落落たる君が懐抱、
山川　自ずから屈蟠（くつばん）。
経営　初め適するあり、
揮洒　まさに難（かた）かるべからず。
江市　人家少なく、
煙邨（えんそん）　古木攢（あつ）まる。
君が幽意あるを知り、
細細（さいさい）　尋看を為す。

でいる。
昔旅をした時のことを自らふりかえり、
手にまかせて、筆はすべて忘れたようだ。
たまたま衡陽から来た客も、
この画を見て心を遙か彼方に馳せる。
（衡陽：現湖南省衡陽、湘江支流）

志が高く他と相容れない君の胸中が、
画く山川は自ずからうねるがごとし。
熟考した構図があって初めて適うもので、
思うがままに筆を揮ってはばかることがない。
河畔の市場には人家まばらで、
煙立ちのぼる村には古木が茂っている。
君には深く憂えるこころがあると知り、
つぶさに画にその思いを尋ねみることができる。

最初の二句について、清の王文誥注では、「宋迪は胸中に山川あり」とする。胸中の竹と同じく、宋迪は山川の実景を胸中に映してそして自らの心情もそこに托し、画く。同じく王文誥注で「幽意」を「幽隠深遠」の意味とする。この一首から画を推測すると、山川が巧みな構成で写意表現で画かれて、画家の内面が凝集された「神」のある筆法になっていることをうかがわせる。

其の三

咫尺（しせき）　殊に少（しょう）に非ず、
陰晴（いんせい）　自ずから齊（ひと）しからず。
径蟠（けいはん）　後崦（こうえん）に趨（おもむ）き、
水会（すいかい）　前渓に赴く。
自説　人意に非ず、
曾経（そうけい）　馬蹄に入る。
他年　宦游（かんゆう）の処、
応（まさ）に剣山の西を指すべし

小さな紙面に遙かな小景を描いたわけではなく、
光の明暗によって遠近が区別される。
細い道がうねって山の後ろへと向かい、
水は前方に流れて合流し渓流となる。
実感を描いたもので、空想で描いたものではなく、
かつてその地に赴いたことがある。
後年、官吏として巡遊したところは、
剣山の西にあたるだろう。（剣山・現江蘇省南通市剣山風景名勝区、長江下流）

光を墨の変化と筆法で画きわけている。山水は視線を遠くの広がりにむけて画く平遠山水であることが推測できる。「径蟠　後崦に趨き、水会　前渓に赴く」の二句に対して王文誥は「宋復古はこの二句を詠み、あなたもまた画を深く解するひとだと言った」とするも、典拠は不明である。

島田は、この三首をとおして、「人の創意の迹を追仿するのでなく、親しくその地に遊んで自ら眼に見、心に蓄へたものであることを誇るにはそれだけの独創があったことであろう。八景はかような彼の瀟湘山水の図の幾つかの中から凝集したものと思はれる」と考察している。また、『蘇詩選評箋釈』(21)の汪師韓評では、其の一は画の梗概、其の三は画の経緯を映し出していると評する。

類推できた瀟湘晩景は以上のことから、平遠山水の視点による、山、川、湖、日没時の残照、人家の煙、古木、孤舟などが配されていることが示される。そしてここでは、秋と夕暮れ時という時の限定がある。さらにこれらの情景は単に風景を写し取ったのではなく宋迪自らの心情を吐露している表現として受け取られている。

（六）瀟湘のイメージ

八景のモティーフの選択を考える前にまず、題材となった瀟湘という場所がもたらすイメージを考えてみたい。

「瀟湘」が指す場所の変遷と「瀟湘」が歌枕的（詩跡化と松尾は呼称している）に使われるようになった経緯については、松尾幸忠が「瀟湘考」[22]で地理書と詩文から考察している。それによると本来瀟湘は、北魏の酈道元（れきどうげん）が『水経注』で定義したごとく瀟は水が清くて深いことを意味し、湘水の流れは清く深い、ということだとする。湘水の支流である営水とその源のあたり一帯を湘水と称し、営水の名は詩文に詠まれることはなかった。一方で、『楚辞』で詠まれる湘水は広く知られ、唐の詩人柳宗元による詩文「湘口館瀟湘二水所会」の影響が大きく、二水が瀟水と湘水という河川の名称となったのは宋代以降であるという。

『楚辞』「九歌」では水神を詠った「湘君」「湘夫人」の神話伝説の舞台となった地が瀟湘であり、想像力をかきたてる場所柄のため、詩人たちは詩の題材としてよくこの地を選んでおり、また風景も特に風情を感じさせるものであったようである。

李白（七〇一〜七六二）は洞庭湖を背景とした詩で、柳宗元より前にすでに瀟湘を詠っている。[23]

「族叔刑部侍郎曄及び中書舎人賈至に陪（ばい）し洞庭に遊ぶ」　五首中の其の一

（それぞれ左遷の境遇となっている三人、李白、李曄、賈至が再会し、共に舟を洞庭湖に浮かべた。族叔・族父で父より年下）

岳陽楼から洞庭湖を望む

洞庭　西に望めば　楚江分る、
水尽き　南天　雲を見ず。
日落ち　長沙　秋色遠し、
知らず　何れの処にか
湘君を弔わん。

洞庭湖から西方を眺めれば、楚江が分流し湖に入る処までもはっきり見え、
湖水が尽きる水平線に続く南の空は、一片の雲もない。
日は落ち、東南の長沙の方は、秋色が遠目にもみえ、
何処に向かって湘君を弔えばいいものか広くてまどうばかりである。

其の四

洞庭　湖西　秋月輝き、
瀟湘　江北　早鴻飛ぶ。
酔客　満船　白紵(はくちょ)を歌い、
知らず　霜露の秋衣に入るを。

洞庭湖の西には、秋の月が輝き、
瀟湘の江北には、早くも鴻雁が飛来する。
酔客は船中で楽府の白紵の一曲を歌い、
霜露が秋の衣に染み通すのも気づかないでいる。（白紵：呉で産する真っ白な織物、白紵歌は呉の舞曲）

あるいは、

「夜洞庭に泛(うか)び裴侍御(はいじぎょ)を尋ねて清酌す」と題する詩には湘水が詠われる。（侍御：官名、天子の傍に仕える侍従）

日晩(く)れて　湘水緑にして、
孤舟　端倪(たんげい)なし。

日が暮れて湘水の色は緑を濃くし、
孤舟ははてしない水上を定めなく浮いて

瀟湘図　董源（五代）（50×141.4㎝）　北京故宮博物院

明湖　秋月に漲り、
独り泛ぶ　巴陵の西。
（略）
曲尽き　酒亦傾く、
北牕　酔いて泥の如し。
人生　且らく行楽せん、
何ぞ必ずしも組と珪とならんや。

いるようだ。
秋月の光が湖水一面明るくし、
獨り巴陵の西に浮かんでいる。　（巴陵：山の名、洞庭湖に臨む景勝地）
曲も尽き、酒盃も多く傾けた、
北窓の下に泥のように酔いつぶれた。
人生において時にひとまず行楽しよう、
どうして必ずしも珪組を得て官職につく必要があろうか。
（珪組：珪は諸侯の執る玉。珪組は諸侯の官位）

ここで詠われる、洞庭湖と秋月、瀟湘と雁、瀟湘の夕暮れと孤舟といった結びつきは、場所と景物と季節、時間を関連づけてイメージさせ、一つの典型化を生み出していったとも推測される。いずれも晩年の五十九歳の作とされる。そこには最後の句に見られるような人生観もにじみ出て、瀟湘を描く者に、李白の人生観を自らの人生へ投影させていくことを容易にさせる。

むろんこれだけでは、瀟湘八景が突出した特別の存在になるためには足りない。瀟湘八景以前に、瀟湘を題材とした絵画は画かれている。現存する作品として五代の董源（?～九六二）「瀟湘図」（北京故宮博物院蔵）は、平遠山水図で、董源が編み出したとされる披麻皴による江南の丘陵の立体感が穏やかな広がりを見せる。はっきりと画かれる船二艘のほかに、影のように遠景の船が何艘も見える。網漁の情景も画かれている。

さらに、瀟湘と八景が結びつく表現のしかけを考えてみることとする。

三　心情を投影する条件

悲劇『漢宮秋』で知られる馬致遠には、「瀟湘八景」という散曲がある。散曲は芝居ではないが、歌曲であり、元雑劇の歌唱部分と同質である。しかも口語を多用して心情を曲にのせて歌うことができる。馬致遠は元曲四大家と評されるにもかかわらず、その履歴は、元の鍾嗣成がのこした『録鬼簿』により大都（北京）の人で、江浙行省の専売局長として勤めたことくらいしかわかっていない。生没年も未詳で、推定一二七〇～一三二〇から三〇の間とされる。[24]元曲の現存は七篇で、散曲は田中謙二「元代散曲の研究」によると「小令百十五篇・套数二十篇」ある。内容は「おおむねは、むしろ詞の連続としての作風を示し、しかもけっして亜流に堕ちぬ清新さを誇っている」と評している。[25]

馬致遠による散曲の題名は「寿陽曲　瀟湘八景」。「寿陽曲」とはどういう性質の歌なのか。楽府に「寿陽楽」と名づけられる歌名がある。それは「別れを傷み、故郷を恋い慕う情をのべたもの」とされる。では馬致遠はこの曲に如何なる思いを投影したのであろうか。

馬致遠〔散曲〕「寿陽曲　瀟湘八景」（小令・双調）[26]

山市晴嵐

花村の外、
草店の西、
晩霞明るく雨収まり天霽（は）れる。
四囲の山、一竿の残照の裏、
錦屏風、又翠を添鋪す。

遠浦帰帆

〔解釈〕山市晴嵐

花さく山村のはずれ、
草ぶき宿の西、
夕焼け明るく雨あがりの晴れた空。
周りの山々、残照に映え、
錦の屏風に翠を添えたかのよう。

遠浦帰帆

夕陽下り、
酒旆(しゅはい)閑に、
両三航、未だ曾て著岸せず。
落花水香、茅舎晩れ、
断橋の頭、売魚人散る。

平沙落雁

南に伝う信、
北に寄す書、
半栖す近きに岸の花、汀(みぎわ)の樹。
鴛鴦の群失い伴侶迷うに似て、
両三行、海門斜に去る。

瀟湘夜雨

漁燈暗く、
客夢回(めぐ)る、
一声声滴(したた)り人心砕く。
孤舟五更に家万里、
是、離人幾行か情泪。

煙寺晩鐘

寒煙(かんえん)細し、
古寺清し、

夕陽しずみ、
居酒屋ののぼり旗はのどかで、
舟二三艘いっこう岸にもどらず。
花落ち水香り、あばらや暮れゆき、
断橋のほとり、魚市の人も散りゆく。

平沙落雁

南へたよりを伝え、
北へふみを寄せる、
仮住まいの近くに岸辺の花、水際の木。
鴛鴦が群とはなれ、つれとはぐれるに似て、
両列三列(ふたつらみつら)海峡を斜めに去りゆく。

瀟湘夜雨

漁火ほの暗く
旅人夢からさめ
雨音一滴ごとに心砕ける
あかつきの孤舟　家離れて遠く万里、
これ流離(さすらい)人の頰つたう情(こころ)の涙。

煙寺晩鐘

空にたなびく煙細く、
古寺清らか、

黄昏近し、礼佛の人静か。
西風に順い、晩鐘三四声、
怎生（いかに）　老僧に禅定。

漁村夕照

榔（ろう）の鳴るは罷み、
暮の光、閃き、
緑楊堤に漁唱、数声。
柴門に掛かる幾家、閑にして網晒し、
都（すべて）、捕魚の図上に在るを撮る。

江天暮雪

天将に暮れんとし、
雪乱れ舞い、
半ば梅花、半ば柳絮　飄（ひるがえ）る。
江上に晩来り、堪だ画する処、
魚釣る人一たび蓑つけ帰り去る。

洞庭秋月

蘆花謝し、
客乍（たちま）ち別れ、
蟾光（せんこう）に泛（うか）ぶ小舟一葉。
豫章の城、故人来る也、

黄昏近く、参拝の人静か。
秋風にのり、晩鐘の音三つ四つ、
いかで老僧は禅定に入ろうか。

漁村夕照

舟の櫂の音鳴りやみ、
夕陽がきらめき、
緑なす楊柳のある堤に漁師の声がする。
柴門に網をほす家は閑（しず）か、
みな魚を捕る絵図に撮る。

江天暮雪

天（そら）は暮れかけて、
雪は乱れ舞い、
梅の花のごとく、柳絮のごとくひるがえる。
江（かわ）の暮れ方のながめは画にふさわしい、
釣人は蓑を羽織るや帰り去る。

洞庭秋月

蘆（あし）の花散り、　（蘆の花は秋に咲く）
旅人は別れがつきもの、
月光に浮かぶ一葉舟（ひとはぶね）。　（蟾：セン、ヒキガエル：月の別名）
豫章の城（まち）に昔の友来たる、　（豫章：現江西省南昌）

結末す洞庭秋月。

過ぎ去りし洞庭秋月の悲哀。

旅人も流離人も馬致遠その人の姿であろうか。赴任地は北の故郷とは遠く離れている。それぞれの風景の風物をしみじみと味わいながら孤独な旅人がそれに呼応している。瀟湘八景の画題そのままを残して、山水画の賛とは離れ、独立した世界を創作している。曲中二度も画に描かれるほどの風景だと詠う（波線部）。もしかすると、瀟湘八景の誰かの画を見ながら臥遊して想像を膨らませたのかとも思わせてしまう。遠浦帰帆には、断橋がでてくるがそれは西湖の断橋ではあるまいか。瀟湘夜雨と洞庭秋月以外は、西湖の風情にも何の違和感もなく、難なくその風景を吟唱できそうである。そうであるならば、西湖は瀟湘に見立てられて、八景はイメージをかき立てる象徴となることができるだろう。瀟湘は馬致遠の任地の管轄には入っていない。豫章はちょうど境目あたりにある。ただ最後はその悲哀も、過去のこととして詠ったとすれば、追憶の記憶を八景に托して詠ったものといえよう。

四　変容していく八景　イメージの重層性

（一）西湖十景との比較

西湖　霊峰塔から望む

瀟湘八景より少し遅れて、南宋において西湖十景の呼称が生まれ、詩書画が作られる。南宋の祝穆（しゅくぼく）による地理類書『方輿勝覧』（ほうよしょうらん）（一二六九年）に、「好事家がかつて十の題を命名した」として西湖十景があげられている。(27) これを、瀟湘八景と比べてみる。

瀟湘八景	西湖十景	
平沙落雁		
遠浦帰帆		
山市晴嵐		
江天暮雪	断橋残雪	石造りの断橋の雪景色
洞庭秋月	平湖秋月	舟上から見る月
	三潭印月	蘇東坡が作らせた三つの石塔の立つ湖面に映る月
瀟湘夜雨		
煙寺晩鐘	南屏晩鍾	西湖南岸に高さ百メートル長さ千メートルの南屏山があり、山麓にある興教寺、浄慈寺の鐘がひびく
漁村落照	雷峰落照	雷峰塔に夕日がかかる
	蘇堤春暁	蘇堤の春の暁
	両峰挿雲	西湖をとりまく南山北山に雲がかかる（清代に双峰に改変）
	麹院風荷	酒造所麹院の香と蓮池の蓮の香が風にのって漂う様（現在は麹を同音の曲で表記）
	花港観魚	南宋時代、私家庭園があり、庭池で魚を観賞した
	柳浪聞鶯	湖畔の柳並木に鶯

瀟湘八景の秋月、晩鐘、落照はそのまま受け継がれ、暮雪は残雪に、それ以外は、六景の特定の景物や建物が明確化され（傍線部）、それ以外の四景も場所が特定できるものとなっている。さらに、清の時代にはいると、浙江巡撫が指揮し、亭や楼閣を建てて西湖十八景を新たに定めるなどしている。すでに好事家の風流でもなく、詩書画による境地を表現するものとも無縁となっている。明清時代に各地で当地の景観に八景をあてはめて命名し、八景が急増した傾向を反映している。

（二）臥遊の典型化

その後八景は明らかに名勝遊覧と結びつき一般化していった状況がわかる事例がある。画でも見てきた「臥遊」すなわち居ながらにして旅行気分にいざなうための贅沢本の出版である。明の一六〇九（万歴三十七）年に杭州の書肆楊爾曾が通俗書籍として刊行した『海内奇観』十巻がそれである。(28)

版画による図一三〇幅余りを組み込んだ一般向

「詠瀟湘八景」『海内奇観』楊爾曾編　　夷白堂刻本版画　明・一六〇九年

3．山寺晩鐘

1．瀟湘夜雨

4．洞庭秋月

2．江天暮雪

7．山寺晴嵐

5．遠浦帰帆

8．漁村夕照

6．平沙落雁

け通俗書で、名勝の地、山河の風景を版画と解説で紹介する「山川遊記」である。このシリーズを出したときの楊爾曾は臥遊道人の別名をつかっている。その巻八に「咏瀟湘八景」があり、八景それぞれに版画が付されている。八景は、「山市晴嵐」が「山寺晴嵐」、「煙寺晩鐘」が「山寺晩鐘」、「漁村落照」が「漁村夕照」となっているほかは同様である。配列は『海内奇観』のままとした。

この他に、巻四には「詠銭塘十勝」があり、巻三には「詞咏西湖十景」（先にあげた西湖十景と比べて、「雷峰落照」が「雷峰夕照」に、「両峰挿雲」が「両峰出雲」になっている）が記されている。

「海内奇観跋」によると、原画を画いたのは画史には名を残していない陳一貫という銭塘出身の画工で、彫り師は新安の名工汪忠信とある。所々に、名勝の位置関係を示す図版も挿入されているが、版画は各景色のリアルさを追求して克明に作成したものではなく、パターン化された表現が特徴的である。そのことは、景勝地と結びついてその数を大きく増やしていく展開になっていることを意味している。

(三)　現代における八景の拡大解釈

近年上梓された『西湖八十景』(29)は八景の現代における展開を象徴している。一九八四年に杭州市が全国十余万人に、新西湖十景を新たに推薦公募をおこなって定めた。さらに二〇〇〇年代にはいって、大規模に人工的な環境整備をおこなって、八十景をつくりだした。これは、西湖の歴史的な遺産を反映させ、基の形を回復させたものだと明示している。

冒頭であげた『探尋古「瀟湘八景」』では、まず、瀟湘八景が実際に存在していたのか、詩が初めにあって、その後、画が描かれたのか、あるいはその逆なのか等の問題について、主に二つの見方があるとまとめている。一つは、瀟湘八景の実景は存在するというものである。ただし、八景のうち「洞庭秋月」以外は、具体的な地名があるわけではなく、古代の楚の国にあたるこの地域の四季折々の風物を広く指したものとしている。その論拠は、『洞庭湖志』

に表される八景もまた、場所が特定されているわけではなく、洞庭湖周辺の風景を漠然と指していることをあげている。これと同様に、洞庭湖附近だけではなく、湖南省各地にその風景は点在するという見方もある。五景は湘江沿岸で、二景は洞庭湖、さらに一景は沅江など、踏査して見当をつけたという。

もう一つの見方は、八景は実在するものではないという見方である。初めから、画家や詩人による心象の投影であり創作されたものであるとする。八景で提示される風景は、いずれも名勝古跡の景色ではなく、芸術家のインスピレーションであるとする。その上で、原風景をイメージして実際の場所と結びつけ、踏査し特定していくことに眼目を置いて、清代につくられた地方誌の図絵と現実の風景を比べている。景観都市造りの一環としてヘリテージコリドー（遺産回廊）の一つに瀟湘八景を据えることを目的とする。その範囲は極めて広く、瀟水と湘水が交わる所というとらえ方を大きく超えたものとなっている。そして新たに、八景の題目をその風景にあてはめている。

岳陽楼　湖南省岳陽　眼前に洞庭湖がひろがる
李白、杜甫をはじめ多くの歴代詩人の詩題となった

瀟湘八景の現代における新しい選定は、典型的な八景の現代版としての性格をもっているので挙げてみる。それはまず、瀟湘八景の地点を大幅に拡げたあと、さらにそれぞれの八景に対して二重の八景を構築するというものである。具体的には以下のようになる。

瀟湘夜雨の場所を永州市とし、さらに永州八景を設ける。その内容は、「朝陽旭日、山寺晩鐘、蘋洲春漲、香零煙雨、恩院風荷、愚渓眺雪、緑天蕉影、迴龍夕照」の八つに展開する。あるいは洞庭秋月は、岳陽市東洞庭湖の場所と定め、君山八景と呼称する。その内容は、「湘妃幽怨、軒轅鋳鼎、柳毅伝書、楊幺義師、酒香山色、茶樹晩照、香炉夜月」となっている。湘妃は、舜帝の二妃で、舜の死を聞き湘水に入水し湘水の神となった伝説をもとにした呼称、軒轅は黄帝の別称で、鋳鼎すなわちはじめて鼎を鋳た伝説にまつわる呼称となる。柳毅伝書は、洞庭湖にまつわる唐の伝奇『柳毅伝』（李朝威作）をもとにした元雑劇『柳毅伝書』をそのまま一景の名称にしている。楊幺は南宋の実在の人物で農民一揆のリーダーだった。死後、英雄として祀られる存在となっている。つまり単なる風景ではなく、土地にまつわる伝承や物語を八景名称に加えていることが鮮明である。このように八景の拡大の様を現在進行形で提示してくれるものとなっている。

洞庭湖　昔は船が移動手段　雨期に湖は拡大する

竜が躍動する牌楼　向こうに洞庭湖が広がる

　洞庭湖は二五七九平方キロ、琵琶湖の四倍の大きさで長江と繋がって季節により増水する。湘水は洞庭湖に注ぐが、北に長く伸び、およそ一千キロの地点で瀟水と交じりあう。歩いて三日かかる距離だが、昔の人が船で移動したことを考えると、その景観は一続きの滔々とした流れのなかにあったであろう。

洞庭湖畔の道に牌楼が立っている。牌額に「南極瀟湘」、左右には対聯「北通巫峡万重山　南極瀟湘千里月」とあり、范希文（北宋）による散文「岳陽楼記」を想起させる。「岳陽楼記」は、「天下の憂いに先んじて憂え、天下の楽しみに後れて楽しむ」でよく知られるが、前半では、この巴陵の地のすぐれた景観が洞庭湖のうちにすべてふくまれていることを記している。その風景は、遠山を背景として、長江にそそぐ滔々とした果てしない水を湛え、朝夕、千変万化する眺めがあり、岳陽楼からそれを大観できる。古人もまたそれを言葉に尽くしてきたことを記した上で、次のようにつづく。「北は巫峡に通じ、南は瀟湘を極めて、遷客騒人、多く此に会す。物を覧るの情、異なる無きを得んや」[30]。北は長江の上流巫峡の急流に通じており、南は瀟湘のはてに及んでいる。左遷となった人や憂いをもった人が多くここに集まる。風景は同じでもその目に映る心情は同じであろうはずがない。さらにまた、景観が心を暗くする場合もあれば、美しい光景が、心を曠くさせ喜ばせ、栄誉も恥も忘れさせてくれ、「喜び洋々たる者有らん」と詠んでいる。「岳陽楼記」は岳陽楼の中の壁に掲げられている。自分の身を置く風景への希求や風景から受ける感覚は、時代を超えて心を通わせるものがある。八景を通して馳せる過去への記憶の遺産である。

＊　＊　＊

洞庭湖畔の牌楼・牌額に「南極瀟湘」左右に対聯を配す

八景を見立という文化表象の一典型という観点から、その概念化の過程を追ってみた。八景は単なる風景画に収まるものではない。同じ画題で画を描き賛を詠むだけではなく、各地に地元の風景を瀟湘に見立て、その土地の八景が作られていく。その現象は日本、韓国に及んでいく。環境研究所の統計では、まだ網羅途中の段階といいながらも、中国ではおよそ九百件、韓国では一四五件、日本では九六三件あるという数値があがっている。また設定数は、中国では明清時代が多く、そして現在もまた一つのピークをむかえつつある。

景観は、時代とともに変化をしていく。だが八景には各時代の心象風景が重なりあっている。八景は風景への観察を深め、八景にかかわった人々の物語を追体験することを可能にした。人工的に八景をつくろうとする志向には、物に心象を託し、そのイメージを追い求めて古人と共有したい願望の反映がある。それを容易に現実のものにすることのできるツールが八景という見立の象徴的存在であるといえるだろう。

注

（1）青木陽二・榊原映子編『八景の分布と最近の研究動向』国立環境研究所研究報告　第一九七号　二〇〇八年一月

（2）鍾虹濱・唐俐娟『探尋古《瀟湘八景》』中国建築工業出版社　二〇一二年一月

（3）（宋）沈活『夢渓筆談』「巻十七書画」、『全宋筆記』第二編三　上海師範大学古籍整理研究所編　大象出版社　二〇〇三年三月、胡道静校注『夢渓筆談校證』上海出版公司　一九五六年一月、梅原郁訳注『夢渓筆談』東洋文庫平凡社（一九七九年九月）の邦訳も参考とした。

（4）『宣和画譜』王雲五主編　台湾商務印書館　一九六六年六月　徽宗の編著ともいわれたが、おそらく南宋になって関連書にもとづいて編輯したとされる。

（5）（宋）郭熙『林泉高致』『宋人画学論著』楊家駱編　世界書局　一九六七年九月

（6）（宋）郭若虚『図画見聞志』『画史叢書』一巻　于安瀾編　国書刊行会　一九七二年七月（上海人民美術出版社　一九六二年五月版の複製）

（7）（宋）鄧椿『画継』巻第九「雑説・論遠」『画史叢書』一巻　于安瀾編　国書刊行会　一九七二年七月
（8）（五代）荊浩「画山水賦」『画論叢刊』上巻　于安瀾編　中華書局香港分局　一九七七年八月
（9）荊浩「附　筆法記」『画論叢刊』上巻　于安瀾編　中華書局香港分局　一九七七年八月
『画論叢刊』では明の『唐六如画譜』（唐寅）、『詹氏画苑補益』（詹景鳳）においていずれも「荊浩・山水賦」としており、四庫全書でもこれを踏襲していることから荊浩の作として収載している。
（10）兪剣華編著『中国歴代画論大観　第一編　先秦至五代画論』江蘇鳳凰美術出版社　二〇一五年四月
（11）（南斉）謝赫「六法」については張彦遠『歴代名画記』一　長廣敏雄訳注　東洋文庫　平凡社　一九七七年三月
（12）（宋）韓拙『山水純全集』『画論叢刊』上巻　于安瀾編　中華書局香港分局　一九七七年八月
（13）米澤嘉圃『中国絵画史研究』平凡社　一九六二年九月
（14）（元）夏文彦『図絵宝鑑』『画史叢書』一巻　于安瀾編　国書刊行会　一九七二年七月
（15）『南宋絵画―才情雅致の世界―』作品解説・板倉聖哲　根津美術館　二〇〇四年四月
（16）内山精也「宋代八景現象考」『中国詩文論叢』第二十集　二〇〇一年十月
（17）（明）董其昌『画旨』『画論叢刊』上巻　于安瀾編　中華書局香港分局　一九七七年八月
（18）『独醒雑志』曾敏行撰　叢書集成初編　上海商務印書館　一九三七年六月
（19）島田修二郎「宋迪と瀟湘八景」『中国絵画史研究』中央公論美術出版　一九九三年三月、初出は一九四一年四月『南画鑑賞』十ノ四　なお引用にさいして旧送り仮名は改めた。
（20）『蘇軾詩集』第三冊・巻十七（清）王文誥輯注・孔凡礼点校　中華書局　一九八二年二月
（21）『蘇軾全集校注』詩集三　張志烈・馬徳富・周裕鍇主編　河北人民出版社　二〇一〇年六月
（22）松尾幸忠「瀟湘考」『中国詩文論叢』第十四集　中国詩文研究会　一九九五年十月
（23）『李太白全集』（清）王琦注　中華書局　一九七七年九月
（24）（元）鍾嗣成『録鬼簿』『中国古典戯曲論著集成』二　中国戯劇出版社　一九八〇年七月
（25）田中謙二「元代散曲の研究」『田中謙二著作集』第一巻　汲古書院　二〇〇〇年八月

(26) 隋樹森編『全元散曲』中華書局　一九六四年二月
(27) 祝穆撰・祝洙増訂・施和金点校「新編方輿勝覧巻之一浙西路・臨安府」『方輿勝覧』上　中華書局　二〇〇三年六月
(28) 『海内奇観・名山図・太平山水図画・古山川図』中国古代版画叢刊二編第八輯　上海古籍出版社　一九九四年十月
(29) 張建庭主編『西湖八十景』杭州出版社　二〇〇五年十月
(30) 「岳陽楼記」『古文真宝（後集）』星川清孝『新釈漢文大系』十六　明治書院　一九八五年四月

第四章

風景から逸脱する八景

「源氏乃君近江八景遊覧の図」豊原国周画　ボストン美術館　＊付記

一　水墨画から知る八景

八景の考え方は、日本において、風景の範疇にとどまらず、想像力を自由闊達に膨らませてくれる鍵となり、特に近世になって創作の連鎖を生み出した。

最初は、中国で臥遊が好まれたように、八景を描いた水墨画は、視覚からはいってくる。

南宋の画僧牧谿（僧名法常）の手になる水墨画瀟湘八景図は、当時の中国における評価は芳しくはなかったようである。「墨の濃淡による水墨画を常とし、粗悪で古法を用いていない」（元・湯垕『画鑑』(1)）とか、「筆の趣くままに墨を散らして描き、趣は簡素で、飾り立ててはいないが、粗悪で古法を用いず、決して風雅なものではない」（明・朱謀垔『画史会要』(2)）などと評された。

だが日本は鎌倉時代以来禅僧による唐物の招来は盛んで、なかでも牧谿の画風を日本人は好んだとされる。そのため、今日、牧谿の瀟湘八景図をはじめ、散逸はあるものの代表作は日本にある。書院造りの座敷を飾るための同朋衆秘伝の規範書『君台観左右帳記(くんだいかんそうちょうき)』(3)では、最初に記される中国画家一五〇名に対し、上中下で格付けがなされる。その中で牧谿は「上々」と高い評価を得ている。さらに、禅僧の黙庵が元王朝の時に渡航修行して帰朝し、「下上」の評価がつけられ、「牧谿再来再来、筆跡亦同」とも記される。同書の「飾次第」には、「四季の四ふく・八景（瀟湘八景）の八ふくの小ゑ・よこゑなどは、各小かべにかかるゑにて候。（略）大なる八景の八幅などは、かべにかかるべからず」などとある。

さらに後の長谷川等伯（一五三九〜一六一〇）との談話を記した『等伯画説』（本法寺第十世日通著(4)）に「八幅ノ玉澗事。慈照寺殿（東山殿・足利義政）取ヨセ給也。初ハ巻物ニシテ有タルゾ。是ヲ御切被成(おきりなされ)テ軸物ニスル也。外題ノ書付ハ能阿弥ガ筆也。八軸ナガラ自筆自賛也トイヘリ。初ハ百〆（貫）宛ノ画ナレ共、茶湯盛ニナルニ随テ千〆、後ニ三千〆云々」とある。玉澗の瀟湘八景は本来、巻物だったが、部屋のしつらえには不便だったので、裁断されて、それぞれ掛け軸状にされ、さらに茶の湯の掛け物として好まれた様子が見られる。『君台観左右帳記』でも玉澗は上々に評されている。（玉澗は南宋末の画僧、生没年未詳、若芬、字は仲石、玉澗、号は芙蓉峰主）さらに「牧谿之絵ハ平聞云、基盤ノ上ニ玉ヲコカス（転かす）ガ如く自由三昧ノ筆ナルニ依テ沢山ニ有之」とある。このように瀟湘八景は最初は絵画を通して知られるようになる。未だ見ぬ風景でありながら、自然の景観のとらえかたを知り、自らも筆を取って模写し熟知されるようになっていく。瀟湘八景の絵は、その後、一幅の絵の中に余白を巧みに使い、四つの画題を入れて二幅にする京都相国寺の画僧是庵（一四八六～一五八一）のような表現も現れる。そしてその風景への視線は、絵画から日本の実際の風景へと向けられていくことになる。

是庵　瀟湘八景（二幅一対）　京都国立博物館

二　日本の八景のはじまり

八景を応用し日本の風景にあてはめて詠んだ最初は、鎌倉時代で、はっきり判っているものは博多八景、松島八景とされる。[5]

（一）博多八景・松島八景

博多八景は鎌倉時代末に、安国山聖福寺（現福岡市博多区）の鉄庵道生（第十六代住持・一二六二～一三三一）が博多湾の風景を洞庭湖に擬えて詠んだ。[6] 以下の八景となる。

香椎暮雪・箱崎蚕市・長橋春潮・荘浜泛月・志賀独釣・浦山秋晩・一崎松行・野古帰帆

博多湾は対外貿易の拠点として栄え、それゆえに風景の変化も激しく、博多八景の景観は定着することはなかったという。湾岸に位置する福岡市博物館作成の地図をもとに地名あるいは景物を対応させてみる。香椎の丘陵、一之宮筥崎宮（筥崎八幡宮）、多々良川にかかる橋、那珂川に泛く月、志賀島、湾岸の丘、湾岸の松原、湾内の能古島などが類推される。

松島八景は、鎌倉時代に円福寺（現在の瑞巌寺・宮城県松島町）六世霊巌和尚が詠んでいる。（鎌倉時代末一三〇二年乾元一年）[7] この漢詩は、のちに『松島眺望集』（一六八二年に刊行）に収載される。[8] 江戸時代初期、出家して俳人として知られる大淀三千風（一六三九～一七〇七）が松島をこよなく愛して仙台に十五年間住み、有名無名の松島に関する漢詩や詩歌を集めたものとなっている。松島八景を瀟湘八景と対比してみる。

松嶌秋月：《洞庭秋月》洞庭湖を松島に置き換えている

海浦早春：《遠浦帰帆》松島海岸の入り江の早春、漁船を想像させる

霞浦帰雁：《平沙落雁》霞のかかった入り江に雁が帰ってくる

御嶌晩眺：《漁村落照》夕暮れの入り江の島々の眺め
塩竈暮煙：《江天暮雪》雪の白さではなく、塩竈の人家から立ちのぼる夕餉の煙にけぶる暮れ方
竹浦（たけのうら）夜雨：《瀟湘夜雨》竹浦は海に面した地名（宮城県女川町）
山寺晩鐘：《煙寺晩鐘》おそらく円福寺の晩鐘
市鄽（してん）漁火：《山市晴嵐》漁港の市のにぎわいに漁り火

大淀三千風は、跋文に、思い立ってから九年の歳月をかけて四十余カ国、作者五百余人から五千余韻文を集め、千五百を収めたと記している。それは八景に留まらず、松島十景、十二景とつづき、また単独の景観も詠まれている。松島の圧倒的な景観は、現在も変わらない。この自然が作り出した入り組んだ島々は自然の脅威にも屈することはなかった。だがあまりの絶景は、他地での応用を拒むことにもなる。

（二）近江八景

日本での八景の広がりに大きな役割を果たしたのは近江八景である。広く豊かな琵琶湖に抱かれる近江の地は、京都からも近い地の利を得、自然の景観は洞庭湖と共通するものがある。

寛永の三筆と称される能書家として知られ関白にもなった近衛信尹（のぶただ）（号三藐院（さんみゃくいん）、一五六五〜一六一四）が琵琶湖の南、近江を瀟湘の風景に見立てて応用して詠んだとされる。(9) その典拠の一つとして、文章家で、近江八幡の商家も経験した伴蒿蹊（ばんこうけい）（一七三三〜一八〇六）の随筆『閑田耕筆』（一八〇一年享和元年刊）があげられている。そこには、次のように記されている。〔（　）は筆者〕(10)

近江八景は唐山（中国）の八景に擬せられしは勿論なり。其うち石山秋月といふは、世に伝ふる紫式部、此寺にこもりて、八月十五夜湖面にうつる月を見て、須磨、明石の巻より筆をたてそめて、源氏物語を成せりといふによりて、題せられしものと思ひしを、此ころ一知己のもとにて、近衛三藐院殿下の御自筆の、此八景御歌の一巻

を拝見せしに、その御奥書左のごとし。

最前三上山之月を主上にあそばし候はんとの事故、それをば用捨故、石山になをし候。石山の鐘をば三井になをし、落雁を堅田に改候。法談之問、轉覧（うたた）もやと僻作書付候。御花押なり。

かかればもとは三上山ノ秋月、石山ノ晩鐘、三井ノ落雁と思し召けるを、御製に憚りて次を追て改給ひし成べし。予正に知る。

このあと、石山寺では実際には、仲秋の頃に月は湖面には映らず、紫式部に関することも噂にすぎない、と述べたあと、八景は、この自筆があるので明らかである、と記している。

近江八景を、南端から逆時計回りにあげてみる。粟津晴嵐〔景物は粟津原〕、石山秋月〔景物は石山寺〕、瀬田夕照〔景物は瀬田の唐橋、三上山〕、矢橋帰帆〔景物は矢橋〕、比良暮雪〔景物は比良山系〕、堅田落雁〔景物は浮御堂〕、唐崎夜雨〔景物は唐崎神社〕、三井晩鐘〔景物は三井寺の鐘〕(11)。

こうして近江八景は絵に描かれ、和歌で詠まれ、さらに日本の風景へ応用されていくことになる。近衛信尹が近江八景を詠んだ歌は、その後江戸後期にいたるまで、そのまま受け継がれていくことになった。

平安時代後期の絵師藤原基光（生没年未詳、長子は画僧珍海（一〇九一～一一五二）、奈良東大寺に住み、春日基光ともいわれた宮廷絵師）が画き、江戸時代初期に、幕府御用絵師となった狩野探幽によって鑑定がなされとされる近江八景画冊がある。それぞれの画の見開きには江戸初期の公卿八名、たとえば香道で一派を立てた風早実種（一六三一～一七一一）などが、近衛信尹の和歌はそのままに筆を揮っている。だがこれは藤原基光に仮託して作られたものであろう。ただ、画は八景の光景を反映して簡明であるので、以下、歌とともに、近江八景を見てみよう。

現在の八景のうち、粟津晴嵐や矢橋帰帆などは、風情や面影が様変わりしており、瀬田唐橋のように痕跡を留めるだけのものもある。特に景物で固有の物理的なものがない場合、風景のもつ宿命ともいえるだろう。このように近江八景が違和感なく自然の景致をもりこんで風情のある景観として形成されていた。八景表現のもつ仕掛けの巧みさが、

粟津晴嵐（あわづのせいらん）
雲はらふ　あらしにつれて　百（もも）ふねも
千（ち）ふねもなみの　粟津にぞ寄る

粟津晴嵐　近江八景画冊

湖畔の晴嵐

石山秋月（いしやましゅうげつ）
石山や　鳰（にお）のうみ照る
月影は　明石も須磨も
他ならぬかは

石山秋月

石山寺月見亭

瀬田夕照（せたのせきしょう）

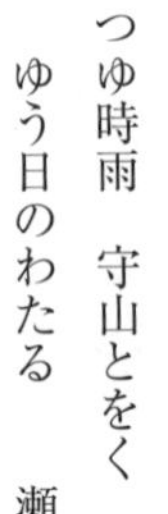

つゆ時雨　守山とをく　すぎ来つつ
ゆう日のわたる　瀬田の長橋

瀬田夕照　瀬田の唐橋

矢橋帰帆（やばせのきはん）

真帆かけて　矢橋にかへる　舟はいま
打出の浜を　あとの追い風

矢橋帰帆

湖畔の夕暮れ

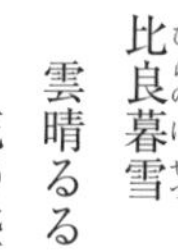

比良暮雪（ひらのぼせつ）

雲晴るる　比良の高嶺の　夕暮れは
花の盛りに　すぐる頃かな

堅田落雁（かたたのらくがん）

峰あまた　越へて越路に　まづ近き
堅田になびき　落つる雁がね

比良暮雪

比良の暮雪

堅田落雁

堅田の浮御堂

唐崎夜雨（からさきのやう）

夜の雨に　音をゆづりて　夕風を
よそに名立つる　唐崎の松

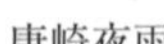
唐崎夜雨

唐崎神社境内

三井晩鐘（みいのばんしょう）

おもふその　暁ちぎる　はじめぞと
まずきく三井の　入あひの鐘

三井晩鐘

三井寺の鐘

異文化でありながら、自然なかたちで転換応用がなされたことを如実に示している。根底に、瀟湘八景への慕情がある。日本ではこの後、風景のみならず、そこから外れて様々な領域へ応用され拡張していくこととなる。その展開の特徴を検討していくこととする。

三　拡張する八景

(一) 近世の八景好み

八景を応用して展開するその広がりは、実地調査による大部な共同研究『八景の分布と最近の研究動向』[12]の総論によって数字で明確にあらわれる。二〇〇〇年以降一七二〇市町村からアンケート回答を得て集約された「八景の伝播と分布」に示されているのは、鎌倉時代三ヵ所、南北朝時代一ヵ所、室町時代一ヵ所、安土桃山時代三ヵ所、江戸時代一九九ヵ所、明治時代八三ヵ所、大正時代十四ヵ所、昭和七十ヵ所、平成二十三ヵ所（二〇〇七年平成一九年まで反映）となっている。中でも江戸開幕一六〇三年以来の二六五年間を平均すると二年に一ヵ所増えていったことになる。江戸時代に八景の一般化大衆化がおこったことは明らかである。この研究資料の劉淑恵・原映子・青木陽二による「日本と台湾の八景の比較」では一九九九年から二〇〇四年にかけておこなった日本の三二四六ヵ所の自治体アンケート調査結果として一〇五二の八景数をあげている。そこでさらに、各地における研究論考から、江戸時代に関するものを取り出して、その時期の分布を、時系列でみると表に示すようになっている。

このように江戸時代は年間を通じて八景の選定は多いが、中でも貞享まえは四年に一件だったものが、三年間で年間平均五件となり、元禄で年間平均一・六で継続性がある。天保から弘化嘉永までの二十四年間で五十件、年間二件となる。正徳では年間平均二件、享保では二十年間平均年間一件となる。元禄の時期及び文化文政以降幕末まで、およそ二度のピークを見いだすことができる。

近世の八景誕生数

<table>
<tr><th>時期</th><th>八景誕生件数</th></tr>
<tr><td>安土桃山から江戸前期</td><td></td></tr>
<tr><td>1573〜1592（天正1〜20）</td><td>3</td></tr>
<tr><td>1592〜1596（文禄1〜5）</td><td>0</td></tr>
<tr><td>1596〜1615（慶長1〜20）</td><td>0</td></tr>
<tr><td>1615〜1624（元和1〜10）</td><td>0</td></tr>
<tr><td>1624〜1644（寛永1〜21）</td><td>5</td></tr>
<tr><td>1644〜1648（正保1〜5）</td><td>0</td></tr>
<tr><td>1648〜1652（慶安1〜5）</td><td>0</td></tr>
<tr><td>1652〜1655（承応1〜4）</td><td>0</td></tr>
<tr><td>1655〜1658（明暦1〜4）</td><td>1</td></tr>
<tr><td>1658〜1661（万治1〜4）</td><td>1</td></tr>
<tr><td>1661〜1673（寛文1〜13）</td><td>5</td></tr>
<tr><td>1673〜1681（延宝1〜9）</td><td>5</td></tr>
<tr><td>1681〜1684（天和1〜4）</td><td>2</td></tr>
<tr><td>その他江戸初期</td><td>2</td></tr>
<tr><td>1684〜1688（貞享1〜5）</td><td>15</td></tr>
<tr><td>1688〜1704（元禄1〜17）</td><td>26</td></tr>
<tr><td>その他江戸前期</td><td>9</td></tr>
<tr><td>江戸中期</td><td></td></tr>
<tr><td>1704〜1711（宝永1〜8）</td><td>6</td></tr>
<tr><td>1711〜1716（正徳1〜6）</td><td>10</td></tr>
<tr><td>1716〜1736（享保1〜21）</td><td>20</td></tr>
<tr><td>1736〜1741（元文1〜6）</td><td>0</td></tr>
<tr><td>1741〜1744（寛保1〜4）</td><td>0</td></tr>
<tr><td>1744〜1748（延享1〜5）</td><td>4</td></tr>
<tr><td>1748〜1751（寛延1〜4）</td><td>2</td></tr>
<tr><td>1751〜1764（宝暦1〜14）</td><td>13</td></tr>
<tr><td>1764〜1772（明和1〜9）</td><td>3</td></tr>
<tr><td>1772〜1781（安永1〜10）</td><td>7</td></tr>
<tr><td>1781〜1789（天明1〜9）</td><td>6</td></tr>
<tr><td>その他江戸中期</td><td>13</td></tr>
<tr><td>江戸後期</td><td></td></tr>
<tr><td>1789〜1801（寛政1〜12）</td><td>14</td></tr>
<tr><td>1801〜1804（享和1〜4）</td><td>4</td></tr>
<tr><td>1804〜1818（文化1〜15）</td><td rowspan="2">36</td></tr>
<tr><td>1818〜1830（文政1〜13）</td></tr>
<tr><td>1831〜1844（天保1〜15）</td><td>28</td></tr>
<tr><td>1844〜1848（弘化1〜5）</td><td rowspan="2">22</td></tr>
<tr><td>1848〜1854（嘉永1〜7）</td></tr>
<tr><td>その他江戸後期</td><td>31</td></tr>
<tr><td>幕末</td><td></td></tr>
<tr><td>1854〜1860（安政1〜7）</td><td>11</td></tr>
<tr><td>1860〜1861（万延1）</td><td>0</td></tr>
<tr><td>1861〜1864（文久1〜4）</td><td>2</td></tr>
<tr><td>1864〜1865（元治1）</td><td>0</td></tr>
<tr><td>1865〜1868（慶応1〜4）</td><td>5</td></tr>
<tr><td>その他幕末</td><td>35</td></tr>
</table>

新井白石（一六五七〜一七二五）が画家で儒者の佐久間洞巌（一六五三〜一七三六）にあてた書簡[13]のなかに、瀟湘八景を日本に「擬し候事」になったのは江戸初期の慶長元和の頃で、近江の景を瀟湘の八景の題を用いて模し、それ以来、「当時大名旗本衆之の別業山荘等に、八景のなきは一所もなきやうになり来り」という状況を呈していたと記している。そして「日本の景はこれに限り候歟とも申べく候、又日本の景、皆々瀟湘の奴隷に候なども、申ほこり候べく候歟、これによりて、老拙はわかきより其詩はなく候」とし、佐久間洞巌が八景の画に賛を書いてほしいという依頼を断っている。当時いかに八景にまつわる景色が日常的に関心をもたれ、自分の住まいに景観を作ろうとし、八景詩の詩作も盛んであったかが推察できる。

江戸時代の第一のピークにあたる時期に、松尾芭蕉は琵琶湖のほとり近江を好んで多くの足跡をのこし、大津で詠んだ句は八十九句、その墓もまた大津の義仲寺にある。特に四十七歳のとき（一六九〇年元禄三年）、琵琶湖を遠目ながら一望できる国分山山中の幻住庵に四ヶ月住まいし、「さすがに春の名残も遠からず、つつじ咲き残り、山藤松にかかりて、時鳥しばしば過ぐるほど、宿かし鳥のたよりさへあるを、木啄のつつくともいはじなど、そぞろに興じて、魂、呉・楚東南に走り、身は瀟湘・洞庭に立つ」（『幻住庵記』）と記し瀟湘、洞庭湖へ思いを馳せている。[14]

幻住庵

第二のピーク時期には、各地で風光明媚な地元の景観に八景を眺望スポットの視点としてあてはめて世に知らしめ、新たな八景の詩歌絵画が数多く作られる。そういう熟成をへて、江戸末期には、歌川広重（一七九七～一八五八）による『近江八景』が幅広く周知を促すことになる。『近江八景』の名前がついた広重の作品は、双六や扇面画もふくめると、三十種類にのぼっていることが内田實による『廣重』⑮の詳細な目録からわかる。このなかには、美人の背景に八景の風景を配した『近江八景』もある。小道具や着物の柄の取り合わせでその風景を見立てる表現となっている。たとえば「石山秋月」では、風景を背景に、中国からはいってきた伝統楽器月琴を弾く美人は湖面の月を見立てた表現といえる。「三井晩鐘」では美人の左手には雪洞（ぼんぼり）、右手側には提灯がある。三井寺の境内にも参道には灯籠が数多くたてられており、晩鐘の音が響く時間には灯りがともされる。そんな鐘音が聞こえる中、心の灯りもともそうか、といった風情の心の見立を意

本朝三景之内　近江八景寄縮一覧（一八五六年）　歌川広重　大津市歴史博物館

図したものか。

広重は歌川国芳（一七九七～一八六一）と同期で、共に『小倉擬百人一首』という凝った見立絵を制作している。吉田幸一によると絵図を担ったのは国芳が五十一図、広重が三十五図、歌川国貞（一七八六～一八六四）十四図となっている。(16) 様々な古典の物語、謡曲、浄瑠璃などの題材を種としており、見立の創作や手法が好まれていった傾向がうかがえる。広重の見立創作は、『外と内　姿八景』と題する四枚ものを創り出す。一枚の中に、外と内の二つの場所が盛り込まれている。

「ろうか（廊下）の暮雪・座敷の夕せう（照）」外は雪が降りしきって、外廊下の欄干にも雪が積もっている。内の座敷から呼ばれたのか座敷の障子を少し開けて中をうかがっている。座敷内では手を叩いて人を呼ぶ様子。

「柳橋の秋月・九あけの妓はん」外はおそらく隅田川沿いの花街新橋の船着き場で秋の月は深夜の月、内は子の刻深夜の九つ時。折りたたんだ提灯と歌と書かれた木箱らしきものが見えるので、お座敷から

《藤慶板》近江八景　石山秋月
歌川広重　大津市歴史博物館

《藤慶板》近江八景　三井晩鐘
歌川広重　大津市歴史博物館

戻って着替えて消えかかった囲炉裏でひと息という光景であろうか。

「田甫（たんぼ）の落雁・衣々（きぬぎぬ）の晩鐘」広重には名所江戸百景に「浅草田甫酉の町詣」という作品があり、格子の向こうに浅草吉原の田甫と空には雁の群れが見える。ここでは外の風景は遊郭近くの田甫で男が籠を走らせ帰ってゆき、内では別れた後の着乱れたままの女の姿がある。

「格子の夜雨・まかき（籬）の晴らん（嵐）」外は遊郭の入り口の格子戸辺り夜の雨が降っている。内は籬つまり格子戸の中、遊郭の屋内は雨とは無縁だが煙管をくゆらす花魁は寒そうに肩をすぼめている。

このように遊郭の外と内に美人が配された姿八景は、遊郭の日常の表現へと応用され、言葉ももじられて、風景の表現は遊郭の世界の物語をひねりだしていく。すでに本来の八景とはテーマを異にしているが、八景は物語を表現できるいたって便利なツールになっているともいえる。

八景の表現にさらに注目していくと、絵画と詩文以外のジャンルで八景を表現した一人に近松門左

「ろうかの暮雪・座敷の夕せう」

「柳橋の秋月・九あけの妓はん」

『外と内姿八景』歌川広重

衛門（一六五三～一七二四）がいる。その後、江戸時代には多くの八景の名を冠した浄瑠璃作品や長唄、歌舞伎舞踊等が創作される。そこには八景のもつ概念が伝流（空間的伝播と時間的伝承を越える）[17]していく中で、イメージが増幅され、複合化していく諸相の一典型をみることができる。引き続き、日本における見立ての表象の本質を明らかにするために、近松の作り出す八景ものの特徴を糸口として、さらに八景を冠した歌舞伎の変化舞踊を取り上げて、そのイメージの増幅するしくみを明らかにしたい。

(二) 近松の八景好み

(1) 近松の愛した八景の庭

近松には「庭前八景」と題する文と絵がある。[18]この庭への自画自賛を成したのが一七〇四（宝永元）年七月、五十二歳で京都在住の時である。年表によるとその翌年、竹本座（座元は竹田出雲）の座付作者となって浄瑠璃に専念することになり、一年半後の一七〇六（宝永三）年の年始めに、京から大阪へ転居している。

近松の八景の庭は如何なるものであったのか、瀟湘

「田甫の落雁・衣々の晩鐘」

「格子の夜雨・まかきの晴らん」

八景の情景設定と対比しながら探ってみたい。八景の順番は、近松による記載に準ずる。

近松の八景　　対照　〔近江八景〕〔瀟湘八景〕

①相国寺晩鐘　〔三井晩鐘〕〔煙寺晩鐘〕

東雲の　明けわたる社　命なれ　暮るはつらき（やるせない）　入相（夕方につく）のかね

寺が特定される。明け方は神社、夕暮れは寺、と詠むことは、人の一生の短さに対する無常感を詠みこんだものか。

②東山大文字　〔粟津晴嵐〕〔山市晴嵐〕

朝夕に　みれはこそあれ　ひかし山（東山）　いさよふ暮や　篝火のもし（文字）

京都東山の大文字の送り火は朝廷の通史である『続史愚抄』に元禄二年、お盆明けの日に雨で延期になったものの、日をあらためて「今夕諸山、送り火あり(19)」などとされ、近松の頃にはすでに毎年おこなわれていたのであろう。題材が京都の風物詩に転換されている。

③禁門穐月（御所の秋月）〔石山秋月〕〔洞庭秋月〕

秋も最中　所からさへ　百鋪（百敷・宮中）に　月のやとり（宿り）は　一入の空

湖面に映る月の風情はないが、御所にかかる秋の月がひときわ輝いて見えるようである。

④今出川牛車　〔矢橋帰帆〕〔遠浦帰帆〕

昼となく　夜ともわかす（分かたず）　引車　うしはうしとも　おもはさらめや

ここでは、川を行き交う船にかわって、一日中、道を行き交う牛車を詠み込んでいる。

⑤御霊夕照（祇園御霊会）　〔瀬田夕照〕〔漁村夕照〕

天津空（大空）　のとか（のどか）成りけり　神まつり　夕日照そふ　ほこのかすかす（鉾の数々・京都祇園会の山鉾）

夕日に照らされる漁村ののどかな風景は、夕照を残しながら都の特徴的な祇園祭と対比されている。

⑥仮山夜雨　〔唐崎夜雨〕〔瀟湘夜雨〕

月の夜に　降し時雨や　あし引の　山もかすみて　見ゆる遠近

⑦庭上飛鳫（雁）　〔堅田落雁〕〔平沙落雁〕

よしさらは（それならば）行かふ（行き交う）鳫や　三つ二つ　庭にやすまは（休まば）　おもひ出にせん

⑧叡山暮雪　〔比良暮雪〕〔江天暮雪〕

冬かれは（冬枯れ）　いかにさひしき（寂しき）　ものなるに　雪もまたらに（まだらに）風をさそひて（誘いて）

このように、八景中六景は、同じ情景を踏襲し（波線部）、「東山大文字」と「今出川牛車」は、京都特有の動きのある光景を巧みに選びとっている。

①相国寺晩鐘

②東山大文字

近松自身、人の笑うのもかえりみず「四国中の手の平ほとの庭を作り山をもつき（築き）朝夕の慰に手つから塵をひろひ（拾い）うき（憂）をはらす」と記しているので、やはり実際に八景を見立て自らの掌におさまるような庭を作ったのであろう。この貞享年間には京都ですでに八景が十二件も設定されている。近松が京都か近江の八景を見ていたのか、あるいは公家に仕えていたときに瀟湘八景のことを知ったのかは定かではないが、八景の知識を持っており、それを自分で造ってみたいというほど執着を抱いたことは確かであろう。

「此山の景気（景色）岩がん石そばだち、屏風を立たるがごとく、其けはしき（険しき）事ひよ鳥越（鵯越え）にもまさり、谷ふかく峯高し」と庭をつくりながら伝説の景観をそこに投影させ、源義経の鵯越えのさま、熊谷次郎直実の出家前の勇壮なさま、謡曲『鉢木』に詠われる佐野源左衛門が虚無僧姿の北条時頼を鉢植えの「梅桜松」を燃やして

③禁門穐月

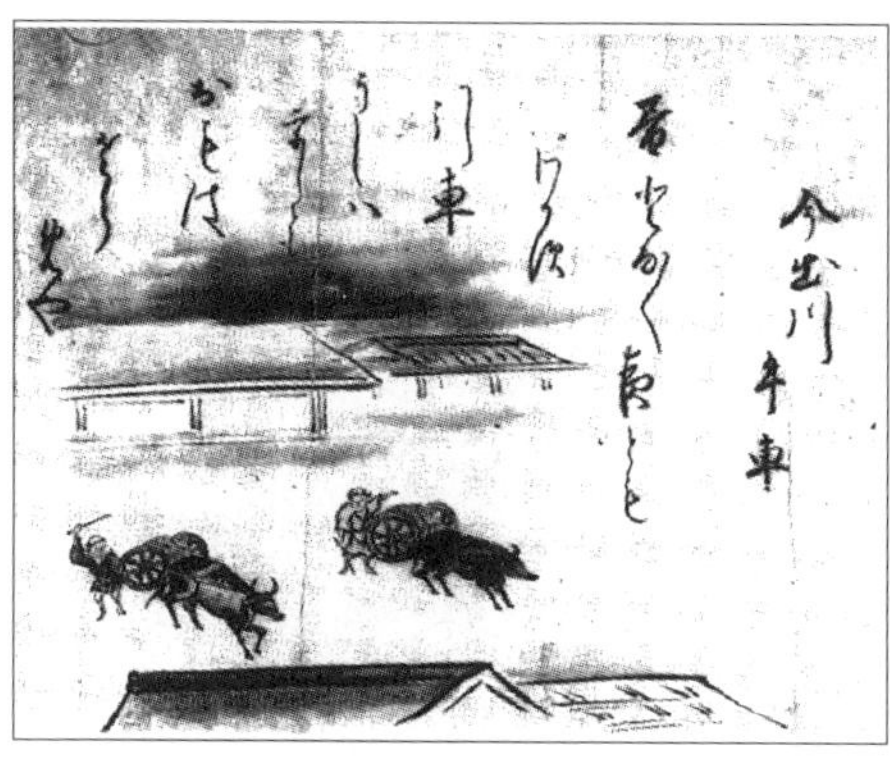

④今出川牛車

⑤御霊夕照

⑥仮山夜雨

⑦庭上飛鴈

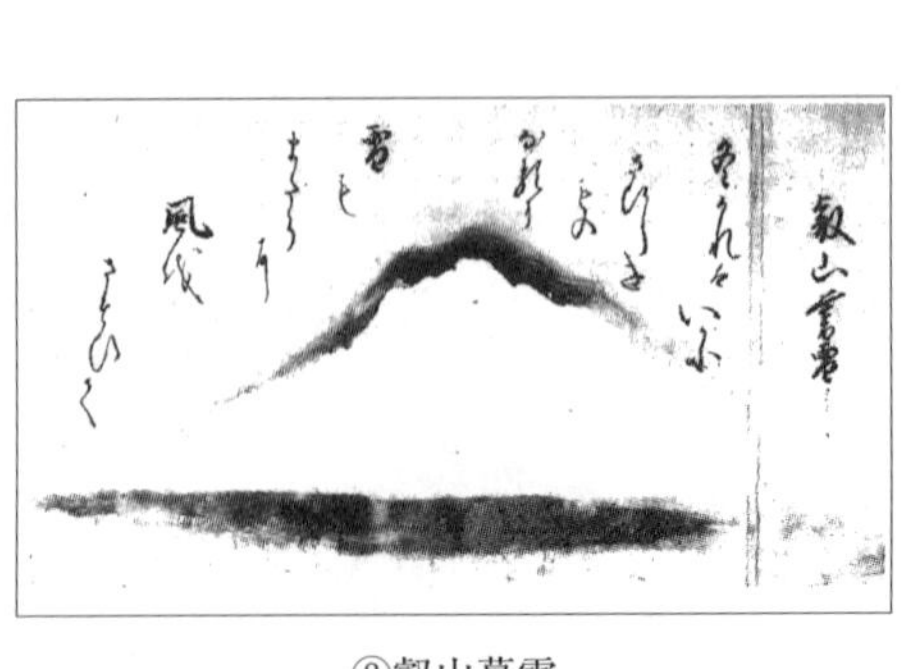

⑧叡山暮雪

もてなした光景を想像する。「空をなかめし（眺めし）折から雁のあまた飛つれしを見て、与風心（風流な心）つき、我田舎そだちの身なれとも、今都にすめは（住めば）おのつ（自ず）から其気にうつり八景と哉らん云事あるよし。もしは、かやうのものかと酔のまぎれに、めくらへひにおちす（盲蛇に怖じず）の一巻独楽（ひとりたのしむ）にして狂歌をつづり絵にも書、見る事我ながらおかしやおかしや」。景観から歴史上の人物へと思いを馳せ、想像を巡らす近松の姿を髣髴とさせる。

近松の家のあった場所について、元禄十一年の道外方役兼業作者の金子吉左衛門による日記「金子一高日記」[20]から見ると、頻繁に信盛（近松）と打ち合わせをおこなっていることから、四条河原付近とされている。その位置から近松八景を仮に再現してみると、②の東山、③の御所、④の今出川の様子、⑤の祇園祭、⑥の山の遠景、⑧の比叡の山といった景観はいずれも、借景を愛でていることが推測できる。①の相国寺から聞こえてくる晩鐘、そして⑦の庭の上を飛んでいく雁もまた庭内の風情ではなく、聴覚と視覚がとらえた動く景色である。描かれた画を見てみるとそれはいずれも、視点が高い位置にあり俯瞰する水墨画の平遠法を用いている。近松は、掌の庭を造ると同時に、京都の真ん中で、京都を自分の庭とし、中空に心眼を遊ばせ、京都の代表的な風情を瀟湘八景のそれぞれに見立てて、作り上げたとも考えられる。

近松の庭への関心は、自筆の短文「菊花堂の記[21]」にも見える。長崎の人で「菊花堂」の号をもつ内田敬貞のことを記す中で、菊を愛でた陶淵明を見るようだと語っている。その花を愛でる人の「花徳」は、「言葉かさらす（飾らず）、かたちへつらはす（形へつらわず）、おのれを見る事故人のことく（如く）古きをいふ事今のことくかかはらす（拘わらず）とどこほらす（滞らず）心を意のままにし、かたちをかたちのままにす」。また『文選』の一句「大隠は朝市にかくる（本当の隠者は市井にいる）」をとって、「けにも（げにも）大隠は市朝にありとは比人よ此人よ。天然菊か（が）情にかなへり」と賛する。陶淵明の『飲酒詩』「菊を東籬（ひがしのまがき）下に採る」からとって、「あした（朝）には東籬に水をそそき（注ぎ）ゆふへ（夕べ）には酒杯に吟詠して菊畠をたかやさんの（耕さん）唐木つくりのかくれ家もおもひあはされ、さかやきそった（月代剃った）陶淵明（丁髷頭の内田敬貞を陶淵明に見立てている）をはしめて（初めて）見たるめつらしさに（後略）」として、深い思い入れをこめている。菊への執着は、庭への執着、さらには自由気ままな生き方への希求へと広がっている。八景のもつ原動力はそこに重なる文人たちの営みや精神を想起させることにも繫がるからではなかろうか。

（2）近松の八景の趣向──『ふしみ八景』

近松の作品には八景という名を冠したものが複数存在する。そこには八景に関するどのような趣向があったのか。まず、近松の作とされる『ふしみ八景[22]』から探ってみる。これは、語りの劇的構成をもつ段物集といわれる長唄の一曲である。

内容としては、難波からいとしい人を追って京の都へ駕籠でやってきた元傾城が、都の風情を見ながらのその景色を瀟湘八景になぞらえつつ、道中を行く。後半、いとしい人への恋慕がつのり、道成寺の蛇になった女になぞらえて「今道成寺」と詠い、最後は伏見稲荷へと向かう。

難波から、枚方、淀川大橋、遡って伏見の桂川のあたりから、「ゑんほのきはん（遠浦帰帆）もかくやらん」、「平砂におつる雁鴨（平沙落雁）も、とんでとば山竹田の里、竹の露霜しやうしやうの、雨もおよばぬ（瀟湘夜雨）袖がさ（袖を傘代わりにして）おちの、里人うちつれてさんさ淵にあみうつ（網打つ）つりたるる宇治の川霧、かきわけかきわけうつすぎよそんの夕照（漁村夕照）や、さんしのせいらん（山市晴嵐）おもはれて。かのふか草の少将の恋にやるせのいきつぎや、すみぞめの井のつるべなわ。（小野の小町のもとに百度通って恋をとげようとした深草の少将の住まいにあった墨染欣浄寺の井戸の釣瓶）たぐりたぐりたぐりあげつゝつゝゐづゝ（筒井筒）。此水かがみまへうしろ（水鏡前後ろ）京へむかうかむくまいか、見てくだんせとうていの、月（洞庭秋月）もしろしろ、しろ山のもくの花咲からにしき。（ここでは、井戸の釣瓶でくみ上げた水を鏡として月を映して、洞庭秋月をイメージしている）今江天の雪がふる。（江天暮雪百夜通いの最後の日、雪が降り積もる中亡くなった深草の少将の話がつづいている）」。

このあと、いとしい人への思いは「恋の一ねんどくじゃとなって、じゃいんのうろこれんぼのつの（恋の一念、毒蛇となって、邪淫の鱗、恋慕の角）」の身ともなり山川こえて、男が身を潜めた大鐘を念頭において、「おもへば此かねうらめしやとて、りうずに手をかけひらりととびしむかしを今におもひしらせん（思えばこの鐘、恨めしやとて、釣鐘をかける竜頭に手をかけ、ひらりと跳びし昔を今に思いしらせん）いりあひならばせんりもひびけ、あか月なるな、これぞたうせいわけあるよねの、まぶをうらみの今だうじやうじ、ゑんじのばんしやうとなづけたり（入相〔すなわち、晩鐘〕ならば、千里も響け、あか月〔明け方には〕鳴るな、これぞ当世のわけある娼〔遊女〕の、間夫〔遊女の恋人〕を恨みの今道成寺。煙寺晩鐘と名づけたり）」。

これで八景をすべて詠み込み、最後に「めいしょめいしょを、うちながめなをゆくすゑはきつねぶく」（名所名所をうち眺め、なお行く末は狐福〔思いがけず幸せに〕）。「いなりのやしろ（稲荷の社）よろこび見せて神のみくし（神の御首）の十二のはし（階）。きをひかゝるやさきかくる（競い掛かるや〔勢い込んで〕先駆くる）はなの、みやこにつきにけり（花の都に着きにけり）」。

最後は伏見稲荷に到着である。江戸時代に京都で八景と呼称される十二件のなかに伏見八景とよばれるものはない。八景は、ここでは瀟湘八景で用いる呼称を六つまではそのまま踏襲し、残る二景も、それにあった季節と場所を合わせている。しかし全体をとおしてそれは、景色を詠じているのではなく、女の切なる情の世界、すなわち、男を追っていくその心の変化と切迫感を情景を変じてみせることによって表現している。八景は心の景色を投影させたものとなっている。

（3）近松の道具としての八景――『からさき八景屏風』

『からさき八景屏風』[23]のからさきは、近江八景の一つ唐崎（辛崎）である。内題として、「男の心見どをした（見通した）かゞみ山、女の心そこのしれぬ水うみ」とある。一七〇三（元禄十六）年五月京都四条大芝居、座本は大和屋藤吉で上演された。実際の心中事件（上演の同年四月二十八日、竹屋町通東洞院の屏風屋の手代小兵衛とあいの町おつたの心中）[24]をもとにしたものとされる。

冒頭に、「八景の小歌」（蔦山節）があり、近江八景を歌詞に詠み込んで、心中する男女の心情を表現するのに用いられている。近江八景はこの時すでに瀟湘八景に見立てて景観として歴史を刻み、二百年の時を経ている。その心情との結びつきは、涙にくれて袖をぬらす様と「からさき（辛崎）の雨のしづく」（唐崎夜雨）を重層的に詠む。「三井晩鐘」の響きも、追っ手がくるかもしれないと不安にかられて心臓を突くような鐘の音となる。「堅田落雁」の雁は、「つがいの鳥のはね（羽）とはねを」かさねて連理の鳥を想像させ、「鳥のめおとのうらやまし」となる。そして「粟津晴嵐」の「あわときへはや。きへてもらいせで（泡と消えばや、消えても来世で）」と、心中への決意を示す。さらに「めくり（巡り）大津のせき所と、関でしがらむみつせ川」と、「瀬田夕照」を大津の地、瀬田川の左岸の瀬田に、関所と夕照の同音をかけて、死出の山路への道行きを表現する。「比良暮雪」に続けて「白雪と、とけてながれてみなそこ（水底）の、身はむ（埋）もれ木の」と、溶けて消え去る雪にかけ、死して海の藻屑となる身を詠じる。「名計（ばかり）残る石山の秋の月かやうら（恨）めしや、此世の月の見おさめよ」と「石山秋月」にこの世への心残りを投影する。「やばせ（矢橋）のきはん（帰帆）引かへて、ぐぜい（弘誓）にふたりのり（法）の舟」「矢橋帰帆」は帰ってくる舟とは逆に、二人は仏の弘誓に救われるべく仏教の法の舟にのってこぎ出す。いずれも象徴的に用いている。

『からさき八景屏風』

作品は上、中、下の三段で、中は劇中劇で、心中物の芝居を観るという内容となっている。下は「二枚屏風　是は狂言の上絵」とある。最後に、「あはれかなや清兵（屏風屋の手代とはやつしの姿で、実は大名の姉川右近という殿様）へおあさ（かごかきの七兵への娘）は、身をなげ心中せんと、からさきへ行道の、あふみ八けい（近江八景）も見へわかず

（見分けもつけられず）、いしやう（衣装）ぬいで帯と帯を一所にくくり、うみへとび入ながれ給ふ」。最後は二人とも助けられ、右近は殿様にもどり、おあさも助けられる。

本作は、最初の小歌とは情趣が異なり、滑稽なお家騒動（大名姉川殿の後室がたくらむお家乗っ取り）と屏風絵から幽霊がでて悪を懲らしめるなど、趣向をこらしているが、情緒に乏しく、台詞も紋切り口調となっている。芝居の中の心中のやり方を観て、そのやり方では血をみていやだからと、海への身投げを選ぶ恋する二人には、近江八景も目に入らない。それは冒頭の小歌とは相反する情況を描いたものとなっている。その反面、八景をわざわざ盛り込むことによって、観る側の風景への想像は膨らむ。それに反して風景も眼に入らない男女の愛憎の物語はかえって強調される効果を生むものとなっている。

（4）近松の中で変化する八景――『曾我扇八景』

八景を名題に入れた近松の浄瑠璃作品『曾我扇八景』(25)は、大阪へ転居後の作である。現存する古本で全集所収のものは竹本筑後掾が上演した浄瑠璃本で、絵入細字本（かつて「虱本（しらみぼん）」と称された虱のような細い字体、明暦から天和にかけて京坂で出版された）により、見返しに「そが兄弟みちゆき」とある。

後年次のように評される。「武勇談は義太夫節の生命とする所なり。而も元禄の武勇談は万治寛文の殺伐なる武勇談にあらず、花も実もある武勇談なり。曾我の浄瑠璃は即ち是なり。五郎は実に金平擬（もど）きの人物なり。但し十郎の優男に虎御前少将等の遊君を配合したるは、当時流行の傾城事に金平趣味を加へたるもの。義太夫節に曾我物の多きは、全く此理由によれり」。「近松と曾我とは何か因縁あるが如く思はるれど、寧ろ義太夫の好みといふべく、義太夫節の曾我は、金平のやつしにて、武勇談の進化したるものなる事を知るべし(26)」。ここからは時代の好みを受けて傾城ものと武勇ものとを綯い交ぜにした曾我ものの傾向がうかがえる。その中で、曾我兄弟の道行の箱根越えも、景色は転変とする。ただし、八景に見立てて詠まれているわけではない。また、中之巻大磯の場では、「紋づくし」があり、人名と家紋、地名を列挙して語り、語り物芸能としての曾我語りを反映させているものの、八景とは関係がおよばない。

　近松は、曾我物語の中でも富士の裾野で展開する場を主に据える。その富士の裾野の末広がりの形状に対し、扇と八景を掛け合わせて強調している。ここで八景は、具体的な景色を表すものとしてではなく、物語の展開する場面を象徴するものとして用いられ、イメージを増幅する作用をもたらしている。その後曾我物として歌舞伎でも特に初春の吉例として演じられ、最後に主な役どころが打ち揃い、富士を見立てた見得をきるのが恒例となって今日でも続いている。東錦絵『曾我八景自筆鏡』（人物部分は〔三代〕歌川豊国、風景部分は〔二代〕歌川広重筆）は、曾我兄弟の兄十郎祐成（すけなり）と曾我中村の風景、弟五郎時致（ときむね）と箱根権現など、主な役と所縁の風景が組み合わさって物語の場面をドラマチックに想起させることになる。

　このように、近松一人の中でも、八景は庭の見立、心情の見立、物語構造の象徴的な見立と、異なる表

五郎時致・箱根権現『曾我八景』
国立国会図書館

十郎祐成・曾我中村『曾我八景』

現に応用されて意味が増幅し拡張していることが見て取れる。殊に近松は文化の創造者としての位置にいることから、そこからの発信力が景観、あるいは絵画や詩歌以外の領域への進展を促したともいえる。

四　文化表現の型としての八景

(一) 詠う八景

八景のモチーフは、その後さらに庶民への浸透と展開を見ることができるが、ここでは変化舞踊への展開と役者絵への展開を追ってみる。

『増補絵入　松の落葉』(27)は、歌謡を集めた『落葉集』(一六二四年寛永元年)を大木扇徳が六年後に改編したものとされる。この中には、近松の『からさき八景屏風』の冒頭で詠われる「辛崎心中道行」がそのまま収録されている。さらに「としま八景」「西国八景」など八景を冠した歌謡がある。また「四条河原涼八景」は、四条河原の芝居見物を織り込んだ風情が詠まれていて本来の八景とは別世界の創作である。伊勢の川崎音頭歌を集めたとされる『伊勢音頭二見真砂』(28)は、享保年間に作り始められその後各地に広がっていったもので、ここにも八景を詠み込んだ歌は多い。たとえば「世渡り八景」では、「世の事業(ことわざ)を八景に喩えて」と、日常の風景をあてはめる。「女郎八景」では、「身仕舞に、絵心ありて八景の、一つ一つに較べ見る」と、遊女の化粧など身支度の様を投影する。

このように、八景はすでに風景とは関係ない、生活の中の風情を洒落て詠うという換骨奪胎したものとなっている。

(二) 変化八景

八景は歌舞伎舞踊の中の変化ものと結びついて、八変化の変化舞踊としても展開している。『続歌舞伎年代記』には、一八四六(弘化三)年七月の上演で、八景の八変化が記録されている。(29)その変化舞踊の内容は、乙姫(引抜衣装)、浦島太郎、景清、冷水売、臘候（節季候）、心猿（引抜衣装）、晒女、石橋となる。歌舞伎舞踊の変化を詳細に分析した九重左近は『江戸近世舞踊史』[30]の中で「八変化」は「八変化をそれぞれ八景に倣へ」、「閏茲姿八景」（一八一三年文化十年）にはじまるという。

これを画題とした錦絵も市川團十郎の「姿八景」として、豊国によるものが残されている。森田座での辻番付（一八一三年文化十年六月十七日、二世桜田治助作詞、四世杵屋六三郎作曲、初世藤間勘十郎振付）は冊子にもなっていて見ることができる。その後、「真似三升姿八景」の名による河原崎座での辻番付（一八四六年弘化三年七月一日、一八五五年安政二年五月三日）もある。明治にはいって「縁結姿八景」で市村座（一八八九年明治二十二年十一月十日）での興行のものもあり、一過性ではない演目になっていたといえる。

ここでは豊国による役者絵で、『姿八景　市川團十郎相勤申候』（早稲田大学演劇博物館蔵）から、八景の応用表現の一例を用いて見ていく。二変化が一枚の中に収められている。（森田座、一八一三年文化十年六

「真似三升姿八景」八変化を一枚に　河原崎座一八四六年　ボストン美術館

月十七日）

「姫垣晩鐘、浦島帰帆」：画賛「姫垣晩鐘　晩のかねは金箱役者なり　龍寅までもひゝけ（響け）乙姫」「浦島帰帆　万年の亀の背中に帆かけて　評判うち出の浜のおひ風　桜川慈悲成」。（桜川慈悲成：一七六二〜一八三三、戯作者、落語家）

「水売の夕照・節季候の暮雪」：「水売夕照　ひや（冷）つこいす、（涼）しき風の福牡丹　夕日に染る市川の水　桜川慈悲成」「節季候（せきぞろ）暮雪　空はる、頃も高土間さん敷花をかさしてさつさ御座れや」。節季候とは、四つ竹などをならしながら家々を回る門付芸だがここでは手にしているのは綾竹のようである。

「心猿秋月・晒女落雁」：「心猿秋月　ゑんかうのわさにはあらて（猿翁の技には非で）心猿の月に手のよくとらる所作事」「晒女落雁　江戸ッ子のおもふ堅田へなひく（靡く）かな　かりかねひたい（鴈金額：額際の形が富士山の形に似て、富士額ともいい、美人の条件とされた）團十郎娘」。猿は大きな御幣を担ぎ、直垂に桃の文様がある。暴れ馬の手綱を片足で押さえ、晒のはいった盥を小脇にかかえ、目を見開いてにらみをきかせた美しくも勇ましい姿の晒女お金（お兼）を演じるのも團十郎である。

「石橋晴嵐・滝詣夜雨」：「石橋晴嵐　愛敬は身にもち月の富貴草（牡丹の異称）千くさもなひくほとの大入」。（千草（ちぐさ）も靡く程の大入り）石橋の獅子は牡丹に三升繋（つなぎ）、六弥太格子の文様の衣装、金鯱の隈取りをなす。

「姫垣晩鐘・浦島帰帆」『姿八景』
早稲田大学演劇博物館（001-1134）

「滝詣（たきもうでの）夜雨　唐崎の夫にはあらて滝詣　あこやの松にかよふ夜の雨　桜川慈悲成」。傘を片手に、アザミ紋様の衣装を片肌脱いでその下は「南無観世音菩薩」の大文字入り。恋人阿古屋が待つところへ通う景清。

　変化舞踊について九重左近は「一つの外題の中に、二つ以上の舞踊を含み、かつ連続的に所演するものを云う」と述べ、さらに変化の中身について分析している。それにあてはめてみると、この團十郎の姿八景の一見脈絡のない八種類の変化は一つの類型にのっとっている。今、九重左近の分類に従って姿八景を再見する。

　第一に、扮装美を目的とすることで、乙姫がそれにあたり、美女で唐女に属する。第二は老幼に仮装するのを目的とするもので、浦島太郎は老人に変化するのでこれにあたる。第三は、人に使われる者を表すということで、晒女がこれにあたる。第四は座頭などの身体不自由な人となるが、これに該当するものはない。事例でもこれは少ない。第五は物売りで、ここでは水売りが該当する。第

「心猿秋月・晒女落雁」『姿八景』
(001–1139)

「水売夕照・節季候暮雪」『姿八景』
(001–1138)

六は小道具をもった者ということで、芸能にたづさわる者であろう。ここでは臘候（せきぞろ）が、両手に綾竹を持っており、面と尺八の図柄入った衣装をつけている。第七は、人に非ざるもので、心猿と石橋の獅子がそれにあたる。第八は実在の強者ということで、景清がそれにあたる。

この八つの姿は相互に関連はない。「筋より只眼先に現れる変化のみに重きを置いて居た」（九重）といわれるように変化舞踊の大部分が相互に無関係であるとされる。あるいはまた、「初めは無造作に、七変化九変化とやって居りましたのですが、それでは余り曲がないというので、『近江八景』に准（なずら）えて八変化をやったり、『十二支』や『十二ヶ月』に准えて十二変化をやったり、『忠臣蔵』に准えて十一変化をやったりするようになりました」（渥美清太郎「常磐津年増に就いて」（二））[31]という。このことは、歌謡でみた八景の換骨奪胎の情況とも合致している。

八変化には、単純に八変化を演ずる「八重霞桜花掛合（やえがすみはなにかけあい）」と、八変化をそれぞれ八景に倣えるものがあったとされる。では、八景の所作とはどのような表現であったのか。現在この演目は、八変化のうち、晒女（さらしめ）（別名「近江のお兼」）が単独で演じられている。そこから八景所作の一端に注目してみる。

「晒女」は、近江のお兼という大力女の伝説とされ、鎌倉時代の説話集『古今著聞集』に痕跡を見ることができる。「近江国の遊女金（カネ）が大力の事」（三八一）[32]では、京に上る途中の東国の武士が琵琶湖西北岸の梅津に泊まり、琵琶湖で馬を冷していたところ、馬が物に驚いて暴れ回り、だれも止めることができない。金は全く動ぜず、はいていた

「石橋晴嵐・滝詣夜雨」『姿八景』
（001–1135）

高下駄で馬のさし縄の先端を「むずと」踏みつけ、やすやすと馬をとどめ、「人々目をおどろかす事かぎりなし」。「それより、この金、大力の聞えありて、人おぢあへりける（恐れ合った）」とあり、その大力で動じない姿と近江という土地から團十郎の荒事および近江八景を重ねあわせ想像させたのであろう。「色気白歯の團十郎娘強い強いと名に振れしお兼が噂高足駄」とあり、錦絵に描かれているとおりの高足駄に強面の娘姿の團十郎が詠われる。「團十郎娘」というのは、七世團十郎が二十三歳で踊って人気を博したので残っているという。そして恋でなく相撲ならば相手を選ばず渡りあうといって、下駄を脱いで力比べの振りをしたあと、この曲のなかで「唯一しっとりとした踊り」と評されるクドキ（口説）となり、次の長唄の詞章にあわせて踊る。

〽関の清水に心は濡れて　今宵堅田に老蘇の森（滋賀県蒲生郡安土町の旧村名、奥石神社の森で、ホトトギスの名所とされ、歌枕として知られる）と、返事信楽（滋賀県南部甲賀市）待たせて置いてまだな事じゃと心で笑い、嘘を筑摩（つくま、ことばを洒落ている。筑摩は滋賀県米原市）の仇憎らしい。

〽更けて今頃三井寺は、何処の田上と寝くさって、夢醒ヶ井戸の鳥籠の山

〽此方は矢橋の一筋に、ほんに粟津のかこちごと（口実に）、思い大津は初秋に(33)

景色の風情を表すというよりも、駄洒落、言葉遊びのほうに傾いている。

また、「冷水売」に関しては、葛飾北斎による踊りの独習本「踊独稽古」(34)にしぐさが描かれている。七代目市川

「姿八景　さらしめの落雁　市川團十郎」
早稲田大学演劇博物館　（101-6950）

團十郎による序文がある。「観客学ばずしてことごとくその業に熟達すべし。且つ画くところの人物の生動、おのづから踊るがごとき筆拍子」。「市川團十郎姿八景の内　團十郎冷水売」と題し、当時團十郎がどのようにこの所作を舞ったのか、劇画のように再現される。柄杓を回して水桶から茶碗に水を汲み飲むしぐさ、初鰹を見るしぐさ、天秤棒をもって振り、頬被り、胸ぐらを取られるしぐさ、わびるしぐさなど、東男の粋な姿が描かれるが、その歌詞も所作も、八景から派生して芸能の踊りの型へと展開している。

（三）見立八景

現在も、演じられるものに「花翫暦色所八景」がある。この演目は、「花暦の江戸八景に見立てられたもの」とされる。そして、役者絵である「東八景」のシリーズは、八景に役者の演ずる八変化を重ね、それぞれの変化のモティーフは八景の情景モティーフの見立となっている。

演じられた初期の記録としては、一八三九（天保十）年三月十一日、江戸中村座で、大切所作事として四代目中村歌右衛門（一七八九〜一八五二、襲名は一八三六年）が初演した[35]。

この日の大名題は「岩井歌曾我対面」、その二番目大切りが「東八景」である。役者絵として錦絵「東八景ノ内　中村歌右衛門」を作った絵師は国貞（落款印章は五渡亭国貞画）だった。これは四代目中村歌右衛門が一人で八役を演ずる変化物である。所作題、本名題はすべて「花翫暦色所八景」とある。花翫暦の翫は、四代目が中村歌右衛門の名跡をつぐ前の名の二代目中村芝翫をさし、八景を「ワケ」ともじっている。翫にはめでるの意味もある。花暦には中国の清の翁長祚が著した『花暦百詠』の江戸の写しなどがある。これを日本で、日本の花と季節、名所につくりかえてできたとされる。

一八二七年に名所とその四季の花を案内した『江戸遊覧花暦』が出版される。内容の花とモティーフは、東八景とは全く異なる。ただ、花や名所、景観への関心の高さはうかがえる。

役者絵「東八景ノ内　中村歌右衛門」歌川国貞　演目「花翫暦色所八景」早稲田大学演劇博物館

①忍ヶ岡の帰雁　東八景（101–6962）

②吉原ノ夜雨　東八景（101–6963）

③隅田ノ晩鐘　東八景（101–6966）

④両国ノ夕照　東八景（101–6967）

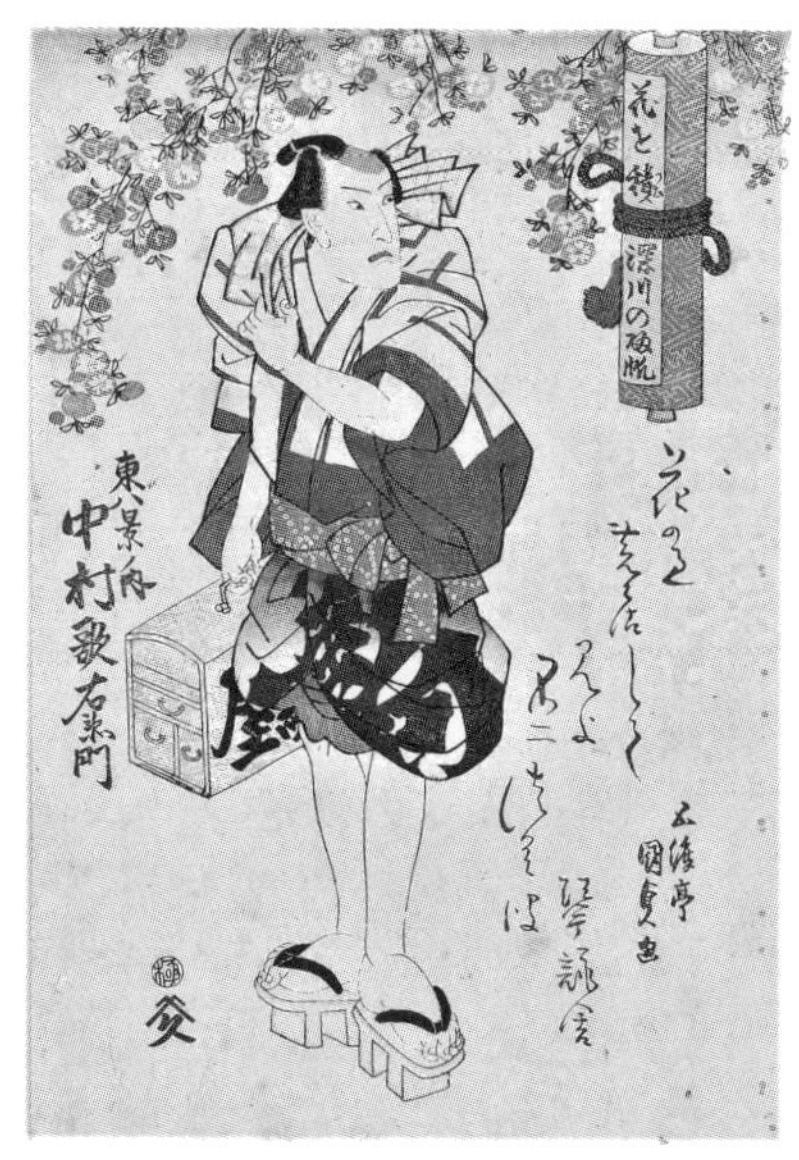

⑥深川ノ帰帆　東八景（101–6968）

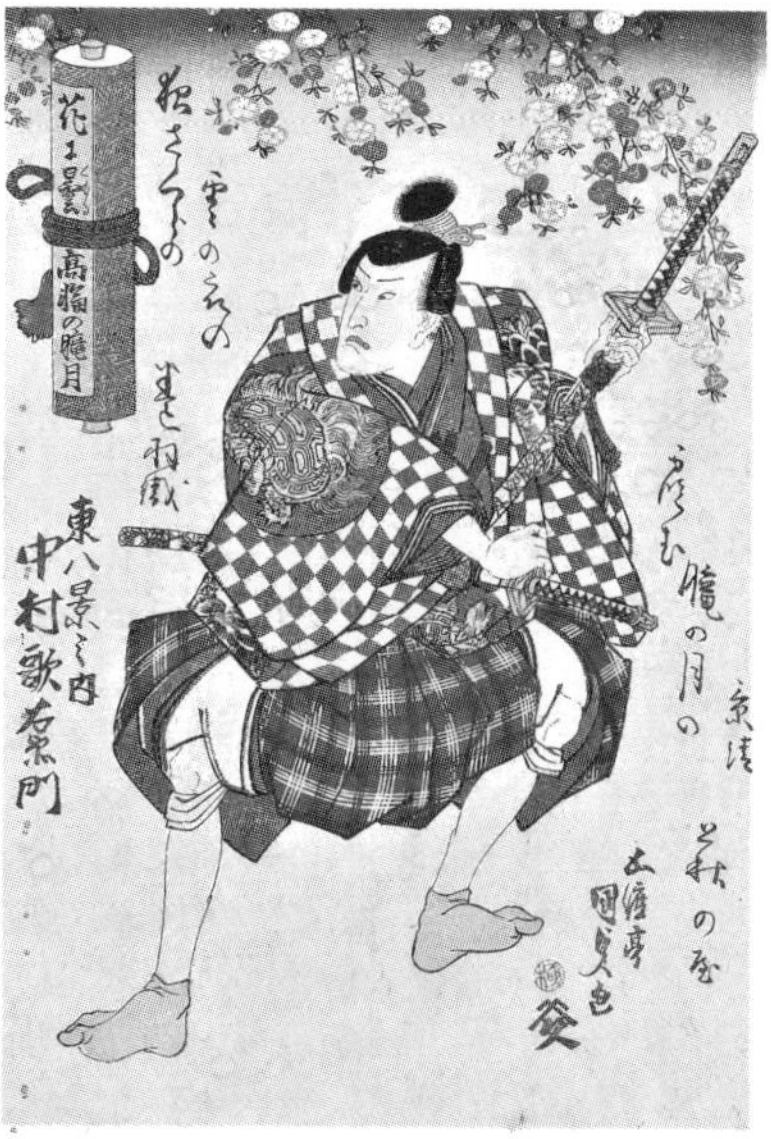

⑤高輪ノ朧月　東八景（101–6969）

⑧音羽ノ晴嵐　東八景（101–6965）

⑦葵坂ノ暮雪　東八景（101–6964）

辻番付を見ると、八景のある方角、場所、その景色にみあった演じる人（または霊）、それに八景のテーマがはっきりと描かれている。番付では、「八景」を「八卦」ともじり、あてはめている。

番付順で配列してみる。

①「乾にあたって花に霞忍ケ岡に天女の帰鴈」、錦絵の画題では「花に隔忍ケ岡ノ帰鴈」、細目題「天女の帰雁」配役は天女。

②「坎にあたって花に誘吉原に助六の夜雨」、錦絵「花誘吉原の夜雨」、細目題は「助六の夜雨」配役は助六。

③「艮にあたって花に濡隅田に旁妻の晩鐘」、錦絵「花を散隅田ノ晩鐘」、細目題「旁妻の晩鐘」配役は旁妻。

④「震にあたって花に渡両国に飴売の夕照」、錦絵「花の移両国ノ夕照」、細目題「飴売の夕照」配役は飴売。

⑤「巽にあたって花に曇高輪ノ朧月」、錦絵「花に曇深川に丹前の朧月」、細目題「丹前の朧月」配役は丹前。（当時流行ったラフな丹前姿で踊る）

⑥「離にあたって花に浮高輪に舟乗の帰帆」、錦絵「花を積深川の帰帆」佃船頭、細目題「船乗の帰帆」配役は船乗。

⑦「坤にあたって花に埋萩窪に鷺娘の暮雪」、錦絵「花に埋葵坂ノ暮雪」、細目題「鷺娘の暮雪」配役は鷺娘。

⑧「兌にあたって花に乱音羽に雀踊の晴嵐」、錦絵「花を狂音羽ノ晴嵐」、配役は雀踊。

この演目「花翫暦色所八景」は、「花暦の江戸八景に見立てられたもの」とされる。

実際に創作する苦心について、三代目中村仲蔵（一八〇九～一八八六）が『手前味噌』[36]で次のように記している。一八三九（天保十）年三月、「大切、東八景の所作」「舞台の道具は一間の屋台、高さ三尺真ん中にとまり木、すべて雀堂に見立てし誂へ、例の雀をどりの鳴物に合はせ、飛び上り飛び下り、雀の振りを失はぬやうの所作だて、実にむづかしい誂へなり。我らこれには心魂を疲らし、やうやうつけて、板の間（三階）で稽古する。念者（念入りの人）の翫雀、これではどうぢゃ、かうやったらと、考へる間が長く、とうとう夜が白むまでかかり、先づこれで今夜やって見ようと漸く納まり、明るくなって芝居をいで、乗物町へ帰る」、「実に少しも寝る間なし、この芝居も大入にて、二た替り休みなしに、八十余日打ち」とある。マンネリ化しないように、役者が趣向を考え出す苦労が如実に読み取れる。そうして誕生したのが変化と結びついた八景なのである。八景は趣向を生み出すにはもってこいのアイデアを湧かせてくれる重宝なアイテムとして機能していたようである。

＊　＊　＊

ランドスケープとしての八景は、江戸時代に全国各地に新たな地方の八景を生み出すピークを迎えた。その一方で、八景は、一般に広く知られるようになっていくにつれ、想像力を触発されて、本来の景観としての意味から離れていく。つまりそこから連想される別の意味が加えられてはじめて存在意義をなす、いわばイメージの多重構造をもつようになる。その過程は、近松に見られるように、八景を自分でも作り出すほど景観をこよなく愛し、さらにそれを、藝能のなかの心情表現あるいは物語表現の象徴として取り込んでいった。それがまた時空を超えて、さまざまな趣向を生み出すための装置、あるいは一つの羅針盤的なものとなり、人物や生活の情趣の表現として見立てられていった。それはイメージの増幅作用をもたらし、追いきれないほど豊かで創造的な現象を生み出している。そして景観としての八景も、いまだに拡大増殖し続けている。八景という文化表現には、想像力を掻き立て、また景観へもどっていくという循環作用を見いだすことができるのである。

注

（1）（元）湯垕『画鑑』中国歴代画論大観・第三編・元代画論　兪剣華編　江蘇鳳凰美術出版社　二〇一七年一月

（2）（明）朱謀垔『画史会要』台湾商務印書館　一九七一年

（3）『君台観左右帳記』赤井達郎・村井康彦校注『古代中世芸術論』岩波書店　一九七三年十月

（4）本法寺第十世日通『等伯画説』『画説・長谷川等伯物語記之』赤井達郎校注、『古代中世芸術論』岩波書店　一九七三年十月

（5）榊原映子「全国の八景リスト」二〇〇〇年九月、全国一一三三の八景（ただし十景、十二景なども含まれている）の集計に基づく。『八景の分布と最近の研究動向』青木陽二・榊原映子編　国立環境研究所調査報告　第一九七号　国立環境研究所　二〇〇七年十一月

（6）安国山聖福寺は臨済宗開祖栄西が南宋から帰国後に建立した現存する寺の一つであり、鉄庵道生は、北条時宗に招かれて来日した禅師大休正念（一二一五～一二八九、一二六九年来日）や禅林文学に大きな影響を与えた渡来僧である一山一寧（一二四七～一三一七、一二九九年博多から入国）に学んでいる。
「鈍鉄集」『五山文学全集』二版第一巻　詩文部第一輯　上村観光編纂　思文閣出版　一九九二年十一月
林文理「鉄庵道生『博多八景』詩を読む」博多研究会誌十二
福岡市博物館は博多湾沿いに位置し、アーカイブ企画展示№212博多八景展に林文理による解説と地図が示されている。

（7）八三八年創建時は天台宗延福寺、鎌倉時代は臨済宗円福寺となり、一六〇八年瑞巌寺に改名

（8）『松島眺望集』『仙台叢書　第一巻』仙台叢書刊行会　一九二二年十一月　復刻版　宝文堂　一九七一年八月

（9）諸説あるが、およそここに集約される。堀川貴司『瀟湘八景　詩歌と絵画に見る日本化の様相』（臨川書店　二〇〇二年五月）では、近衛信尹による自画自賛『近江八景図』八幅は近江の圓満院（滋賀県大津市園城寺町）に所蔵されているとしているが未見。また、近江八景詩の民間流布については、鍛冶宏介「近江八景詩歌の伝播と受容」『史林』九六（京都大学　二〇一三年三月）に詳しい。

（10）伴蒿蹊『閑田耕筆』『日本随筆大成』第一期第十八巻　吉川弘文館　一九九四年二月

（11）大津歴史博物館には、近江八景の模型やパネルをはじめ、屏風絵なども多く収蔵展示されている。特に絵巻などの場合、八景それぞれに公家が揮毫するなどの制作過程があり、描く八景の順番にはいくつかパターンがあることが示されている。それによると南湖を逆回り、緯度を南から北へ、春夏秋冬の順、景物の種類に分けた順などがあげられている。
（『企画展　近江八景―湖国の風光・日本の情景―』大津市歴史博物館　二〇一〇年五月）

(12)『八景の分布と最近の研究動向』青木陽二・榊原映子編　国立環境研究所調査報告第一九七号　国立環境研究所　二〇〇七年十一月
(13)「與佐久間洞巖書」『古事類苑』地部洋巻第一巻所収
(14)『幻住庵記　芭蕉翁真蹟』義仲寺史蹟保存会　一九六九年十月
(15)内田實『廣重』岩波書店　一九七八年一月（第一版は一九三二年四月）
(16)『浮世絵擬百人一首』吉田幸一　笠間書院　二〇〇二年七月
(17)増田欣による造語で出典は『中世文藝比較文学論考』汲古書院　二〇〇二年二月
(18)「庭前八景」（大東急記念文庫蔵）『近松全集』第十七巻　岩波書店　一九九四年四月
(19)『続史愚抄』『古事類苑』歳時部十七「盂蘭盆」
(20)金子吉左衛門「金子一高日記」『近松全集』第十七巻　岩波書店　一九九四年四月
(21)「菊花堂の記」（一七〇九年十月十七日）『近松全集』第十七巻　岩波書店　一九九四年四月
(22)『ふしみ八景』（正徳年間（一七一一～一七一六年）に上梓された『紫竹集』所収）『近松全集』第十七巻
(23)『からさき八景屏風』『近松全集』第十六巻、岩波書店　一九九四年四月
(24)「辛崎の夜の涙」『心中大鑑』巻二、『近世文藝叢書』四　国書刊行会、明治四十三～四十五年の復刻　第一書房　一九七六年六月
(25)『曾我扇八景』『近松全集』第七巻　岩波書店　一九九四年四月
(26)水谷弓彦『江戸浄瑠璃史』中巻　水谷文庫　一九一六年　国立国会図書館デジタル資料
(27)『増補絵入　松の落葉』高野辰之編『日本歌謡集成』巻七　東京堂出版　一九八〇年五月
(28)『伊勢音頭　二見真砂』高野辰之編『日本歌謡集成』巻七　東京堂出版　一九八〇年五月
(29)石塚豊芥子編『続歌舞伎年代記』広谷図書刊行会　一九二五年十一月
(30)九重左近『江戸近世舞踊史』萬里閣書房　一九三〇年十二月
(31)渥美清太郎「常磐津年増に就いて（二）」『日本舞踊』十一月号　一九三九年

（32）橘成季編「巻第十　相撲強力」『古今著聞集』西尾光一・小林保治校注　新潮日本古典集成　一九八三年六月

（33）『長唄　晒女（近江のお兼）―閨茲姿八景―』ＣＤ唄・芳村五郎治・芳村伊千十郎、三味線・杵屋栄次郎・杵屋栄之助
一九六四年編集　日本伝統文化振興財団

（34）『北斎の絵本挿絵』三　岩崎美術社　一九八七年八月（国立国会図書館蔵の文化十二年江戸双鶴堂本を底本とする）

（35）『花翫暦色所八景』国立劇場調査資料科編　日本藝術文化振興会　二〇〇五年五月

（36）中村仲蔵『手前味噌』郡司正勝校注　青蛙房　二〇〇九年三月

付記

冒頭の「源氏乃君近江八景遊覧の図」（ボストン美術館蔵）は、『偐紫田舎源氏』（一五二巻七十六冊本、柳亭種彦作・歌川国貞画の合巻）の挿絵から派生独立して多くの浮世絵師が手がけた源氏絵とよばれた作品群の一つ。『源氏物語』を室町時代の武家社会のお家騒動に仮託した創作で、一八二九年から一八四二年にわたって刊行され人気を博した。『浮世絵大事典』（国際浮世絵学会編　東京堂出版　二〇〇九年三月）によると光源氏に擬した主人公足利光氏の絵画的形象は、国貞がつくりあげたとされ、頭髪は紫の紐を用いた「海老茶筅髷」とよばれる型で統一されている。本作の作画は豊原国周（一八三五～一九〇〇）で役者絵と美人画を得意とした。ここでは、背景に近江八景の景観が描かれ、文字表記が入れ込まれている。粟津晴嵐の景勝地でかつて水に浮かぶ水城として名を馳せた膳所城が中央に描かれている。景物としては視覚的にも明確になる。そこを光氏が遊覧船で船遊び、同乗の姫は風景を愛でてか歌を詠み、侍女たちは墨を擦るなど甲斐甲斐しい。日本における八景の変容のありようを鮮明にあらわすものとなっている。

第五章

花狂いの心象風景

徐渭（明）　石榴　国立故宮博物院

一　文人と花

文人が、夢をみている。陳洪綬の画「夢筆生花」（筆に花を生ずる夢をみる）は、故事「夢筆頭生花」を画題に設定している。「李太白は若い頃、使っていた筆の頭に花が生じた夢をみて、後に文名が世に顕れた」（『開元天宝遺事』巻下「天宝下」）と伝えられる。花は植物としての花を越えて、古来より、様々な象徴表現を育んでいる。

中国明代末の文人袁宏道（一五六八～一六一〇）が三十二歳のときに著した『瓶史』は、日本では江戸時代に愛読され袁宏道派という流派まで生むなど、花の文化に大きな影響をあたえるものとなる。いけばなの歴史を体系的にまとめた工藤昌伸は「わが国のいけばなの歴史に登場する文人花はすべて『瓶史』の花論をその本旨としている[1]」といった認識を示している。

中国では、佛教における供華とは別に、文人の間で花に関する専門の文章は、唐、宋に最も多く、『梅花譜』『牡丹譜』等のように庭園に自ら植えてその蘊蓄を語る傾向にある。瓶にいける花に関する著述は、明の袁宏道による『瓶史』、同じく明の張謙徳による『瓶花譜』がよく知られている。青木正児は中国古代の自然観を論じるなかでふれている。「両人の後瓶花を専論した著書は通行していないし、我が国ほどの発達をしていない[2]」と記すにとどめている。つまり後にも先にも室内で花瓶に花を生けることについてだけを専門に記した書というのは、袁宏道の『瓶史』が唯一まとまったものということになる。その袁宏道のことは、二十世紀にはいって、林語堂が袁宏道の著作出版に力を注ぎ、その全集の序文では周作人が次のように記している。[3]（（一）の注

陳洪綬（明）夢筆生花　国立故宮博物院

は筆者〕

公安派は〔三袁と称された袁宏道の兄宗道、弟中道の三兄弟による文学主張は公安〈湖北省〉出身だったことから公安派と称された〕いわば明代における新文学運動であり、当時の復古古文もどきの文学潮流に反抗したというのは、まぎれもない事実である。その後も古文家がこの派をいかに痛烈に拒絶し、明清から民国の現在にいたるまで、罵倒が止まない。この現実を見さえすれば、公安派が正統派文学に加えた衝撃の大きさがどれほど深く大きかったかがわかるというものだ。しかし、公安派の文章は文人を怒らせただけではなく、皇帝の機嫌を損ねてしまったため、三袁の文集はすべて禁書となってしまい、没収一掃され、読みたいと思ってもものがなく、批判する者も実際に見たことがなかったために、目をつぶって舌先三寸でまかせを言うほかなかった。

周作人は、袁宏道の詩作よりも散文を評価し、このあとさらに『瓶史』について次のように評している。「私が思うに、袁宏道の旅行記がもっとも斬新で、伝や序がこれにつぐ。『瓶史』と『觴政』の二編は、およそ山林の悪趣味の作だとさんざん罵倒〔趣味的嗜好や隠遁を是とする傾向を消極的として批判〕されているが、私は、袁宏道の特色がでており、もっともその性質と人間

唐寅（明）　高士図　座右に花　　国立故宮博物院

味を見いだせるものだと思う」。

『瓶史』のことを、「花の観賞を一つの思想にまで高めた」と評した衣笠安喜は「文人の思想(4)」で、それは特に花の観賞の部分において「人生いかに生きるべきかの『生命の学』が、そのまま自然にむけられている」とし、「見るものの心と見られる花の生命とが、それぞれ主体性と自立性をもちながら通いあうのが『瓶史』の花の世界」であると見る。

『瓶史』の執筆時期は、三十二歳(一五九九年万暦二十七年)の春である。この年、紹興にいる陶望齢にあてた手紙に「『瓶史』をこの春書き上げましたので、手紙と一緒に送ります。どうぞご教示ください(5)」とある。四十三歳で亡くなった袁宏道の長くはない人生の中で、この執筆時期はどういう年であったのだろう。前年に、南の都市真州(現江蘇省)から北京の順天府の教授として赴任し東直房に住まいしている。翌年、昇進して国子監助教となる。この年に佛教を論じた『西方合論』、佛教的解釈をもって荘子を論じた『廣荘』を執筆している。そして、この二年間に執筆したその他のものは一括して『瓶花齋集』と名付けている。

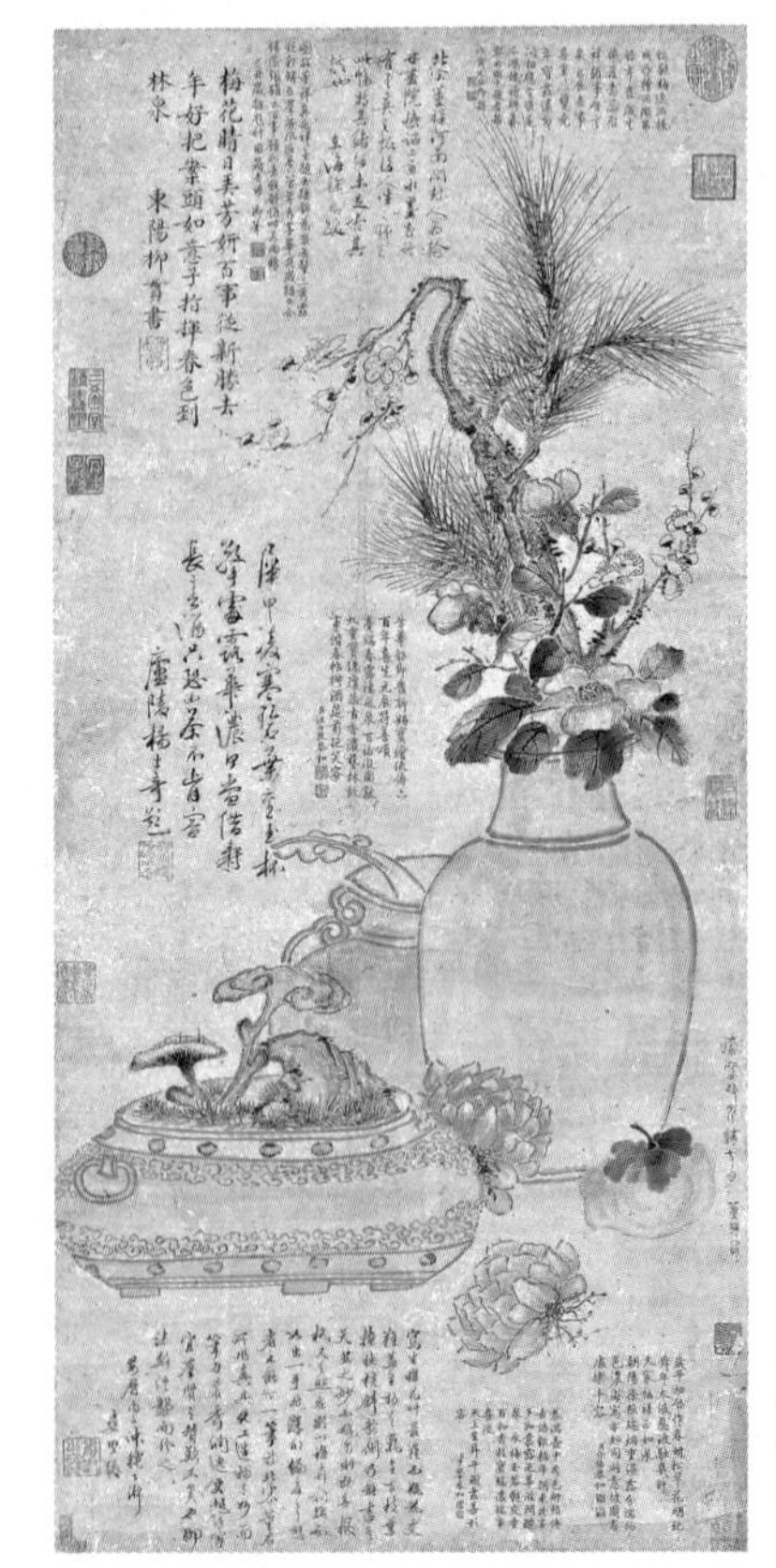

董祥(宋)歳朝図　正月の瓶花　松、梅、椿と霊芝、柿と百合根「花を画くのは難しく、中でも瓶花はさらに難しい。…後の人はこれを師とした」と賛にある。　国立故宮博物院

この時期を袁宏道の生涯の「学問」を指標として、三期にわけた第三期目の分水嶺にあたるとした内田健太は、「袁宏道十五歳からの科挙の学と古文辞制作が連動していた第一期、二十二歳からの『師心』の学と性霊説詩学が形

成された第二期、ここまでを袁宏道の学問観における『前期』とみなせる。このように袁宏道の思想展開を時期区分する場合、袁宏道三十二歳に一つの転換点を措定しうる」とする。[(6)] 袁宏道の学問遍歴にとって重要な時期にちょうど『瓶史』が執筆されたことは、その精神のありようを考えないわけにはいかない。ただ、『瓶史』を見ていく上では、その学問的な遍歴の前に見過ごしてはならない問題がある。そもそもそこには、多くの蓄積された花に対するとらえ方が無意識のうちにある。花は本来、ただ単なる嗜好や慰めといった一過性の鑑賞の対象ではないからである。

アジアにおける花の文化は佛教の供華から始まるが、そこには信仰の投影、象徴性をもつものとしての存在が示されている。さらに、物の理を究めようとする「知至格物」（『大学』）へのさまざまな解釈を通して考察される花という物に対する意識と理解の積み重ねが、宋、明にかけて数多く上梓される花譜に表れている。袁宏道もまた、「格物」について、『珊瑚林』（三十七歳、一六〇四年万暦三十二年のときの僧俗との問答の記録で、没後に刊行された[(7)]）の中で、冒頭から自らの考えを示している。朱子が「『物事の道理を究めることである』と言ったが、これは形而下だけを貫く言葉である。この世の物事は、すべて知識では究められないということに、ちっとも気づいていない」（巻上〔一〕）とか、あるいは、次のように解釈している。

下学は格物にあるのだ。格とは、究め尽くすということである。物とは意念に外ならない。意は、わけもなく生ずることはできない。必ずよりかかる所が有る。だから意の在るところは物に外ならない。「この意念はどのようにして生起し、どのようにして生滅するのか。因縁で生じるのか、自然に生じるのか。本物か、借りものか。主人なのか、使用人なのか」を窮め尽くすのである。このように窮めるのを格物というのである。（中略）悟りきった時には、致知という。物は、とりもなおさず知であるから、誠意という。知は、とりもなおさず物であるから、正心という。（巻上〔三〕）

身近な学び（ここでいう下学）というのは、物を窮めることにあり、物は心の投影として存在する。また、詩題となり、画題ともなる。そして花は二十四節気をはじめ、生活の節々に多用される。花という物をとらえようとするとき、花を窮めていくことの意味は単純ではない。花への記憶の土壌の上に、袁宏道自身の体験や意識が投影され『瓶史』として花開いたことが窺える。花に対する古人の志向を拾いながら、『瓶史』の表象には、いかなる意識や象徴が反映しているのかを探ってみたい。

二　花の記憶

(一) 正覚の華

花に託され蓄積された人の観念は長くて深い。佛堂を厳かに飾る荘厳(しょうごん)において、蓮華をはじめとする花を供することはその中心をなし、花は佛教と密接不離の関係にあり、それは様々な象徴性をなしている。浄土の様を説く経文を解釈した『浄土論』に「彼の佛国土の荘厳功徳成就を観察するとは十七種有り」とする中の九番目に「荘厳雨功徳成就」とある。(8) この注釈には、北魏の僧曇鸞が「花、佛事を為す。安(いづく)んぞ思議すべきや」(『浄土論註』)とし、花と佛教の結びつきは、密接不離であると説く。さらに「経に言(のたま)はく、風吹きて花を散らして遍く佛土に満つ」(9) としてあげる経文『大無量寿経』には、釈迦牟尼佛が

陳洪綬(明)蓮池応化図　画賛には蓮池の畔で衆生済度のために阿弥陀仏と勢至菩薩、観音菩薩が姿を変じて現出と書す　国立故宮博物院

弟子の舎利弗（しゃりほつ）に極楽浄土の様を説く次の一節がある。

又衆宝の蓮花、世界に周満せり。（略）十一の花の中より三十六百千億の光を出す。十一の光の中より三十六百千億の佛を出す。（略）十一の諸佛又百千の光明を放ちて、普く十方の為に微妙（みみょう）の法を説く。是くのごとき諸佛、各各無量の衆生を佛の正道（しょうどう）に安立（あんりゅう）せしめたまふ。(10)

花と光に満ちた想像を絶する世界が描写される。さらには、泥土に生えながらまっすぐ茎をのばして咲く蓮華は、煩悩をもちながら最高の悟りである正覚（しょうがく）の覚りを得た人とその信心をも象徴する。同時に蓮華は徳を象徴している。「蓮華に五徳あり」（『三弥勒経疏』(11)）と五つの徳を表すと説かれている。

蓮華についていえば、蓮華に五徳あり。一つには泥で掩われることは、衆生の罪を滅する喩え。二つには果実を生じることができることは、この経を聞き弥勒佛を見て道果（修行によって得る悟り）を得る喩え。三つには香気が遠くにも香るは、この経を学び佛を見て英声（高き評判）遠くへうち振るうゆえなり。四つには水中に生じるは、この経を聞きて生死の海（迷いの世界）を出ずる故なり。五つにはよく花を開くは、今、佛の教導により花開いて得た妙義（すぐれた道理）を喩える故なり。前四つの徳は、衆生が修行で得る益である。後の一つの徳は、弥勒が種智すなわち悟りをうる種としての智をもってその果すなわち悟りを得るがため。妙義は種智なるがゆえに。

このように蓮華の五つの徳は、ここでは、修行者の信心の様であり、悟りの様であるという象徴的な意味が与えられている。つ

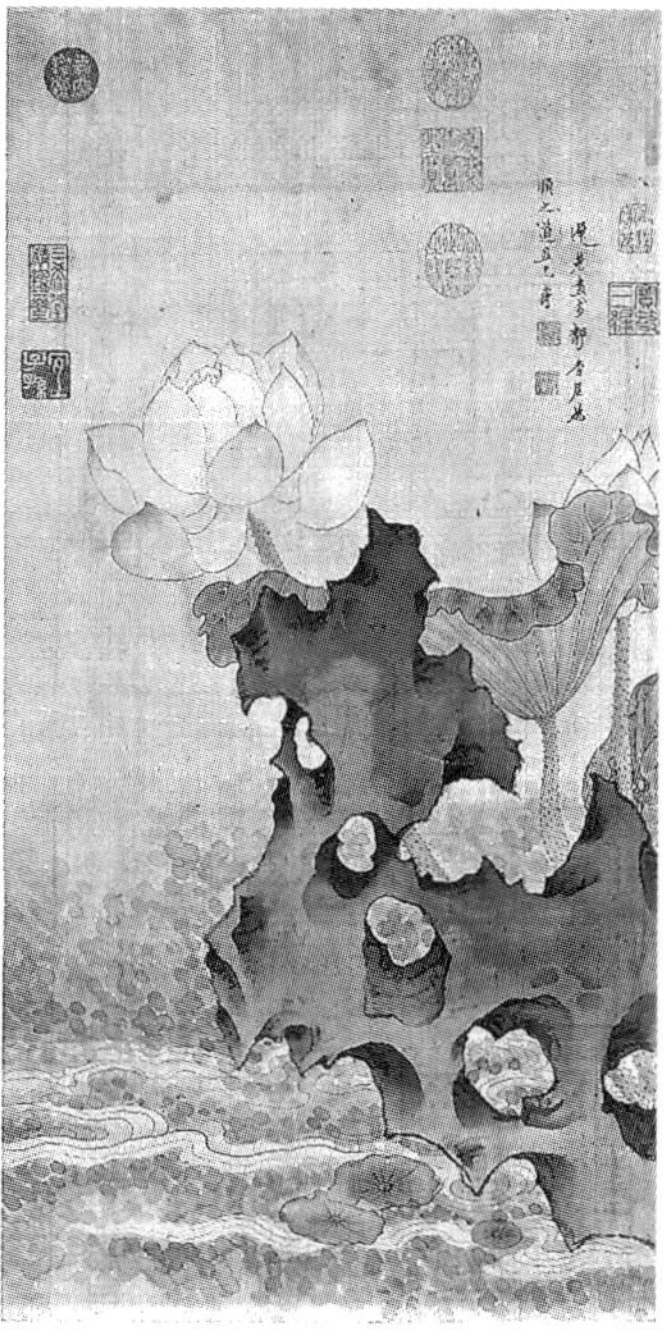

陳洪綬　荷花
国立故宮博物院

まり、表面的な花の姿の中に、人はそこに意図された別の世界を見るのである。また、蓮華の表象は、佛教石窟である竜門石窟（河南省洛陽）に、蓮華洞（西山第十三洞）[12]が象徴的なものとしてあるほか、佛教建築や彫刻に多用されている。

（二）人倫の花

宋代に花の専門書は突出して多いものの、それは花の育て方や種類などの詳細であって、花に対する考え方を書いたものは稀である。その中で、王貴学は友である葉大有とともに実際に蘭の花を育て『王氏蘭譜』[13]を著した。葉大有は序文で、花に対するとらえかたを次のように記している。「窓辺の前に草があれば、周濂渓先生ならより一層その物の別の意味を考えついているところだ。これは格物であって玩物ではないのだ」。

文中の周濂渓（一〇一七〜一〇七三）は、周敦頤のこと（濂渓は号）で『太極図説』を著したことでよく知られる。[14]

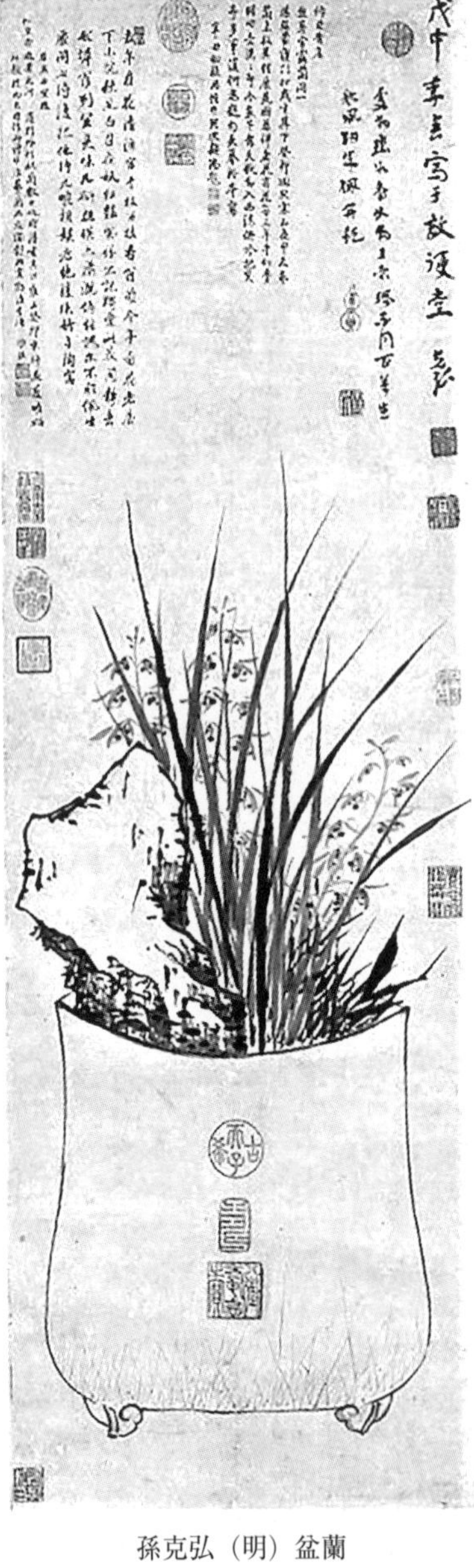

孫克弘（明）盆蘭
国立故宮博物院

格物は古く前漢の儀礼制度を記した『礼記』「大学」に「格物致知」で用いられ、その後、経書に取り入れられることによって多様な解釈が生まれる。代表的な朱熹（一一三〇〜一二〇〇）の解釈は「事物の理を窮めて、知識を推し極めねばならぬ」（『大学章句』[15]）であった。『王氏蘭譜』が書かれたのは南宋の一二四七年で、朱熹の説もよく知られていたであろう。「玩物」は「玩物喪志」で『書経』「旅獒」に、「人を玩べば徳を喪い、物を玩べば志を喪う」とある。周敦頤だったらどんな優れた解釈をしてくれただろう、と思いを馳せるのも諸説紛々の「格物」をめぐる事情がある。ここでみるかぎり、花を愛でることは、珍しい物や無用の物に心奪われることではなく、物の道理を見極めることにつながる精神的な範疇の対象なのだととらえていることが示されている。

葉大有による序はこの後さらに次のように続く。「そもそも草によってさえも仁の意を会得できる。ならば蘭は単なる一草どころではない。君子が徳を養うのは蘭においてなのだ」。この考え方も、蘭が人格の投影であるという意識の反映を物語っている。『王氏蘭譜』では、蓮についてはまったく語られていない。ここでは君子の花は蓮ではなく、蘭なのである。

また、周濂渓自身には「愛蓮説」[16]の一説がある。古来よりこの説は宋末元初に（黄堅編）『古文真宝』（「説類」）に収載されて幅広く知られ、日本でも漢詩文の学習書として室町時代以降、愛誦されている。

まず、菊といえば陶淵明（晋）がこよなく愛し、牡丹は唐代ではみんなに愛される花、と述べたうえで、自分の愛するのは蓮である、と断言し、蓮への愛を語るのだが、それは、君子のあるべき姿、つまり蓮を君子に見立てて解釈される。

予独り蓮の淤泥より出でて染まらず、清漣に濯われて妖ならず、中は通じ外は直く、蔓あらず枝あらず、香遠くして益清く、亭亭として浄く植ち、遠観すべくして褻翫すべからざるを愛す。予謂へらく、菊は花の隠逸なる者なり、牡丹は花の富貴なる者なり、蓮は花の君子なる者なりと。（略）

（解釈）

私独り蓮を愛している。泥から咲き出ても、汚泥に染まらず〔俗世にあって悪に染まらない〕、清らな漣に濯われてあやしくはない〔清潔で品がある〕。茎の中は孔が通って、外は真っ直ぐで〔道理に通じ、よこしまがなく〕はびこる蔓もなく、繁茂する枝もない。〔繁雑無益なことに惑い煩わない〕。花の香は遠くまで芳しく、いよいよ清らかである〔薫陶は遠くまで及ぶ〕。高くまっすぐに浄く立って、遠く池の岸から眺めることはできても、近づいて玩ぶことはできない〔近づきがたい威厳がある〕。こういったところを好む。
私は思うに、菊は花の中で、隠逸の人のように気高く、牡丹は花の中で富と地位のある豪華な者であり、蓮は花の中で学徳優れた君子といえる者である。

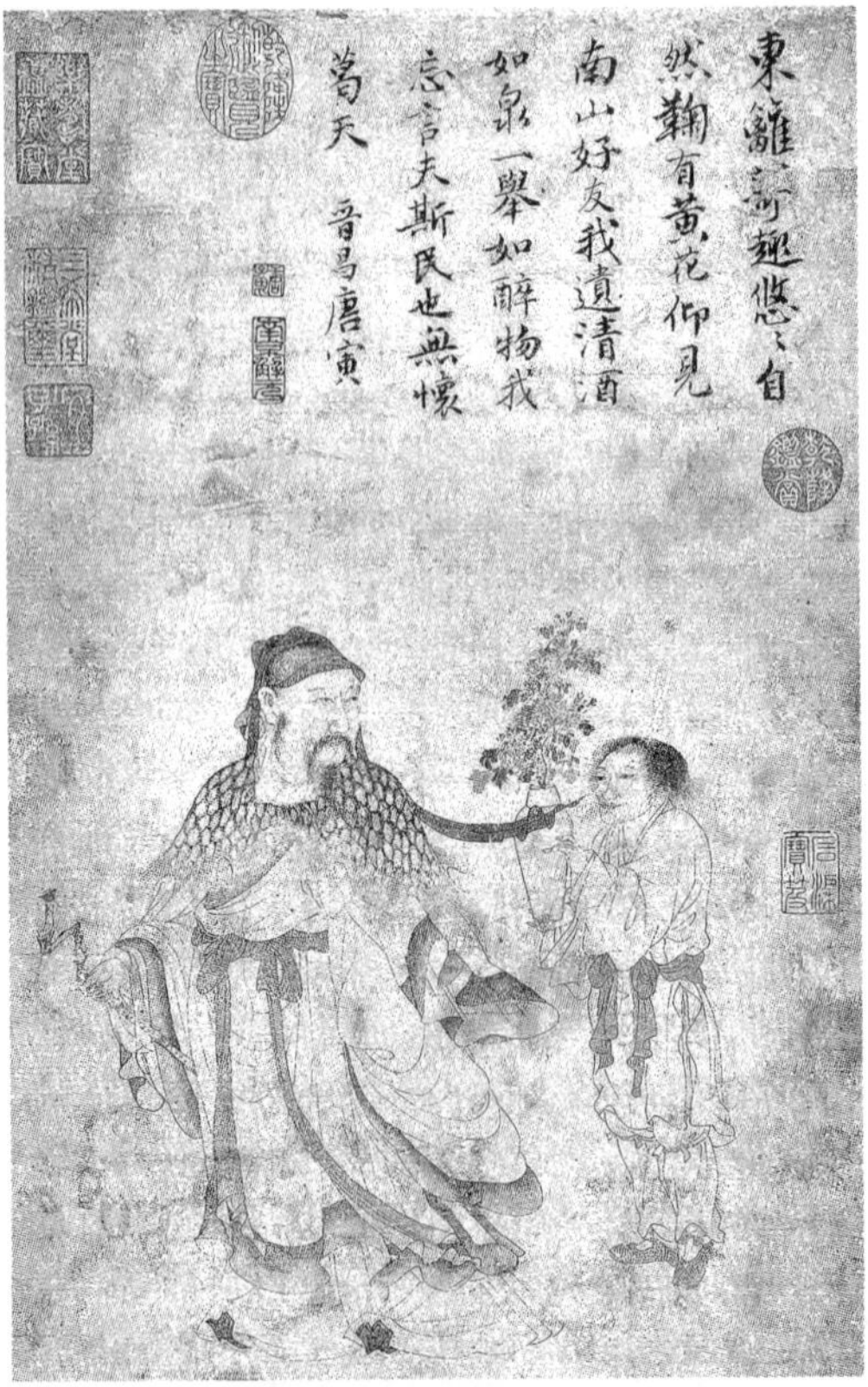

ここでも、菊、蓮、牡丹ともに人格を与えられ、しかもその花を愛する側の志向をも反映している。

王貴学の『王氏蘭譜』にもどると、自身は序文で蘭を次のように評す。

「世間では三友（松・竹・梅）が花卉の中では並び立っている。（略）ただ蘭だけが花・葉・香りを併せもつ。蘭は君

唐寅（明）採菊図 陶淵明
国立故宮博物院

子なのである。霞を食し、露を飲み、孤竹君の清らかな品格のようだ」。（孤竹君とは、殷末の孤竹国に封ぜられ、姓は墨胎、『史記・伯夷列伝』が伝える仁義のために餓死を選んだ伯夷の父）蘭の花に、君子の姿を見て、そこにさまざまな歴代人物の物語をも投影している。

ところで、中国では古代において個人によってジャンルを超えた領域で「経」が作られてきた。隋唐時代には、儒教一辺倒に反発する人々の志向が、諸分野において蘊蓄を傾注する状況を生んだことが背景にある。そういった中にあって、花に関しては宋代にようやく誕生した『花経』[17]もその一つである。それは絵画や戯曲といった他分野でもよく作成される格付けを表示するものとなっている。

『花経』は花を「九品九命」で分類している。九品は佛教でいう九つの浄土を意味する九品の意味がある。中国では官吏の階級を指し文化表現において様々に援用されている。ここでは、花のランク付けに用いられている。九品が官吏の階級と同様、一品が一番にあがる。九命は本来皇帝が諸侯に与えるものを指し、評価が最も高い。つまり花を人に見立てている。ただ、残念ながら花の何を基準に見立てたのかは明示していない。全部で七十一の花の名があがる。

張中（元）太平春色　牡丹
国立故宮博物院

極めて短い『花経』のことを「万物を筆先に凝縮して述べ、幻の景色を紙片にあらわしている」と評した張謙徳は『瓶花譜』を著した。(18)『花経』が示す花の順に従って、実際の花をあてはめたうえで、六十六の花の格付けをしている。張謙徳によると、『花経』を執筆したのは宋の張翊であり、自分の祖先であると記している。張謙徳（一五七七～一六四三）は崑山（現江蘇省昆山）の人で、『瓶花譜』は、十八歳のときに、夢蝶斎徒の号を用いて著した。このほかに金魚や書画に関する著述をのこしており、多才な趣味人ぶりがうかがえ、花もその関心の一つであったのだろう。

（三）閑適の精神

袁宏道はこれら先達の花の蘊蓄の影響を多々受けている。ならば袁宏道らしい特徴はどこにあるのだろうか。ここでは同時代の文人が、『瓶史』をどのようにとらえたのかについて考える。ただし、『瓶史』には絵図は付されていない。この時期、瓶花と人を同時に画の中に配し、密接不離な表現が際立つのは、陳洪綬といえるかもしれない。陳洪綬（一五九八～一六五二）は、老蓮と号し、理想像としての文人のたたずまいを画題としてよく選んでおり、そこには瓶花が共にある。ただ、陳洪綬自身は、士大夫にもなれず隠遁もできず、画で生計を立てねばならない理想と現実との狭間のなかで、苦渋を詩で吐露してもいる。陳洪綬の筆致の震えるような描線には、その屈折した心情が滲み出ているかのようである。

「絶句其三」(19)

書畫　頗る佳ならずも、
飲み食うに　筆を放さず。
唯だ人の饑えを救うにあり、
一日生きるに虚しからず。

画を描くのがそれほど佳いわけではないが、
食べていくためには筆を放すわけにはいかない。
ただ飢えからまぬかれる命をつなぐためにあるも、
一日生きていくのも無駄ではない。

時にまた次のように詠んでいる。陳洪綬の部屋には瓶花がしばしば友としてあったことがうかがえる。

「梅を描き八叔父に与う」

吾想う数年前	私は数年前を懐かしむ、
花開けば必ずや酒を飲む。	花が咲くと必ず酒を飲んだものだ。
今年　但(むなし)く静坐す、	今年はむなしく静かに座すばかり、
酒　必ずしもあらず。	酒はといえば必ずしもあるとは限らない。

「絶句」

死　意外の事に非ず、	死は思いがけないことではなく、
打点　胸中にあり。	心づもりはすでにある。
生　意中の事には非ず、	生は確信のもてることではなく、
擺(ゆらぎ)落ち　桐風にあり。	桐樹を吹き抜ける風に揺らぎ落ちる。

生は死と隣り合わせとはいえ、確実な死に対して、いかにも不確かなものである生の中で、花は生きている証しでもあったのかもしれない。

陳洪綬と交友関係にあった陳継儒（一五五八〜一六三九）は、二十九歳にして隠遁の生活を選択しており、自らも菊に蘊蓄を傾け、『種菊法（菊を種(う)える法）』を著した。「袁石公の瓶史の後に題す」[20]で次のように『瓶史』について述べている。

瓶にその身をゆだねた花は、われわれと相対する。長雨や大風によって折れてしまうことはなく、また鈍感な男や粗雑な女の侮りを受けることもない。色を留め、天命を全うできる。たぶん瓶の中に隠れ棲んだ古の仙人と同類だろう。郁伯承（詳細未詳）がこう言っている。「こうしてみると、羅虬（らきゅう）（唐）の『花九錫（かきゅうせき）』は、礼といえるほどのものでもなく、石公（袁宏道の字）の徳をもって花を愛することには及ばないのだと思う。どうかこれ（『瓶史』）を上梓してもらいたい」。掃花頭陀（ずだ）・陳継儒記す。

ここで対比している『花九錫』は、北宋の陶穀（九〇三～九七〇）の『清異録』「百花門」に収載されている。それは次の記述である。[21]

『備忘録』掲載の（唐の）羅虬『花九錫』（花への九つの賜りもの。九錫は本来、功績のあったものに与える九つのものをさす）では、蘭（別名・春蘭）、蕙（ケイ）（別名・一茎九花、蘭の一種）梅、蓮などに対して、さらに胸襟を開く（真心を示す）べきならば、芙蓉や躑躅（つつじ）、望仙の山木や野草もその対象とすべきではないか。

九錫とは、一、大きく重ねた帳（風よけのため）、二、金の剪定刀（剪定のため）、三、よい水（浸すため）、四、

陳洪綬　玩菊図　国立故宮博物院

玉の甕（かめ）（貯える、つまりは活けるため）、五、文様彫刻入り台座（安置するため）、六、画図、七、曲を奏でる、八、美酒（味わうため）、九、新詩（詠ずるため）である。

瓶花を愛でるための覚書のようで、花への詳細な心情吐露がなされているわけではない。徳をもって花を愛する袁宏道は、他の追随を許さない、と陳継儒は考えているのであろう。

さらに曾可前（一五六〇～一六一二）は『瓶花齋集』の序で次のように記している。(22)

石公の『瓶史』は、諧謔で文章をつくっており、私はこれを読み気に入った。張功甫（南宋、生没年未詳、一一六四～一二〇七に在職、秀逸な詠物詞を残している）を踏襲しているわけでもないと思う。最近また私に『瓶花齋集』を見せてくれた。瓶には歴史があってしかるべきで、またそれは文により詩により記されるべきであり、瓶を通して石公の奥深い心はかくの如し、と表現することができるのではないか。石公は禅の世界にも造詣が深く、そのため詩が言外のことを示すように、その文により気づきを得ることができる。石公の禅には参禅できなかった私が、その文意を見定めようとするのは、僭越かもしれないが石公のことをうかがい知ることができよう。

花に対して徳をもって接しているとする陳継儒、嗜虐にあふれているとする曾可前、まったく異なるようではあるが、そのどちらの要素も確かに『瓶史』の文面から涌きだしてくるものをとらえている。殊に、『瓶史』の「歴史」から受け取る花への記憶に意識を向けていることがうかがえる。

三　袁宏道にとっての花

『瓶史』執筆以前にも袁宏道には、花に関する詩は少なからずある。それは『瓶史』への伏線ともなるものであり、また『瓶史』後も、単に花の観賞ではなく、精神の投影としての一面を見ることができる。詩文や尺牘（せきとく）文（手紙文）なども随時取り込みながら、袁宏道にとっての花を考えたい。

（一）瓶花に向かう心情

『瓶史』に先立って、二十九歳（一五九六年）の時に次の詩を詠んでいる。(23)

「戯れに黄道元の瓶花齋に題す」巻三、「帆集之一」

朝に一瓶花を看ん、
暮に一瓶花を看ん、
花枝浅淡と雖も、
幸いにして貧家を托すべし。
一枝両枝は正にして、三枝四枝は斜し、
直に宜しく曲に宜しからず、
清を闘め奢を闘めず。
傍らには佛楊枝水、
碗に入るは酪奴茶。
これを以て君の斎を顔り、
一に倍し妍華を添える。

（解釈）

朝に瓶花を見て、
暮れに瓶花を見る。
花の枝はあっさりとしていても、＊
幸いにして貧しき家を引き立てる。
一の枝二の枝は正面、三の枝四の枝は斜めに、
真っ直ぐなのがよく、曲がっているのはよくない、
清らかなのをあつめ豪奢なのはあつめない。
傍らに起死回生の甘露水、＊
碗に入れれば馥郁とした茶。
これによって色づく君の書斎は、
美しい華やかさを倍増する。

＊（花枝は花弁も意味し、また、しばしば美人を譬える）＊（五胡十六国時代の後趙を興した石勒（在位三一一～三三三）の瀕死の子供を佛図澄（二三二～三四八）が柳に水をとって救った故事をふまえている）

ここではすでに、瓶花の挿し方の型の善し悪しを明示しており、瓶花への美意識がはっきりしている。『瓶史』では、

絵に描いたように花を配置するのが情趣があるとした。避けるべきは、枝が対になっていること、挿すときに一律になること、糸で束ねることをあげている。長さは長いのや短いのを混ぜて、天然の趣があることを花をととのえるという。つまり、挿花は、わずかな花で自然をあらわすことができる。この詩は、『瓶史』の伏線としてとらえることができよう。

黄道元とのやりとりは少なくない。しかもこの人の書斎の名前は瓶花齋で、瓶花を日常的に嗜んでいたのかもしれない。『瓶史』を執筆する時期の袁宏道が著作の総称に用いた名と同一名である。袁宏道の詩文では北京在住時期（二十五歳、一五九二年）に「贈黄道元」(24)で、冒頭に「海内の奇士君の如くは少し、双眼の君を識るの早からざるを恨む」と友への思いを詠じている、その後もしばしば黄道元とともに時を過ごしていたことは「杪秋（びょうしゅう）（晩秋）、祈山陵に陪（つきそ）い、陶孝若、黄道元、謝響泉とともに仙人洞へ入り、洞は奇絶にして道二里許（ばかり）を去馳す(25)」などの詩文からうかがえ、瓶花もまた共通の話題だったことを推測できる。

さて、『瓶史』においては、袁宏道が花に何を見ていたか、その考えが表わされているところを主に取り出し、その特徴を考えてみたい(26)。まず、全体を通して、誰にとっての花なのかというと、それは明らかに個々人にとっての花である。「世の中の人は、喧噪と欲得の滝壺の如きところを住処とし、浮き世の塵芥で目はかすみ、かけひきで心労をかさね、山水花竹を欲することはあってもその暇がない」。それに対して、羨む日常をおくっているのは、隠遁の人風雅の士である。「隠遁の人や風流人は、声色を絶ち、その好みが山水、花竹に集まるのは当然である。本来、山水、花竹を好む者は、名をそこには求めず、競合しあうこともない」。

一方、自身はそのちょうど狭間に身をおいていると感じる。「自分は平素、それを羨ましく思ってはいたが、そのようにするのは簡単なことではない。また、卑官の身で縛られており、わずかに花を育て竹を植えることを自らの楽しみとしていた」。また住まいは低くて狭い土地にあり、そのうえ定住地でもない。そこで次の展開となる。

やむなく胆瓶に花をいけて、随時挿しかえた。北京の人の家にあるすべての名花卉は、一朝にしてついにわたしの机上のものとなった。剪定したり水やりする苦労がなく、逆に、じっくり味わい楽しむ、つまり花を手に入れたところで貪るわけでもなく、これを見て争うわけでもないのだから、記しておく価値があるというものだ。

ああ、これぞひとときの心楽しいことであるが、これに慣れきって、山水の大きな楽しみを忘れてはならない。石宏自らこれを記す。好事家で貧しい人と共に楽しむ。（文中の「胆瓶」は、胴の部分が豊かに膨らみ、首の長い形状をしており、唐宋時代特に多くつくられたとされる。水瓶としてあるいは花器として寺院で好んで使われている。明代には、図案を施したものが多くつくられ、屋内装飾品の一つとしても用いられる）。

ここでは袁宏道が、「挿花」に至る過程がうかがえる。挿花をすることになる前は、他の文人と同様に、庭で花や竹

陸治（明一五三三年）歳朝図　水仙の鉢
手前には如意　国立故宮博物院

を栽培していたようである。ところが、北方の北京に赴任になることで、花や竹を植栽する条件が消滅する。北京はやはり人生の旅の途中という気持ちなのか、「満井遊記」[27]を記している。満井は北京の東北角に位置する安定門の先にある。冒頭で北京での暮らしぶりが垣間見える。「北京一帯の地は寒く、花朝節（陰暦二月十二日で百花の誕生の日とされる）の後、寒さがまだ厳しい。凍てつく風が砂礫を吹き飛ばしていく。部屋の中に閉じこもりがちで、出かけたくはあるがそうもいかない。風にさからってでかけても百歩も歩かないうちに引き返さざるをえない」。砂塵舞う北方の環境では、南方の花卉は財政的にも物理的にも袁宏道の手の届くところではない。制約のある条件のもとで、袁宏道の想像力はかえって大いに触発され、屋内で花瓶に花を挿してこれを味わうことの情趣を深く探っていくことになる。

重要なのは、瓶花を日常的に楽しみながらも、「山水の大きな楽しみを忘れてはならない」と記していることである。「山水」といったとき、それは必ずしも大自然の風景という直接的な自然ではなく、文人がもとめてきた理想的な自然の風景が投影されている。

（二）花を友とみる

次に、自分で扱う花の種類である。財にも地位にも縁が薄い身分、袁宏道はここで自らを「儒生」といっているが、手に入る花も限られてくる。そこで、花選びにも自ずと基準ができ、「花を選ぶのは、友を選ぶがごとし」とする。『瓶史』では一貫して、花を人に見立てて論じているが、それは、この基準が常に働いているからでもあろう。山林に隠遁した超俗の逸材は、友としたくても実際にはかなわない。そこで、「交通の便のよい大都市にいて、その時代の人から評価される俊才を友としたい。その友に会おうとすれば、行きやすいからである」という。

花の場合も人の場合と同じようにとらえる。「私はさまざまな花があるなかで、身近にあって手に入りやすいものを選ぶ」とし、素晴らしいものというのは、珍しくて手に入りにくい花ではなく、定評があって身近にあるものを選ぶのがよい、とした。「春になれば梅に海棠、夏は牡丹と芍薬、石榴、秋は木犀、蓮、菊、冬は蠟梅」、季節に応じたこれらの花を、部屋に訪れる賓客に見立てている。これらの花がとぎれる間は、みだりに草をとらず、竹柏の枝を二、三本かわりにする。(28)

そしてここにあげた九つの花について、さらにそれぞれ細かい種類があり、それを品定めして選びとるべきとし、そのさいの留意点を語るうえで、漢の後宮三千人の中における美女の事例を二つあげている。一例めは秀でた舞手であった趙飛燕が成帝の皇后となったこと（『漢書外戚伝』に見える）、二例めは、武帝の寵愛を受けた邢、尹の二夫人が相まみえ、邢夫人は尹夫人の美しさを見た途端に涙を流したということをあげ（『史記』に見える）、同類でありながら優劣があるものを一緒にするのは罪なことだとする。

さらに梅ならどの種類の梅がよいのか、具体的にあげている。そのさい、春秋時代の晋で歴史を記載する史官であった董孤に自身をなぞらえて、園林の史書を書くに似ていることであるから、厳格かつ慎重にしないわけにはいかないと心構えを示す。そして「孔子は『その義は私が窃かにこれを取る』（『春秋』はこの私が自分で取捨判断して決めたものだ）」の語を引用し、『瓶史』は袁宏道自身の判断で書いたものであると記しており、その自負と花への並々ならぬ思い入れが知れる。

（三）花の情と女性像

袁宏道は花には喜怒があるとして、人格のみならず、感情をそこに見ている。その花を観察することは、あたかも女性の表情を敏感に読み取っているかのようである。「沐浴」の項目は、「そもそも花には喜怒があり目覚めと眠りがあり、朝晩の別がある」ではじまり、さらに次の描写がある。

美人の薄紅色の唇が日差しのもとでつややかに輝くように、花の艶やかな姿をそよ風がなでていくのは、花の喜びなのだ。また、酔って陰影がぼんやりするように表情が沈み、まるで霧に包まれているかのようであれば、花の愁いのときなのだ。枝を垂れて窓枠のところで苦しげに風にもたえられないようにしているのは花が夢をみているのである。艶然と微笑み輝くようであればそれは花の目覚めなのだ。花は朝には広々とした部屋に置き、夜には奥まった部屋に移すのがよい。

陳洪綬 瓶花の蓮
メトロポリタン美術館

花が愁うときには、息を殺して襟を正して端座し、また花が喜びあうときには、花とともに喜び、からかいあったりし、夢のときは帳をおろし、目覚めているときは綺麗に整え化粧するのがよい。

このように、花を美人に見立てている。花は感情移入のできる存在であり、その感情を共有することを肯定し楽しんでいる。また、宮中には宮女、閨房には侍女がいるように、花にも主の花と傍にあって仕える花があるとする。袁宏道自身のこういった花に対する考え方の傾向はすでに、二十二歳（一五八九年万暦十七年）に北京へ応試のさいに「採蓮歌」(29)と題する詩で「蓮花を摘む、花は開いてなんと鮮やかで新鮮か、月光に映えて生娘となし、風にまかせて舞人となる」と詠んで、蓮花に美女としての人格を与えている。

あるいはまた三十歳（一五九七年万暦二十五年）に杭州にいるときに作った「桃花雨」(30)では次の一句を詠んでいる。

浅碧、深紅、大半残り、——みずいろの水面に映る深紅の花はおよそまだ残っていたが、
悪風は雨を催し、剪刀の如き寒さ。わるさをする風は雨をもたらし、身を切るように寒い。

桃花もし杭州の女になぞらえれば、
洗いて却って臙脂看るに耐えず。

桃花をもし杭州の女になぞらえれば、
雨で化粧が落ちたようで見るに耐えない。

桃花に女性の姿を見ている。

この傾向は袁宏道の独断ではない。美人と花との関係について、明末に盛んにおこなわれていたことは、合山究著『明清時代の女性と文学』収載の「花案・花榜考」に詳細な研究がある。(31) 主に明末から盛んになった「妓女の序列づけや品定め」を指す花案、花榜、品花、評花の言い方について「花は美人（妓女）を指し、榜は科挙及第者の名を書き記した表札をいう」とし、その風俗の文献上の最初の記録は、元初の羅燁による『酔翁談録』の中の「煙花品藻」「煙花詩集」であるとする。これは妓女の容姿、技芸のレベルに応じてそれぞれを表すにふさわしい花を当てはめる。五十五名の妓女が記されるので、五十五種類の花があげられている。さらに「明末ごろから多くあらわれる美人を花に見立てて品等づけする中国的な品花法が、早くもこのころには確立していたことになる」とその位置づけを明示している。

袁宏道が取り上げている見立てる花を『酔翁談録』(32) ではどう評価しているのか、さらに同時代の『瓶花譜』の品評も加味して、「花の格付けと見立」として一覧表にし、袁宏道による花の見立の特徴を考えてみたい。

表一　花の格付けと見立

瓶史				瓶花齋	酔翁談録	瓶史月表		
主花	仕える花	おもむき	女見立		喩え	花盟主	花客卿	花使令
梅花				一品九命	清らで花籍の魁			
	迎春	親近感		六品四命				
	瑞花	強い香り		一品九命				

	山茶花	雅	侍女翔風				正月	
海棠				四品六命	艶めかしくなよやか	二月		
	蘋婆							
	林檎			八品二命	態度が俗			
	丁香			三品七命				三月
牡丹				一品九命		三月		
	玫瑰			五品五命			四月	
	薔薇			四品六命	黄色く弱い			三月
	木香							
芍薬				三品七命		四月		
	罌粟							
	蜀葵						五月	
石榴					貴人の奨励を得る	五月		
	紫薇				軽薄な態	七月		
	大紅千葉							
蓮華				三品七命	姿よく風塵に流浪する	六月		
	山礬	隠士の風	魚玄機				六月	
	玉簪			八品二命		六月		
木犀						八月		
	芙蓉	艶やか				八月		
菊					白菊見目よい	九月		
	黄白山茶			二品八命				
	秋海棠	雅					七月	
蠟梅				一品九命		十二月		
	水仙	清らかさ	梁玉清	一品九命	仙姿軽やか花魁の二番手			

表注：迎春は木犀科の小喬木　瑞花は沈丁花　山茶花で見立の女性は、晋の石崇の侍女翔風で、文才があったとされる。
玫瑰（まいかい）はハマナス　罌粟（おうぞく）はケシ　紫薇はサルスベリ　大紅千葉はざくろの一種　山礬（さんばん）は沈丁花
魚玄機は唐・長安の才女で道士。侍女の緑翹（ろくぎょう）を笞殺したため死罪となった。水仙の見立は、織女星の侍女、梁玉清

『瓶史』では、主花とそれに仕える花として、主人と侍女の関係で組み合わせている。仕える花は、その濃淡、雅俗で選んでいる。『瓶花譜』と比べると、花の種類が少ないのは、やはり北京という土地で手に入るものが限られてくるからで、架空の内容でないことが示されている。『瓶花譜』では一品九命にあたる花からの選択が多い。主花と仕える花の関係性は、『瓶花譜』と必ずしも一致しない。主観的要素も多かったといえるだろう。

『酔翁談録』は、妓女ごとに、花の見立と七言絶句の詩が詠まれている。各妓女のどういう性質がその花をイメージさせたのかという部分だけ一覧表に反映させた。袁宏道の場合、花と花との組み合わせは明確にしても、女性の姿を具体的にあげているものは少ない。明末の潘之恒による『金陵妓品』や為霖子（明末、生没年未詳）の『金陵百媚』などには、南京秦淮の妓女の評とそれを象徴する花についての記述がある。『金陵百媚』（内閣文庫蔵）(33)では、五十六名の妓女の名前とそれをあらわす花の名が配され、同時にその女性を詩、詞、曲で詠じ、総評を附して

會元・李大・西府海棠・凝眺図

四位・沙嫩・玉楼春・倦睡図

いる。甲三名つまりトップ三名は科挙試の合格成績の名称そのものを用いている。五十六名について、「科挙試順位名―妓女名―品：品評し花に見立てる―絵図の名称」で列記してみる。

状元―董年―丹桂花（木犀）―折桂図：折桂は科挙に合格することをさす。図では桂を折っている姿が描かれる。

榜眼―郝賽―水仙花―郊遊図

探花―楊昭―建蘭花（スルガラン）―灌蘭図（蘭に水やりの図）

花の名は隠喩、女性を花であらわす。つまり花は女性の見立であり、科挙試の順位がさらにそこに投影され、花は女性と試験の順位と二つの異なる事を見立てられていることになる。

つづけて元魁十八名：十八は官等級の十八階にあてはめている。

會元―李大―西府海棠―凝眺図（じっと花を眺める図）（西府海棠は学名 Malus micromalus 中国原産、西府は現在の安徽省）

二位―喬大―石榴花―注思（思いをそそぐ）

三位―鄭安―紅梅花―問花図

四位―沙嫩―玉楼春（玉楼、牡丹の一種）―倦睡図（もの憂く眠い）

五位―伝五―杜鵑花（つつじ）―惜春図

六位―林珠―臘梅花―玩梅図（梅をめでる）

七位―楊引―碧桃花（桃の一種）―索句図（句作）

八位―侯嫩―茉莉花―聴蛩図（コオロギの声をきく）

九位―顧翠―芍薬花―椅欄図（欄干に寄りかかる）

十位―宇才―緑萼梅―相思図（恋愛）

十一位―陳娟―薔薇花―撚花図（花をつむ）

十二位―范元―秋海棠―理栞図（しおりを整える）△（△はページ脱落にて図は確認できず）

十三位—顧喜—瑞香花（沈丁花）—待月図△
十四位—張桂—玫瑰花（ハマナス）—鳴燕図（つばめの鳴くのを聴く）
十五位—楊元—柳絮花—飛絮図（柳絮が浮遊する）
十六位—衛昭—鶯粟花—披古図 △
十七位—范科—芙蓉花—拂石図 △
十八位—董十—玉蘭花—焚香図（香を焚く）
以下は図がなく、最後に若手の三名に関して仕分け図を附している。
小鼎甲三名
小状元—寇白—青蓮花—弾棋図（碁を打つ）
小榜眼—馬元—白蓮花—玩荷（ハスをめでる）
小探花—陳元—紅蓮花—戯蝶（蝶と戯れる）

ここでは女性一人に一種類の花をあてはめていることもあって、花の種類は多く、柳絮が取り上げられたり、牡丹、芍薬が花王とは遠い位置づけになっているのも独特な感性を示している。

『瓶史』では花が中心にあって、花が人に見立てられたが、『金陵百媚』に示される妓女の品評は、科挙試の見立がまずあり、さらに花の見立があると

十五位・楊元・柳絮花・飛絮図

小状元・寇白・青蓮花・弾棋図

いう二段構えになっている。女性と花との関係はこうして相互に想起される密接なものとなっている。

（四）癖

強いこだわりをもつことを癖守（へきしゅ）といい、嗜好へのこだわりを癖嗜というが、「好事」の項目では、「癖」のある人を肯定し、「花癖」の人を論じている。

癖のある人の例として、まずは歴史上の五人をあげている。竹林の七賢嵆康が鍛冶を好んだこと、西晋の王済が馬を熱愛したこと、『茶経』を著した陸羽の茶への蘊蓄、宋の画家米芾が奇石を愛したこと、明初の画家倪雲林が潔癖症だったことである。それぞれ全く異なるこだわりだが、「いずれも癖によって胸中の不満をぶつけたり、あるいは抜きんでた才知の気質を投影している」とする。

袁宏道のいう癖は多面的であるが、動機はどうあれ結果として徹底的にこだわりをもち、我が道を行くという人を思い描いているのであろう。「もし本当に癖があるのなら、そのことに没頭し夢中になり、身命を賭して生涯それにかける。どうして金儲けや役人をやっている暇があるだろうか」。それと同様、「古の花癖（マニア）は、他の人からめずらしい花を聞けば、深山渓谷をも意に介さず、つまづいてもころんでも、その花を追い求めた。酷寒や酷暑で肌がしわだらけになり、汗や垢にまみれてもおかまいない」と、その傾倒（マニアック）ぶりを形容している。ここに表現される花癖は、誇張でも作り話でもなく、実際を反映したものであるようだ。

宋代には、宋伯仁（生没年未詳、河北広平の人）による梅の画と詩を記した『梅花喜神譜』(34)がある。喜神とは、画を意味する俗語ともされるが、神（こころ）を喜ばせるといった思いも投影されていよう。そんな梅についてのイメージ記録ともいえる。冒頭、「余は梅癖がある」で始まり、梅の花が開く時、まだ霜で白くおおわれ寒月の光の中で、竹の籬にかこまれた茅屋を徘徊して、倦くことなく梅の花の姿態をながめて廻り、梅の花を仔細に観察し、百態を描き分けている。つぼみがでかかるまでの四枝、小さなつぼみをつけた十六枝、つぼみが大きくなった八枝。咲きかけの八枝、大

ハヤブサが身を翻すさま『梅花喜神譜』

きく開いた十四枝、爛漫の二十八枝、散りかけの十六枝、実をつけた六枝、あわせて百態である。特徴的なのは、それぞれに、どんな姿に見えて何をイメージしているのか、題名をつけ、五言絶句をすべてに詠んでいることにある。たとえば、爛漫の一つ「野鶻翻身」は梅花の姿態を、ハヤブサ（鶻）が身をひるがえしている様に見立てている。あるいは「顰眉」では、梅を美人の顔に見立て、西施の顰みに倣うの故事を梅の表情に見立てている。「穿花蝶」の穿花には、咲いている花の中を通り抜ける意味がある。さらに夢見るという意味もあり、この梅は蝶に見立てられ、そこに荘周の物我一体の胡蝶の夢を想起している。このように、宋伯仁は、時とともに変化していく梅の花へ豊富な知識に裏打ちされた観察眼と想像力をそそいでいることが見いだせる。

張岱（一五九七〜一六八九、袁宏道とおなじく石公の字をもっている）の『陶庵夢憶』巻一に「金乳草の草花」[35]があり、草花を栽培するのが好きな金乳草は、「虚弱体質で病気がちだが、朝は早く起きて、顔も洗わず髪もけずらず、石段の下に腹ばいになって、菊虎（害虫）を捕らえ、出蚕を殺し、花の根、葉の裏、千百本からの草木といえども、一日に必ず一度は見廻る。（略）こうした仕事をみな必ず自分でやり、氷のために手がひび割れても、太陽のために額が焼けても顧みないのである」という。

ところで、癖について、同じく張岱は巻四「祁止祥癖」で次のように述べる。「癖のない人間とはつき合えない。彼らには深情がないからだ。疵のない人間とはつきあえない。彼らには真気がないからだ。わたしの友人祁止祥には

眉を顰める・西施の顰みに倣う

書画の癖があり、鼓鈸の癖があり、鬼戯の癖があり、梨園の癖がある」。ここでいう祁止祥とは、蔵書家として目録学の上でも名を残す祁承㸁を父に、祁彪佳（第九章でふれる）を弟にもつ文人である。

あるいは、明末の馮夢龍（一五七四～一六四五）は『古今譚概』第九「癖嗜部」(36)で、こだわりのあるひとの逸話を九十四話あつめている。その「花癖」の項目では、中唐の文人張籍について「唐の張籍は花卉に耽る傾向がある。王侯貴族の屋敷に椿が一株あり、鉢の如き大輪の花をつけていて大きさをはかれないほどだった。それを愛姫の柳葉と交換して手に入れたところから人は張籍を【花淫】とよんだ。呉越の銭仁傑は、花植えに熱をあげ、【花精】と人は呼んだ。梁緒は梨花が咲くと、花を手折り簪にするため、帽子のつばを犠牲にし頭もあげなかった」。袁宏道のことも収載されている。それは石に対する癖のところの最後に、袁宏道の言った言葉として「陶（陶淵明）の菊、林（林逋）の梅、米（米芾）の石というのは、菊、梅、石を愛するに非ず、愛するのはいずれもそういった自分自身なのだ」と冷徹である。袁宏道は『瓶史』の最後に、自分はマニアックでもないし、そこまでにはなれないと記して結んでいる。

もし私袁石公が花を育てるならば、いささか閑居の孤独のつらさを破るためにやるのであって、誠に本気でやるわけではない。本当に花好きというものは、とっくに桃源郷桃花洞の人になっているはずで、人間界の塵芥の官

夢の中の蝶・荘周の胡蝶の夢

吏になどなっていようか。

このように、自分はいまだに浮世の官職についていることを自嘲し、癖の世界の外側にたたずむ姿が見える。

ところで、武田泰淳の小品に「袁中郎論」(37)がある。袁宏道を「不満に満ちた楽天家」だと評し、その詩を味わった武田泰淳は、こう吐露する。「私自身は中郎の詩を読み一応は理解したと思い込む。しかし思いかえしてみると彼は彼自身の語句の外に立って私を眺めていることに気がつく。そうして私はしてやられるのである」。

理想や情熱への心の動きを、外側から冷静に見つめている、そんな袁宏道の姿を言い得ている。

（五）清玩の真情

最後にあげる二項目「清賞」と「監戒」では瓶花のある日常の袁宏道の心情が語られている。鑑賞するときに、茶をのみながら鑑賞するのが最上で、戒めるべきはおしゃべりをしながらとか、酒をのみながらであるという。鑑賞するにも季節や空間を意識すべきであることなど、より具体的にあげている。その中で、花を心地よくする条件の一つとして、「花卉心地よく開き、心の友がたずねてくる」とあり、「渓のひびき」「夜が深まり、炉が鳴る」とあり、静寂清新な環境を求める心情が表れている。

最後の「監戒」では、これまでを振り返りこれからの戒めとするために、宋の張功甫の『梅品』にならって、花を心地よくする十四条、さらに反対に花をはずかしめる二十三条をあげている。

宋の『梅品』[38]は、明代に上梓されている。作者張功甫は本名は張鎡（一一五三～一二二一頃、臨安に居住していた）。序文には、張功甫の梅園ができるまでの経緯が記されている。三十二歳の時（南宋の淳熙十二年一一八五年）に、梅花を「この世の不思議」とした張功甫は、南湖の曾氏の荒れた園を手に入れる。そのときにすでに梅が数十本あり、さらに西湖の北の別園を取得した。あわせて紅梅三百本余があり、その清らかに照り映えるさまはあたかも月に対しているように覚え、園の名を玉照と名付けた。小舟をうかべて往来し、「隠者はこれを観ることをもとめた」という。ただし『梅品』は梅についてのみ、しかも四項目をあげただけで、梅への癖が如実に表れてはいるが簡単な記述にとどまっている。

張功甫は、序文のなかで次のように記している。

花は心にかける客人だが、わが胸中は空しい。時に花を恨むとさえいうのは、三嘆の裏返しなのだ。その性情を詳らかにすることにより、その花を護る策を奨めようと考え、数ヶ月でできあがった。今、花の喜ぶこと、嫌うこと、恩寵を受けること、屈辱を受けることの四項目を記し、全部あわせて五十八条。園の中の広間に掲げて、来客に注意を促し警告を発し、梅花は値段が高価だからこれを愛する、というのではないことを知らしめなけれ

陳洪綬　摘梅高士図
天津市芸術博物館

ばならない。ただ私の言葉が広く知られる所となるのもまた恥ずかしいことではある。

その「花の喜ぶこと二十六条」は、梅にみあった気候、梅を引き立たせる風物、空間などが記されている。

1．薄曇り　2．暁　3．肌寒い気温　4．霧雨　5．靄
6．美しい月　7．夕陽　8．細雪　9．夕映え　10．珍鳥
11．鶴一羽　12．清んだ渓流　13．小橋　14．竹の傍　15．松の下
16．明るい窓辺　17．目の粗い籬（まがき）　18．深緑の崖　19．緑苔
20．銅製の瓶　21．紙製の帳　22．林間を吹き抜ける笛の音
23．膝の上の琴　24．碁盤で碁を打つ　25．雪を掃き茶を煎じる
26．薄化粧に簪の美人

さらに、「花が恩寵を受ける六条」として、以下の六つをあげている。

1．塵埃に染まらず　2．鈴つき紐で護る　3．地面を清浄にし落花を残さない　4．王公が朝夕目を留める
5．詩人が筆を擱いて斟酌する　6．麗しい妓女が薄化粧で雅な歌を唱う

つまりは、花を引きたたせる空間があり、花に関心をいだき愛でる人がいる、ということが土台になっている。

『梅品』の場合は、瓶花ではなく、庭園など戸外の梅花を対象とし、室内の花を対象とする袁宏道の場合とは状況は異なる。『瓶史』では、「花の心地よいこと十四条」で、最初にあげるのが1．「明るい窓辺」で、これは『梅品』の16と同じだが、その他の十三は多種多様である。

2．清浄な机　3．古い鼎　4．宋の硯　5．松風　6．渓流の音　7．主人が好事家で詩をよくする
8．出入りの僧侶が茶のいれかたがわかっている　9．薊州人がハトムギ酒を送ってくる（薊州は現天津市の区）
10．花卉の細密画が得意な客人　11．瓶花が満開のときに友人が訪ねてくる　12．園芸の書を自分で書写する
13．深夜茶釜の湯が煮え立つ音　14．花にまつわる典故を妻妾が手伝って校正する

花を辱める二十三条はここでは省略する。

『瓶史』の最後は次の一文で擱筆している。

以上のように見てくると、花を辱めるものが多く、花を喜ばしめるものは少ない。虚心に一つ一つ調べてみると、私でも犯すものがある。そこで一通りを書して座右に置き自分を戒めるものである。

座右に置いたこの自作の書で、心情を多く語ったのが「清賞」の項である。「清賞」には、文人による趣味の美意識を表現する言葉「清玩」に通じる意識を見いだせる。

清玩とはどの時代に意識化されて一般に通用するようになったのか、清の類書『駢字類編』(39)では『翰墨志』の記述をあげている。『翰墨志』には次のように記される。

楊凝式（八七三〜九五四）が五代で最も書を能くする。言動は常軌を逸して楊風子（瘋癲の楊）と号し、人はその心を測りきれなかった。一度筆を握ればその書は豪放で高風清雅の極みであった。（五代の王朝）後唐、後周、後漢で官を歴任した。にわかにその名が知られるようになったのは、その博識と字法がともに優れていたからである。洛中で往々にして書を壁に書いた。平素、好事家は箱にこれを入れ座右に置き清玩とした。(40)

その書は壁に書くことが多かったため、あまり残っていないとされる。わずかに『韮花帖』や『盧鴻草堂十志図跋』などが現存する。宋の蘇軾は「独り楊凝式は筆跡力が強い」など

銭選（宋）花籃図　木犀　国立故宮博物院

と絶賛する。『韮花帖』は、「一見非常に素朴で、むしろ稚拙なように見えるが、筆が非常に落ち着いており、自然である。結体や章法に変化が多く、一字一字に表情があって見飽きることがない(41)」と評される。また『神仙起居法』(九四八年)に対しては、「字形に拘泥せず、精神的なものもあらわしていて、一種の気魄が感じられ、妖気をはらんだすご味が行間に漂っている」とある。『翰墨志』は、南宋の初代皇帝で、書も得意とした趙構(一一〇七~一一八七、徽宗皇帝の第九子にあたる)が記したもので、その影響は小さくない。筆墨の風情からはじまったこの清玩の感覚は座右に置いて常に心を慰めていた、そういうことが清玩の発端になっている。袁宏道はその清玩はまた癖に通じているととらえ、癖を愛するものの、自分自身を振り返ったときに、清玩の域にはどうも通じていない、癖の極みも極めていない、そんな自身を発見したのではないか。

＊　＊　＊

この『瓶史』に見られる花を愛する人は袁宏道も含めて、あくまでも「孤」であり、「個」である。つまり清玩に終始している。日本における「修」や「行」あるいは教え導く、という志向はそこにはない。袁宏道が蘊蓄を傾けたことも、中国では花好きの癖をもつマニアックな文人が、見立の世界をつくることはあっても、それはどこまでいっても孤の世界、自身の心情の世界、自分の空間における世界なのである。

その孤の理想は、山紫水明の山水に身を置く理想を、現実では実現しえない制約の中で、身近な花で満たし、山水を花の向こうに透視する。それが袁宏道をして花へ蘊蓄を傾けさせている。ただし、花との関係において、花と向き合い花と空間をともにするとき、そこには人としてのありようが投影されていく。ではこの孤の根底には何があるのだろう。

元の呉太素の『松齋梅譜(42)』は、画は新たに描き直しているものの『梅花喜神譜』をそのまま採録するなど、宋の時代の梅を巡る考え方を取り込みながら発展させている。それは島田修二郎によると「一輪の梅花の中に宇宙の根源である太極に象るものを見よう」という宋代末には形成された考え方を承けて「梅の生成変化を陰陽の奇数偶数で説明し、引いてはその生成変化の相を画く墨梅の画法をも同じ論法で説明しようとする」と解する。呉太素は、梅の花のつぼみを太極に象りそれを花の懐胎と言う。そして、房は花の彰れるところで天地人の三才に象り、花弁（萼）は五行に象る。花の蘂（おしべめしべ）は七政（日月・水火土金木の五星）に象り、花が散ることは花が究まることで極数に象る。

生涯にわたって梅を愛した王冕（おうべん）（一二八七〜一三五九）は、墨だけで画く『墨梅図』で夙に知られる。画の右に「絶後再蘇」の題辞がある。梅を画く一つの型とされる。これとは別に次の「白梅」の詩を詠んでいる。「白梅は氷雪の

王冕墨梅図　国立故宮博物院

林のなかに毅然とあり、桃李の俗塵とは交わらず。忽然一夜にして花開き、芳香は乾坤（天地）に散ず」。

　このように、孤の極みの中にあって、花を愛する人は、梅に生命の生成を感じ、宇宙を見たのであった。花の見立の軸にあるのは、墨梅に象徴されるように、理想とするものと現実とのギャップの中で、どれだけ手腕を発揮してその理想をつくりあげるかの意識の凝縮であるといえよう。

注

（1）工藤昌伸『江戸文化といけばなの展開』日本いけばな文化史二　同朋舎　一九九三年三月

（2）青木正児「支那人の自然観」『青木正児全集』第二巻　春秋社　一九八三年十月

（3）周作人『袁中郎全集』袁宏道時代図書司　一九三四（中華民国二十三）年『袁宏道集箋校』（下）上海古典出版社（二〇一三年九月）所収

（4）衣笠安喜『近世儒学思想史の研究』法政大学出版局　一九七六年十月

（5）錢伯城校注『袁宏道集箋校』（中）巻二十四（「答陶石簣」巻二十二）上海古典出版社　二〇一三年九月

（6）内田健太「袁宏道晩年の『学問』とその射程」『日本中国学会報』第五十四集　日本中国学会　二〇〇二年十月

（7）袁中郎『珊瑚林　中国文人の禅問答集』監修荒木見悟　訳注宋明哲学研討会　ぺりかん社　二〇〇一年三月

（8）天親菩薩造、菩提留支訳『浄土論』解義分・観察體相　浄土真宗聖典七祖篇原典版　本願寺出版社　一九九二年三月

（9）曇鸞註解『往生論註』真宗聖教全書一　三教七祖部　大八木興文堂　一九八〇年五月

（10）『佛説無量寿経』巻上『大正新修大蔵経』寶積部・涅槃部№〇三六〇　康僧鎧譯

（11）『三弥勒経疏』憬興（新羅法相宗、大乗佛教経典の注釈書）『大正新修大蔵経』経疏部（六）第三十八巻№一〇七四

（12）竜門石窟は一三五二の石窟を有するが、その中の蓮華洞は五世紀北魏から初唐にかけて造られ、奥行き十メートルの洞窟は、釈迦牟尼佛が中央に、その左右に弟子迦葉、阿難を配し、天上に直径三メートルほどの蓮華の浮き彫りがあり、まわりに六体の飛天を配している。佛教荘厳については安藤佳香『佛教荘厳の研究・グプタ式唐草の東伝』図版編研究編（中央公論武術出版二〇〇三年三月）を参考とした。

(13) 王貴学『王氏蘭譜』『説郛』所収　陶宗儀〔元末明初〕編　涵芬楼百巻本巻六十二　『説郛三種』所収　陶珽再編〔明〕上海古籍出版社　一九八八年十月　葉大有は生没年未詳、字は謙夫、宦官の家に生まれ苦学して一二三〇年に莆陽（現福建省）の郷試では第一位となった。

(14)『宋史』巻四二七の伝、周濂渓は周敦頤と改名し、濂渓を号とした。字は茂叔。

(15) 宇野哲人訳注『大学』講談社学術文庫　二〇一二年四月

「格物」は「致知格物」で用いられる。この解釈は、長い年月の中で、異なる解釈を生み七十二説もあるとされる。宇野によると、朱子は「物とはおよそ事物の理」で「事物の理を窮めて、知識を推し窮めねばならぬ」となり、三〇〇年後の明代の王陽明は「心即理」から「物とはおよそ意のあるところをいう。格とはこれを正すこと。知とは先天的良知」とした。しかしいずれも妥当ではなく、「格物とは六藝に通暁すること」で「六藝に通暁すればすなはち知を致すことができる」と解釈している。

(16) 周茂叔「愛蓮説」『古文真宝』後集巻之二〔説類〕（黄堅編）『新釈漢文大系』第十六巻　星川清孝校注　明治書院　一九七五年四月

(17)『花経』呉龍輝主編『中華雑経集成』第一巻　中国社会科学出版社　一九九四年十月

(18) 張謙徳『瓶花譜』『説郛』所収　陶宗儀（元末明初）編　涵芬楼百巻本の巻六十二『説郛三種』所収、陶珽再編（明）上海古籍出版社　一九八八年十月　訳本は『瓶史』と同様

(19)『陳洪綬集』上冊巻六　呉敢点校　浙江古籍出版社　二〇一二年十一月

(20) 陳継儒「題袁石公瓶史後」銭伯城校注『袁宏道集箋校』（下）「付録三・序跋」

(21) 陶穀『清異録』『全宋筆記』（第一編二）朱易安ほか主編　上海師範大学古籍整理研究所編　大象出版社　二〇〇三年十月

(22)「瓶花齋集序」銭伯城校注『袁宏道集箋校』（下）「付録三、序抜」

(23)「戯題黄道元瓶花齋」銭伯城校注『袁宏道集箋校』（上）「巻三　錦帆集之一　詩」注釈によると、道元は字で、本名は黄国信、永嘉の人で、著作に『拙遅集』『合缶齋』がある。明末の謝肇淛（しゃちょうせい）による考証的随筆の書『五雜組』巻七〔岩城秀

夫訳　東洋文庫　一九九七年九月）には、八分（はっぷん）（横画の終筆を上にはねあげる特徴を指す）と呼ばれる隷書体に巧みな文徴明をはじめとする四人の中の一人として記される。

(24) 「贈黄道元」『袁宏道集箋校』（上）巻二「敝篋集之二・詩」　二〇一三年九月

(25) 『袁宏道集箋校』（下）巻四十七「破研齋集之三・詩」　二〇一三年九月

(26) 本書で用いる『瓶史』は、錢伯城校注『袁宏道集箋校』（中）所収本を基本とする。張文浩・孫華娟編著『瓶花譜瓶史』中華書局（二〇一五年十二月）も参考とした。

『瓶史』の日本語訳としては、次のものがあり参考とした。①俵雲齋・桐谷鳥習注解『瓶史国字解』十三冊　文化六年一八〇九年七月　②中田勇次郎訳『文房清玩三』所収『瓶史』二玄社　一九七六年五月　③佐藤武敏編訳『中国の花譜』所収『瓶史』東洋文庫平凡社　一九九七年九月　④工藤昌伸『江戸文化といけばなの展開』所収『瓶史』

(27) 「満井遊記」　錢伯城校注『袁宏道集箋校』（中）巻十七「瓶花齋集之五・記」

(28) 竹柏（ちくはく）は「植物『なぎ（梛）』の漢名」（日本国語大辞典）。なぎ（梛）は『世界大百科事典』によると、針葉樹だが、広い葉をもつマキ科の常緑高木。高さ三十メートル直径一メートルに達する。中国では中・南部に及ぶ生息地がある。日本では古くから神社に植栽されることが多い。

(29) 「採蓮歌」『袁宏道集箋校』（上）巻一「敝篋集之一・詩」

(30) 「桃花雨」『袁宏道集箋校』（上）巻八「解脱集之一・詩」

(31) 合山究『明清時代の女性と文学』汲古書院　二〇〇六年二月

(32) 羅燁編『酔翁談録』世界書局　一九五八年十二月

(33) 為霖子（広陵・現江蘇省揚州）『金陵百媚』閶門銭益吾梓行（出版）一六一八（明・万暦四十六）年内閣文庫蔵

(34) 『梅花喜神譜』宋刻版一二六一（景帝二）年『中国古代版画叢刊』二編第一輯　上海古籍出版社　一九九四年十月

(35) 張岱『陶庵夢憶』巻一　松枝茂夫訳　岩波文庫　二〇〇二年七月

(36) 馮夢龍『古今譚概』第九「癖嗜部」『馮夢龍全集』第六　魏同賢主編　鳳凰出版社　二〇〇七年九月

(37) 武田泰淳「袁中郎論」初出雑誌『中国文学月報』一九三七年七月発行『武田泰淳全集』第十一巻　筑摩書房　一九七

八年十一月

(38)（宋）張功甫『梅品』（明）周履靖出版　芸術叢編第一集　第三十冊、『観賞別録』十六種三十五巻二七〇　楊家駱編　世界書局　一九六九年五月

(39)（清）張延玉編『駢字類編』巻二三四　中国書店　一九八四年三月

(40)『翰墨志』叢書集成簡編　台湾商務印書館　一九六六年六月

(41) 比田井南谷『中国書道史事典』雄山閣　一九九六年二月

(42)（元）呉太素『松斎梅譜』島田修二郎解題校訂　浅野家に伝わる版本を影印　広島市立中央図書館　一九八八年三月

第六章

転変する花への投影

右から真・草・行の花形『池坊専好立花図屛風』（六曲一双）　野村美術館

一　花に托する文化

花を愛でることは時空をこえた志向だが、人の花へのイメージは豊かに積み重ねられた。特に日本では、花の表現が時代の精神性を象徴するものとなり、「いけばな（Ikebana）」という独自の文化を構築した。人は花に如何なる新たな物語を托したのだろうか。

日本のいけばなの歴史研究において、細川護貞は『中国瓶花といけばな』[1]の中で、いけばなを日本独自のものとする見方に疑問を呈し、中国とのかかわりを解明しようとした。そして、中国の文人趣味が、中国から帰国した留学僧によってもたらされ、それが五山文学の中に残されており、いけばなも文人趣味の一つとして享受され、詩文や日記にのこされていると考察している。袁宏道の『瓶史』は「瓶花の道に一つの理念をもたらしたものであった」とし、日本においては、「これほど広範囲に且つ直接に影響を与えたのは、『瓶史』が第一である」と位置づけている。袁宏道は『瓶史』に図画なども施してはおらず、「『瓶史』はいわば、瓶花の理論書であって、実技書ではないのである」と残念がる。江戸時代における袁宏道への強い関心は、一六九六（元禄九）年に『梨雲館類定　袁中郎全集』二十四巻本が京都洛陽書林で翻刻出版されたことからもうかがえる。花の専書『瓶史』はこの巻十七にはいっている。その後、単独で翻刻されるなど、『瓶史』への傾注は著しい。[2]幸田露伴も、瓶花に対する資料を駆使して『一瓶の中』[3]を執筆し、日本の花への蘊蓄を傾け、その最後に、袁宏道との関係についてふれている。

工藤昌伸は『江戸文化といけばなの展開』[4]で、「中国の挿花書の中で、袁中郎の『瓶史』ほど日本のいけばなに大きな影響を与えたものはない」と述べ、その影響を受けた文人をあげて、「わが国のいけばなの歴史に登場する文人花はすべて『瓶史』の花論をその本旨としている」と説明している。また、文人花の説明として「文人生ともいう。江戸時代の文人たちのいけばな、またはその精神にならう、形式をもたない自由ないけばな」と説明している。ただ、影響を受けたとされるこれらの文人の記したものを検討していくと、その受容の程度は多様で、またその精神のありようも曖昧としている。

袁宏道受容は江戸中期にはいっており、花の文化はすでに池坊を拠点とする立花形式の伝承が確立されていた時期である。立花の型という日本独自の花の表現は見立の表現の表象でもある。それは何を見立て、また如何なる精神の上に確立されたのだろう。その中にあって、袁宏道はどのように好まれたのか。花の文化がめまぐるしく創造と転変をとげていくその中心にある見立の表現を追っていく。

二　中国の花の記憶

（一）過熱する花

『瓶史』以前の花の記憶は久しい。中国からはいってきた闘草闘花の遊びから、花への関心は、和歌の題材となり、左右に分かれて歌を詠んで優劣を競い合う歌合せとともに、花合せ、前栽合せ、根合せ、貝合せなど、物合せが季節や状況に応じておこなわれ、蘊蓄を互いに競い合うことで、興がわいて継続し洗練されたものへと展開してきた。

奈良時代までには日本に伝来したとされる『荊楚歳時記』（梁の宗懍（そうりん））に「五月五日、之を浴蘭節と謂う。（又た之を端午と謂う）四民ならびに蹋（とう）百草の戯あり。艾（よもぎ）を採りて以て人を為（つく）り、門戸の上に懸け、以て毒気を祓う」(5)の「蹋（あるいは闘）百草の戯」を日本では万葉仮名で「久佐阿波世（クサアワセ）」（『倭名類聚抄』(6)）と表記している。特に王朝貴族は中国伝来の風習として大切に受け入れたのであろう。平安時代、闘草、闘花は、日本で最初に宮中で浸透していくなかで変容し、『今昔物語集』の後一条天皇（在位一〇一六～三六）のとき、「右近馬場殿上人種合語（くさあはせのこと）」(7)に記載される種合からその過熱ぶりがみてとれる。挑事（いどみごと）はきまって厄介なことがおこると結ばれているその熱狂ぶりにふれてみたい。

①「種合せ」

「殿上人・蔵人」が、右方、左方に別れて、「種合セ為ル事有ケリ」とあり、まず準備として、左方右方それぞれ頭をきめて名簿を作る段階で、「此ク書分テ後ハ、互ニ挑ム事無限シ」と勝負心に火がつく。競う日を定めると、「各世ノ中ニ有難き物ヲバ、（中略）心ヲ尽クシ肝モ迷ハシテ、求メ騒ギ合タル事物ニ不似ズ」とある。みな殺気だって競うための種あつめに腐心する。左右両陣営のチームが組まれると、普段は兄弟や親しい間柄であっても、「世々ノ敵ノ如く」「物ヲダニ不云合ズゾ有リケル」「挑ム事只思ヒ可遣シ」というすさまじさである。

当日は、南北向き合い、東から西に錦の天幕を張り、種合せの物を置く。そして左右それぞれ見事な装束を身につけて居並ぶ。負けた方が舞いを披露するために、「南北ニ向様ニ、勝負ノ舞ノ料ニ錦ノ平張ヲ立テ、其ノ内ニ楽器ヲ儲ケ、舞人・楽人等各居タリ」とある。そしてそれを見物するために「京中ノ上中下、見物ニ市ヲ成シタリ」となって、にぎやかで規模も大きいことが見て取れる。はじまると、「物可笑ク云フ者ヲ各儲テ、其ノ座ニ向様ニ居ヌ」とあり、弁舌巧みなものが場を盛り上げる。勝負は、「互ニ勝負有ル間、言ヲ尽シ論ズル事共多カリ」とあって、侃々諤々の様が見える。「他に比類なき草をもって合はするを勝とするため」と酒井欣は『日本遊戯史』[8]で評している。

橘成季（生没年未詳、鎌倉時代）が著した『古今著聞集』[9]には、「草木」（巻第十九）の項目が立てられており、平安朝の王朝人の花々への対し方を知ることができる。いくつか事例をあげてみる。

②「新菊花合せ」（九一三年、醍醐天皇の御前、清涼殿）

十月十三日に、一番方、二番方すなわち左右に分かれて、あわせて十番、おのおの新菊を十本持ち、別々の入り口から庭に立つ。このとき、「一番は花を種うるに石州の形を以てし、二番は火桶に栽ゑ」とあり、石を並べて州浜に見立ててそこに菊花を配している。

③「残菊合せ」（九五三年、村上天皇の御前）

十月十八日、このときもまた左右に分かれて、その菊を競い合うが、「州浜に菊一本をうゑたる蔵人所の衆六人してこれをかく（担いで運ぶ）」「州浜の風流さまざまなり。中に銀の鶴に菊の枝をくはへさせて、その葉に歌一首を書く」とある。

④「前菜を植ゑて歌合せ」（九七二年、村上天皇の皇女規子、嵯峨）

八月二十八日「野の宮にて御前のおもに（庭面に）薄・蘭・紫苑（しおん）・草の香・女郎花・萩などをうゑさせ給ひて、松虫・鈴虫をはなたせ給ひけり。人々に、やがてこの物につけて歌を奉らせられけるに、おのが心々に、われもわれもと、或は山ざとのかきねに小牡鹿（雄の鹿）のたちより（立ち寄り）、あるは州浜の磯に葦鶴のおりゐるかたをつくりて、草をもうゑ、虫をも鳴かせたり」とある。趣向を凝らした前菜を前にして皆が大いに想像力を膨らませて歌を詠もうとしている様子がうかがえる。さらにそれらの歌をただ詠んで終わりではなく、優劣を定めないでおくわけにはいくまいと、わざわざ判定の労を取っている。

⑤「菖蒲根合せ」（一〇五一年、後冷泉天皇のとき）

五月五日に菖蒲の根合せを内裏でおこなう。左右二十人に組み分ける。それぞれ州浜をつくり、銀の松を植え、鶴亀をすえる。沈香を立て巌石に見立てて、その間に遣水として銀をながす。その前に机を立てて書一巻を置く。州浜に青色の薄物（薄織りの絹布）を敷き浪の紋様に擬える。長い菖蒲の根五筋を輪にして松の上、州浜の辺りに置く。

⑥「撫子合せ」巻第五「和歌」には藤原詮子（九六一〜一〇〇一、道長の姉で一条天皇の母）が、九八六年（一条天皇即位の年）の七月七日に撫子合せをしたことが記されている。

多くの女房が集い、左右に分かれてはじまる。童女四人で御前にかついできたものは、「なでしこの州浜」で、色々な飾りつけがほどこされる。州浜の上の撫子に和歌を結びつけたもの、州浜に鶴のつくりものをほどこし、その鶴に和歌を結びつけたもの、瑠璃の壺に花をさし、その台の布に装飾文字で歌を刺繡したもの、撫子に籬をつくり、その籬にかかった芋蔓の葉に和歌をかきつけたもの、州浜に造花をつくって和歌をつけたもの、さらに、沈の香木を立て岩に見立てて、黒方（練り香、沈香や白檀、丁字香、麝香などを練って作る）を土に見立てて撫子を植えたものなど、様々に意匠を工夫している。これらは庭園においても、再現される州浜をつくって、そこに季節の花を植え、浜辺の風景に見立てて趣向を凝らすことと共通の作意が見られる。

⑦前菜合せ

『栄花物語』「月の宴」[10]（九六七年、村上天皇、清涼殿）では、八月十五夜に仲秋観月の宴を催し、左右に分けて前栽を植えさせたとある。清涼殿西庭の左方には台盤所の壺、右方には朝餉の壺がすえられ、殿上の侍臣や女房を左右に分ける。左の頭には絵画を司る絵所の蔵人少将、右の頭には、宮中の調度品を司る造物所（つくもどころ）の別当右近少将が、「劣らじ負けじと挑みかはして」とあり、こういった剥き出しの闘争心は物合せに共通してみられる。この時どんな草花で競ったのかというと、左方は、州浜を絵に描き、種々の草花を実際より勝るように描き、遣水、巌石も描き、銀で垣根の形を作り、そこに種々の虫を棲まわせる。さらに大井川の船遊び、鵜飼船にかがり火の絵を描く。右方は、造物で、風情ある州浜を彫刻にし、潮満ちた形をつくり、色々な造花を植え、松竹の彫り物をしている。このように、左右いずれも、本物の花や植物ではない。それぞれ絵と彫刻によって草花を表し、州浜の風情に見立てているのである。

植物学の立場で木下武司は、菊合せにおいて、州浜をつくり白菊を植えることに注目している[11]。たとえば、『古今和歌集』巻第五「秋歌下」の

栄花物語図屏風（部分）土佐光祐（江戸）　東京国立博物館

「秋風の　吹きあげにたてる　白菊は　花かあらぬか　浪のよするか」（秋風が吹き上げる中で、吹上の浜に生えている白菊は、花であるのか、あるいは吹上浜に吹き寄せる白浪であろうか）で「白菊を水際に生える」と記されるのは、「栽培する白菊ではなく、実際のロケーションはともかくとして、少なくとも野生の白菊野菊をイメージして詠んだ歌と考えざるを得ない。花を波頭に見立てるほどであるから、頭状花序が大きく、群生する性質があり、海岸地帯に生える種である」と、州浜を作ったときに浪にも見立てられる白菊の種類を分析している。陶淵明の菊好きをはじめとして、中国の詩に詠まれた菊は、まだまだ普及する段階になかったとするならば、州浜に咲く菊を絵や作り物で表現し、そこにイメージを膨らませ、想像しながら情景を詠み、さらにその優劣を競いあう。そこには、限られた条件のなかで、想像力を豊かに膨らませたすがたがある。競い合うことで、見せ方の工夫や観察眼も磨かれていったであろう。

物合せの一方で、仏像の供養として供花（くげ）があり、花瓶も荘厳具として燭台、香炉などと共に用いられた。『今昔物語集』には、花の記述は少なくない。仏にまつわる奇瑞として天から花が降ってきたり、僧侶が供花をしたり、女児が前栽の花をこよなく愛でるなど、花には多彩な物語が託されている。その中で、郷（さと）の嫗（おうな）が毎月三宝（仏法僧）を供養する記述からは、供花の民間への広がりを見て取ることができる。

「其ノ仏事ヲ勤ケル様（やう）ニ、常ニ香ヲ買キ、其ノ郡ノ内ノ諸（もろもろ）ノ寺ニ持参（もてまゐり）テ、仏ニ供養シ奉ケリ。亦、春秋ニ随（したがひ）テ野ニ出デ山ニ行テ、時ノ花ヲ折テ、其ノ香ニ加ヘテ仏ニ供養シ奉ケリ」（伊勢国飯高郡老嫗、往生語第五十一）[12]ここでは供花とはいっても「時の花」とあるように、季節の花への意識が鮮明になってきている。

（二）　主張する立花

供花や物合せの競演から『瓶史』受容にいたるまでには、複合的な文化の融合がなければ成立しなかった。その融合を示す一つは、仏前荘厳としての一揃いである花瓶（けびょう）、香炉、燭台の三具足が、仏間を離れて邸内で、絵像を本尊に見立ててその前に据え、座敷飾りの揃いものとして鑑賞されるようになっていったことにある。もう一つは、書院飾りの秘伝書『君台観左右帳記』（諸写本があり完成形にしたのは相阿弥とされる）[13]にみられる将軍の侍者である同朋衆が洗練された職能を確立していったことがあげられ、そこには、唐絵や唐物の花瓶に対する鑑識眼も求められていたといえる。さらには、義満の時代、闘茶の会で立て花法式の花合せがはやり、花と茶が結びついていく。それらが融合したところに新たな花への対し方が生まれていくことになる。その後、立花（たてはな）は京の都の商業地域であった下京の頂法寺六角堂池坊専慶が評判になる。このときすでに鑑賞に重点がおかれ、池坊専慶の立花は真似されるところとなり、立花の大成者として名が刻まれる。

立花の精神を最初に文章に記したものとして『花王以来の花伝書』（一四九九年明応八年）があり、それより前に『仙伝抄』[14]が縷々立花について伝えている。

「花の木を、しんという心は人間ものう（能）あるといえども、心さだまらざるは、ひきょう（卑怯）なり。そのごとく、花も本木のつよくなきは悪なり。さてこそ、本木を真（しん）という也」。この意味は、たとえ有能な人間でも心が浮ついていては、弱い。では花はどう立てるか。同様に花も中心になる木が弱いとよくない。だからこそ中心になる木を真の木、中心の木というのである。つまり、花を人間のありようと同様にとらえている。そして立てた花に自然の風景を見る。しかも「秋は風しぐれむらさめさそひて、物すごき体にたてるべし。草は高くなびかせて、ところどころ色ある花をたつべし」などと四季の景観にそって自然に立てるのが

頂法寺・六角堂　京都

よいとした。仏前荘厳における花について、「花のえだ（枝）もさだまりあり。出山の釈迦のすがたをまねぶなり」とあり、「天上天下唯我独尊の心あるべし。真のえだにて天をさし、左のえだにて地をさす心得あるべし」などとするのは、釈迦の姿を花に投影させるものである。

そこに必要な心得もまた明確で、「けいこ」を重んじている。「けいこのたらざる人は、あたらしくはじめて有るかたちを、面白くおもひて、め（目）のありどころに口をつけむとするによって、よくよく見れば、見ざめ（醒め）してあし（悪し）し」とあり、形だけをなぞっても、興ざめしてしまうものとなり、深みのある表現はでてこない。そこでその意味を理解し修養し稽古することが必要になる。花の文化を理解し道として成就させていくための必須条件といえよう。

この時期、池坊の立花は、貴族や宮中でも重宝された。そして、池坊専応は、花は室内で生けるが、それは自然の景観をうつしたものでなければならないとして、理論付けをおこなった。それを

立花図屏風　水墨画と立花の融合で景観を想像（六曲一双・部分）　池坊総務所

伝えるのが、『専応口伝』（一五四二年天文十一年）(15)である。この末尾に、この書は池坊家の秘本であるが、所望に応じて老年となった池坊専応自身が自書し、他見すべからずとある。序にあたる一文には、立花の妙趣や理念が盛り込まれている。

この一流（池坊）は野山水辺おのづからなる姿を居上にあらはし、花葉をかざり、よろしき面かげをもととし、先祖さし初しより一道世にひろまりて、都鄙（都会と田舎）のもてあそびとなれる也。〔この一節は最初の写本にはなく池坊による展開もうかがえる〕草の庵の徒然をも忘れやすると、手ずさみに破甌（前の写本には破甕とも）古枝を指立て、はにむかひてつらつらおもへば、〔ここで、立花するにあたって、想像をめぐらす〕廬山（江西省名山）湘湖（浙江省蕭山にある湖）の風景もいたらざればのぞみがたく、瓊樹瑶池の絶境（美しい玉樹が生え清らかな池がある崑崙山の仙境）もみみにふれて、見る

陰・陽・嶺・瀧・市・岳・尾
「万相一瓶ノ図」『池坊華道読本』

立花による山水の見立：真・見越・
正真・副・受・胴・流枝・前置・控

> 事稀也。王摩詰が輞川の図も（摩詰は字、唐の王維がつくった別荘を浄土に見立てて詩に詠み壁画を描いた。その後多くの人が輞川図巻を描いた）、夏涼しきを生ずる事あたはず。舜叔挙（元の文人銭選、字は舜挙、花鳥画を得意とした）が草木の軸も、秋香を発することなし。又庭前に山をつき、垣の内に泉を引も、人力をわづらはさずして成事をえず。ただ小水尺樹をもって江山数程の勝概（多くの山河景勝）をあらはし、暫時頃刻（短い時間）の間に千変万化の佳興をもよおす。宛も仙家の妙術ともいいつべし。（略）
>
> 抑是をもてあそぶ人、草木を見て心をのべ、春秋のあはれをおもひ、一日の興をもよおすのみならず、飛花落葉のかぜの前に、かかるさとりの種をうる事もや侍らん。〔（）〔〕は筆者注〕

詩歌で詠まれる中国の幻想的風景、山水や自然を臥遊するように、立花に投影させようという意図が示されている。花瓶に立てる花は単純に花そのものではなく、花を通して背後の文化をよみ、理想的な自然の景観を凝縮させた見立の表現であることを、はっきり明示したものといえるであろう。だからこそ、心を遊ばせるだけではな

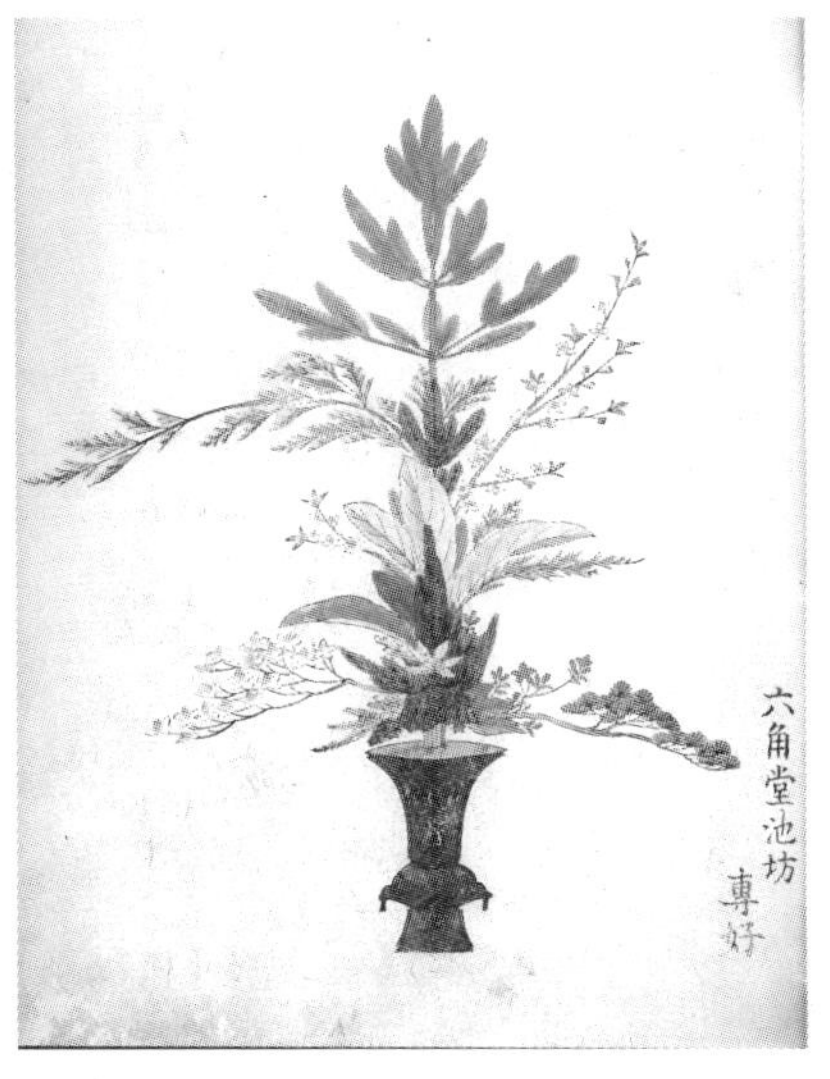

池坊専好による立花　『瓶花図彙』

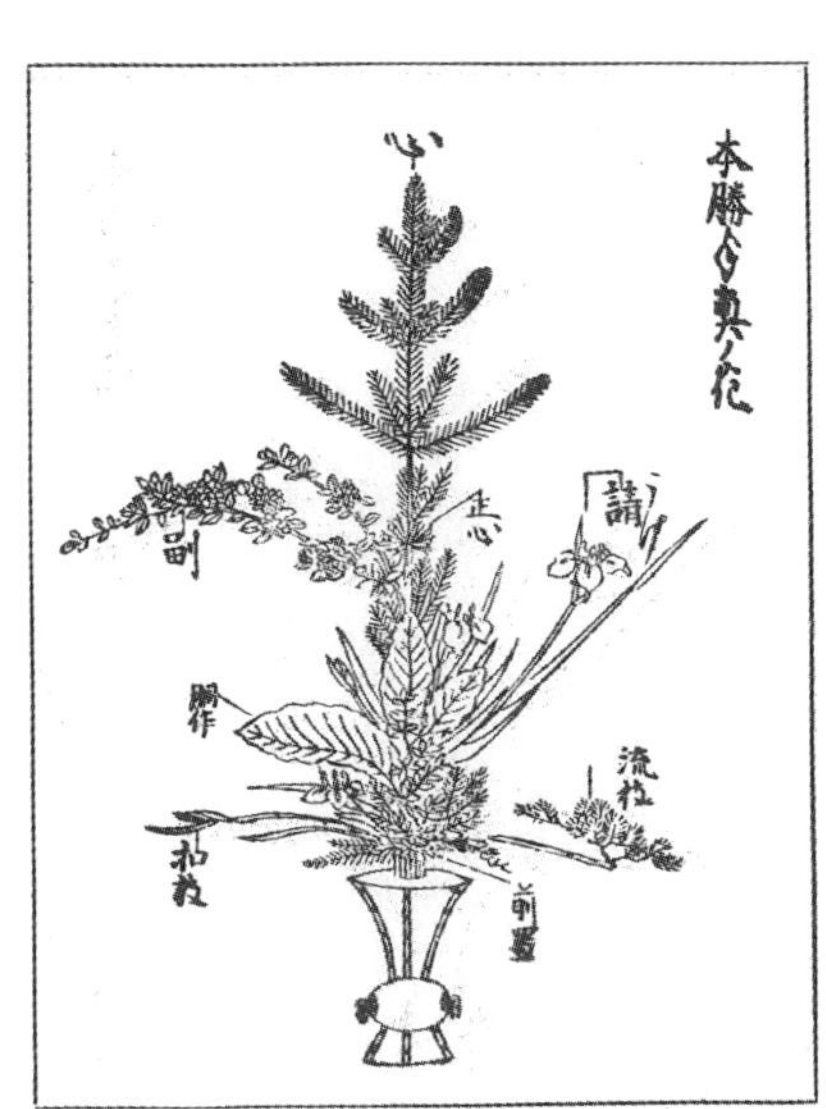

真ノ花・役枝名：心・正心・副・請・胴作・流枝・控枝・前置　『立花大全』

く、大自然の神韻を集めた花に自己の心を映すところまで到達することを求めてもいる。

これを現代に伝わる『池坊華道読本』(16)において図示される基本型で見ると、立花の配置と山水画との相関関係が明らかに示されている。小さな空間と、短い時間の中に、大自然を包含させようとしたものである。時の移ろいの中に生きる季節ごとの花が、一年十二の月それぞれの時にふさわしく、なおかつ人の営みに見合った花を具体的、実用的に示している。

『立花大全』（池坊専好の門弟十一屋多右衛門、姓は河井、号は道玄、一六八三年天和三年刊）は、池坊中興の名手として知られた池坊専好（二代目・一五七六〜一六五八）亡き後、その立花の花形を引きつぎ、立花の定型化を明文化したものとして知られる。(17)立花を音読みのリッカとはじめてよび、秘伝を開示した、きわめて詳細な実用の書となっており、立花の普及を促したとされる。冒頭では、筆者が秋雨の日に、浄土真宗の同行の集まりにでかけていく。そこで白髪でしわがれ声の翁が、後生の信心の話をし、さらに、立花の話をはじめたので、ひそかに盗み聞くことにした、という導入となっている。主人が、初心者の合点がいくように話して欲しい、というのに応えて、翁が語る立花の蘊蓄からはじまって、さらには立花の具体的方法を克明に記している。そこで開示されるのが、立花の花形についてである。その名称や長さ、用いる草木の種類、配置、それぞれのバランス、季節による違い、砂物の場合など、詳細で花を立てる人の疑問を解消していくように展開する。

真の花形　『立華時勢粧』

つづいて『立華時勢粧』（富春軒仙渓・書林中野氏、一六八八年貞享五年）(18)では、「真行草之図」があり、次のよう

に説明されている。（読点は適宜加えた）

瓶に花を立てるに真行草の三つ有り、古書に序発急の花といへり。古人松を切り花を折りて瓶にむかふより、先ず真の花形をあらはし、夫れより真を行にやつし、行より草の花形を出して七ッの枝を定め、又そのほか数多のならひを立て、万木千草の出生を鑑み、一草一木に立つ様あることを伝え、野山水辺自ずからなる景色を居所に写して楽しみとす。

そしてしだいに名手が工夫を凝らすため、真行草それぞれにまた三様の変化がうまれ、全部で九つの花形がある。ただこの九つを一人で掌握するのは難しい。

然れども秘して代に伝えず。まれに相伝する人ありて真を立てれども行を立てる事難く、行を指せども草の花形指すこと難し。まして九品の花形ことごとく得る人はなかるべし。されば古人のいわく、或時の花形は如来のごとく菩薩のごとく金剛力士のごとくなるべしといへり。花道のみにかぎらず。

また、「心(しん)之事」（「立花名目幷訓解」『立華時勢粧』）で心についで次のようにいう。

一瓶の内、高く直なるを心と名づくることは、儒家

行の花形

草の花形

『池坊専好立花図屏風』 野村美術館 京都（六曲一双 縦九十、横二八七㎝）江戸時代前期
立花の名人池坊専好（二代）により、真・行・草の花形が見事に表現される。風俗絵には双六、囲碁、踊りなど風流を楽しむ様が共に描かれるのも珍しい。

の中心、仏者の花心と云より出たり。（略）
一心は君のごとく、六の技は臣のごとし。心は位ありて、幽玄なるを用ふべし。六の枝は勢つよく、働きあるを専らとす。是君臣合体の意なり。

君臣の主従関係が見立てられていることから、立てる人の武家への広がりや男社会の文化であった立花の状況がうかがえる。

（三）天地人三才の見立

「一瓶に天地自然を表現する」（池坊専威）という神髄のところはそのままで、立花方式とは別に、簡明でイメージが湧きやすい花形が生み出される。「立花はものうく、抛入（なげいれ）はあまり閑情なればとて、抛入、立花のあひをとり挿花こそ行はる」（風鑑齋積水『挿花秘伝図式』一七九八年寛政十年）[19]とあるように、手間のかかる立花と簡単すぎる抛入が敬遠され、あらたに挿花（さしばな、いけばな、＝生花せいか・古称・しょうか）を生む。それが天地人の型であり、そこからまた多様化を生んでいく。

茶人小堀遠州（一五七九〜一六四七）の流れを汲む遠州流の馬丈が「ひとりけいこに合せ見、秘伝を弁す」『遠州挿花衣香口伝抄』（一八〇六年文化三年）[20]と記すように、庶民が一人でもいけられるようになることで、日常において容易に花の見立で心遊ばすことを可能にした。

「二枝とは天地の二枝なり　陰陽二つを表し」とあり「挿花（いけばな）はこの二枝を父母とし（し）」「此二つは古来より挿花に

野桃『遠州挿花百瓶図式』菱川宗理画

肝要の枝なり」とある。さらに「三枝とは天枝地枝人枝是なり　三才に表したるもの」とし、「人枝とは天地の間に生ずる萬物の中に人をもて貴（たっとし）とす」とある。三才の才とははたらきのことで、基本型はこの三才型である。この中で、「挿花真行草の事」とあり、「およそ花躰（かたい）に真行草あり。又座に真行草あり。器に真行草あり、留め方に真行草あり」とし、立花の七つ九つ道具の名称も援用している。枝振りは剪る前に慎重に、どの役枝かを見立てるものであると記している。

三角形の天地人の生花法式は、さらに明確な定義づけを求めて展開している。

竹園斎九甫『未生流挿花表之巻口伝書』（一八〇九年文化六年自序）[21]の「三才・体用相応」に図示されるように、挿花を人体に、さらに天地人に相応させてとらえて表現するこの形は、単純明快で自然を一瓶に表す方法としては印象深く、普及を促すことにもなる。図説には次のように示される。

「図ノ如ク天ハ陽ニシテ円也、地ハ陰ニシテ方ナリ。東西南北ナルヲ図ノ如ク二ツニ折レバ鱗形トナル。是陰陽和合ニシテ則天地人ノ三才也。是ヲ竪ノ鱗、横ノ鱗トシテ当流挿花ノ像ニ取ルコト、私意ヲ以テスルニアラズ。全ク天地自然之理ナリ」。さらに「花の入方ハ天地人の三才也、変じて是を

三才・体用相応

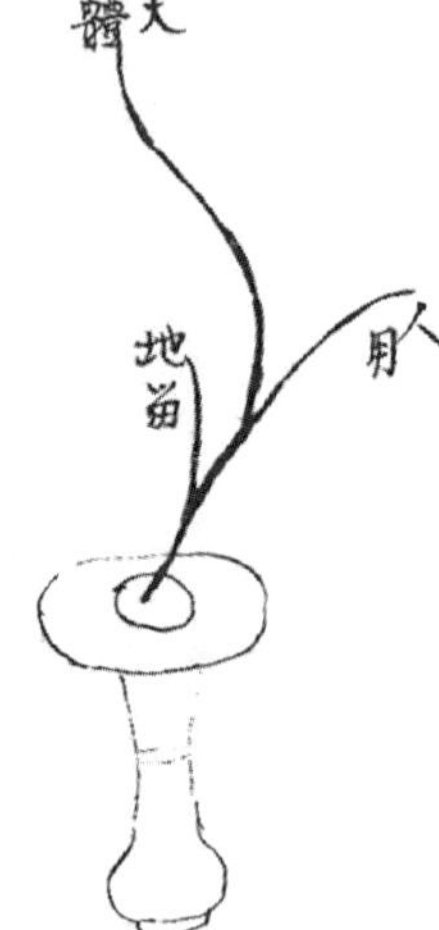

『未生流挿花表之巻口伝書』

白梅『遠州挿花百瓶図式』

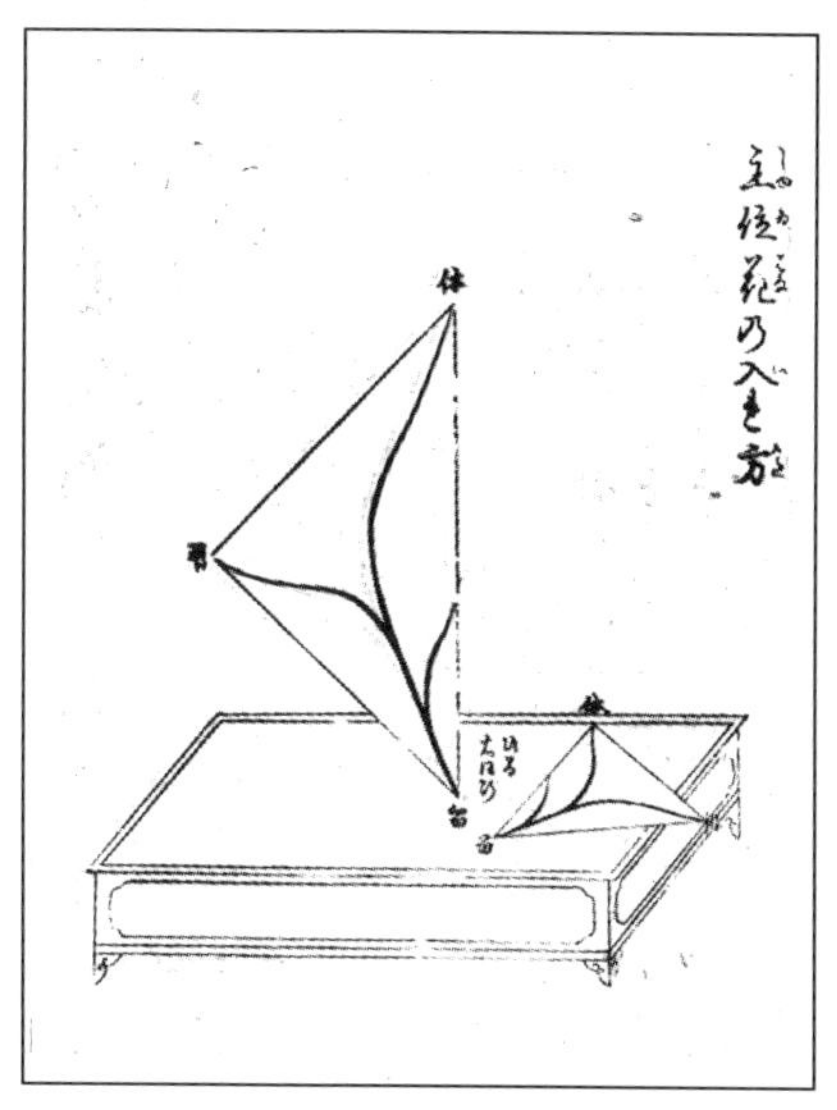
三才花形立体図解

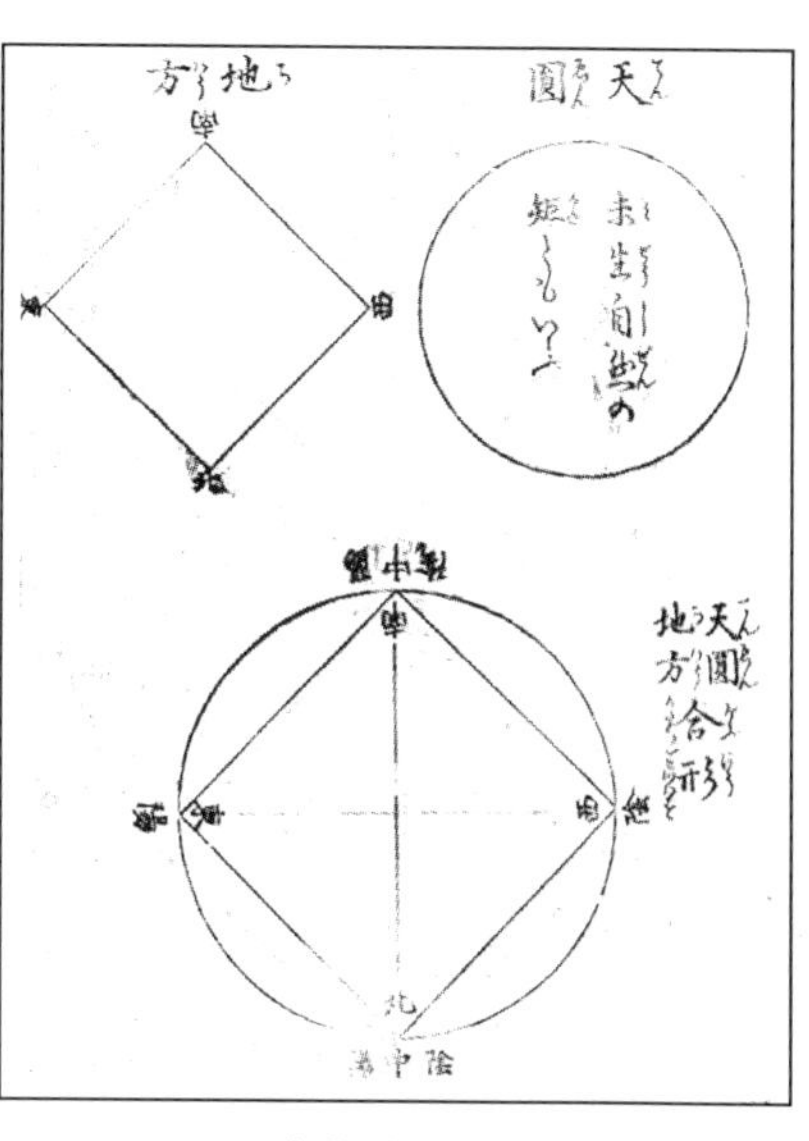
三才花形平面図解

体用留として入る」と記す。このように、三才に見立てる挿花の表現は天地自然を表象したものとして、最初は意識的に、そしてしだいに無意識にイメージは形成され定着していくことになる。

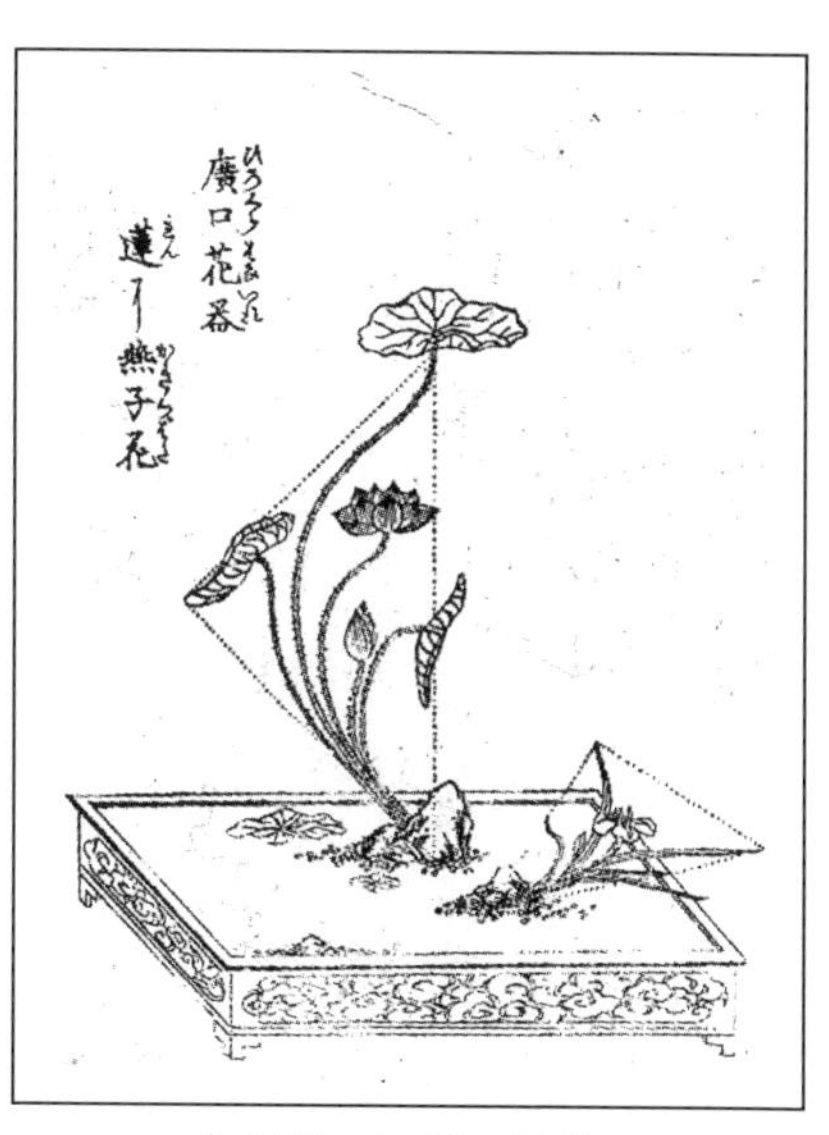
未生流伝書『挿花百練』

三　袁宏道『瓶史』の取捨選択

(一) 江戸人の共鳴

三才型挿花から半世紀ほど遡るが、袁宏道の『瓶史』に傾注して日本に文人花という系統が形作られていく。その先駆けとなったのが『本朝瓶史　抛入岸之波』[22]である。袁宏道『瓶史』を意識した日本の瓶史ということで、その傾注ぶりがうかがえる。どのように『瓶史』を理解し取捨選択したのだろうか。作者「浪華隠士　釣雪野叟」は、『国書人名辞典』[23]には香道家として掲載されており、また工藤昌伸によると煎茶家として知られ当時の文化人の一人であったに違いないとする。はっきりした生没年はわかっていないが、大阪の裕福な商家の生まれで、病弱のため世事から離れて京都に隠棲し、漢籍、古典籍を渉猟し、江戸享保年間には香道の御家流の伝授を受けて、大枝流へと発展させた。風流な趣味人で、煎茶、書道、貝合せに関する書物もあり、上田秋成との交友関係もあった。『抛入岸之波』より前に、釣雪野叟は、香道家として用いる大枝流芳の名で、『雅遊漫録』[24]を大阪で世に送っている。都賀庭鐘による序を付し、第七巻まで出ており、書・筆・硯・墨などの文房四宝、香・茶・酒具、琴・箏・琵琶・笛・笙などの楽器類、貝合・闘茶・闘草・組紐などの項目からなり、その博学ぶりがうかがえる。

『抛入岸之波』はまず最初に「大意」の見出しで、「凡そ抛入花という事、此の国花を挿愛するものとして、立花も此抛入より出たるものなり」ではじまる。当時主流であった立花を大いに意識している。そして、一瓶の花の存在意味を次のように表現している。

一室の中にして、天地の生意を見る。一枝一花の風情、野外園中の花の自然と生出て、其枝葉風流有がごとくに挿すより、生花と名付けり。（略）さながら山野に生出たるありさまに、生なす物から、同じ瓶裏、同じ花葉とても、生きる人々の心にしたがひ、節々の情によって、種々様々のすがたに生出す事、一度も同じ風情なく、千変万化なるものにして、自己の巧に出るといへども、造化自然の理に応ずるゆへなり。しからば無窮の楽にして、君子の翫ぶべきものか、誠に人世の一快事也。

瓶花に自然の風景を見るという日本でも培われてきた考え方と、さらに袁宏道の人の心にしたがって生けるという自由さにも共鳴して、瓶花の表現の可能性を端的に言い表している。

全体を通して、釣雪は、『瓶史』の項目に沿いながらも取捨選択をし、原文を引用して日本のことに話を移したりしている。ここでは、項目に関係なく、花の表現について、また花をどうとらえるのかについて、要の部分だけを取り上げてみる。

「宜称」（花のバランス）

挿す花のバランスとして、量や高低は画の構図のようにするのがよいとし、瓶を二つ対でおいたり同じようになったりするのを忌むことなど、日本の場合も同様とする。その上で、袁宏道が意図する花の美の基準「真に整っている」というのはどういうことなのか考えを進める。それは、左右対称であることが整っているということではなく、非対称の美、心も姿も自然であることなのだと述べている。そして、袁宏道の主張は日本の生花の精神に同じとしながらも、日本の立花の現状を批判している。

立花の如くこみ（込み・花器の中で花木を支える小木）をなし、種々枝をため、或いは束縛して、形をしひて曲節あらんとする物は花の生意を失い、自然のすがたならねば、ことごとく裁剪花のごとく成りて、造化の巧を其のまま見る事なし。

まだ天地人の挿花が誕生する前で、立花の形骸化の状況を反映している。このあと、書院の生花、小座敷の抛入など、空間によってどんな花がふさわしいのかを記している。そこでは張謙徳の瓶花譜の花は繁雑（冗雑）を嫌うという一文を引用している。特に「雅人の意味、和漢ともに日を同じくして語るべきなり。誠に此三称ある事、各心得あるべき意味。（略）真行草の三体となしてみむも宜なり」と真行草という見方を用いている。そして花瓶の設置形態で壁掛けの場合と置く場合と、それぞれ次のように表現するイメージを述べている。

かけ花生は川岸或は岳水にのぞみ、谷に横たわりたる木ぶり、又は木草の姿、斜にみなしたる風情を写し、置花はそのまま野外山林園池澤の草木、地より生出、水より咲出たる心地にして、其姿、陽をうけて花咲き、枝葉ひろがりたる体に生なす意なるべし。

どちらも山水の風情をそこに見ている。

さらに具体的に器と花の取り合わせなどを詳述している。そこに流れる精神としては、「しひて（強いて）法に局せられん（制限される）ものは、又俗に近し。時のよろしきにかなふこそ、変に応ずるの瀟洒、化工（造物主）の妙にかなふ。生花の本意なるべし」とする。決まりはいろいろあっても、決まり第一だと俗にながれる。その時の時節や花木の状態などをふまえて、臨機応変に変えることができれば、花は輝いて見え瀟洒なのだと記している。

「擇花」（はなをえらぶ）

『瓶史』で最初にあがる「花目」で、北京の限られた状況のなかでは、「近くにあって手に入りやすい物をえらぶ」という考え方を、釣雪野叟も自身の現実にあわせて反映している。「天地自然の気をうけ、時を得たる花などこそ、いさぎよくて生花となすの本意ともいふべければ、あらぬもとめに奇をこのむは、初心の人のなすわざなり」とし、時節の花を選ぶのをよしとする。

そして「雅趣和漢ともに同じ」として引くのは高濂（明末・生没年未詳）『遵生八牋』（一五九一年刊）の言葉である。「幽人（風雅の人）は雅趣がある。埜（野）草の間にさく花といえども、几案（つくえ）におき清玩を供する。生気にあふれるのがよく、本来決まりなどないのであって拘泥することはない」とする。

「挿花図評小引」

『瓶史』の「清賞」冒頭に示す花への態度で、清らかにめでるのは茶を嗜みながら、という一節をあげている。「見る人自清静を得て、塵を離るのおもひを発して、濁世の趣を忘るへし。只瓶裏造化自然の体をあらはし、山林幽亭の風情其まま室中に写す事、仙家縮地の術にちかしとやせん」。この「清らかにめでる」とは、屋内にいながら大自然の中にいるような感覚で自然を感じる、あたかも仙術によって、微視的世界にいるような感覚であるとする。これは最初からずっと一貫した精神といえよう。

この後に下に附した二件の画があり、卓の上に香炉、下に瓶花が配されている。香道家としての釣雪の関心があるところでもあろう。「中央卓下の花」と題した小文では、「古人曰（いわく）花は自然の真香あり、外の香気を以て奪ふは花の祟なりと」と記している。『瓶史』には「花祟（はなのたたり）」で「香りは花にとって刃（やいば）なのだ」とある。一方、日本の卓におく香炉は、「火をとらずして灰のみ押ものなり」なので、必ずしも忌むことはないものの、卓の大小、器物の形状などもふさわしいように考慮して用いるべきとする。

そして、原作にはない挿花画を三十三件附している。画には賛や過去の花にまつわるエピソードなどが刻印されている。これによって、視覚的イメージは格段にあがる。画図で綴っていく意図について「古人詩句和哥（わか）の趣をとりて花を生したためしあるを以て」つまり、名人が、古典の和歌や詩歌の情趣をくんで、それをもとにいけたものだという。さらにそれを画家に描いてもらった。瓶花を画に描くということは、『瓶史』で花のバランスを述べるところで、「画の構図のように」という事項があり、意識されることでもある。立花でも花の構図画はよく画かれるが、それは花形の伝承の役割を担っている。それ以外に、瓶花と画図は、共通の造形意識をもっていることを明示している。

たとえば、藤原定家（風雅集）の和歌

『本朝瓶史抛入岸之波』

床の間中央卓上に香炉、下に瓶花を配置

おもたか（沢瀉）や　下葉にましる
　かきつはた（燕子花）
　　花踏み分けて　あさる志ら鷺（白鷺）

ここからイメージして作る抛入花は、「二重切竹花生に蔬葆（オモダカ）紫燕花（カキツバタ）」で竹筒二段に、上段がオモダカ一輪、下段がカキツバタ一輪で、この歌の光景を表現している。

　さらに一例、西行の歌

今ぞ（今日ぞ）知る　その江に洗ふ
　から錦（唐錦）
　　萩咲野へに（野邊に）有りけるものを

ここからイメージされているのは「籠置花生に萩花」で、網状囲い壺の野趣ある瓶に三方に枝振りを伸ばしている勢いのある萩の花である。

「生花余情」

最後のこの項目では、「物至て珍しくあやしきを好(このむ)はすべて俗情なり」とあり、花も瓶も奇抜なものを好むことを戒めている。「俗習をもぬけたらんこそ、此楽の本意ならめ」とし、「風雅の君子」は陥ってはいけないと戒める。そして、「跋」では、「花を瓶裏に挿むは天然の生気を見る

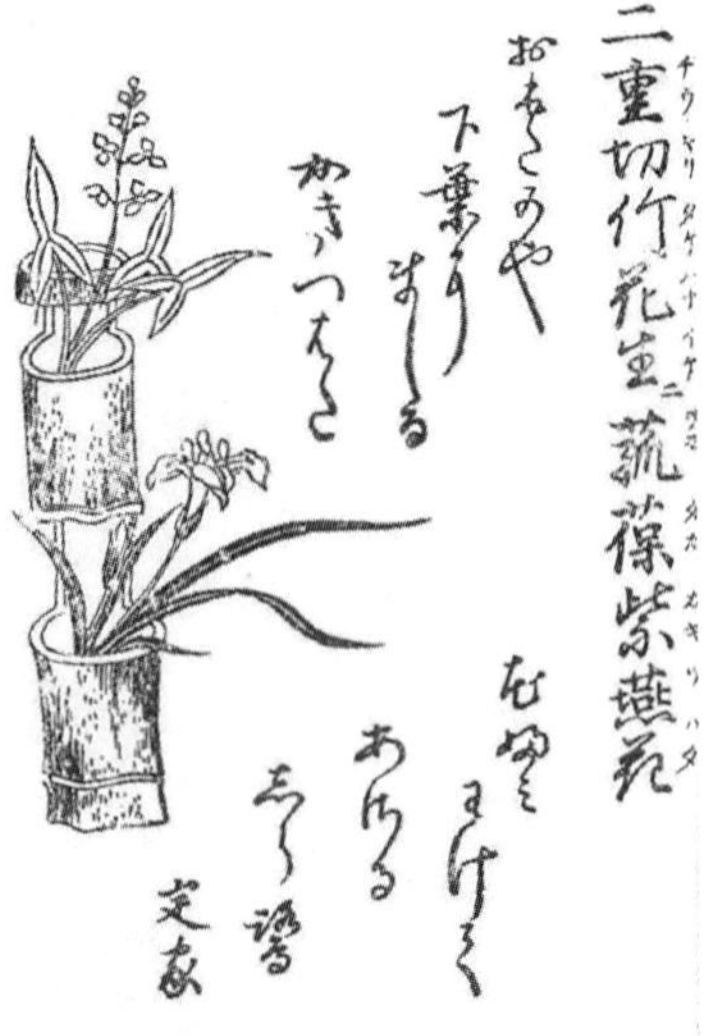

二重切竹、花生に蔬葆と紫燕花

籠置、花生に萩花

のみ更に余意なし」という。これが瓶花に求める心であり、それは袁宏道が、『瓶史』冒頭に「山水の大きな楽しみを忘れてはならない」とする根底の精神をくみとったものであろう。

一方「ことごとく先哲の法式によりて書するにあらず又私に其法をもふくるにあらず（略）先哲も又私に所せず事に於て其宜にかなふが是法」と述べている。巻頭に記す北山樵臥月老人による次の賛辞は、ちょうどこの作者の跋に対応している。

今、釣雪叟凡そ袁氏の瓶史、張氏（謙徳）の瓶花譜の趣を採り、この国の事実を問う。私意をもってせず、自然の機の造化に従い、もって天地の生意を見る。実に本朝の『瓶史』というべきなり。なんぞ袁中郎張謙徳二氏の言にはずるところがあろうか。ついにその巻の冒頭に題し、もって釣雪叟の雅情を助くるのみ。

つまり『瓶史』の精神は受け継ぎ、具体的な取捨選択は、風土時節状況にあわせておこなうべきというわけで、臨機応変な自由度を求めたのである。

釣雪野叟による『抛入岸之波』から見えてくるのは、袁宏道の『瓶史』は、まずは香道、煎茶道に長けた風流人によって、日本にあうようにと取り入れられたであろうことである。『瓶史』を知ることで、形式よりも自然の風情を求めていた茶室の花、抛入花を創作する人にとって、『瓶史』の提示する視点は、我が意を得たりと肯定され、さらなる自由な着想を促す力になったといえよう。

（二）一輪の花に歴史あり

袁宏道への関心は釣雪だけにとどまらず、宏道流を誕生させるのが、望月義想（一七二二～一八〇四、号は梨雲齋）である。宏道流が興った時期は江戸中期に町人や豪農層に生花が流行して流派が多く誕生した時期でもある。杉仁は、宏道流が「三分の一は江戸町民、二分の一が関東甲信越など周辺地域の農民上層」で、都市文化とはちがう在村文化として広がりを見せ、「中央での詩論、庶民・在村での瓶花論の二方向」で展開したとする。[25] 袁宏道の日本請来に関しても明末の渡来僧（一六一九年渡来）陳元贇（げんぴん）（一五八七～一六七一、晩年は尾張藩主徳川義直にまねかれる）が京都の詩僧深草元政（一六二三～一六六八、もと彦根藩士、京都深草に称心庵をむすぶ）に伝えた経緯を詳細に検討している。元政は『袁中郎全集』を入手し校点句読をほどこしたものの、四十六歳で亡くなる。約三十年後の一六九六年に『梨雲館類定袁中郎全集』が刊行される。これにより袁宏道が主張する「性霊説」が大きな反響をよぶ。それは詩人の心情を尊重し、独創性を重んじるものだった。さらに、在村で受け入れられたのは『瓶史』であったとされる。

望月義想は、袁宏道の著作集二十四巻、さらに陳継儒（眉公は字）が重訂した『陳眉公重訂瓶史』（一七八一年）を世に送っている。[26] その後、望月亡き後、門弟の桐谷鳥習（徠雲齋）が註解した『瓶史国字解』および望月および門弟による挿花作品を描いた『袁中郎流挿花図会』が一八〇八（文化五）年世に出る。

望月義想については、『瓶史国字解』の「梨雲齋伝」に記事がある。それによると、江戸の人で、俗称は調兵衛、篠輪津（不忍）の西に住む。

> 詩を賦し、書を娯（この）んで、又性、幼少より挿花を好んで、常に膽瓶を以て時花を貯え、これを挿し換えて倦むこと無く、人或いはこれを花癖子（かへいし）という。かつて袁石公のつくる『瓶史』を読んで、沈潜翫味することこれに久しくして、同好の者と談論するごとに、嘆じて曰く、挿花の『瓶史』あることは、礼楽の春秋あるがごとし。遂に『瓶史』一篇を挙げてこれの為に序してその義を表章す。その

竹三本・梨雲齋望月義想作
『袁中郎流挿花図絵』

恩を申し杼べ、以てこれを同臭の侶（同じ趣味の友）を諭してこれより以来知りてこれを好む者、都下に蕃衍す。ひいては他邦におよび、本朝において瓶史開元の祖となる也。しかしておのおのこれを翫んで官舎の清賞（風雅な遊び）、市井の幽事と為すという。瓶史ならびに序文一巻、既にこれを梓して家蔵す。

官民ともにこれを幽玄なものとして珍重し急速にひろまったようである。杉仁は『瓶史国字解』は、「自由奔放にかなりくだいた意訳文で日本の風俗習慣におきかえ、庶民婦女子にわかりやすくしている」とし、この意訳の仕方は、「中国文化の庶民受容の一類型とみるべきであろう」と位置づけている。これより十年ほど前の一七七〇（明和七）年に、梨雲齋の門人である青雲齋三巴らによって『瓶史述要』が編まれている。この述要は、袁宏道への信奉が何であったのかを伝えてくれる。

梨雲齋は序でその経緯をこう述べる。（句読点挿入、原文カタカナをひらがなになおした）(27)

明の袁宏道が『瓶史』を読むことを好み、花を挿るに至ても亦専ら瓶史を以て準とす。漸く其の風を学び、自然に世の君子の風と違う。余に従て遊ぶ者、遂に余

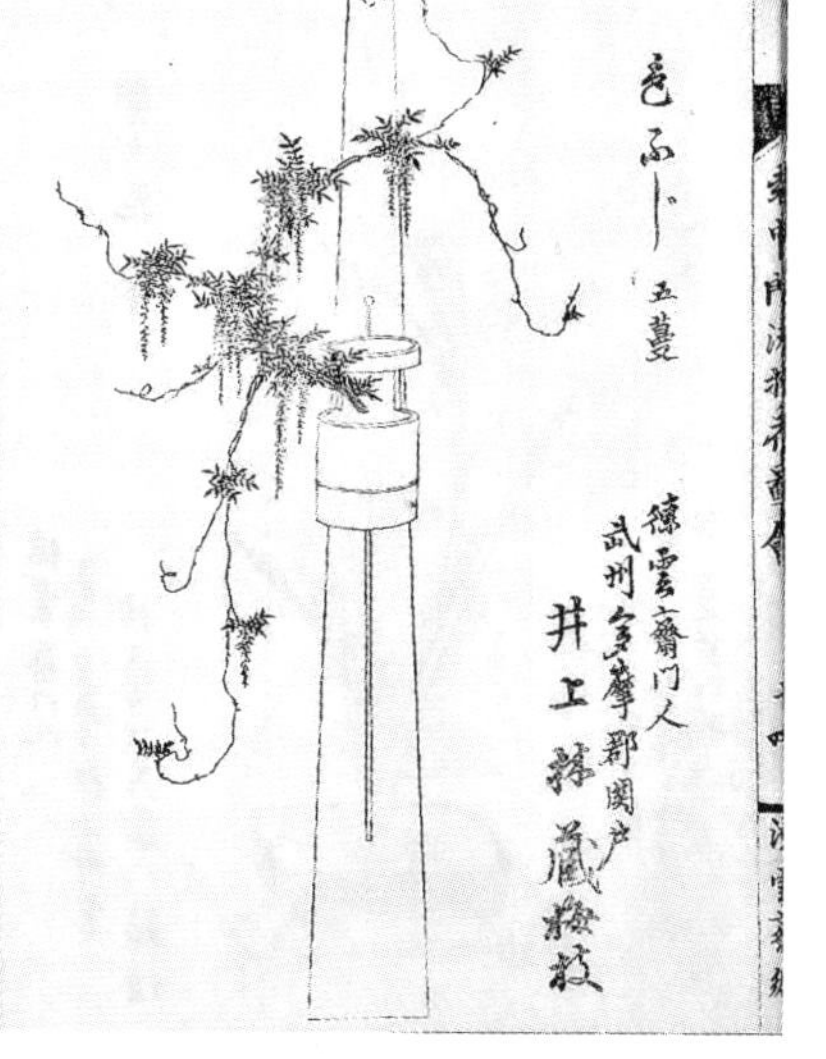

藤『袁中郎流挿花図絵』

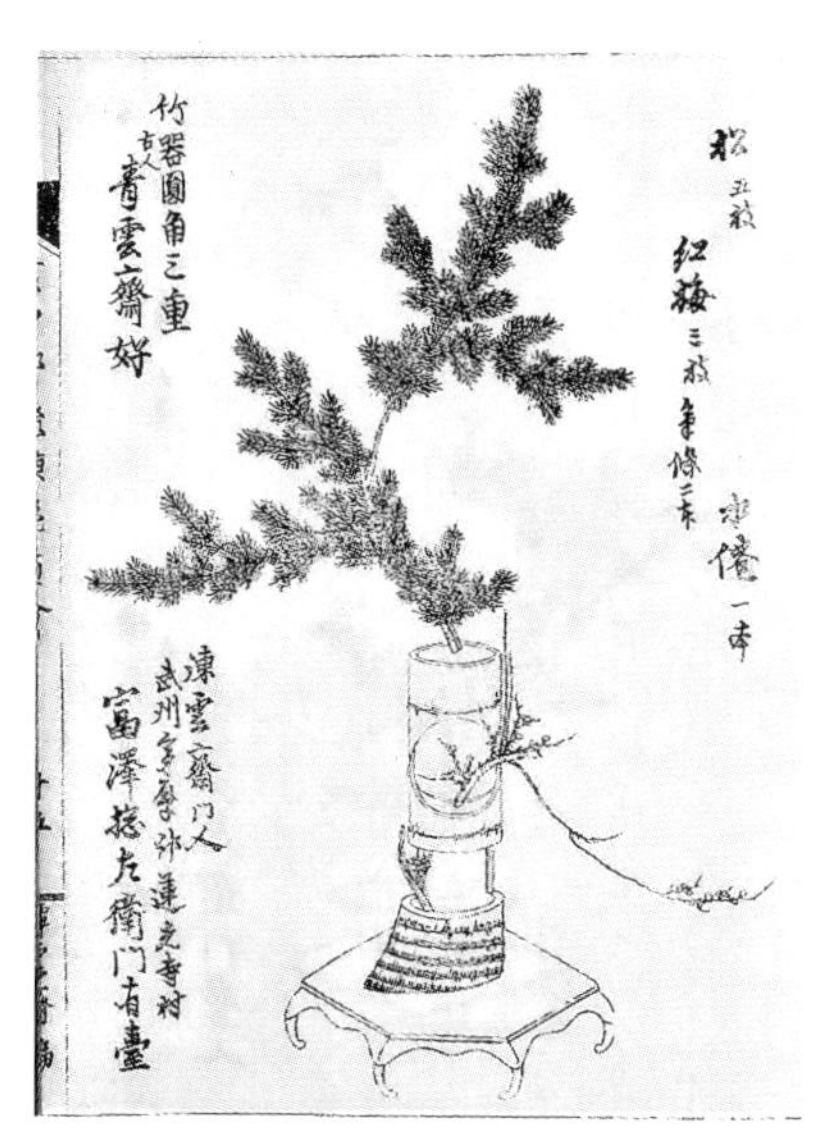

松・紅梅『袁中郎流挿花図絵』

が挿花を以て宏道流と称するに至る。余も亦笑て其の称するに任せり。向に門生原氏山氏なる者、余が『瓶史』を講説するに随て、国字を以て略して其の大義を録し、終に一冊と成せり。頃間余に請て此を梓に上せ、彼の同好の幼学に施んとす。

門人の原渓崖、山和井の二人が記した「述要凡例」には、袁宏道について「其の学博くして其の見識高大なり。天下の学者の風、此が為に一変せり。委は全集を読べし」と記す。『瓶史』については「此の序、善く花道の大意を論ず。故に今此の冊に於て委く序文を載て此を解し本文十二篇は唯その篇目を標して略して主意を其の下に述す」とし、要となる意図をとらえる。宏道流については、「専宏道氏の風流気象を模するのみ、其の技芸の如きは未だ必ずとせず」とある。先の序にいう「世の君子の風と違う」その風は、宏道流が大切にしようと模した風流気象ということで、『瓶史』を技術の書ではなく、精神的な文柱として考えているととらえられる。ではその序文をどう読み取ったのか、特に特徴的な部分を取り出してみる。

北京に任官して住むことになった袁宏道が、花を植えたりする条件や環境がない中、書斎で瓶花を楽しむことを見出した記述のあとの部分で（前章で取り上げた箇所のため原文訳は省く）原文とは異なり、文は長く強調する部分が饒舌になっている。一文をおよそ三つに分けて解釈している。

①既に挿花を案頭に置きて観る時は、彼の花を庭上に栽へ置きて他人来りて折り剔き或は水を澆きて頓弊する如きの苦み無ふして而も却て座上に在て賞し咏するの楽み有ることを得るなり。

②夫れ挿花は世間の名利などの如くに非ず。花を他に求めれども此れ唯楽みの為にて此れを貪るに非ず。亦他人来りて吾が挿花を楽むに遇ふ者有れども吾れと争ひ競ふことなし。然る時は此の挿花の遊びは君子の事也。是れ其の事を述べ記るすべし。

③此の二句中郎の本心を示せり。〔二句とは、ああ、これぞひとときの心楽しいことであるが、これに慣れきって、山水の大きな楽しみを忘れてはならない。〕挿花を玩ぶ者最も眼をつくべし。噫は嘆き憤るの心あり。忸はなれると訳す。

俗言に味を嗜（たしなむ）ると云う心なり。言う心は、噫此（ああ）の挿花は美なることは美なれども、此れ暫時の心を快するの事のみなり。真の楽みとするに足らず。故に挿花を玩ぶ者狃（なれ）て以て常の業となし、彼の隠者の遊べる所の山水大楽を忌却することなくんばよし。

さらに文末の部分は次のように解釈されている。

石公は中郎の号なり。好事はものずきと云う義なり。今吾れ石公此の挿花のことをしるせり。凡そ瓶中にあらゆる品目皆十此の後ちに一条づつつらねたり。此れ世間の富貴にして名利に耽る輩に読ましむるに非ず。諸の好事にして貧なる者と共に玩ばんと欲するなり。

波線部は特に独自の思い入れが強い部分で、原文にない文が加えられており、袁宏道の挿花の考え方により強いメッセージ性、精神的支柱になるような存在意義を求めているともいえる。

工藤昌伸は、袁宏道の『瓶史』にもっとも近いものとして、田能村竹田（たのむらちくでん）（一七七七～一八三五）による『瓶花論』をあげている[28]。ただし『瓶花論』は刊行されたものではなく稿本で、広く知られるものではないとして紹介している。

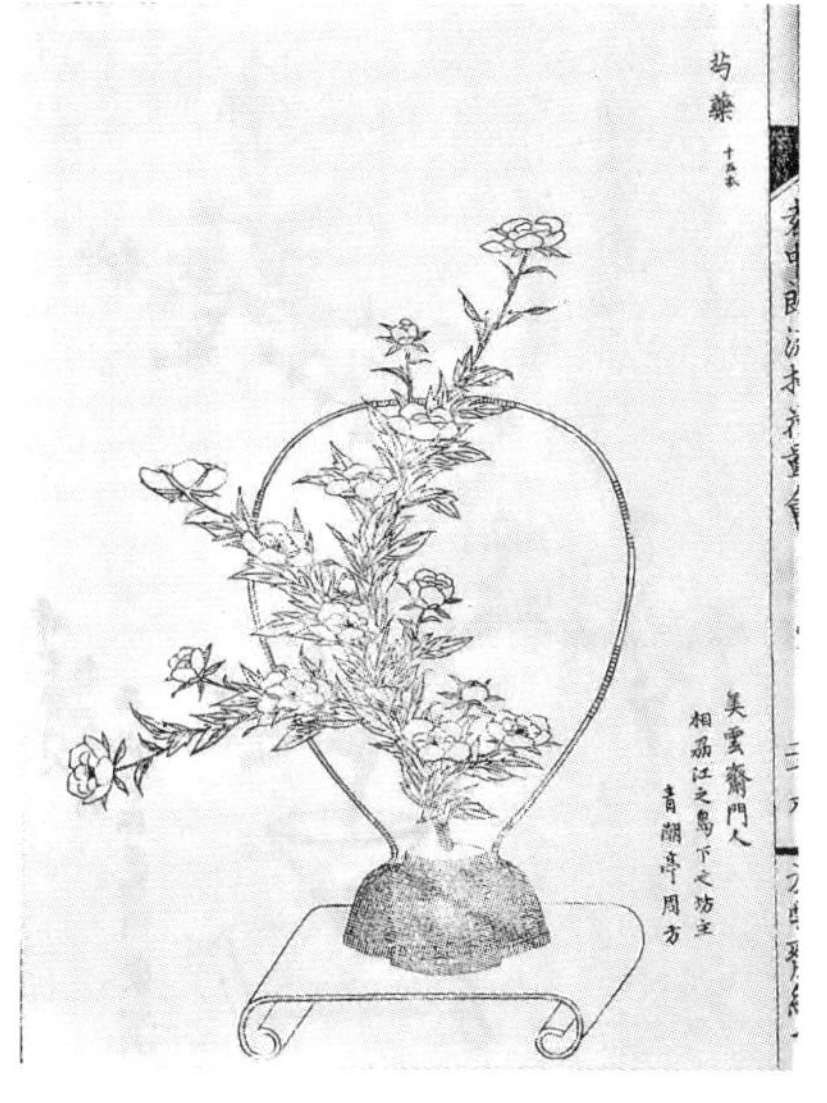

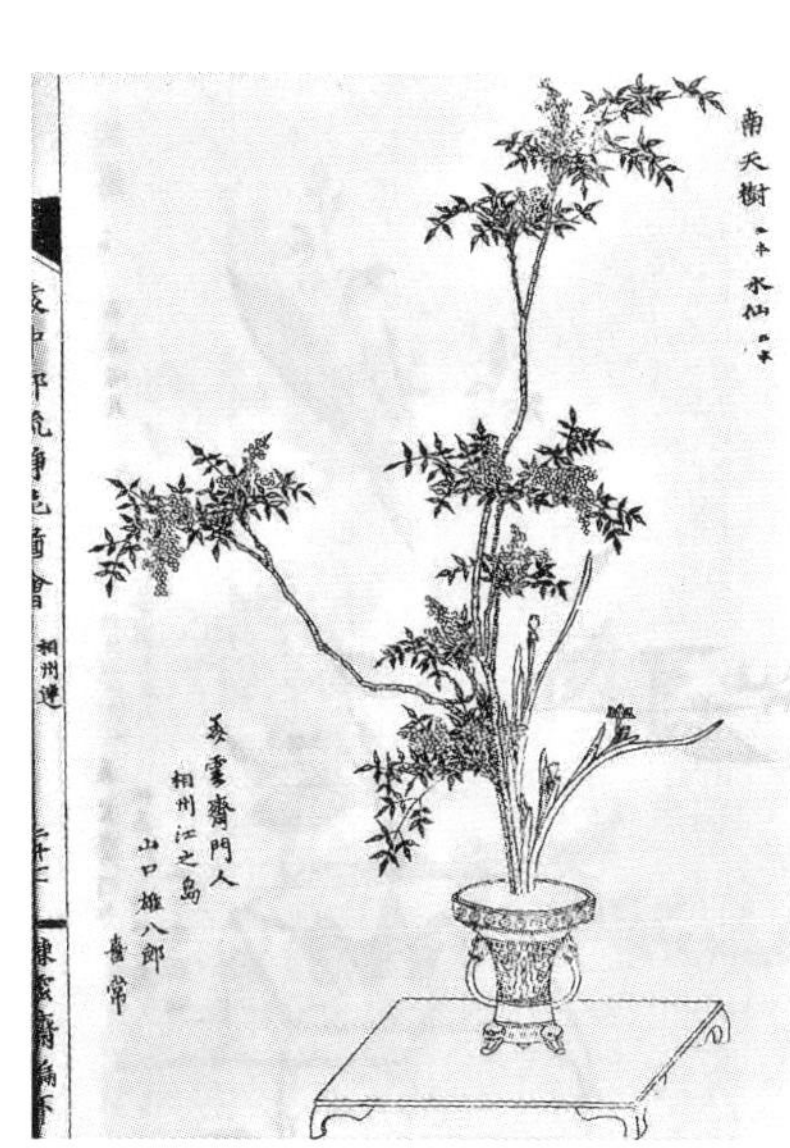

南天樹・水仙　　芍薬　梨雲齋門人作　『袁中郎流挿花図絵』

竹田は若くして職を辞して文人墨客となり南画家として知られる。日常的に自ら花木を栽培し、それを生けて楽しんだであろうという。工藤は「竹田の主張する瓶花は、中国文学に対する基本的な教養の上に成り立つものだということができる」と評する。竹田は論の最後に「瓶花と直接関係ないようにみえて、しかももっとも重要な関係があるのは、漢詩文の勉強なのである」として六経三史をはじめ幅広いジャンルの漢籍をあげている。自由に生けているかのように見えるさりげない花は、実は文化としての深い蓄積のうえに成り立っていることを身を以て体験したひとの弁である。

(三) 文化を遊ぶ花

『抛入岸之波』および『瓶史述要』と前後して、一七六六(明和三)年に、石浜可燃が『生花評判当世垣のぞき』[29]で見せた鋭い批判は、当時の生花の状況にとどまらず、その根本要因まで見通した慧眼ともいえる。政治の中枢にいた古文辞派荻生徂徠(一六六六〜一七二八)の影響下にある文学、学問のありようと、それに反発する反古文辞派の流れ、それを背景とした詩書画、花に対する姿勢のありかたをとらえ、さらにそれぞれへの苦言を呈している。

作者序文には、荻生徂徠が世に出て「文学一変」した流れがまず記される。徂徠の門下へはいって、漢詩文に生涯を送った服部南郭により「詩学風流盛んに行われ唐詩選読まねば世人交りなきがごとし」となる。さらに書ではマルチな書家細井広沢が唐様書道で一世を風靡したことが記される。服部南郭は政治から離れ風雅に人生をかけた文人風の生き方をした人として知られるが、ここではその一面は素通りされている。

さらに、「四愛の墨画は茶店の壁間、料理茶屋の掛け物にまでわたりて、ちと此のころは蘭竹もうる(さ)かりき、近来生花はやり出て日々の会に酒楼をふさぐ」と続く。四愛図は、文人画の画題である菊・蓮・梅・蘭のことで、「陶潜は菊を愛し、周茂叔は蓮を愛し、林逋は梅を愛し、黄魯直は蘭を愛す」(元の虞集による「四愛題詠序」)からきた定番画題だが、それも少し食傷気味のようである。一方あらたに盛んになった挿花はといえば、流派の乱立により、教える中身の質の低下がある。「何流彼流と宿札を打てば江都繁華に遊人多くそれぞれの門人と成て先生先生と呼ぶ」。しかも「風流華器に美を尽し目を驚したる事とも成けり。しかしいづれの宗匠達も投入生花の本意をわすれたるにや、種々法外なる事も見えたり。（略）利のため今日の世渡りにすれば、富家の門人にはへつらひ媚ておのづから道を破る事賤しくも口惜しき事にこそ覚ゆれ」。

そして後半の項目「花賞翫の大意」では、袁宏道と釣雪野叟のことが取り上げられている。

生花は中華にも用ひ来りて袁中郎文集といへる書に茶道あるひは花を弄ぶ事見えたり。我朝の古人の教皆是に準ず。近代浪花の隠士釣雪といへる者のあらはす所の岸の波といへる書あり。其文集を見たる人にや、往々其志をあらはす頼もし。是ら古人の心にも叶ふべきや。しかし漏たる事数多あれば、今日花を傚ふて生んと思はば、随分師を能く穿鑿して学給へ。俗にいうこじ付たる自己の伝授事に乗て金銀を奪るる事なかれ。とくと百年以前の風流を感じ、今また百年の後の嘲りを防いで

『生花評判当世垣のぞき』

料理屋、青楼座敷での花会の盛況

学び得る事肝要とや云む。

古人の教えが袁宏道に準ずるというのは、個人の真情を尊重しその独創性こそ重要とする性霊説をとなえた袁宏道と一見矛盾しているように思える。だがそれは、自由な感性を大事にしつつ、習うのならば、即席の自己流ではなく、百年前からの伝統をしっかり学び、百年後のそしりを受けぬようにしっかり身につけよという意図である。「此業を第一となすといへる詞尤尊むべし。おしいかな今人其詞を守るものすくなく、ただ世のおしうつるこそ嘆かわし」とあり、「花賞翫」の姿勢として、『瓶史』にその要があると考えており、それをしっかり学ぶべきだと知らしめたいという意志がくみとれる。その後の『袁中郎挿花図絵』（一八〇八年）には、三才の花形との融合による洗練された表現への展開を見ることができる。

江戸の遊び心は、花の世界を見逃さない。花を擬人化して、生花のことを花が尋ねる談義本穎斎（えいさい）著『当世穴穿（さがし）』三の巻「いけ花の立聞」がある。(30) 中野三敏によれば、穴について、「一般に人の気づかぬ欠陥や世間の裏面などを「穴」といい、それを指摘し論評する

「あふ木（扇）」『抛入狂花園』

談戯本『当世穴穿』挿絵

のを『穴さがし』と称して宝暦（一七五一〜六四）頃から大いに流行した」という。自序に、主人公の豆男は、「印籠にもはいる」小ささで字を豆男といい、変化自在の身という。その豆男が浅草並木辺りの茶屋の活花会にもぐり、花の善悪勝ち負けも聞かばや」と、まずは牡丹に乗り移ると、牡丹が扱われかたの不満をくどくど滔々と並べ立て、そこに雪蔦（人工的に斑入りにした蔦）、菊花、杜若が話を継ぎ、最後に芥子が加わる。花を生き物として扱い、人に見立てた表現として、読むものの想像をふくらませてくれる。

『抛入狂花園』（一七七〇年明和七年）(31) は、蓬莱山人（高崎藩士で江戸詰だった河野帰橋、生没年未詳）による花の見立の傑作である。これまでつちかわれてきた花形と江戸庶民の日常における様々な風俗をかけあわせて、秀でた感性と豊富な風俗の知識から織りなされた、生花を使わない花の見立となっている。三十六種類のうち、「あふ木」を例にみると、小鼓の胴を器に扇が十一本重なりあって柏の枝葉のようにのび、それに小菊が一本挿してあり、下に梅幸とある。歌舞伎役者初代尾上菊五郎（一七一七〜一七八三）、梅幸は俳名、家紋は重ね扇に抱き柏である。「花はみえいどう（御影堂）にさ（咲）くひあうぎ（檜扇）とはべつ也　生方かさねてさ

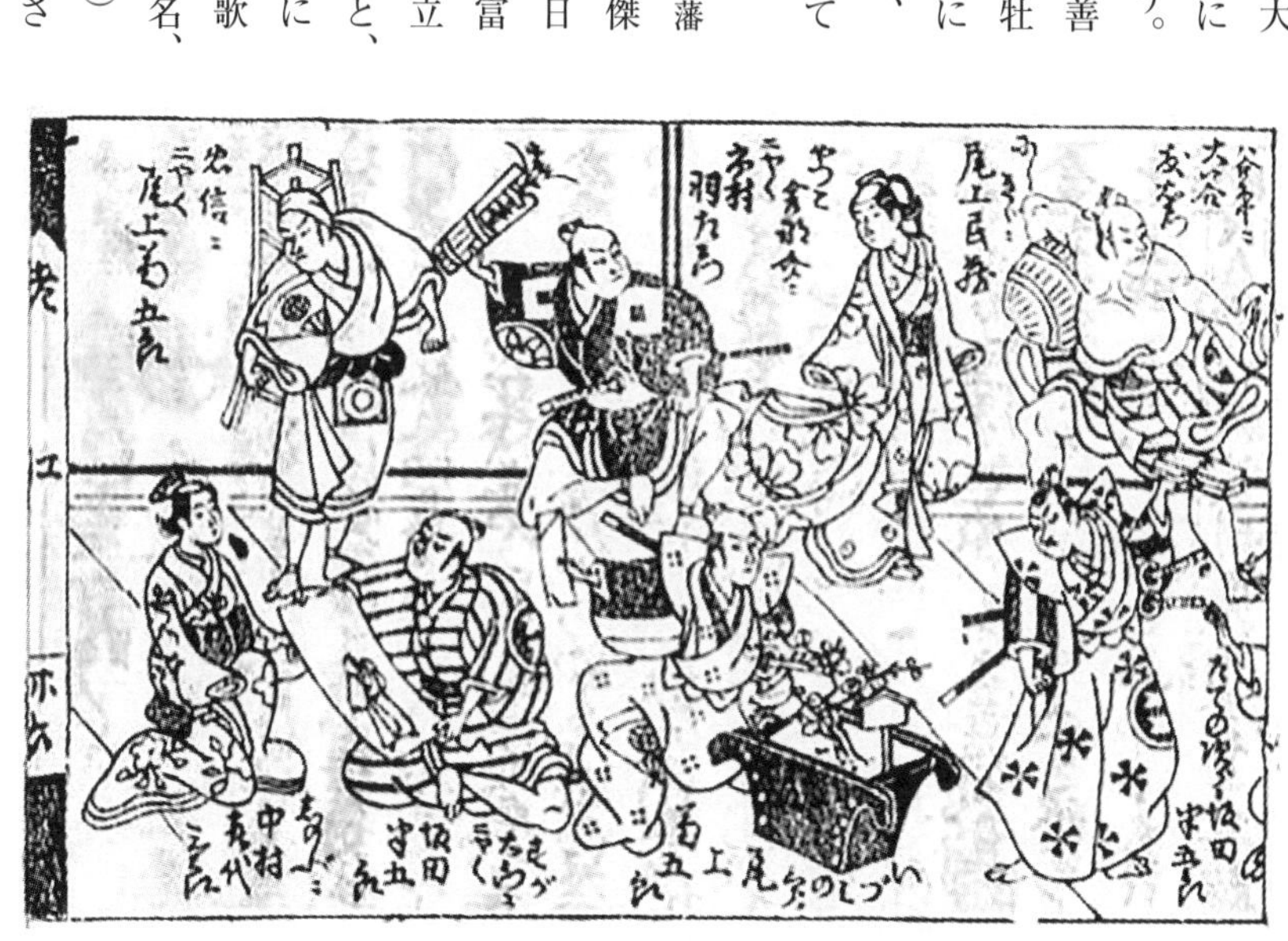

忠信を演じる菊五郎（左上）『役者不老紋』

す　くわしくハ不老紋にあり」とある。江戸時代、扇といえば御影堂扇とよばれ、京都新善光寺御影堂で寺僧が折った扇が品質がよく、「御影堂の製におよばず」と京都の名物であった。菊五郎は京都の出身でもある。また、この年、役者評判記『役者不老紋』（八文字自笑三世著）が出版されており、その中で菊五郎は大上上吉と評されている。歌舞伎女形兼立役として広い芸幅をもった名優とされ、ちょうど当時活躍していた時期であり、花ある役者菊五郎を見立てたものとなっている。跋文に蓬萊山人が、「知恵に弁舌の花を咲かさん」と記しており、生花の型が広く定着した花の文化の広がりがあってはじめて成り立つ、遊び心が花開いた見立である。

＊　＊　＊

花の文化の象徴表現とその表現を生みだす人々が花に求める精神的なものを追ってきた。日本では花草木を情のあるものとしてとらえることに抵抗はなかった。そのため人は花を大自然に見立て、あるいは悟りの世界を見立て、儒教精神を見立てていった。それは同時に、継承していくべき花の型を生み出した。序破急、真行草、天地人の型への収斂は、日本では独特な道の文化へと形成されていった。花のこの表現の幅、応用力は、花に各々異なる思想を託する見立の要件である。時代の変遷の中にあって、花に対する遊び心も加わり、花の文化は見立の文化における象徴的な存在となっていった。花瓶の花は単なる見たままの姿ではない。そこに歴代見立てられた花の文化を想起するとき、花は大自然の景勝へ誘う入り口となって見る者の心の内にひろがっていく。見立の花こそが、花が道の文化となり得た証しなのではなかろうか。

注

（1）細川護貞『中国瓶花といけばな』講談社　一九八三年五月　細川護貞（一九一二～二〇〇五）の家は肥後熊本藩細川家、

日本いけばな芸術協会会長となり、いけばなとは何かを探ろうとした。

（2）『瓶史』和刻本漢詩集成補篇十九輯　長澤規矩也編　汲古書院　一九七七年一月

（3）幸田露伴「一瓶の中」『露伴全集』第十九巻・考証　岩波書店　初出は一九四八年　中央公論社

（4）工藤昌伸『江戸文化といけばなの展開』日本いけばな文化史二　同朋舎出版　一九九三年三月

（5）（梁）宗懍『荊楚歳時記』守屋美都雄訳注　布目潮渢・中村裕一補訂　東洋文庫平凡社　一九七八年二月

闘花に関しては「長安の王士安、春の季節に闘花する。（髪や冠に）戴挿するにあたり奇花の多き者をもって勝と為し、皆千金を用いて名高い花を庭院内に植え、以て春の闘花に備える。」（五代）王仁裕『開元天寶遺事』（唐宋資料筆記叢刊　中華書局　二〇〇八年六月）あるいは、「洛陽の風俗は大抵花を好み、春の季節の洛陽の町中では貴賤をとわずみな花をさし、負担になるのもいとわない。」（宋）欧陽脩「洛陽牡丹記」『欧陽脩全集』第三冊（李逸安点校　中華書局　二〇〇九年一月）などの情報は日本でも知られるようになっていたであろう。

（6）源順編『倭名類聚抄』二十巻本（九三四年頃）四「雑芸」に記載「闘草此間云、久佐阿波世」。

（7）『今昔物語集』五所収　巻二十八の第三十五　森正人校注　新日本古典文学大系三十七　岩波書店　一九九六年一月

（8）酒井欣『日本遊戯史』復刻版　拓石堂出版社　一九七七年二月

（9）『古今著聞集』（序文に一二五四年成立と記される）上下　西尾光一　小林保治校注　新潮日本古典集成　二〇一一年十二月

（10）『栄花物語』（作者未詳　一〇三〇年成立）巻第一　山中裕・秋山虔・池田尚隆・福長進訳・校注　日本古典文学全集三十一　小学館　二〇〇八年十二月（『古今著聞集』「草木」の巻にも記述はあるが、栄花物語のほうが詳細）

（11）木下武司『和漢古典植物精解』和泉書院　二〇一七年二月

（12）『今昔物語集』三、巻第十五　池上洵一校注　岩波書店　一九九三年五月

（13）矢野環『君台観左右帳記の総合研究』勉誠出版　一九九九年二月

（14）『仙伝抄』『花道古書集成』第一期第一巻　思文閣　一九七〇年三月　句読点及びかなづかいを改めた。一六四三年には『仙伝書』として出版。作者未詳、奥書によると一四四五（文安二）年から一五三六（天文五）年までの九十年間に箇条

書きが寄せ集まったもので、実物はのこっておらず、抄本とされる。銀閣慈照寺宝物とされる『義政公御成式目一巻』（相阿弥）（『花道古書集成』第一期第一巻）があり、やはり箇条書き方式で書かれ、内容的に、『仙伝抄』との類似がある。

(15)『池坊専応口伝』『続群書類従』五五三遊戯部三、『古代中世芸術論』（村井康彦、赤井達郎校注、岩波書店一九七三年十月）では、少なくとも四本の年代の異なる写本を示している。一五二三年（大永三年）本および一五四二年（天文十一年）本が所収されている。『続群書類従』は後者のものとなる。内容的には、後の年代のもののほうが、「古さが脱落して啓蒙的・説明的」（村井康彦）といわれるように、なじみやすい表現になっている。花を立てる方法が座敷飾りから独立して花伝書の類が隆盛する状況を反映している。

(16)『池坊華道読本』池坊専威、華道家元華務課　一九四三年二月

(17)『立花大全』一六八三（天和三）年、『花道古書集成』第一期第一巻　著者ははっきり明示されていないとされるが、池坊十一屋多右衛門の秘書の一部を綴ったと「増補正風體立花大全」に記されていることから著者の特定がなされている。図版『立花資料集成・影印資料篇《上巻》』、《新撰瓶花図彙　乾》和装本　細川護貞監修　東京美術　一九八七年四月

(18)『立華時勢粧』富春軒仙渓の作品と書林中野氏『立花秘伝抄』との合冊　一六八八（貞享五）年『花道古書集成』第一期第二巻　思文閣　一九七〇年三月　図版『立華時勢粧』華道古典名作選集和装本　思文閣　一九七六年十二月

(19)『挿花秘伝図式』風鑑斎積水述　東都書林　一七九八（寛政十）年『花道古書集成』第一期第五巻　思文閣　一九七〇年三月

(20)『遠州挿花衣香口伝抄』貞松斎米一馬　東都書林　一八〇七（文化三）年『続花道古書集成』第二巻　思文閣　一九七二年五月　序によると『挿花衣之好香』一八〇一（享和元）年の附録とされる。図版『遠州挿花百瓶図式』馬丈著　菱川宗理画　和装本　江戸本町萬笈堂　一八〇七（文化三）年

(21)『未生流挿花表之巻口伝書』竹園斎九甫　一八一六（文化十三）年『続花道古書集成』第一巻　思文閣　一九七二年一月　三才図版　亀齢軒斗遠『東肥群芳百瓶』『続花道古書集成』第一巻　図版『未生流伝書・挿花百練』未生斎一甫口述　浪華前川文栄堂　一八一六（文化十三）年

(22)釣雪野叟（大枝流芳）『本朝瓶史　抛入岸之波』上下二冊　跋文一七四〇（元文五）年　出版一七五〇（寛延三）年

京都　『花道古書集成』第一期第三巻（思文閣　一九七〇年三月）所収。釣雪野叟という号は、この挿花の書にだけ用いている。柳宗元の「江雪」にある「孤舟蓑笠翁　独釣寒江雪」で詠まれる漁翁を隠者としての自らの身になぞらえたのではないかという。『抛入岸之波』の作者跋文の最後には、「元文庚申乃初春筆を雪窓の下に揮」（一七四〇年元文五年の初春、雪降る窓辺の下で筆をとり揮毫する）とし、「浪華江上漁叟　釣雪」とあるので、雪の降る日、作者の当時おかれた状況から想起されたものであろう。

また、幸田露伴は、日本で袁宏道の影響をつよく受けたのは、いけばなの最初の伝承の記載とされる『仙伝書』ではなく、釣雪野叟が最初であり、さらに釣雪野叟の特徴を、あまり型に拘泥しない、野趣あるものと記している。

(23)　釣雪野叟は、香道家大枝流芳、本名は岩田信安で、香道研究の翠川文子による「大枝流芳（岩田信安）小考」に論述がある。翠川文子「大枝流芳（岩田信安）小考」川村学園女子大学紀要　第十五巻第二号　二〇〇四年三月、工藤昌伸「大枝流芳と抛入岸之波」前掲書（4）

(24)　大枝流芳『雅遊漫録』日本随筆大成刊行会　一九二九年五月　原書初版は一七六三（宝暦十三）年

(25)　杉仁『近世の地域と在村文化―技術と小品と風流の交流―』吉川弘文館　二〇〇一年二月

(26)　『陳眉公重訂瓶史』一七八一（天明元）年『続花道古書集成』第一巻　思文閣　一九七二年一月
『瓶史国字解』三冊　桐谷鳥習（倲雲齋）註解　書林　須原屋茂兵衛ほか　一八〇九（文化六）年七月
『袁中郎流挿花図会』三冊　倲雲齋鳥習選著、𥻘雲齋帛水図画　江戸日本橋通千鍾房　一八〇八（文化五）年八月

(27)　『瓶史述要』梨雲齋先生門人　書肆紫林園　一七七〇年『花道古書集成』第四巻　思文閣　一九七〇年三月

(28)　袁宏道『瓶史』　錢伯城校注『袁宏道集箋校』（中）上海古典出版社　二〇一三年九月
工藤昌伸「田能村竹田と『瓶花論』」前掲書（4）

(29)　『生花評判当世垣のぞき』石浜可燃　一七六六（明和三）年『花道古書集成』第一期第三巻　思文閣　一九七〇年三月

(30)　穎斎『当世穴穿』東武鳳金屋儀助出版　一七六九（明和六）年一月　新日本古典文学大系　八十一　中野三敏校注　岩波書店　一九九〇年五月　この茶屋は宝暦十二年に源氏流をうちたてた千葉龍卜が初めて花会を開いた並木扇屋ではないかとされる（『花道古書集成』第一期第三巻　思文閣　一九七〇年三月）、『源氏活花記』千葉流卜　一七六五（明和二）年

『花道古書集成』第一期第三巻　思文閣　一九七〇年三月

（31）　蓬莱山人『抛入狂花園』一七七〇（明和七）年　書肆・堀野屋仁兵衛板　複製版

見立本としての『抛入狂花園』については工藤昌伸「明和天明文化と見立てのいけばな」前掲書（4）、黒澤愛子「『抛入狂花園』考」（学習院大学国語国文学会誌五五　二〇一二年）も参考にした。

八文字自笑三世『役者不老紋』一七七〇（明和）七年　東京藝術大学附属図書館　貴重書デジタル

図版の演目は「雪梅顔見勢（むつのはなうめのかおみせ）」

第七章
虚実の舞台空間

戯楼　山西省長治観音堂山門の古舞台

一　イメージを生む虚擬表現

中国の舞台空間は、基本的に無の空間からはじまる。現代的な額縁舞台でも伝統的な突き出し三面舞台でも同様である。歌唱と曲を主軸とする中国の伝統演劇が、全国各地に三一七種類あるといわれる由縁は、(1)「音は土地によって変わる」「地方化」(2)の性質を反映し、同じ由来と特徴をもった声腔とよばれる曲調で区別分類命名されたことによる。地域によって声腔が異なれば音楽は異なり、さらに風土も違えば舞台表象の風格も地域の違いが鮮明になる。それでも共通しているのが、「虚擬表現」で、それは言い方をかえれば、表現の神髄をなすものであり、長い年月の間に練り上げられてきた舞台表象の特徴を表現する言葉である。無から有を生む虚擬表現によって現出されるものは、観る人の知識や経験に応じて見えるものが異なる相対の舞台の典型でもある。つまり虚擬表現は舞台表象の見立を構成する柱となる。たとえば、舞台上で馬を表現する馬鞭(マーベン)という色とりどりの払子(ほっす)のような形状の小道具がある。初めて舞台を見る人は、新体操の手具のように演技を助けるものとしか見えない。これが馬を見立てた表現と知って見ると、そこには馬上の動きや馬がどこでどのような走りをし、毛並みの色もいななきも瞬時にイメージされ、見える風景は全く異なるものとなる。

虚擬表現は、伝統の宿命である時の経過につれておこる伝承内容の変化、および一地方劇として誕生したものが別の地方劇で改編上演されるという伝播がもたらす変容を経ても変わることのない中国伝統演劇を貫く特徴である。もと旦役(たんやく)(女性を演じる役柄)の役者であった胡芝風は、演技者にとっての虚擬表現は、「創作方法であり、必ず遵守しなければならない美学の原則」となるもので、「造型の方法であり、(演じる側の)心理を伝えること(伝神)が目的」であるとする。(3)「以形伝神」は中国絵画の神髄を表す言い方でもあり、ジャンルを超えた表現方法の共通性を示している。

さらに胡芝風は演技者による虚擬表現の運用方法として、以下の七つをあげている。ただしここで用いている舞とは、伝統演劇の役者による創造表現である四分類〔唱（歌唱）、念（語りと台詞）、做（演技と舞）、打（立廻り）〕のうち演技と舞における構成要素の中の一つを指す。

①時空虚擬の舞：最も基本の形で、何もない舞台に、役に扮する役者が登場し、舞台動線の型、演技動作、場面を説明する歌唱や台詞によって時空の流れが生み出され「景色は人に付随して移り変わる」という情況を作る。

②物体虚擬の舞：二つあり、一つは開門、楼閣に上がるなど、演技者が素手で作り出す環境で、観る者に容易にはっきりと想起させられる正確性が求められる。二つめは、船の櫂、馬鞭、車旗など小道具を用いた環境表現である。その場合、小道具はあくまでも人物形象の表現のためにある。

③情緒虚擬の舞：水袖など特別な意匠を施した衣装や槍をはじめとする武器を用いた演技によって喜怒哀楽など感情を誇張強化する。

④意象虚擬の舞：周易から着想を得て、〈意〉で表現できないものを〈象〉で表現するとして、「身体動作と衣装や道具を組み合わせた象を運用して意を示し、観客の連想を誘発して〈象外の意〉の芸術境地に達する」と位置づける。（象はかたどる、擬えること）

⑤剖象虚擬の舞：剖は分割、実際の情景では一つに見えること、二人の心理などを同時にそれぞれ表現する。

⑥顕象虚擬の舞：夢や怪異変化を擬人化した表現。

⑦標形虚擬の舞：自然界や生活の中の諸相を図案化し、旗などに印し象徴化させて表現する。

このように演技者としての創作の視点による舞の分類によって、虚擬表現の多様性の一端は詳細に認識することができるものとなる。

文学、音楽、美術、身体表現の融合で成り立つ総合芸術である伝統演劇において、虚擬表現は演技ばかりでなく、あらゆる部分に貫かれており、どこか一つの表現がくずれても成り立たない。虚擬表現は単に観る人に対して単純にその戯曲の筋立てを理解してもらうだけの効果ではない。なかでも重要なのは、表現の細部にそれができあがるまでのさまざまな文化の歴史が象徴されていることである。虚擬表現という方法は、見立の手法でもある。具体的に一つの演目を通して、そのしくみを明らかにしてみたい。

現在もよく上演される清代地方劇の伝統演目の一つ『紅鬃烈馬』の後半の四折を事例とする。この四折は、歌唱中心の文戯と立廻り中心の武戯からなっている。上演台本は『経典京劇劇本全編』(4)を用い、上演の実際は映像資料として天津市青年京劇団上演の『紅鬃烈馬』で、主演張克（薛平貴の役）、李佩紅（王宝釧の役）による二〇〇一年三月の録画作品を用いた。(5)ただし台本と実演との間で歌詞に齟齬がある場合は、台本を優先した。

二 『紅鬃烈馬』の来歴

『紅鬃烈馬』は「大戯」とよぶ通し上演よりも、「折子戯」とよぶさわりだけの短篇を演じる場合が多い。さわりを演じる傾向と演技の錬磨とは相関関係にある。歴史的位置づけの中においてみると、地方劇のなかでも長い歴史をもつ昆劇の場合、清の乾隆・嘉慶年間（一七三六〜一七九五・一七九六〜一八二〇）には、さわりの部分を磨きあげて演じる折子戯上演が隆盛期をむかえる。それは、新しい通し物創作が明末清初を最後に減少し、それに取って代わる現象としておこった。この時期に編まれた上演戯曲のさわり物集である『綴白裘』(6)には京劇を中心に、地方劇を含めた多くの舞台上演本が集められていることからも見てとれる。地方劇の勃興期でもある。陸萼庭は『昆劇演出史稿』(7)の中で、この傾向が演技に新たなピークをもたらしたと分析し、それは同時に近代昆劇の最初の一ページであり、現在の演技に直接続いており、その前段階の内容とは異なるものであることを明示している。そして演技への探求は、何のためかというと、主題を表現するためにあるとする。『紅鬃烈馬』は、ちょうどそのような時期に、明清の北方地域における語り物芸能の一つである弾詞『龍鳳金釵伝』(8)をもとに舞台化された作者未詳の作品である。清代に現在の陝西省を中心とした地方劇を代表する一つ秦腔戯で演じられ、その後、全国の地方劇で上演された伝承力をもつ演目である。その伝承の中で、各時代の役者による改変も生じる。たとえば、京劇の名老生役（老け役）であった周信芳（一八九五～一九七五）は、自らの役柄を突出させた構成に改変する。主人公を薛平貴として老生役が演ずることに設定し、演目名も老生役中心の『薛八出』とする。それは主な八つの場面『彩楼配』『三撃掌』『投軍別窯』『赶三関』『武家坡』『算糧』『銀空山』『大登殿』で構成されている。あるいは女性の旦役を中心にすえた演出の場合、主人公は薛平貴ではなくその妻王宝釧となる。演目名も主人公の名をとって『王宝釧』と呼称される。[9] ただしこのような変化はあっても根幹をなす表現の法則に根本的な改変があったわけではない。

『王宝釧』の前段は次のように展開している。

第一折『彩楼配』‥時代は唐、丞相の王允は、慣例に従って溺愛する三女宝釧の婿探しを進めようとする。それは、彩楼とよぶやぐらを設け、本人が彩玉を投げて、受けとったものが婿となる婿取りの儀式だった。王宝釧は婿取りの成功祈禱をした後、その日暮らしで物貰いをしている青年薛平貴にであう。乞食の下に隠されたその非凡さを見抜いた王宝釧は心を決め、薛平貴が彩玉を受け取れるように計らう。

第二折『三撃掌』‥ところが王允は貧しい薛平貴を嫌って、婚姻の取り消しを命ずる。それに従わない王宝釧は、父の怒りをかう。王宝釧の決意は固く、屋敷を出て夫婦となり、窯洞（ヤオトンという西北地方の洞穴式住居）での貧しい生活がはじまる。

第三折『投軍別窯』‥薛平貴は従軍する。唐の皇帝のもとに、赤毛のたてがみ（鬃）をもつ荒馬がいた。だれも手におえない中、薛平貴はこれを見事に操り、后軍督府に奉じられる。『紅鬃烈馬』の題名はこれに由来する。そんな折、西涼と戦乱がおこり、王允は薛平貴に先陣をきってこれにあたるよう命じる。薛平貴はやむなく新妻に別れを告げて窯洞を後にする。

第四折『探寒窯』‥戦いには勝ったものの、魏虎（王允の二女の婿）の陰謀により薛平貴は酒に酔わされ、意識のないまま馬に縛られて敵の西涼の手に落ちる。西涼王は薛平貴の才を見込み、娘の代戦公主（姫）の婿にむかえ、禅譲して王にさせる。一方、王宝釧は苦境の日々の中で病に伏してしまう。娘を見舞った母の陳氏は、見かねて帰ってくるように勧めるが、王宝釧は頑として受けつけない。

第五折『赶三関』：十八年の歳月が流れる。ある日、薛平貴の前に、雁が飛来して、人の言葉をしゃべり、薛平貴の非道を詰った。薛平貴が矢で射落としてみると、王宝釧の血書を持っていた。望郷の念が強くおこり、王宝釧のもとへ帰ろうと考え、代戦公主を酒に酔わせた隙に三関まで馬を走らせる。京劇でよく演じられるこれにつづく最後の四折『武家坡』『算糧』『銀空山』『大登殿』からその虚擬表現のしくみを考える。

三　構想にみる虚擬性

浄瑠璃の仮名手本忠臣蔵が太平記の世界を借りて赤穂事件を描くように、『紅鬃烈馬』は、さまざまな世界を綯い交ぜにして構成されている。薛平貴は、『旧唐書』などに記載される実在の薛仁貴をモデルにしている。薛仁貴（六一四〜六八三）は唐初貞観の時代の人で家は貧しかったが、太宗李世民による東征（東突厥、契丹、高句麗との戦い）に加わり、陣営が洪水の危機に晒されていることをいち早く知らせて窮地を救ったり、征討で武功をあげて活躍し、貴人の妻を娶った。この薛仁貴を題材にした小説(10)および一連の戯曲『薛仁貴』『汾河湾』『風火山』『三箭定天山』『鳳凰山』『摩天岭』『龍門陣』などがある。特に『汾河湾』では、窯洞に住まう妻の柳迎春の元に、従軍したまま何年も音信不通だった夫の薛仁貴が帰還する設定、更に不在の間に成長した息子の靴を見て、薛仁貴は妻が不貞をしたと誤解し、なじるくだりなどは、『紅鬃烈馬』の『武家坡』の場面と重ねることができる。

元雑劇にも『薛仁貴栄帰故里（故郷に錦を飾る）雑劇』（張国賓作）(13)がある。代戦公主の存在は、宋代を題材にした『楊家将』に類似の展開がある。その中の一場面、四郎楊延輝が遼（契丹）との戦いで捕まり、そのまま敵の鉄鏡公主の婿となり、十五年後に雁門関で母と妻に再会する『四郎探母』を想起させる。

『紅鬃烈馬』後半の展開では、唐の皇帝が崩御した機に乗じて、王允は天子の位を乗っ取り、同時に薛平貴の命を奪おうとする。代戦公主に助けを求めた薛平貴は、最後には自ら皇帝となる。王允は、娘王宝釧の命乞いのおかげで斬首を免れる。このように、乞食であった薛平貴が、異国の女性の助けを借りて皇帝になる、という奇想天外に見える設定にもかかわらず常演されるのは、そこに実在の薛仁貴、小説『楊家将』、中でも武勇の娘達が活躍する『楊門女将』の姿を重ね合わせることが容易にでき、人物も時代も虚擬表現としてのイメージの増幅という効果をもたらしているからであろう。

四　扮装の虚擬表現

主要な五人の人物像は、全編で見ると、薛平貴は小生（しょうせい）（若い男性）の役柄から年月と苦労を経て老生役へ、王宝釧は華やかで気ままな花旦（かたん）から貞節を象徴するような青衣（せいい）の役柄へと変わっていく。役柄ごとに、さまざまな型が練り上げられ構築されてきた。それは歌唱、台詞、演技所作、立廻りなど身体表現のあらゆる面におよぶ。

ここでは、衣装に焦点をあてて、衣装の見立の仕組みを表1「扮装の虚擬表現」にまとめ考察していく。衣装の名称は『伝統演劇人物造型萃薈』[14]および『中国戯曲装飾藝術』[15]によった。

衣装の型は、明の戯曲（伝奇）の中ですでに整えられていたことが知られている。表で示したように、薛平貴の場合、西涼王となったときは団蟒入りの衣装、そして貧しい夫の身分の姿では無地の袷、皇帝となって蟒入り衣装というように、身分を一目で示す意象として、図と色がある。蟒は龍と比べて爪が一つ少ない。皇帝を示す龍は舞台では恐れ多く、それを避けるための蟒であったとされる[16]。蟒は龍に見立てた擬き（もどき）だが、それは王族という身分を表現する意象となっている。

表1　扮装の虚擬表現

役柄	折	武家坡	算糧	銀空山	大登殿
薛平貴 老生	衣装	上：黒地に金の団蟒入り馬褂（乗馬服） 下：赤地に金糸の団蟒入り箭衣	上：藍色無地の袷 下：単色青の袴	上下とも武家坡に同じ 大帯をつける	大紅蟒（皇帝の衣装） 玉帯
	顔	俊扮（素の顔）、三分の黒髭			
	頭	双龍韃帽	双龍韃帽		王帽
	道具	宝剣、馬鞭	扇		
	身分	西涼王	王の身分は隠す	西涼王	唐皇帝
	情況	壮年 遠路・騎馬	貧しい夫		
王宝釧 青衣	衣装	青縁取り付き黒無地の袷、水袖 白無地裙子（襞スカート）、腰帯	青地に玉状の花刺繍入り袷 白裙子		紅蟒（鳳と牡丹、金銀刺繍・皇后の衣装） 玉帯
	頭	墜髪	鬏髪		鳳冠
	道具	野菜籠、野菜採り鋤			
	身分	極貧	貴婦人		皇后
代戦公主 刀馬旦 （銀空山） 旦 （大登殿）	衣装			鳳凰の刺繍入り赤い靠（甲冑） 水色の裙子 玉帯、左片袖の水袖 （第一場）靠旗	赤の旗袍 旗靴 手帕（ハンカチ） 満族衣装
	頭			翎子（リンズ）	旗頭

				馬鞭（第二場） 弓（第二場）	
	身分			西涼王の后	
王允 老生	衣装		深草色の蟒、玉帯	黄色の蟒、玉帯	濃褐色単色褶
	頭		宰相用の冠・相紗 三分の白髭	皇帝の冠 皇帝印を脇に抱える	同色の方巾
	身分		宰相 高齢	皇帝の座	位は剥奪 隠居
魏虎 浄	衣装		黒の蟒、玉帯	黒地に金の靠	黒の衣装
	顔		白臉譜（悪役）	白臉譜	白臉譜・黒髭
	道具		大型の扇	大刀	手鎖
	身分		宰相の娘婿	武官	罪人

王宝釧の場合、極貧の情況では無地の袷、宰相である父のもとを訪ねる時は貴婦人としての刺繍入りの衣装、最後は皇后の身分で蟒と鳳の意象が同時にその身分を表している。

唐の時代を背景とするとはいえども、代戦公主は、西涼国の后であり、戦場で戦うため、鳳凰の意象、甲冑を表す靠（カオ）を着衣する。そして最後は、満族衣装を身につけている。そのことは、戯曲の衣装に、時代考証よりも人物形象を突出させる傾向の強さを示している。全体のストーリーが演ずる時代を過去に投影していることも一因としてある。

王宝釧の父親王允は、宰相の時は深草色の蟒、そして皇帝の座につくと黄色の蟒、隠居の身となって単色の袷となり、身分、情況の変化を如実に示す。魏虎は、大型の扇に白臉譜が横暴さと悪辣さを象徴し、手鎖が罪人としての情況を示している。

このように、衣装、文様にはそれぞれ時代考証に基づくものではなく、別の意図が与えられている。衣装の色や図案、形に託されているのは役柄の中での人物の社会的身分、置かれている状況、性格、生き方を象徴的に示すことが意図され、それは観る人に瞬時にイメージを喚起させるものとなっている。

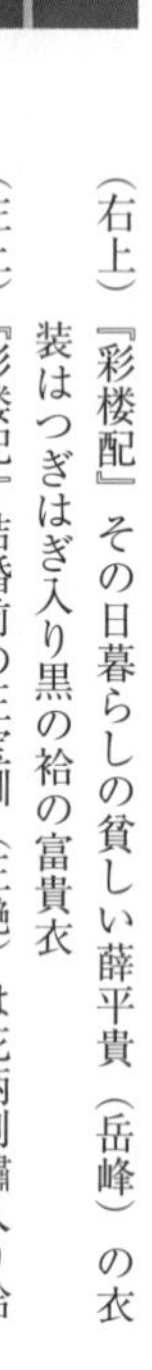
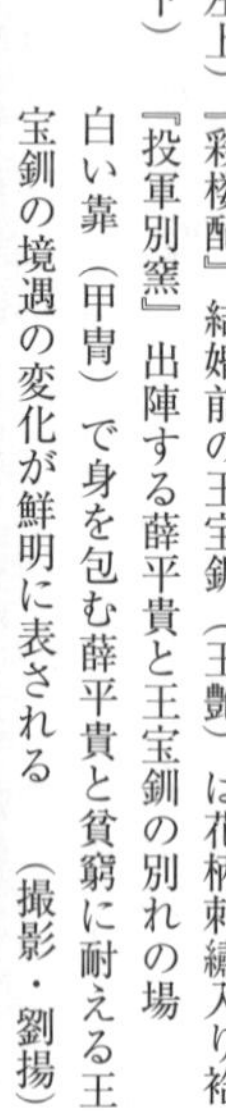

（右上）『彩楼配』その日暮らしの貧しい薛平貴（岳峰）の衣装はつぎはぎ入り黒の袷の富貴衣
（左上）『彩楼配』結婚前の王宝釧（王艶）は花柄刺繍入り袷
（下）『投軍別窯』出陣する薛平貴と王宝釧の別れの場　白い靠（甲冑）で身を包む薛平貴と貧窮に耐える王宝釧の境遇の変化が鮮明に表される　（撮影・劉揚）

『武家坡』極貧の王宝釧　青ふちどり黒無地の袷白無地裙子、墜髪を左手でしごく感情を抑えた型の表現　手には野菜籠と鋤

『銀空山』戦いに臨む西涼国の后の代戦公主　鳳凰の刺繍入り赤い靠（甲冑）頭に翎子、背には大将を象徴する靠旗

『大登殿』皇后となった王宝釧　紅蟒（鳳と牡丹、金銀刺繍入り）に玉帯　頭に鳳冠は皇后の衣装

『大登殿』改めて后に迎えられる代戦公主（常秋月）赤の旗袍、旗靴、旗頭という満族の衣装

『銀空山』魏虎・武官として出陣
白臉譜、黒地に金の靠（甲冑）、
手には大刀

『算糧』王允・宰相
深草色の蟒に玉帯、
冠は相紗、三分の白髭

『大登殿』魏虎・罪人となり手鎖
白臉譜、黒と白の袷、黒髭、
かぶり物剝奪

『大登殿』王允・役職剝奪、
隠居の身となる
濃褐色単色の袷、同色の方巾

五　固定空間の虚擬表現

次に、衣装をつけた演技者が演技をおこなう空間の虚擬表現を戯曲の展開に沿って検討してみる。写実ではない空間は、どう変化したのかを追っていく。

『武家坡』

第一場：何もない空間

表現　：西涼から西安への道のり（薛平貴）

　西安の窯洞から武家坡（坂）への道のり（王宝釧）

　武家坡の上

　武家坡の下

　武家坡から窯洞への道のり

いずれも屋外で、場所は次々と変化している。

第二場：一卓二椅（薄群青色の被せ物、囲卓椅披付き）舞台中央に配置

　椅子一脚を背を向けて配し（これを門椅とよぶ）、窯洞の外と内の空間を隔てる。

表現　：窯洞の内と外

　窯洞の中

　椅子一脚を王宝釧が移動させて戸をあける実質

『武家坡』第一場　逃げ帰る王宝釧、その後を追う馬上の薛平貴は手には馬鞭、腰に宝剣

無の空間は俳優の登場で意味をもつ

的な意味と、夫婦と認めた王宝釧が心の壁を取り払う意味もこめられている。一卓二椅の被せ物は薄群青色の単色で、質素で貧窮した屋内を表現する。

『算糧』：三卓七椅で、被せ物囲卓椅披は赤の緞子に金糸刺繍入り、舞台中央に三堂卓と呼ぶ配置

表現　：王宝釧の父親王允丞相の豪勢な邸宅

『銀空山』

第一場：一卓一椅、卓の上に椅子を置く小高台その前に岩片

表現　：西涼の銀空山の狩場（代戦公主の登場）

第二場：何もない空間

表現　：西涼郊外（武将高嗣継の登場）

第三場：何もない空間

表現　：将軍が戦いへ赴く道のり（薛平貴の登場）

第四場：何もない空間

表現　：代戦公主へ助けを求めて逃走する道のり（代戦公主と高嗣継の戦い）

第五場：何もない空間

『武家坡』第二場　窯洞の外と内

『算糧』王允丞相の邸宅

『銀空山』第一場　西涼の銀空山の狩場
一卓二椅で卓の上に椅子を置く小高台
代戦公主は赤い靠（甲冑）で戦いに臨む

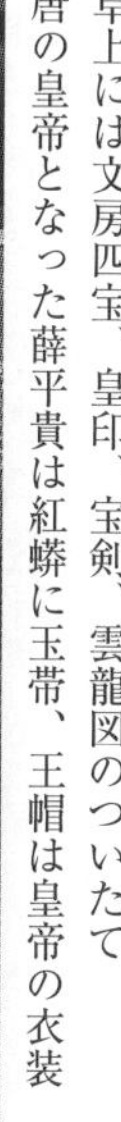

『大登殿』宮中政務殿　一卓二椅に赤い緞子と金糸の被せ物
卓上には文房四宝、皇印、宝剣、雲龍図のついたて
唐の皇帝となった薛平貴は紅蟒に玉帯、王帽は皇帝の衣装

表現　：西涼郊外から長安へ

　戦場（高嗣継が薛平貴に従い、代戦公主とともに長安へ向かう）

第六場：何もない空間

表現　：汾河湾のほとり（王允と魏虎が惑う）

第七場：何もない空間

表現　：西安に攻め入る（両軍の戦い）

この『銀空山』の折は、戦いの立廻りで展開する。長安から汾河湾へ、西涼銀空山から汾河湾へと騎馬で移動しながらの戦闘を表す。

『大登殿』

舞台中央に一卓一椅、赤い緞子に金糸の被せ物

卓上には文房四宝、皇印、卓の後ろは雲龍図のついたて

脇に椅子を一つ加える

表現　：宮中政務殿

紫禁城正門

王宝釧の母が車旗をもって移動、御車にのった情況

以上、具体事例が示すように、何もない空間は、激しい移動、道行に欠かせない虚擬表現である。そして空間を特に意味づけるために一卓二椅の配置と被せ物の配色がその場所や状況を特定する。

舞台のしくみについて、最初に項目を立てて整理しまとめたのは齊如山（一八七五～一九六二）で、その先駆けとなっている。それは、①演技者の身体表現によるもの、②一卓二椅表現によるもの、③道具による表現、の三つの項目で表現すると記している。[17] このような分け方は、齊如山が舞台をどう創るのかを明確に意識できていたことを示すものといえる。今日までさまざまな解説書が作成されてきた。その多くは、舞台空間の項目がなかったり、道具のみの項目であったり、演技は演技だけで分かれていたりするものなど一面的な偏りが多かった。齊如山によるこの項目立ては、舞台の時空をどう表現するのかを把握した分け方である。

『大登殿』紫禁城正門　王宝釧の母、車旗で御車を表現

中国伝統演劇独特の一卓二椅表現はどのように成り立っているのか、さらに道具を用いた空間表現のうち、固定した配置のものではどういった性質をもっているのか。齊如山の分類と、『中国戯曲百科全書・戯曲曲芸』[18]にあげられたものを相互に補いながら記載された表現を網羅、検討すると、およそ以下の三類に分けられる。〔　〕内は、百科全書記載で異なる名称のものを示す）。

（一）第一の空間見立

客観的な固定した場所を一卓二椅を基本とした卓と椅子で見立てる。

①正場卓、内場椅〔大座〕〔内場椅〕‥中央に一卓一椅。

意図‥屋敷の庭、役所、廟、店舗、家の中、客間、書斎。

②斜場卓‥一卓一椅、左右どちらかに斜め置き。〔無〕

意図‥門外、中庭など屋外。

③虎頭椅〔門外椅〕‥一椅〔門椅〕舞台袖に配置。

意図‥役所や軍営の外。

④倒椅‥数は不特定〔同名〕椅子を倒して座る。

意図‥郊外、野外の臨時の場所、墓場など。

⑤橋‥一卓一椅を下場門（向かって右、上手）に斜めに配置。

⑥高台‥二卓を重ね椅子を上に置く。〔大高台〕

二卓を平らに連ね椅子を上に置く。〔小高台〕

意図‥山、洞窟、山中の砦、櫓のある大船、閲兵台。

⑦廟‥卓上に香炉一基とろうそく立て二基。

⑧霊堂‥廟の配置に小帳を加える。帳は白くするようになった。

⑨書斎：卓上に文房四宝。

（二）第二の空間見立

その場で展開する劇の情景内の人間関係を一卓二椅の配置、被せ物の色で見立てる。

①一卓二椅：〔皇帝の接見には一卓二椅に黄色地に蟒の刺繍入り卓囲椅披、官人昇殿用には赤の緞子〕。

②三堂卓：三卓三椅、正場卓に八字卓を加えた配置。

意図：宴席だが、主客どちらかが身分が高い〔合同審判の場合も〕。

③横卓（外八字）：〔八字椅〕〔外八字跨椅〕一卓二椅：中央の卓の前に左右内向きに八字型に椅子を配す。

意図：二人の距離が近い、または親密さを表す。〔長い歌唱をともなう〕。

〔八字跨椅〕：一卓二椅：八字椅の椅子の位置が机の真横。

意図：奥の部屋で展開する、友や客の接待、家庭の団らんの場面。

④正場椅（独椅）：一卓一椅〔小座〕〔外場椅〕椅子は卓の前に配す。

意図：大勢の中で一人だけ尊い場合。あるいは一人だけの場合は、貧富貴賤にかかわりなく、卓を必要としない座り方。

⑤旁椅：一卓三椅、八字椅の真ん中に椅子を加えた形。

⑥双旁椅：一卓四椅〔旁椅（之二）〕旁椅より人数が多い場合。

意図：長幼の順では低く、身分の低い人が座る。身内だけなら男は左、女は右。

⑦斜場椅：一卓二椅、舞台やや前方に斜めに配置。〔斜場騎馬卓〕

〔騎馬卓〕：一卓二椅、中央に卓を縦に配置し、両側に椅子。

意図：店舗、書斎、寝室、船中で、夫婦、兄弟、友人などの近親者の場面で用いる。

⑧矮座：座布団を重ねる。

意図：子供の座る場所。
⑨金鑾殿（きんらんでん）：皇帝の御案、卓のうえに香炉を配置。
⑩役所の政務机、卓の右上に印章箱を配置。
⑪中軍帳：大帳、政務机に印章箱、筆硯、軍令小旗を置く。
意図：上層武官の軍営。

（三）第三の空間見立

その場で展開するストーリー内の事件や動的関係を見立てる。
①八字卓、八字椅：二卓二椅、中央に漢字「八」を描く配置。
意図：二人〔主客〕の宴席。
②内場双椅：一卓二椅〔双大座〕正場卓に双旁椅を加えた形。
意図：人数が多い家宴の時。〔老夫婦が息子娘から誕生祝いを受ける宴の時〕。
③旁卓：一卓一椅、正場座を斜めに配した形で、その反対側に別の道具配置をする。〔斜場大座〕
意図：道具配置の種類によって用例は多様。
④跨椅、外跨椅：一卓三椅または一卓二椅〔大座跨椅〕〔大座単跨椅〕正場卓の左右に椅子を加える形。
意図：参謀など、情況を聞いていつでも公事に加われる位置。
⑤壁：一卓二椅、壁をへだてて話す、壁をこえて逃走するなど。
⑥雲端：〔站椅〕雲片を4人の童子が手にする以外に、一卓二椅で雲上を表す。椅子の上に立つと雲上を表す。
神仙や妖怪が雲霧にのって去来するさまを表す。
⑦門：椅子で表す門、監獄の門。出入りのときには少し斜めにして開門を表現。武家坡では窯洞の門。椅子によって門が開かないように衝立をする意図も加わるため、開門のときには椅子を置き換えた後で、開門の演技

動作がはいる。

⑧樹木：椅子。

⑨〔帥帳〕：舞台中央に一卓一椅の正場卓を配し、両脇には背をむけた椅子を配し、そこに帳を立てる。金糸入り赤の緞子の帳。

⑩〔楼帳〕：中央に大帳、中に一卓一椅で表す帳は閉めたままで演技者は上にあがる。吉事のさいに邸内の庭につくる五色で飾った彩楼、女子の居室。

⑪〔床帳〕：中央に大帳、中に椅子、閨房、帳は花鳥の刺繡入り。

⑫山石片：幅六〇、高さ一八〇センチほどの木製で石山を描いたもの。その後ろに卓と椅子が積み重ねられる。

意図：演技者がその上に起立することによって山上にいる情景を現出。

このように、舞台上に空間を特定化するには、一卓二椅を中心に、見立のしくみをつかっていく。加えてそれにも三層の構造があり、一つには固定的場所の見立、二つにはその場がどういう人間がいる場所なのかを特定する身分や関係の見立、三つには流動する場の情況の見立があることが示される。

六　演技による空間表現

冒頭に示した「景色は人に付随して移り変わる」時空虚擬は、俳優の演技が生み出す空間の表出である。演技があってはじめて観る人に共鳴を生みだし、イメージが創出される。無の空間や一卓二椅による見立表現に命を与えるものであり、舞台の命である。以下、『紅鬃烈馬』の三つの場からその表現の醍醐味を言葉で記す無謀ともいえることをあえてやってみることで、あたらめて舞台の演技表現の想像力を追体験したい。

（ⅰ）『武家坡』別名『平貴回窯』の虚擬表現

この一折は、生、旦役ともに歌唱を中心とした一場である。演劇史に残る演技を確立し流派を成した譚鑫培（一八四七～一九一七）と王瑤卿（一八八一～一九五四）が共演し、その掛け合いの歌唱は拮抗して絶唱と評されたという(19)。

薛平貴は窯洞で妻と別れ、戦地に赴くものの、陰謀によって西涼に囚われの身となる。西涼王は薛平貴の才を見込んで娘の代戦公主の聟に迎え、西涼王の地位も禅譲される。十八年の歳月をへて残してきた妻の王宝釧を懐かしみ、関所を越え故郷の窯洞の近く武家坡まで帰ってくる。しかし、別れて十八年、相手の身なりからも王宝釧は薛平貴を見分けることができない。薛平貴も人違いだと失礼になるので、夫の友人だと偽る。そして妻であるとの確信をもった後は、王宝釧の貞節を試すと同時にからかってみようとする。王宝釧は夫とは気づかぬままその非礼を責め、身の危険を感じて、窯洞に逃げ帰ってしまう。

薛平貴は気丈な王宝釧の態度に安堵し、後を追って窯洞までやってくる。ところが妻はなかなか信用してくれず屋内に入ることもできない。やむなく結婚当初のことなどを話して身の証しをたてる。漸く王宝釧は夫を招きいれ、悲喜交々ながら、夫婦はお互いを確かめ合う。

以下、上段に空間、場所を示す歌唱や台詞を記し、演技の型は「○○式」で表記する(20)。その時に演じた演技を取り上げ、さらに演技によって特定された場所や情景を下段に対応させた。

（i）『武家坡』第一場　歌唱・台詞	虚擬表現の演技と見立
薛平貴：馬を奔らせ西涼を離れ、 思わず涙が流れ胸はいっぱい 青きは山の緑、生き生きとした世界 薛平貴はまるで帰ってきた一羽の孤雁……	薛平貴が右手に馬鞭を上下に操りながら登場 ↓旅の道のり、自然の風景を現出
武家坡の外、柳木の下に戦馬をつなぐ……	馬をつなぐ虚擬演技

王宝釧：王宝釧、武家坡にまたやってきた
武家坡の前に立ち目をよくこらす
あの傍らにたたずむのは武官か
ここで野菜採りを装い、問われれば答えましょう……
薛平貴：共に馬に乗って西涼川にまいろうぞ
奥方、馬に乗りなさい……
王宝釧：大急ぎで窯洞の家へ

薛平貴：ははは（笑い）……
馬を下り馬を引いて追いかけよう
夫婦再会は窯洞の前で
（1）『武家坡』第二場
王宝釧：王宝釧はやく走って行きましょう
薛平貴：薛平貴後ろを追いかけて
王宝釧：窯洞にはいって戸を閉める
薛平貴：夫を窯洞の外に置き去りか……
王宝釧：果たして夫が帰ってきたのか

↓下馬し「拉馬式」（馬鞭を立てる）
↓武家坡にやってくる

馬鞭を繰る「上馬式」

水袖を払い「打袖」不快を表す
右手は水袖をかかげる「単撐（タントウ）袖」
↓恐れながら急ぎ慌てて逃げていく。
馬鞭を持ち直しついていく
↓馬を引いて追っていく「拉馬式」
右手水袖をあげたまま急ぐ↓焦って移動
一卓二椅の椅子を動かす↓窯洞の中にこもる
椅子を移動

戸を開けて会ってみようか……

薛平貴：（私の容貌が変わったというならば）

あなたも顔をみてごらん

当時の彩楼前の面影もない

王宝釧：窯洞に菱花鏡などあるものですか

（菱花鏡は六角形で背面に菱花の彫りものつき）

薛平貴：水盆がある

王宝釧：水盆に顔を映してみましょう

ああ…容貌は衰え

十八年の歳月、年をとってしまった……

戸を開けて再会しましょう

えい、ままよ！

ここで死んだ方がまし！

薛平貴：そんな短慮をおこすでない

夫のわたしが跪いてわびよう……

（後略）

↓戸を少し開けてみるがすぐに引っ込める演技

映してみてなげく演技↓鏡も水盆もない。すべて虚擬表現の演技

椅子を動かし、戸をあける虚擬表現の演技

↓戸をあけて外へ出る

その場で跪く↓一卓二椅の椅子をへだてて戸外での演技

（ⅱ）『算糧』

もどってきた薛平貴は王允の誕生祝いに乗じて王宝釧とともに総督府に出向き、王允と面会する。そして二女の婿で薛平貴を亡き者にしようとした魏虎が取り入ってくるのを無視し、これまでの十八年間分の自分に与えられるべき兵糧を補塡するよう要求し、激しく言い争う。（略）

（iii）『銀空山』第一場

第一場：西涼の銀空山の狩場

代戦公主：威風凛々将軍の高台に座し
　殺気沸々雲霧も開く……

代戦公主：今日は快晴なので銀空山へ猟にでかけよう……

代戦公主：兵を率いて銀空山へ発つぞ

家臣の馬達、江海：はっ。みな銀空山へ出発。馬をもて！

馬達、江海：銀空山についたぞ……

代戦公主：耳に聞こえてくるは雁の声
　空中に大きな雁が上へ下へと飛んでいる
　弓をひき矢を放つ

馬達、江海：大雁は矢を帯びたまま逃げました

代戦公主：逃さず後を追え……

「四龍套」の役柄、四人の武人役が露払い

→大勢の軍勢に見立てられている。四龍套は四人で軍勢に見立てる。軍勢を率いている。

代戦公主、翎子（リンズ）（冠の左右につける雉尾羽）を用いた演技

（これは空間描写ではなく心理描写）

大道具「山石片」の配置された舞台で、台上に代戦公主が立つ

家臣が馬鞭で「拉馬式」→馬を引いてくる

代戦公主「旦行乗馬式」→乗馬

代戦公主が馬鞭を手にして舞台を回る「立馬鞭式」、「鷂子翻身上馬式」

荒馬を手綱さばきよく乗りまわす

→鷂（ハイタカ・鷹科の鳥）の見立

弓を左に、馬鞭は右で、舞台を回る「馬旋式」

↓山中を雁を追って駆け巡る

（以下略）

（iv）『大登殿』

薛平貴は代戦公主の協力を得て長安を攻め、自ら皇帝となる。魏虎は斬首となり、王允は王宝釧の懇願により赦免される。

以上、文場とよばれる歌唱を中心とした演目『紅鬃烈馬』の中でもさらに、文場の主となる『武家坡』と武場とよばれる立廻りを中心とした『銀空山』の演技による空間表現の創出を追ってみた。水袖や翎子の演技は、特に心理描写の方法として欠かせない。

このほか、齊如山が提示する演技による空間描写で、主なものをあげてみる。

①院門（大門）（街門）：その他さまざまな門の種類をあげている。これらは虚擬表現の演技で表現される。演技者の型として「進門式（入る型）」「出門式（出る型）」がある。

二門では円状を描かないで開門閉門の演技をする。

屋門つまり部屋の入り口では、省略することが多い。

②村外れなど近距離の戸外、路傍：舞台に弧を描いて回る「円場」の型。

③楼閣：楼閣の上り下りで特別の歩式がある。

④窓：主に丑役（道化役）による滑稽な演技で表す。

⑤河：舞台中央に河があるように演技する。

⑥岸辺：船の乗り降りの演技。

さらに、小道具を用いて演技者が空間を作り出す場合があり、さまざまな小道具の見立ても欠かせない。

①車旗：黄色地に車輪の図柄で御車に見立てる。

②櫂：船上にいることを船の櫂で見立てる。
③水旗：水色の旗で水に見立てる。
④火旗：赤色の旗で火に見立てる。
⑤風旗：黒色の旗で風に見立てる。

これらは演技と結びつきながら、表現のイメージを増幅している。

このように場所の特定の方法は、型の演技、意象化された道具を用いた演技が組み合わさり、観る人を特定の空間へと引き込む。そして何もない空間に、大自然の光景や戦場、部屋の中や宮殿の中など、見えないものを見せてくれる想像の源となっているのである。

＊　＊　＊

伝統演劇表現の特徴である虚擬表現が、実際に如何なる表現の階層をもっているのかを、伝統演目『紅鬃烈馬』で考えてみた。一卓二椅に象徴される舞台上の設定は、抽象化される度合いが強いほど、それは多様なものに見立てられ、第一階層の空間を形づくる。そこに、物語を展開させるうえで必要な情景の設定や人間関係といった要素が、衣装の象徴的な色や図案、特別な意味をこめた小道具などの上に見立てられる第二階層の表現がある。この段階は、見る側の知識の有無によってその見えるものや味わいは大きく異なってくる。そしてこういった物による見立に意味を与えるのが、演技者によって練り上げられた型の表現である。次元の異なる虚擬表現が絡み合って作用し、舞台は豊かなイメージが複合して生み出す小宇宙となるのである。

注

（1）余従等「中国戯曲劇種表」一九八二年作成、『中国大百科全書・戯曲曲藝』中国大百科全書出版　一九八三年八月
（2）余従『戯曲声腔劇種研究』人民音楽出版社　一九九〇年六月
（3）『中国伝統演劇様式の研究』研文出版　二〇〇六年二月
（4）『国劇藝術匯考』齊如山全集三　台湾聯経事業公司　一九七九年十二月
（5）胡芝風『戯曲演員創造角色論』上海文藝出版社　二〇〇〇年十一月
（6）陳予一主編『経典京劇劇本全編』国際文化出版公司　一九九六年二月
（7）『紅鬃烈馬』ＤＶＤ　二〇〇一年三月録画　天津市青年京劇団公演　天津市文化藝術音像出版社　二〇〇三年九月
配役は以下のとおり。
薛平貴：張克、王宝釧：李佩紅、代戦公主：（前）李佩紅・（後）劉淑雲、王允：房志剛、魏虎：李文英
なお、文中の写真はこの映像に基づくものと、他の京劇上演の舞台写真とからなる。伝統演目のため基本的な表現様式は踏襲されている。
（8）『綴白裘』第一冊　中華書局　二〇〇五年九月
（9）趙景深校訂『昆劇演出史稿』上海文藝出版社　一九八〇年一月
（10）『中国戯曲志』陝西巻、山西巻　文化藝術出版社　一九九〇年十二月
（11）曾白融主編『京劇劇目辞典』中国戯劇出版社　一九八九年六月
（12）小説では『薛仁貴征東・薛子山征西』（清・作者未詳）（張興旺編著　雲南人民出版社　二〇一一年八月）などに見え、鼓詞としても宮中でおこなわれていたことが示されている。
『繪圖征東全傳、鼓詞綉像大西唐』故宮博物院編　清代南府與昇平署劇本與檔案　海南出版社　二〇〇一年一月
（13）張国賓「薛仁貴栄帰故里雑劇」『新校元雑劇三十種』下冊　中華書局　一九八〇年十二月
（14）張逸娟主編『伝統演劇人物造型萃薈』中国戯劇出版社　二〇〇一年四月
（15）徐華鐺、楊冲霄等編画『中国戯曲装飾藝術』中国軽工業出版社　一九九三年七月

(16) 宋俊華『中国古代戯劇服飾研究』広東高等教育出版社　二〇〇三年七月

(17) 齊如山『国劇藝術匯考』遼寧教育出版社　一九九八年三月

(18)『中国大百科全書・戯曲曲藝』中国大百科全書出版　一九八三年八月

(19) 許志豪、凌善清編著『戯劇全書』上海書店　一九九三年二月
『戯学滙考』一九二六年上海大東書局の影印版

(20) 演技の型の名称は次の文献に基づく。万鳳姝、万如泉『戯曲表演做功十技』中国戯劇出版社　一九九九年四月
余漢東編著『中国戯曲表演藝術辞典』湖北辞書出版社　一九九四年十月

第八章
複合する世界

劇場表側景色『劇場訓蒙図彙』

一　演劇世界

江戸の戯作者である式亭三馬（一七七六～一八二二）は游戯堂主人の別号をもち、芝居好きで知られる。歌舞伎に対する目のつけどころにはふつうではない独自のセンスと視点がある。それを滑稽本にしたてた『劇場粋言幕の外』（一八〇六年）では舞台外の観客によって繰り広げられる世界がまるで芝居のようである。

さらに舞台上や楽屋内の世界を描いたものに『劇場訓蒙図彙』がある。一八〇三（享和三）年に初版がでて、三年後には再版され、その後も版を重ねて人気を博した。この書が、道陀楼主人・朋誠堂喜三二著『羽勘三臺図絵』（一七九一年寛政三年出版）の内容を、そのまま借用したところがあると服部幸雄がはやくから指摘している。(1) 三馬自身、「狂言国の見立は喜三二先生の旧案にならって頼みもせぬに筆を執る」と断り書きをし、「しかりといへども芝居一道を国になぞらえ国風に見立てるがゆえに、同文同意なきにしもあらず」とある。狂言国、芝居一

式亭三馬『劇場訓蒙図彙』

道、すなわち歌舞伎という芸能世界を一つの国に見立て、さらにその国における特有の風俗に見立てる。意識的な歌舞伎世界の「見立」というとらえ方が基盤となっているのである。その基盤は、歌舞伎を見るときには欠かせないと三馬は考える。だから人の真似ではなく自分としては見立をさらに徹底し、内容を大いにふくらませて『羽勘三臺図絵』を陵駕している、という三馬の自負もよみとれる。

この『劇場訓蒙図彙』は、江戸歌舞伎を知る上で、貴重な資料とされている。文中には、多くの中国演劇用語が挿入され、中国の劇作家の名称や用語もでてくる。そういった中国関連用語の個々の由来や意味の挿入は単なる漢語の知識をひけらかすものと一蹴できない文化の受容と変容の様々な要素を含んでいる。『劇場訓蒙図彙』にこめた三馬の見立の作意とその効果の結晶ともいえる『劇場訓蒙図彙』を通して芸能の見立のありようをとらえたい。

二　『唐土奇談』

『劇場訓蒙図彙』を書くにあたって、三馬がモデルにしたのは『羽勘三臺図絵』だけではない。関連する作品群とその傾向を取り上げてみる。

まず、知識の源泉の一つとして、銅脈先生著『唐土奇談（もろこしきたん）』[2]をあげることができる。というのも、三馬による滑稽本『忠臣蔵偏癖気論（へんちき）』（一八一二年文化九年）は、本文冒頭に「偏癖気先生著、式亭三馬再校」とある。偏癖気先生とは銅脈先生の別号であり、偏屈道人をもじったもので、畠中観齋（一七五二〜一八〇一）をさす。三馬の作品は、この畠中観齋による『忠臣蔵人物評論』を「模倣どころか、実に丸写し」[3]したものと指摘されるが、同時に「切抜文章も戯作作法の一つで趣向の一部」であり、増補する「蛇足にこそ三馬の穿ちの本領がある」とも評される。畠中観齋への傾倒ぶりは、この一作品からもうかがえる。

畠中観齋は、三馬より二十四歳年上で、『劇場訓蒙図彙』も『忠臣蔵偏癖気論』も畠中観齋没後に上梓されている。

では三馬は銅脈先生による『唐土奇談』の何を『劇場訓蒙図彙』に反映させているのであろうか。三馬が畠中観斎に傾倒する要因を考えてみたい。畠中観斎は、大田南畝と並べられ「東の寝惚先生、西の銅脈先生」といわれる狂詩作者であり、狂詩戯文集として銅脈先生・寐惚先生著『二大家風雅』（一七九〇年）がある。ちょうどその同じ年にでたのが、中国演劇についての書『唐土奇談』である。森銑三は「銅脈先生」の中で、銅脈先生の著述や交友関係から、「志を伸ばすことを得ずして、酒と狂詩とに韜晦した人だったと見るべき」とその人となりを考察している。また、「書物を愛好した人だったことが知られて来る」ともいい、漢学のみならず国書もよく読んだ人であったという見方をしている。さらに銅脈先生による小説『針の供養』から見ると、「あくどいところがなくて、所々芝居がかったり、謡曲めかしたり、『伊勢物語』をもじったりはしているが、面白く読むことが出来る。銅脈はさすがに真の滑稽を解していた人だと思う」と評している。[4] また、中村幸彦は、「簡単に理想を抱く自己と現実との戦の中に」生まれるところの風刺文学者が乏しい日本の中で、「もっとも注目すべき日本の風刺作家」と述べる。[5] こういった評価を三馬もまた銅脈先生に対してもっていたのではあるまいか。

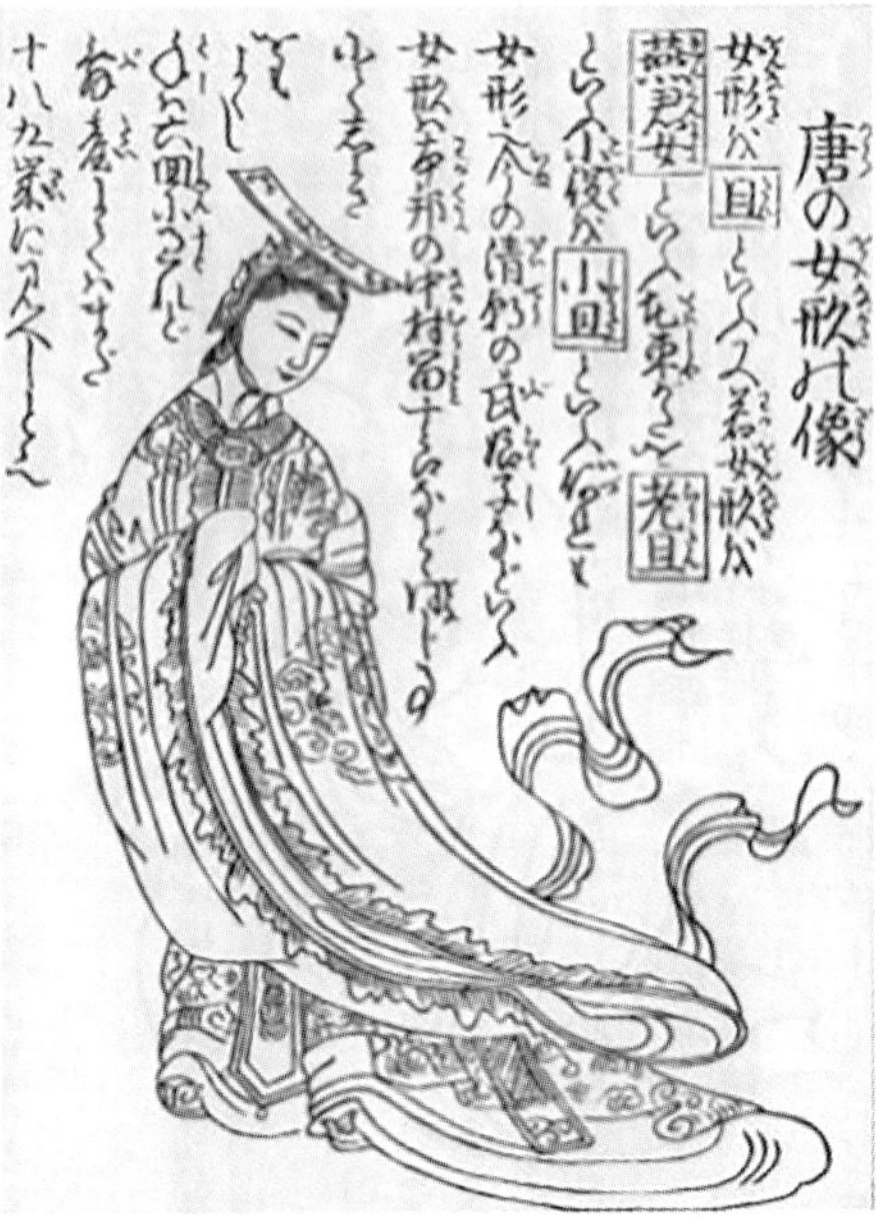

「唐の女形の像」『唐土奇談』

　銅脈先生の学問の流れをたどると、畠中観斎として、『学問源流』を著した那波魯堂（一七二七〜一七八九）に学び、その那波魯堂は、遠縁の関係にあって当時京都にいた岡白駒に五年間師事している。岡白駒は、後半生は朱子学に転じて徳島藩主に招かれるが、この京都時代は、中国白話小説に関心をもっていた時期で、実用的な中国語の習得にも力をいれており、白話小説の編纂も手がけている。畠中観齋はこういった流れをくんでおり、『唐土奇談』執筆において、大陸の情報を入手する手立てはもっていたであろう。

一七九〇年に京都の芸香堂から上梓された『唐土奇談』はその後、一九二九年に更正閣から再版され、内藤湖南（一八六六〜一九三四）が解説をおこなっている。「当時世人の好奇心に投じて、十数年の後まで支那戯に関する智識は、多くこれに拠りしこと」と述べ、その例として、『楽屋図会拾遺』に記載の「唐土戯台之図」はこの文章を踏襲したものだと記している。

『楽屋図会拾遺』は、『劇場楽屋図会』全四冊の正編上下につづくあとの二冊を指す。正編は一八〇一年に世に出て、拾遺上下は一八〇二年に上梓となった。『劇場訓蒙図彙』の一年前で、三馬はこれを見ており、役者絵を付録につける手法はここから学んだものとの指摘もある。『楽屋図会拾遺』は、大阪の絵師・松好斎半兵衛（しょうこうさいはんべえ）で、戯作者の手法とはおのずと異なり、知識を供しようと意図

「唐土戯台之図」『戯場樂屋図会』

されている。その書中に描いた「唐土戯台之図（からのしばいのず）」そのものは、『唐土奇談』にはない。図画は、三面突き出し舞台で、登場、退場が台上に設けられている。しかし、舞台中央に奥舞台と思われるものが配され、舞台周囲には通常の古舞台では設置しない欄干が描かれている。また、楽隊の位置は、実際は中央奥であるべきだが、舞台左側に描かれ、演目は通常古舞台では演じない獅子舞が描かれている。さらに、楽隊が、清の役人用の涼帽という帽子をつけているのも実際の舞台では見られない光景である。三面舞台と客席の位置関係も実状にはあわないが、一方で露天の客席は、立錐の余地がないほどに人がひしめきあっている様や、二階桟敷風の座を占める観客の様などは、実状に近い。おそらく中国からの渡来人や長崎からの情報であろうか。松好斎半兵衛は、「拘欄の濫觴は本文にて見るべし。諸事日本の芝居にかはらざる事はもろもろの書物に出て詳らかなり。ここに図をあらわす。見る人疑う事なかれ」と述べており、自信のほどもうかがえる。

文中には『唐土奇談』の名は取り上げていないが、文面はほぼ踏襲されている。時に、「歌うたいを念という、幕引が啓科という」（『唐土奇談』）を、「引きまくは上よりまきおろすなり。まく引を念という」（「唐土戯台之図」）など、明らかな間違いもみられる。また、「歌舞妓濫觴」の項目には、「附言」として中国芝居の流れを記している。それもまた『唐土奇談』からの流用となっている。

『唐土奇談』も『楽屋図会拾遺』も、うがちや趣向があるわけではなく、事実をまじめに伝えようとする姿勢がある。銅脈先生は、中国の演劇術語に文字囲をほどこして解説をおこなっている。ただしそこに用いている中国演劇の術語の由来は一定していない。唐の芝居の呼び方として、「演場」「戯場」「劇場」「拘欄（こうらん）」「戯台」とし、小芝居として「小勾欄」、人形芝居として「傀儡棚」をあげている。そして舞台の呼称として「戯棚」、楽屋を「戯房」、楽屋の入り口を「鬼門口」、桟敷を「山棚」、役人のすわる座を特別に、欄干に青い漆を塗って龍の彫り物をほどこした「青龍頭」といい、その外側の出桟敷を「尖棚」と記している。

「拘欄」は、宋、元時代の演劇を演ずる場所である。『劇場訓蒙図彙』の中で重要な位置づけを担う語となっている。

「戯房」も同じ時代で、宋、元南戯の現存する脚本『張協状元』に「生（男役）は戯房のうちにいて声を発す」などと用いられ、この時代の用語とされる。「鬼門口」とあるのは、実際には「鬼門道」と呼ばれるが、宋、元時代の拘欄に用いられる。さらに芝居の脚本を、「院本」、「焰段」ともいうと記している。「院本」は、金時代の脚本であり、「焰段」は、宋、金時代の短めの脚本を指す。

役柄については、立役を「生」、実悪を「両脚」、女形を「旦」、さらに「老旦」「小旦」などは通常の呼称だが、若女形として「燕君女」と記している。これに当たる演劇術語はないが、戦国時代の燕に美人が多く、古詩に「燕趙佳人多し」と詠まれ「燕女」は美人の呼称として用いられたりもしたので、その知識の反映であろうか。敵役を「浄（じょう）」、「悪脚」、さらに「やつしかた」として「浪子（ろうし）」という役柄をたてている。「浄」は中国では敵役も含めて隈取りをほどこす突出した性格、人間性をきわだたせる役柄となる。「悪脚」は役柄の中国術語「脚色（角色）」のうちの悪役となる。「浪子」は、一般用語で放蕩息子を指す語であり、実際の中国演劇における役柄としては用いないが、意味内容としては歌舞伎の和事の役と通じるものがある。道化は「打諢（だこん）」と記している。これは本来、「挿科打諢」といい、笑いの動作、言葉を挿入する演技そのものを指す。

このように、宋元時代の用語を多く用いてはいるものの、根幹が理解されているかは心許ない。役柄は、世界の演劇の中でも、中国と日本の伝統演劇、芸能に特有の表現方法であり、人物表現を形作る象徴表現である。人物をどんな演技や粧いでつくり、形象するかの道筋を示すものでもある。そのため三馬は、これら一連の前作にあきたりないものを感じたことであろう。

三　『羽勘三臺図絵』

冒頭であげた『羽勘三臺図絵』(6)は、三馬が『劇場訓蒙図彙』を発想する直接的な要因になっていることがうかがえる。作者道陀楼主人・朋誠堂喜三二（一七三五～一八一三）は、戯作者として多くの作品を世に出し、手柄岡持（てがらのおかもち）の名で狂歌も作った。本名は平沢常富（つねまさ）、秋田藩留守居役を勤める多才な顔をもつ人として知られる。

まず、三馬を啓発したと思われるこのタイトルと見立の趣向についてふれておこう。喜三二自身の自序に「劇場を一ツの国になぞらへ、狂言の情を一国の風俗にとりて、体の異なるものは図に顕し、用の異なるものは考え評して、和漢三才図会のひいきによって、羽勘三臺図絵と題すということを自序し侍る」とある。ここでは明確に劇場を国に見立て、演ずるところの歌舞伎をその国の風俗に見立てるという考えかたを明示している。さらに、『和漢三才図会』をイメージして、図入りで百科事典風に構成し、そのうえ各部に天地人の三才を配すというつくりになっている。「芝居の見巧者といはるる者も、千人に一人也」とあり、歌舞伎に通じてほんとうの意味でわかることは簡単ではないものの、見立によってこれが可能になるという意味をもたせている。ではこれらの先行作から三馬はさらにどのように啓発を受けて、自作への思い醸成させたのであろうか。

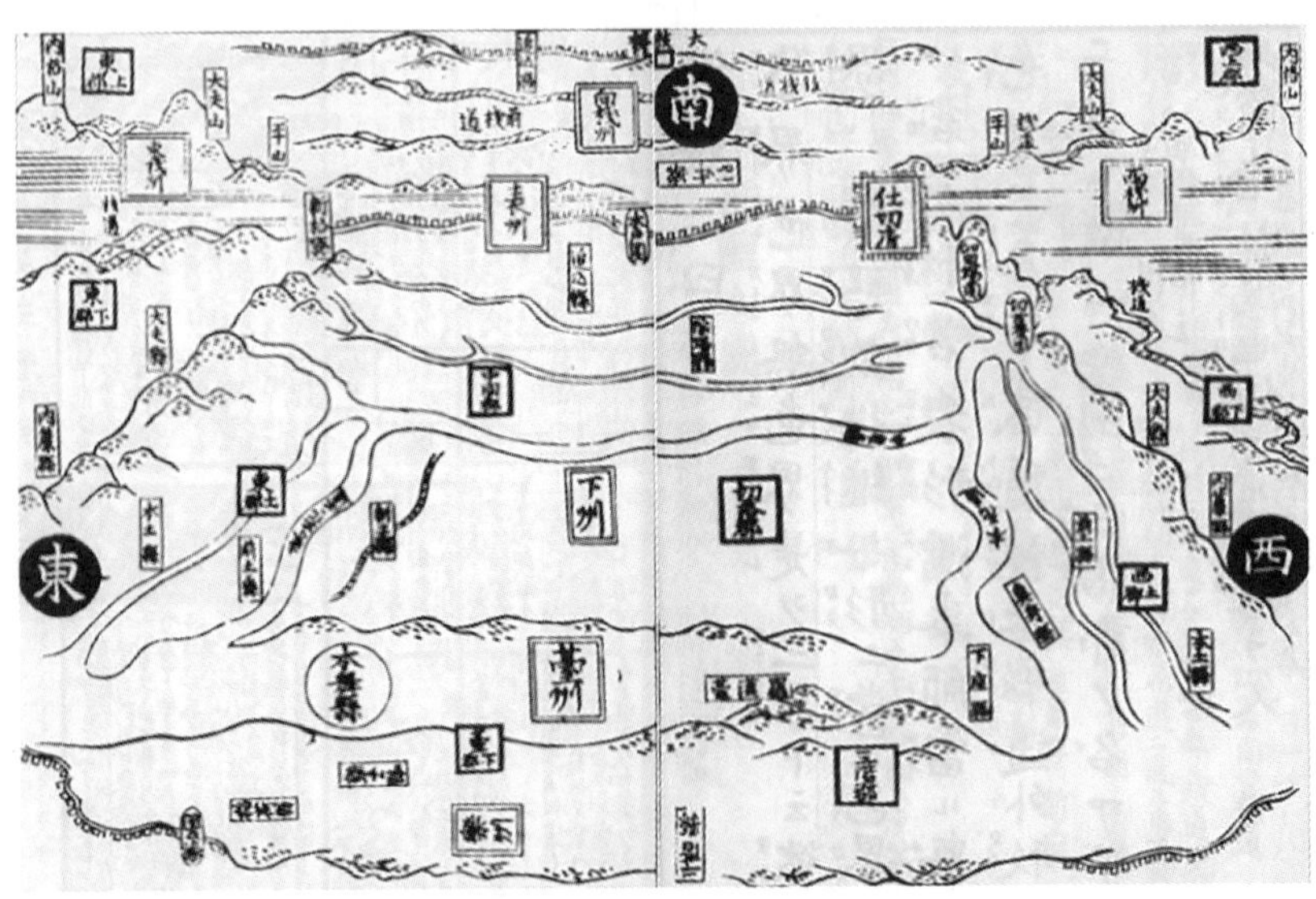

「中勘国之図」『羽勘三台図絵』

四　『劇場訓蒙図彙』

（一）題名の意図

『劇場訓蒙図彙』（当時は八巻五冊）は「本格的な百科辞典」[7]とも評されている。このタイトルは、江戸時代に中村惕斎（てきさい）（一六二九～一七〇二）による『訓蒙図彙』が一六六六年に発刊されてのち、次々に、訓蒙図彙を冠した図解百科事典という形態の書が世にでたその影響を受けている。ただし、訓蒙図彙の名がついていても、その作意や構成は、各々作者の異なる意図がこめられている。

たとえば、元禄の頃に出された『人倫訓蒙図彙』（源三郎[8]）は、様々な職種について記したもので当時の市井の姿を伝える貴重な著述である。だが、その序文の書き方はそっけない。「上貴（かみたっと）き公卿より、庶人の賤（いやし）きにいたるまでの、其所作を、くわしく家々に尋て、来由をただし、或は唐大和の書にあるを考へあつめて、人倫訓蒙図彙と名付ける物ならし」とあるだけで、どのように創ったかはわかるが、その目的や思いに関しては特に記述がない。

能の解説、案内を主眼とした著書としては最初の書とされる『能之訓蒙図彙』[9]の場合は、貞享（一六八四～八七）版の上巻には、序はない。宝暦（一七五一～六三）の時に改正されて下巻がでて、その冒頭に叙が加えられた。それは「唐に雅楽あり、胡楽あり、伝奇あり」ではじまり、中国のことを述べたあと日本のことをあげ、楽器演奏にたずさわる楽人の呼称を記している。「これほど詳細な能役者名簿は江戸時代を通して他に類例がない」（表章）と評されている。だが、漢文で書かれたこの短い下巻の叙は、「訓蒙図彙の名にそぐわない難読かつ難解」で、「体裁を整えるだけの装飾的なものらしい」（同上）と評されるほどで、作者の意図や目的は記されていない。もっとも、作者にしてみればこの題名だけで意図はわかる、ということなのかもしれない。

一方、『劇場訓蒙図彙』の場合は自序によって目的がはっきりと示されている。さらに二代目風来山人（森島中良（ちゅうりょう））

が叙をよせている。訓蒙図彙集成にも加えられ、滑稽本の中にも収められて、「書名自体が模倣の対象だった」（表章）という指摘もあるが、その序文や内容を詳細に検討していくと、著作の動機および目的が知られ、滑稽とは別に三馬の強い思いの表出を見出すことができる。まずは自序を精査して、その本意のありかを探ってみよう。

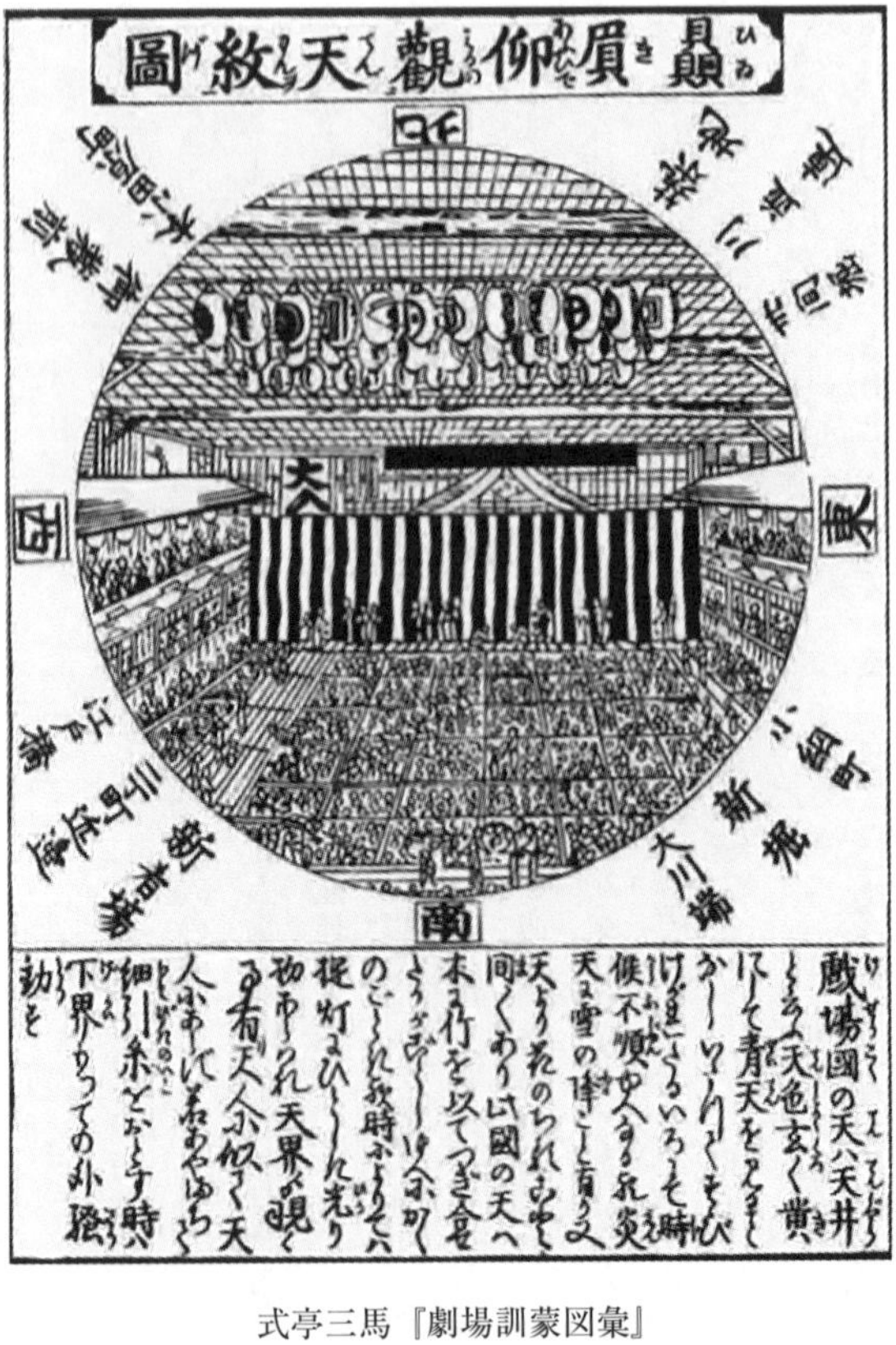

（二）「滑稽堂主人題」

冒頭の一文にはまず、「滑稽堂主人題」とある。滑稽堂主人と名乗ったのは、平秩東作（へづつとうさく）、本名立松懐之（かねゆき）（一七二六～一七八九）で、煙草屋を営みながら『駅舎三友』といった戯作を書いた。平秩東作という名は、『書経』からとったというほど漢学の素養もあった。ただし、『劇場訓蒙図彙』が出版された年は、没後四年がすぎている。生前すでに三馬の原稿の内容を知っていたのか、あるいは名前を借りて他の人が書いたものとも推察される。「今三馬、劇場を以て一天地となし、訓蒙図彙を著す。謂うべし、和漢一双の見識にして、よく劇を観ることを会する者なりと」とあり、「和漢一双の見識」をもって、この三馬こそ劇をよく会得した者と評価している。

式亭三馬『劇場訓蒙図彙』

「劇を観る者衆（おほ）しといへども、劇を観ることを会する者寡（すくな）し」と言う。歌舞伎が同時代演劇として盛んとなった元禄時代からすでに百年以上を経ている頃の言葉であるから、意味するところは浅くはない。本当にわかって観ている者は少なく、ただうわべのみでわかったふりをしている、あるいはわかったつもりになっているだけなのだというわけである。

さらに、「会する者は誰ならん。曰く、平安八文舎と湖上の李十郎のみ」と二人の名をあげている。平安八文舎とは、京都の三代目版元で、八文舎自笑（一七三八～一八一五）、本名安藤興邦のことである。初代より、浄瑠璃、歌舞伎の本の出版に力をそそいできた。『役者論語』（一七七六年、安永五年）などの著述もある。

湖上の李十郎とは、中国の文人で劇作並びに小説を数多くてがけた李漁（一六一一～一六七九）のことである。本書第一章にすでに登場している。湖上は李漁の号の一つ湖上笠翁であり、李十郎とは、李漁の世間での呼称である。李漁は、清の文人作家の中でも江戸時代にはよく知られた作家であったようである。先にあげた『唐土奇談』には、李漁のことが紹介され、その肖像まで描かれている。八文舎自笑による『新刻役者綱目』（一七七一年歌舞伎叢書所収）の中にも、李漁の戯曲『蜃中楼』がはいっている。そのほかにたとえば、一七〇五年「天下第一風流小説」と見出し入りで『肉蒲團、一名覚後禅』全四冊（明・情隠先生編次、日本・倚翠楼主人訳、青心閣）、『笠翁偶集』（一八〇一年享和元年）などが出ている。李漁の父は、三馬と同じく薬商で、李漁は父の亡くなる十九歳までともに暮らした。しかし明末の戦乱で社会が混乱していた時期でもあり、李漁の生活は逼迫して、各地を転々とせざるを得なかった。そんな中で、日本の絵画にも影響を与えた絵画手本となる画冊『芥子園画伝』の出版にもかかわる。速筆家の李漁は、不安定な生活の中で、小説戯曲随筆などおびただしい数の著述を世に送る。さらには、自ら一座を組み、各地の招きに応じて、自分で創作した戯曲を演じさせた。晩年に書かれた『閑情偶寄』は、そういった体験の蓄積から生まれたもので、実践と結びついた理論の書として従来にはなかった視点の内容となっている[10]。

『劇場訓蒙図彙』には「其の学識の如きは、固より霄壌（しょうじょう）」とあり、二人の学識の深さは普通の人とは雲泥の差があり、劇を観ることのできる人であるとする。そして次の一文「尤西堂、世界を小梨園となす」の、尤西堂とは清初の劇作家尤侗（ゆうとう）（一六一八～一七〇四）のことで西堂老人という号をもつ。李漁と尤侗は交友関係があった。科挙に五度挑戦するが、いずれも失敗に終わる。しかし自ら書いた戯曲を順治帝（清朝第三代皇帝・在位一六四三～一六六一）に献呈したところ、気に入られて宮中で俳優が演じるところとなる。こうして尤侗は賞賛を得て官吏となる。尤侗の戯曲は雑劇五本と伝奇一本があり、楚の屈原を題材とした『読離騒』、陶淵明を描いた『桃花源』、王昭君を描いた『吊琵琶』、李白を描いた『清平調』そして唐の小説『聶隠娘（じょういんじょう）伝』[11]をもとに改編した侠客もの『黒白衛』があり、さらに伝奇『釣天楽』は科挙の試験における不正や汚職を描き、科挙不正案件摘発のきっかけとなったともいわれる[12]。

「世界を小梨園となす」の意味は、いかなる史実も、舞台の上にのせてしまうということであろう。この句は中国の『綴白裘（ていはくきゅう）』[13]の序言冒頭の一文の前半分をそのままとっている。ではなぜこの一文にこだわったのか。原典の文章の後半およびその続きを検討してみる。

「勾欄全図」『劇場訓蒙図彙』

明末清初（一六一六年前後）に『綴白裘合選』という昆劇短編戯曲集があった。清の乾隆年間に玩花主人（本名未詳）がこれとは別に『綴白裘』を編纂し、それをもとにして文人銭徳蒼が、当時流行った演目の劇本を自分の好みでさらにあつめ、一七六三（乾隆二十八）年から一七七四（乾隆三十九）年までの十一年間、「一を二に、二を三にし、今すでに広く十二となす」（程大衡序）というように、徐々に増補してゆき、自ら蘇州につくった宝仁堂から十二集を上梓した。当時盛んに上演されていたのは昆劇であったから、昆劇の演目がもっとも多く、八十作品、四百演目あまりがおさめられている。長編の通しはあまり演じられず、人気の一場が選ばれ上演されていた。『綴白裘合選』は出版以来何度も版を重ね、現在も貴重な資料として再版され続けている。この銭徳蒼と三馬との共通点は、芝居好きが高じて芝居への蘊蓄や理解は、その道の従事者をもうならせるものへと展開できたことと、さらに二人とも出版に関わる立場にあったことであろう。『劇場訓蒙図彙』は版木師であった父親が手がけている。

ところで、『綴白裘』では、「尤西堂、世界を小梨園となし」のあと、次のように続いている。

> 二十一史を一本の戯曲とすれば、つまるところ大地は一場の舞台ではあるまいか。それ、忠孝節義の美名を後世に残すか、陰険邪悪の汚名を後世に留めるか、その善悪異なる道は、雲泥の差などという程度ではない。そこではじめて生旦丑浄妖怪変化の役柄を定めるものである。

ここでいう二十一史は、史記から元代までの歴代正史二十一書をさす。つまり歴史をすべて網羅するという意味で用いていよう。そして序の最後は次のように結ばれている。「梨園は小さな劇とはいえど、もし西堂にこれを見せれば、また必ずやこれを一本の二十一史にしたであろう」。すなわち、現実のすべて、史実は舞台の上で表現することができる。裏返せば、舞台は現実の投影であり、善悪何れの人生を展開させるのかといえば、当然ながら後世に汚名をさらすより名声を残したいということであろう。あたかもこれを受けるかのように、『劇場訓蒙図彙』の滑稽堂主人による叙の末尾では次のように評している。「今三馬、劇場を以て一天地となし、訓蒙図彙を著す」。

三馬が劇場を一天地と見立てて、『劇場訓蒙図彙』を著したのは、単に『羽勘三臺図絵』の踏襲というのではなく、実際には中国の演劇に対する考え方、知識を得ていた三馬が、趣向をこらした荒唐無稽な歌舞伎の世界の神髄をつかむ手立てとして見出した見立だったと考えることができよう。

（三）「叙」について

二代目風来山人による「叙」について考えてみる。

二代目風来山人は、平賀源内（風来山人）の戯作における弟子である。先にあげた滑稽堂主人は、平賀源内と直接の交友関係がある。二代目風来山人とは号の一つで、戯作者としては森羅万象（まんぞう）という名を用いた。本業は蘭学者で、森島中良（一七五四～一八一〇、生没年は諸説あるが、『江戸文人辞典』によった。のちに改名して桂川甫斎と名乗る）としての業績のほうが多く、日蘭対訳単語集『類聚紅毛語訳』等多くの著述がある。[14] 戯作としては、洒落本『田舎芝居』（一七八七）がある。中野三敏はこの書を「〈うがち〉の作風が頂点に達した天明末期の洒落本界に、その傾向を真っ向から批判する意図を以て書かれた」と位置づけ、「戯作とは何か、洒落本とは何かを考えさせる問題作というに足る」とする。[15] 万象亭の名で記した序には、「似たり寄ったりの洒落本」を閲するに、「底の底を穿（うがた）んと欲して、八万奈落の汚泥（どろ）を掘り出し」とうがちが逆に苦笑いを引き出してしまっている現状を批判している。そして、「実を以て実を記すは実録なり。虚を以て実の如く書成（かきなす）は戯作なり。洒落本の洒落を見て洒落る洒落は、洒落たところが洒落にもならねば、只可咲（おかしさ）を専らとすべしと。此語戯作道の確論といふべし」と述べる。この「虚」への対し方は、三馬の『劇場訓蒙図彙』の虚への対し方と合致している。

三馬は、『劇場訓蒙図彙』の「引」で、この二代目風来山人のうがち批判を次のように述べている。「穴の又穴を穿て、泥の又泥を抓出（つかみいだ）すの類多しとは、二代目風来山人の金言也」「今此書を撰（えらぶ）といへども、劇場（しばい）に於て極秘たることを記さず。凡早変（およそはやがわり）の工夫、戯房（がくや）の法式、年中の秘事等也。是則戯房の穴を穿て台下（ぶたいした）の泥を抓出すの恐あれば也。尤年中行事は大略して秘密を説かず。故に漏るる事少なからず」「此に省（はぶけ）る物は頗其謂（すこぶるそのいわれ）あり」。このように、三馬は二代目風来山人の穿ち批判を支持しており、その共感は自作の創作姿勢にも表れる。

実際たとえば本文中の「楽屋」に関しては「今あらたに当世の有様を述ぶること安といへども、すべて楽屋のことは芝居にてはなはだ秘することなれば、あながちいふべきにあらず。…故あって刻ならず。ゆゑに略す」とする。あるいは、「役者早変の図」では「出来あれども、故有てこれを省く。すべて道具など芝居において極秘とするものは、略して載せず」と記す。

こういった配慮は、もう一つには、この前年の一八〇二年に洒落本取り締りがあり、またその前には、三馬は自分の書いたものが禍して手鎖五十日の刑を受けていることも要因となった面も少なくはないかもしれない。しかし、もっと決定的な理由は、それを知っては観る方もおもしろさが半減し、演ずる側も秘しておきたいということを大事にしようとしたということではなかろうか。

ところで、叙の冒頭は次のようにはじまる。

「飛紅伝の序に、康熙爺の対句を掲げ出す。日月は燈、江海は油、風雷は鼓板、天地大一番の劇場、堯舜は旦、文武は末、莽操は丑 浄、古今来許多の脚色と聯ねさせ……油までを御存ある、帝の博識恐るべし」。ここでは、中国の漢語の表記に同様の意味をもつ日本のよみかたがあてられている。たとえば、油「でんぽう」とあるのは、「伝法」で、ふつう無銭で芝居を見る者や傍若無人な振る舞いの観客をいい、浅草伝法院の寺男らの傍若無人な振る舞いからいわれるようになった言葉とされる。油の字をあてるのは、中国で、したたかな者を油子と呼称し、無銭で客席を漂う者もそのように言うことと関係するのだろう。鼓板「したかた」は、「下方」の表記で歌舞伎の囃子方のことだが、鼓板は本来、中国の伝統演劇で、音楽の指揮者役司鼓が演奏する楽器の総称で、左手に板、右手に鼓を打つ桴を手に全体のリズムを主導する。この一文は、一八一七年（文化十四年）に三馬が執筆した『大千世界楽屋探』の自序と次に示すように近似している。[16]

「飛虹伝の序に出まするは、康熙帝の口伎なり。日月の燈 風雷の鼓板。天地間一番劇場と云々」とあり、三馬が二代目二世風来山人の叙を借りている。さらに元をたどれば、江戸前期の儒者鵜飼石斎（名は信之、一六一五～一六六四）による『明清闘記』が出版（一六六一年十二月）され、その後その一部が『通俗國姓爺忠義傳』として一七二五年に世に出る。その冒頭の序文は張公子の名で漢文で書かれている。この該当箇所を訳して較べてみる。[17]

> 飛虹伝と題す
>
> 王道により興り、覇道により亡ぶ。是れ道理にかなった意見である。覇なれど興り、王なれど亡（亾）ぶ。是れ道理にさからって行うものである。……古今の世界は碁盤にきわめて似ている。多くの英雄豪傑が盤面の上で勝負し争うのみ。康熙帝の言葉である。日月を燈りで表し、江海を油で示す。風雷は鼓と版（板）の音声で表現し、天地の間は一大戯場となる。（伝説の五帝）堯や舜は旦の役柄が演じ、（殷王朝の創始者）湯や（周王朝の創始者）武は末の役柄が演じ、（三国魏の）曹操や（前漢末、帝位を奪った）王莽は、道化である丑や敵役としての浄が演じる。古今をとおして多くの役柄（脚色）がいる。真に大いなる志をもっている」。

この破線部の箇所は、上田秋成（一七三四～一八〇九）も『諸道聴耳世間猿』および『膽大小心録』で同様の引用をしている。後者では以下の一文を記している。[18]

> 清の二世康熙帝はさりとは〳〵英主也。国とりて後、中土の聖人の道をよく教示して、民も明臣の余党もよくしたがへたり。さて其君が聯句に、
>
> 日月燈、江海油、堯舜生、湯武旦、曹莽外、末外浄脚、天地一大戯場
>
> と云（は）れたと也。何もかもよくこゝろへたまへば、先百余年の治世なるべし。されど天地の長きに思へば、たゞ一瞬のほどなるべし。海をさかい、山をへだて、衣服・食味・言語すべて分別也。これをしたがへたりとも、不朽の事とも思はれず。（九十九条）

晩年亡くなる前年、七十五歳（一八〇八年）の時に書かれ、記憶による叙述には誤りも多いとも指摘される。しかしここでは天地を一つの大劇場ととらえると、天地開闢の神話伝説中の英雄たち、堯、舜、湯、武も演技者としてそ

れぞれ役柄をあて、壮大なる一つの劇場というとらえ方をしている。出典の原典はさらに考察する必要があるが、情報はすでに重層化され、中国の知識の敷衍のようすがうかがえる。

さらに、森島中良は、三馬の芝居にかける思いを巧みに表し、この書を成すに至るきっかけを述べている。三馬は「生まれ得て芝居の好きなる事、飯にも耳にも替つべし」これまで「うかりうかりと見物」して、面白いと思うばかりでさいふの底をはたいてしまって、「見物文盲の三太郎」に等しかった。ところが一転、芝居を詳しく調べ、人の知らない佳境を極めようと思い立った。すると、田元帥のおめがねにかなったものか、「豁然として貫通」したとある。つまり、歌舞伎に通ずる方法をつかんだということであろう。

この田元帥は、主に、福建省の地方劇で劇神とされる。福建省は全国でも、古い芝居の残っている土地柄である。福建と日本との関係は深い。『国性爺合戦』のモデルにもなった鄭成功の父鄭芝竜は福建省の出身で、長崎平戸で日本人と結ばれ、その後鄭成功は故郷福建に渡っている。福建省の芝居の中でも、梨園戯、莆仙戯、竹馬戯などは南宋の時代に成立し、そのいずれもが、田元帥を奉っている。今に伝わる田元帥の由来は、それぞれさまざまなエピソードが脚色されているものの、共通しているのは、唐の玄宗皇帝との深い関わりである。玄宗皇帝の芸能への傾注は突出しており、梨園の由来も玄宗にあり、玄宗自体が芝居の神として祭られることも多い。

上記三種の中でも最も成立が古いとされる梨園戯に伝わる田元帥の由来はおよそ次の内容である(19)。

唐の玄宗皇帝の時、丞相蘇の娘が、乳母と花園で涼んでいた時、たわわに実をつけた稲穂を目にする。娘は珍しく思って口に含むと、うっかりかみ砕いて中の液をのみこんでしまった。そしてなぜか懐妊し、誤解した父に死を賜る。娘は外で生んだ後自害した。生まれた男の子は雷海青と名付けられる。ある時、玄宗皇帝が月宮にあそび、天書を手に入れる。臣下のだれもが読み解くことができず落胆していたが、雷海青だけはその書を吟ずることができた。それは玄宗が月宮で耳にした曲であった。玄宗はたいそう喜び、雷海青をとりたてて翰林院で楽士たちに音楽を教える職につかせた。「時には玄宗と諸臣が脚色に扮して劇を演じ楽しんだ。玄宗は小生役、楊貴妃は大旦役、…雷海青は丑役、安禄山は浄役…」。その後安禄山による反乱のさいには、命を受けて兵を率い出陣したが戦死した。そのとき雲がわき起こり雷鳴とどろき、天上に「雷」の文字が現れるも、雲が上部を覆い、人々には「田」の部分しか見えなかった。以来「田元帥」として祭るようになったという。ここにいわれる天書の曲というのが、玄宗が夢で見た月宮殿の天女の舞楽を再現したと伝えられる「霓裳羽衣（げいしょううい）」の曲ということになろう。

このように、歌舞伎の要所が豁然とわかった三馬は、「知ったか見たか書き集め、類を分かち、図を加え」そしてこの書がなった。この書が世に出れば、歌舞伎については「あかるくなる事実正也（じっしょう）」と請け負う森島中良は自らを、「古人風来山人が戯作の正統。二代目風来山人述」と記し、「戯作正統」の印で締めている。戯作の正統者の保証付きなのである。

（四）見立と中国術語　その一

一見、中国の術語が連ねられたり、五行の図入りで、荒唐無稽な戯れ事とうがちの凝縮かと思わせるが、内容は単純ではない。服部幸雄は『劇場訓蒙図彙』について、その解説の中で以下の位置づけをおこなっている。

> 芝居の『虚』を『虚』と認めたうえで、これを芝居国における『実』と見なしその『実』と現実生活の『実』との間に生ずるギャップを、ことさらに採り上げていくところに生まれる滑稽である。すなわち、芝居の『虚』を『実』に転化しうる常識が一般であるとき、ここにはじめて滑稽が醸成される。その意味で、これは『通人』にのみ通ずる滑稽であり、穿ちであるといえる。これは『通』の文学であり、読者がすべて通人であると予想したとき、本書ははじめて滑稽本として成立し得たのであった。

前半の虚実の関係は芝居のとらえ方を言い表している。三馬は「体は劇場の事実を明細に挙げ、趣は和漢訓蒙図彙に比す」とそのコンセプトを示している。そして、観客席や楽屋を「劇場国」、舞台上を「狂言国」とよんで「二箇（ふたつ）の国に擬見（みたて）」とある。見立を「擬見」という表現であらわしている。この言葉は、中国演劇で用いる虚擬表現に通じる概念である。中国演劇の場合、すべての表現をつらぬいているのが虚擬表現である。大自然の風景も、楼閣もすべては虚擬表現であらわす。一卓二椅すなわち一脚のテーブル、二つの椅子に代表される小道具が、あらゆるものに見立てられて、役者の演技によって、無から有を生み出していけるのである。

したがって、三馬の見立は、それだけ見ると一見こじつけのようにみえるが、中国演劇の虚擬表現と比べるとそれは的を得ており、しかも歌舞伎表現の虚をよく表現し得ている。中国の考え方をちりばめることによって、見立の発想をより豊かにするものとなっている。表現の根幹をなす部分をとりだして検討していくことにしよう。

まず三馬は太極図を示している。この図は、本来、中国宋代の周敦頤（しゅうとんい）（一〇一七～一〇七三）が著した『太極図説』に説く太極・陰陽・五行の系統による万物生成の説明図であるが、一七一九年（享保四年）版『唐土訓蒙図彙』之一の冒頭、天文の項目があり、その横に「太極図」が記載される。(20) 三馬の『劇場訓蒙図彙』は「天紋」として、字の配置も図の配置もそっくりである。さらに「陰は女形、陽は立役」とは、陰は女性、陽は男性という陰陽五行説の属性をそのままあてはめている。五行は操狂言五段続きとある、糸操りの人形振りをみせる丸本物のことであろう。世話物、時代物を万物生じるにあて、様々なストーリーを戯作者が生みだしていくことを擬見（みたて）ていく。権威づけというよりは、舞台という世界の虚構性を印象づけるのに効果を増している。

そういった意味では、もとから啓蒙しようなどと

風を表現『劇場訓蒙図彙』

三馬は考えてはいないであろうし、読者を通人とも予測していないのであろう。これは通人にのみ通ずる滑稽やうがちではない。むしろ、「歌舞伎が都市町人の下々に至るまでの日常生活の中に、もっとも深く浸透した時期であり、必然的に町人層における歌舞伎人口がもっとも広くかつ多かった時期」だからこそ、大衆化により型がくずれ、本来の意味があいまいとなり、荒唐無稽さがさらに増してきたために、気づいてみれば、身近なものなのに、意味不明で不可解な表現になっている、ということを意識した三馬が、もっと原点にたちかえり、うがちを抑えつつ見直してみようということではなかったか。

差し金で蝶を飛ばし精神を表現『羽勘三臺図絵』

（五）見立と中国術語　その二

巻二は、『唐土訓蒙図彙』の巻二地理から発想したと思われる。特に『劇場訓蒙図彙』「勾欄全図」は、『唐土訓蒙図彙』の「山川輿地全図」からその着想をえていることは図の配置からも明らかであろう。「山川輿地全図」は、世界地図を半球形二枚に分けて描いたものであり、「勾欄全図」は、その二枚めのアジアユーラシア大陸の描かれたページと配置が酷似している。「山川輿地全図」のほかにさらに、マテオ・リッチによる漢訳世界地図『中国坤輿万国全図』（一六〇二年）が影響をあたえた明の『方輿勝略』（一六一二年）があり、加えて日本で転載されたとされるマテオ・リッチ系東西両半球図とのつながりも示唆される。(21)

先の『唐土奇談』でもふれた勾欄について、その詳細を追っていくことにする。宋、元時代に都市ではやった「瓦舎」とよぶ商業ベースの大型娯楽施設にもうけられたステージが勾欄であり、様々な演芸がおこなわれた場所である。「瓦舎とは《来る時は瓦を合わせたようで、去る時は瓦をばらすよう》という意味あいをもち、集まりやすく散じやすいわけだが、その起源はいつかわからない」と南宋の都臨安（現浙江省杭州市）の繁盛記『夢粱録』（呉自牧）にあり、城内外で十七カ所の瓦舎をあげている。その中には、縮小して勾欄だけになったものもあると記されている。(22) 同じく臨安のことを懐かしんだ周密は『武林旧事』巻六で、「瓦子勾欄」の項目を設け、二十三カ所の名前を列記している。なかでも「北瓦の勾欄は十三座でもっとも盛んである」(23)とその賑わいを記している。瓦子勾欄を管轄するのは、城内は宮殿の修繕を司る修内司で、城外では宮殿護衛の役所となっている。

瓦舎の起源は隋唐の「戯場」にあり、宋では都市制度が改革されて制限がなくなり、自由に商業地域に開設できるようになったという説もある。(24) 少ない資料の中から、勾欄の由来を次のように推測している。勾欄の名は、漢のときに、廟にもうけられた老人用手すりで、それがさらに、石橋の欄干も指すようになり、宮中居室にも木製の欄干をもうけた。宮中の場合は、装飾を目的とした。そして、演じる場と関係するものとして、莫高窟（ばっこうくつ）壁画に見られるような四方に装飾をつけた舞台を例としてあげている。中国ではすでに見られない

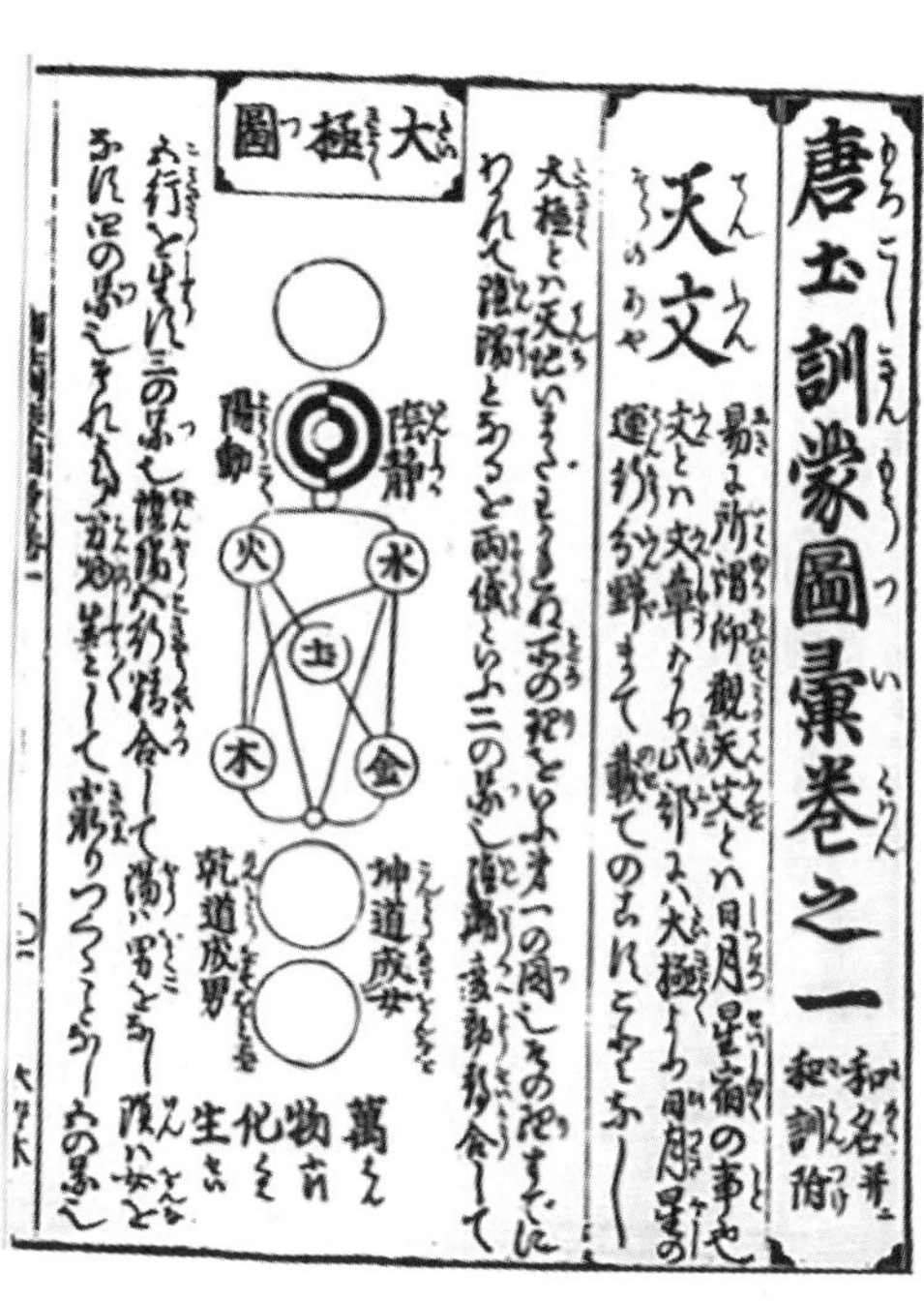

『唐土訓蒙図彙』

が、近似した様相としてたとえば皇居内にある舞楽の舞台では欄干が周囲に設けられている。大阪四天王寺（五九三年創建）の石舞台もまた聖霊会には欄干が設置され、舞楽を舞う。こういった欄干のある舞楽の場が宋には勾欄とよばれたというわけである。北宋の都汴梁（べんりょう）（河南省開封市）では、「勾欄が五十座余りある」と記され規模の大きなものは「数千人を収容できる」「一日ここに居れば、日の暮れるのも忘れる」(25)という賑わいである。勾欄のしくみは、元の陶宗儀による『南村輟耕録』巻二十四の「勾欄圧」に記された、勾欄倒壊事件の様子や戯曲の記述から推測されている。それは、全蓋式円形で、舞台は少し高台（戯台）になっており、楽屋（戯房）とつながった通路は「古門道」とよんだ。勾欄の形状について、客席である「腰棚」が、「人が渦巻き状」になり「何重にも重なり合っている」という戯曲『庄家不識勾欄』の描写がある。全体に舞台も楽屋も客席もふくめ円形状で、その形状を「棚」という言葉で表している(26)。

勾欄という呼称でよんだのは北宋の時期で、明の半ば頃には、はっきりした原因はわかっていないが、瓦舎や勾欄という呼称もその存在も姿を消してしまう。江戸時代と同

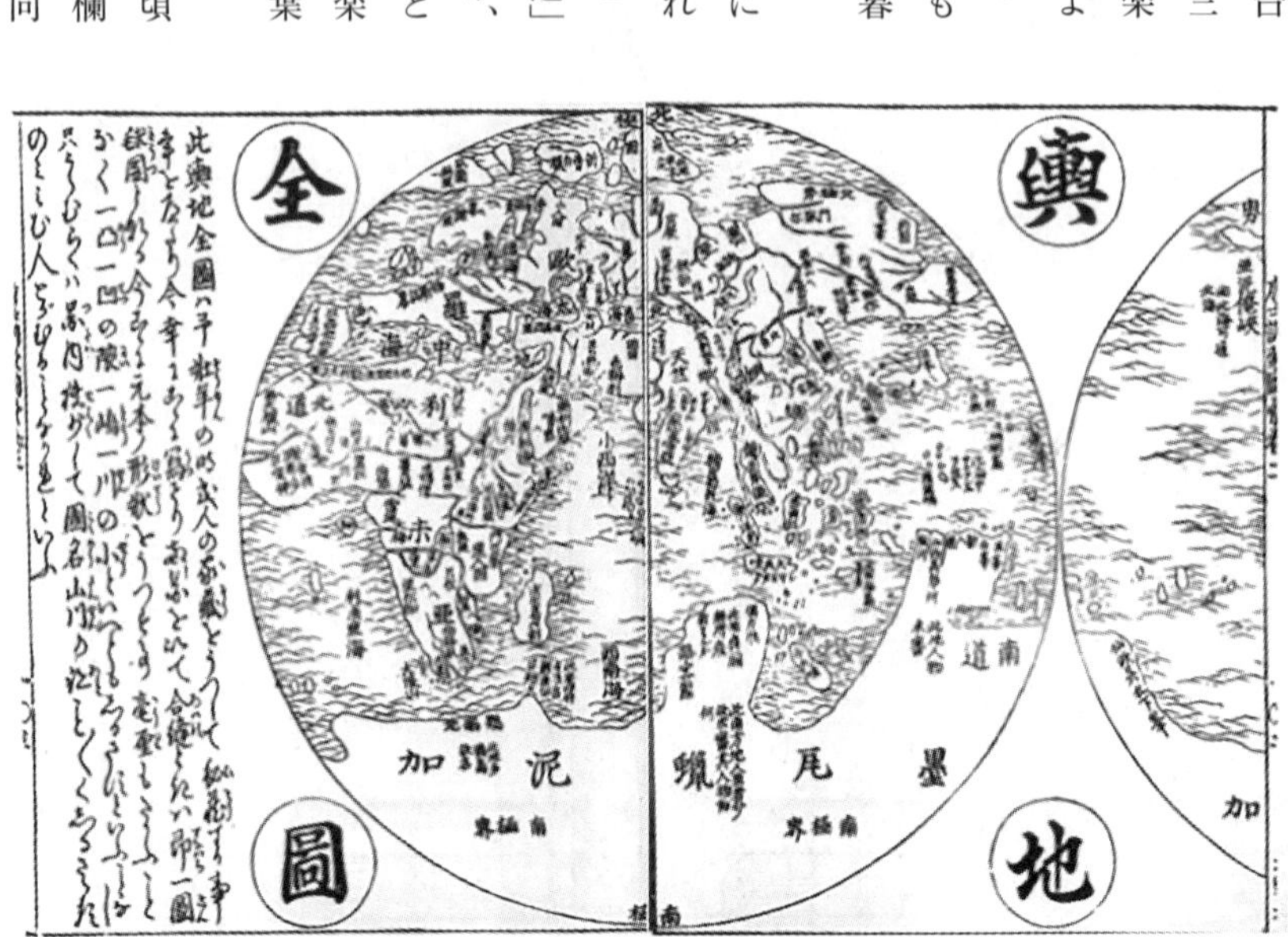

「山川輿地全図」『唐土訓蒙図彙』

期の中国ではすでにこれらの名称は使われなくなっていた。したがって、『唐土奇談』は、主に宋元時代の文献にもとづいてこの言葉を得、三馬はそれをもとにイメージしていったと思われる。

三馬の勾欄全図が円形になっているのも、中国の勾欄の形状と結果的に合致している。『劇場訓蒙図彙』には「拘欄戯房合棚釈」の見出しで、「拘欄」を「おもてかた」、「戯房」を「がくや」、「合棚」を「そうさんじき」つまり左右桟敷と呼んでいる。これもまた、よく本来の意味をつかんだ合わせかたということがいえる。このように、三馬が使っている中国演劇の術語は、本来の意味に見合った的確な用い方となっていることが見いだせる。

（六）世界の表現

三馬の用いた劇場国の天紋図も勾欄全図も、小さな劇場空間に大きな世界を凝縮して表現しようという歌舞伎の虚の世界の表現である。

世界という言葉を用いた洒落本に本膳坪平（ほんぜんつぼひら）による『世界の幕なし』（一七八二年天明二年）(27)がある。ただしこれは、現実の世界を劇場とみなして、その日常でおこる事柄を

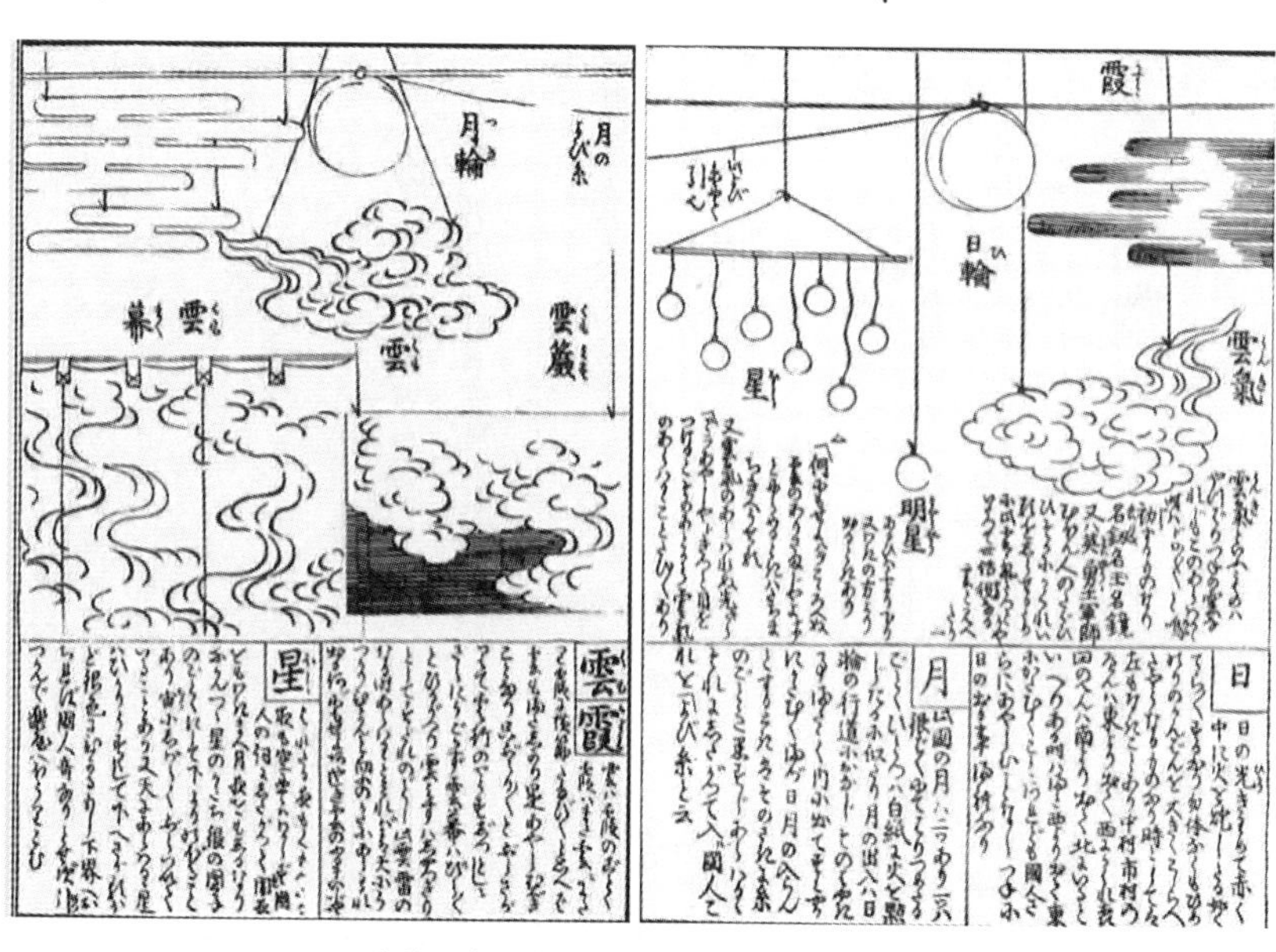

自然現象の舞台表現『劇場訓蒙図彙』

狂言とみなすという逆の発想をとったものである。元旦の一こまを描いている。日常を舞台の一こまに擬似化して特に出版までしてしまうという感覚からは、「世界」の概念と芝居との結びつきが密接で一般化している状況を示唆するものととらえることができるであろう。本膳坪平は山東京伝の弟子なので、三馬との接点も考えられる。

あるいは、西鶴の辞世のおさめられた『西鶴置土産』の西鶴による序に「世界の偽かたまってひとつの美遊となれり」とある美遊を富岡多恵子は「遊びの極致」と解し、さらに「揚屋（廓）とはマコトの通じぬ、ウソがかたまってできた世界だというのだが、そういう虚の世界だからこそ見えてくる《粋》という美遊もあった。ただしそれは《世界の偽固まって》いるのは《廓》の内側に限ることなく、われわれの住む人間世界が同じように虚であるとの認識の前景である(28)」と述べる。まことのないのが人の世のまこと、という仏教的諦観さえ感じさせるが、虚に身を置いてははじめてでてくる感性でもあろう。

舞台は一つの世界観を表出する場であり、それはあくまでも虚の表現なのである。

＊　＊　＊

三馬がこの『劇場訓蒙図彙』を著す意図を、歌舞伎に融通するためと先に述べたが、通ずること、通人の意味合いは特に江戸時代には複雑多様である。中村幸雄は、通がもっている性格の分析をおこなって、八項目に分け、通は処世上の態度であり生活理念であると述べている。この考え方は、中国で古くから用いている通の概念や、現代の比較文学において用いる通の概念とは性格を異にしている。そのことをふまえた上で、三馬の『劇場訓蒙図彙』に近世の通の概念をあてはめてみれば、中村幸雄のいう「普遍的なものが、何かの事情によって、一般人には通りがたくなった場合に、通れる人が通となる。甚だ普及した道が完成期、発展期を終わって古典的になったり、渋滞期に入ったりするのもその事情の一つである(29)」というのと合致している。

実際、三馬当時の歌舞伎の状況を同時期の上田秋成の言説からみてみると、上田秋成は「芝居も芸妓（諸芸能）も、見物がわるいでわるなったのじゃともいふ。申楽（お能）はあまりおとろへぬは、おも入れ（歌舞伎の舞台で、ある場面の気持ちを殊に示すようにする演技。ここでは俳優の個性がよく出、見物の評もこの点にあつまる所）をめったにさせぬ故か。是も（お能にも）大物（大名人）はない事じゃ。雅楽寮のおとろへはいかにいかに。あんまり思ひ入（れ）させぬ故（個性の発揮場所が全然ないからとの意）じゃとも云（ふ）」（（　）は中村幸彦校注）とある。

発展期をすでに終えていた歌舞伎の観客は、役者がお目当てという状況で、「見物がわるい」、とは観客がまさに「ふらりふらり」と見て、深い理解に至っていないことがうかがえる。雅楽にあっては、儀式性の強い虚の表現の連続であるからなおさらで、儀式を支える信仰の土壌がない以上、型の演技は理解できず観客が離れてしまう。歌舞伎の虚構性、荒唐無稽さは知らなければ知らないままで、役者をみて終わる。だが、虚構の意味を知ってみると、歌舞伎というものがわかる。虚をどのように楽しんで見るのか、虚の感じ方見方はこうなのだ、とあかそうとしたのが『劇場訓蒙図彙』だったのではあるまいか。そこに反映されているのは、式亭三馬の思いつきではなく、知識の蓄積に裏打ちされた舞台表現を一つの見立の世界ととらえることから生まれる表現であり、それは中国の虚擬表現と通じているのである。

注

（1）　式亭三馬『劇場訓蒙図彙』（後印本は『劇場訓蒙図会』）勝川春英、歌川豊国画　書林尾陽（びよう）（尾張）永楽屋東四郎他　一八〇三（享和三）年春　国立劇場調査養成部　服部幸雄編版　一九六九年九月、現在は芸術振興会デジタル情報として公開されている。その前に楽屋裏などのことを絵図にしたのが『戯場楽屋図会』二巻　松好齋半兵衛作・画、書林八文字屋八左衛門・河内屋太助（一八〇一年寛政十三年跋）、松好齋半兵衛にはさらに、『楽屋図会拾遺』二巻（一八〇三年享和三年　書林大阪　塩屋長兵衛新刊）がある。これらはいずれも『訓蒙圖彙集成』全二十三巻（朝倉治彦監修　大空社　一九九八年六月）に所収。この他に、『劇場訓蒙図彙』現代版解説として高橋幹夫『江戸歌舞伎図鑑』芙蓉書房出版　一九九五年九月がある。

（2）『唐土奇談』一七四〇（寛政二）年正月版、書林前川六左衛門、更正閣による複製版一九二九年、『銅脈先生全集』下巻斎田作楽編　太平書房　二〇〇九年十一月

（3）棚橋正博『式亭三馬』ぺりかん社　二〇〇七年五月

（4）「銅脈先生」『森銑三著作集』第二巻　中央公論社　一九七一年四月

（5）「風刺家銅脈先生」『中村幸彦著述集』第六巻　中央公論社　一九八二年九月

（6）『羽勘三台図絵』国立劇場芸能調査室編　一九七一年三月

（7）神保五彌「式亭三馬の人と文学」『新日本古典文学大系』八十六　岩波書店　一九八九年六月

（8）『人倫訓蒙図彙』蒔絵師源三郎ほか　書林平楽寺　一六九〇年七月

（9）『能之訓蒙図彙』表章校訂　わんや書店　一九八〇年八月

（10）「閑情偶寄」『李漁全集』第三巻　単錦珩点校　浙江古籍出版社　一九九二年十月

（11）「西堂楽府六種」『清人雑劇初集』鄭振鐸編　龍門書店　一九六九年三月

（12）『古本戯曲叢刊』五集　上海古籍出版社　一九八六年

（13）『綴白裘』中華書局　二〇〇五年九月、『明清戯曲珍本輯選』上　中国戯曲出版社　一九八五年八月

（14）『江戸文人辞典』朝倉治彦監修　東京堂出版　一九九六年九月

（15）「田舎芝居」中野三敏校注『新日本古典文学大系』八十二　岩波書店　一九九八年二月

（16）式亭三馬「大千世界楽屋探」自序　神保五彌校注『新日本古典文学大系』八十六　岩波書店　一九八九年六月校注では「飛紅伝」について、戦い上手な鄭成功を「飛紅将軍」となすことから、「飛紅伝」とは、「国姓爺の小説を中国風に呼んだもの」と記している。

（17）鵜飼石斎『明清闘記』（京都）田中庄兵衛出版　一六六一年十二月　全十一冊和装本　その後名前を変えて以下の出版がある。『明清軍談　通俗国姓爺忠義伝』首巻、一巻～十九巻　書林洛陽（京都）田中庄兵衛、書林武陽（江戸）中村氏

進七　一七一七（享保二）年初春、明治に『国姓爺忠義伝』巻一（翻刻兼出版人・豊田政恒　潤生舎　一八八三年八月）として翻刻出版があり、後記に連続して三輯まで出版する旨が書かれているが未見。

野間光辰『近世芸苑譜』八木書店（一九八五年十一月）によると、近松門左衛門は、この鵜飼石斎のものを参考に浄瑠璃『国性爺合戦』（一七一五年正徳五年十一月初演）を書いたとされる。

また破線部は鄭板橋（一六九三～一七六六）に、城隍廟へ提供したという近似した対聯がある。

(18)『上田秋成集』中村幸彦校注『日本古典文学大系』五十六　岩波書店　一九七九年十月

(19)『中国戯曲志　福建巻』文化芸術出版社　一九九三年十二月

(20)『唐土訓蒙圖彙』平住専庵編、橘守国・画　半紙本全十五冊　浪華書舗・河内屋吉兵衛ほか　一七一九年春

(21)海野一隆『東西地図文化交渉史研究』清文堂出版　二〇〇三年一月

(22)呉自牧『夢粱録』巻十九『筆記小説大観』第七冊　江蘇広陵古籍刻印社　一九八三年四月　邦訳注（平凡社　二〇〇〇年十一月）で梅原郁は、漢書酈食其伝「瓦合の衆を起こし、散乱の兵を収む」など、軍隊と関係してつかわれていた例をあげ、瓦舎と軍隊との関連の可能性に言及している。

(23)周密『武林旧事』巻六『筆記小説大観』第九冊所収　江蘇広陵古籍刻印社　一九八三年四月　武林の名は、現在の杭州を指し、城外に武林山があることからつけられたという。

(24)廖奔『中国古代劇場史』中州古籍出版社　一九九七年五月

(25)孟元老『東京夢華録』（外四種）周峰点校　文化芸術出版社　一九九八年　邦訳入矢義高・梅原郁訳注　平凡社　一九九六年三月

(26)陶宗儀『南村輟耕録』中華書局　一九九七年十一月

(27)『世界の幕なし』『江戸時代文藝資料』一巻　国書刊行会　一九六四年七月

(28)富岡多恵子『西鶴の感情』講談社　二〇〇四年十月

(29)「通と文学」『中村幸彦著述集』第五巻　中央公論社　一九八二年八月

第九章
自然と呼応する身体

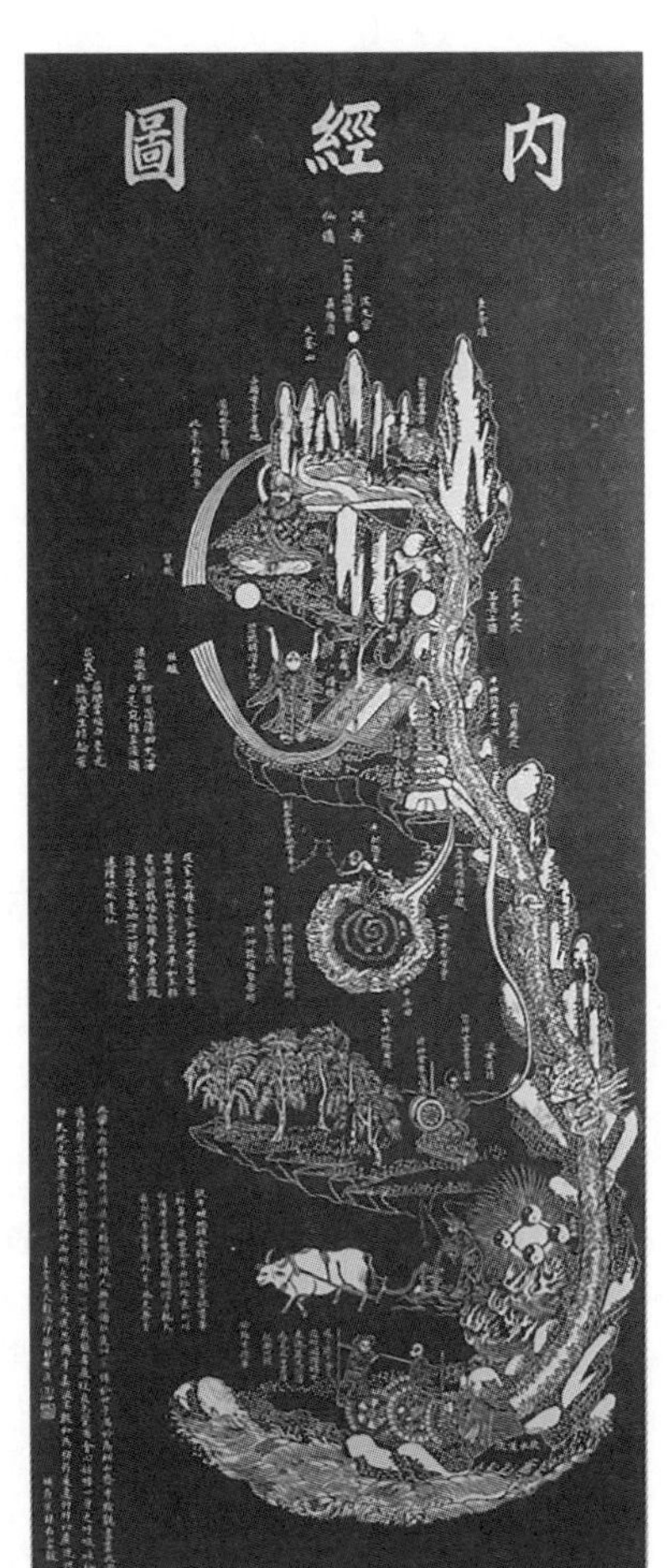

白雲観『内経図』拓本（筆者蔵）

一　身体の内と外

人間の身体の仕組みは、昔も今も変わらない。にもかかわらず、未だに解明されていない未知の領域が多々存在し、歴代、人は最も身近なはずの自身の身体を把握しようとしてきた。解剖も早くからおこなわれていたことは、『黄帝内経（こうていだいけい）・霊枢』「胃腸篇」(1)の胃腸の詳述からわかっている。だが、この『黄帝内経』で全体を通して貫かれているのは、解剖学的な考え方よりも、身体と自然との相関関係である。秦、漢時代すなわち紀元前後二百年くらいの間に蓄積された医書を集大成したとされる『黄帝内経』は、漢方の考え方の根幹をなすものとして、現在でもよく取り上げられる。原本はすでに散逸したとされるものの、現存する『素問』は基礎理論、『霊枢』は鍼灸治療の理論と臨床書として知られる(2)。

身体におこるさまざまな現象、生から死までの身体の変化を人はどう理解していったのか、そしてどう対処しようとしていたのか。見立の観点から見ると、人が身体をどのように観察し、発見し、理解してきたかを知ることができる。ここでは、医学や道教の立場ではなく、見立の文化表象として、身体にどう向き合ったのかを明らかにする。身体を自然との関係でとらえることは、『黄帝内経・素問』の次の一節が如実に示している。

「生気通天論篇　第三」(3)

夫れ古より天に通ずる者（とは）、生の本にして、陰陽に本づく。天地の間、六合の内、其の気九州、九竅（きょう）、五蔵、十二節、皆天気に通ず。其れ五を生じ、其の気三なり。数（しばしば）此れを犯す者は、即ち邪気人を傷（そこ）なう。此れ寿命の本なり。

〔訳文〕そもそも古より、大自然と通じることは、人の生命活動の基本であり、それは陰陽の原理に基づく。天地の間、宇宙の中（六合は天地と四方）にあるものは、地の九州、人の九竅（人の九竅は九つの穴すなわち、眼、耳、鼻、口、前陰、後陰をいう）、五蔵、十二関節いずれも、天の気と通じているのである。天の陰陽は変化して地の五行を生み、地の五行もまた天の三陰三陽に応じている。もし人がこのような天・地・人相応の法則に常に反していると、邪気が人体を損なうことになる。このことは長寿の根本である。

天は自然界と解釈され、天人相関を基本の考え方とする。『黄帝内経』はこの天人相関の考え方がベースとして展開している。さらにそれは、その後の身体のとらえ方の基本となっている。このように、最も身近な自分の身体について、古代の中国の人は、天すなわち自然界が大宇宙なら、人の身体は小宇宙ととらえた。そして、大宇宙と小宇宙すなわち自然界と人とは密接な相関関係があると考えていた。ここで、「気」がその間を通じているものとして示されている。気という言葉はこの『素問』にも『霊枢』にも何度も記されており、『霊枢』「決気篇　第三十」などには、「何を気というか」との問に「上焦（胃の入り口噴門から奥舌）が開き五穀の味を通し、膚を薫し、身を充たし毛をうるおし、雲霧がそそぐごとき、これを気という」と応えている。邪気、四時の気、営気、衛気など、この書だけでも気の意味は多種あり、歴代医学のみならず、思想、宗教の中で気の存在は重要な概念として論じられていく。元気や病気といった日常用語としても使われる気は、深く浸透してとりわけ意識せずに使われるようにもなった。ここでは気の思想概念について論じた『気の思想』にある「人間と自然を成り立たせている生命・物質の動的エネルギー」(4)という言い方でとらえたい。身体を小宇宙とした発想は、自然現象を重視する思索の中で生まれ、自然と人間の身体をよく観察するところから始まっている。つまり天人相関は、身体に自然を投影して見立てたともいえる。その後、前漢時代に劉安によって編まれた『淮南子』「精神訓」ではさらにはっきり天人相関が述べられている。(5)

頭の圓なるや、天に象り、足の方なるや、地に象る。天に四時・五行・九解、三六六日有り、人に亦た四支・五臓・九竅、三六六節有り。天に風雨、寒暑有り、人に亦た取与、喜怒有り。故に胆を雲と為し、肺を気と為し、肝を風と為し、腎を雨と為し、脾を雷と為し、以て天地と相参はりて、而して心、之が主為り。是の故に、耳目は日月なり、血気は風雨なり。

〔訳文〕頭の円形は天に象り、足の方形は地に象る。天に四時・五行・九解（九野のこと、すなはち中央と八つの方角にある野。諸説あり）・三六五日があれば、人にも四支・五臓・九竅・三六六節があり、天に風雨、寒暑があれば、人にも与奪、喜怒がある。また胆嚢は雲にあたり、肺は気に、肝臓は風に、腎臓は雨に、脾臓は雷にあたる。このように天地自然と相関して、心がこれをつかさどっている。さらに、耳目は日月にあたり、血気は風雨にあたる。

対応関係が具体的に記され、より視覚的になっている。基本的な関係性のとらえ方が示されたものといえる。医学も道教も、身体から離れることはなく、心身の養生をめざし、人はそれぞれの意識レベルで生老病死を考える。実際に、自然現象や四季の変化と身体の修練や身体の反応を把握しコントロールすることは容易ではない。そのため、図像による視覚的な方法は、普及や正確な伝達に効果を発揮することになる。

『内経図』は、身体と自然の関係性を総合的に一枚の図像の中に込め、鑑賞にも堪えうる美的な表現を呈している。この図に対する研究領域は主に、中医学および道教の二つの分野からの研究が多い。その理由は、医学書としての『黄帝内経』と、道教がその考え方を取り込んで形成していった道教経典『黄庭経』（『黄庭外景経』『黄庭内景経』、東晋《三一七〜四二〇》時代に成立、呼吸法と存思により不老長生を得るための書）を基にした系列から見ることができる。本著では、『内経図』を通して人がどのように身体と自然の関係を理解し、それをどう表して把握しようとしたのか、身体論を通して見立の文化表象における一典型として、その特徴を明らかにしたい。

なお、ここでは筆者の所蔵する『内経図』の拓本を元に考察を進めていく。この拓本は、白雲観（現北京市西城区西便門に座す道教全真派の道観。七三九年唐の玄宗が老子を祀るために創建し、天長観と命名され、その後、元代に拡張、改名）にその原版があったことが図の左下に刻まれた「板存京都白雲観」からもわかる。この拓本がどの程度流布したのかは不明だが、多くの論文では、広州中医薬大学医史博物館蔵の同名の拓本（120×53.5㎝）が用いられている。また、『白雲観志』によると、一八八六年に嵩山（河南省）の廟中に所蔵されていた絹本に基づいて刻印したものがあるとされる。

さらに、現在の白雲観は筆者が拓本を得た当時と異なり観光地化されており、奥の舞台（戒台）につづく回廊には、さまざまな書の石刻とともに、内経図も石版が壁に刻まれている。ただこれは、後に模写して刻されたものであることはその精度からも目視できる。

二　『内経図』の目的

『内経図』拓本（縦129×横53.5㎝）の左下には以下の由来が刻まれている。(6)

この図はこれまで伝本はない。内丹の道の広大にして精微なるが故に、愚鈍な者は授かる方法がなく、世にめったに伝わることがなかった。予が偶々、高松山斎で書画を点検したさいに、ちょうどこの図が壁に掛かっていた。画法は精巧細緻、脈絡の注釈は明らかで、内包されていた秘訣をことごとく知り得た。長時間にわたって賞玩していると、会得するところあり、身体の呼吸吐納すなわち天地の満ち欠け盛衰をはじめて悟った。もしもこれを明らかにするならば、金丹の大道に得るところ大である。まことに、独り私蔵するわけにはいかず、そこで急ぎ上梓し広く流伝することとする。

素雲道人劉誠印、敬刻並びに落款

原版は京都（北京）白雲観にあり

ここにいう高松山斎は、清の乾隆帝の書斎の一つとされ、この年代もそれ故に乾隆帝の頃かあるいはそれより前と推測されている。これまでの

白雲観・戒台

研究から、モデルにした別の図があり、それは清の故宮如意館よる彩色画『内経図』（縦168×横97㎝）で、現在は中国医史博物館（北京市）に所蔵されている。『中国医学通史・文物図巻』[7]による解題では『内景図』と表記されているが、図絵の右上に「内経図」と記されている。図絵の右上に「内経図」と記されているが、およそ身体を景観に見立てた図は「内景図」と呼称することが多いようである。ここでは区別をするため、便宜上彩色原画を『内景図』と呼称する。唐の梁丘子による『黄庭内景経注』巻上では、「内景」の意味を次のように解釈している。「黄は、中の色なり。庭は四方の中なり。外が指し示す事は、すなわち天中、人中、地中で、内が指し示す事は、すなわち脳中、心中、脾中である。故に黄庭という。内とは、心なり。景とは象なり。外象があきらかにするのは、すなわち日月星辰雲霞の象なり、内象があきらかにするのは、すなわち血肉筋骨臓腑の象なり。心は身の内に居し、象色一体を存思観想する、故に内景なり[8]」。

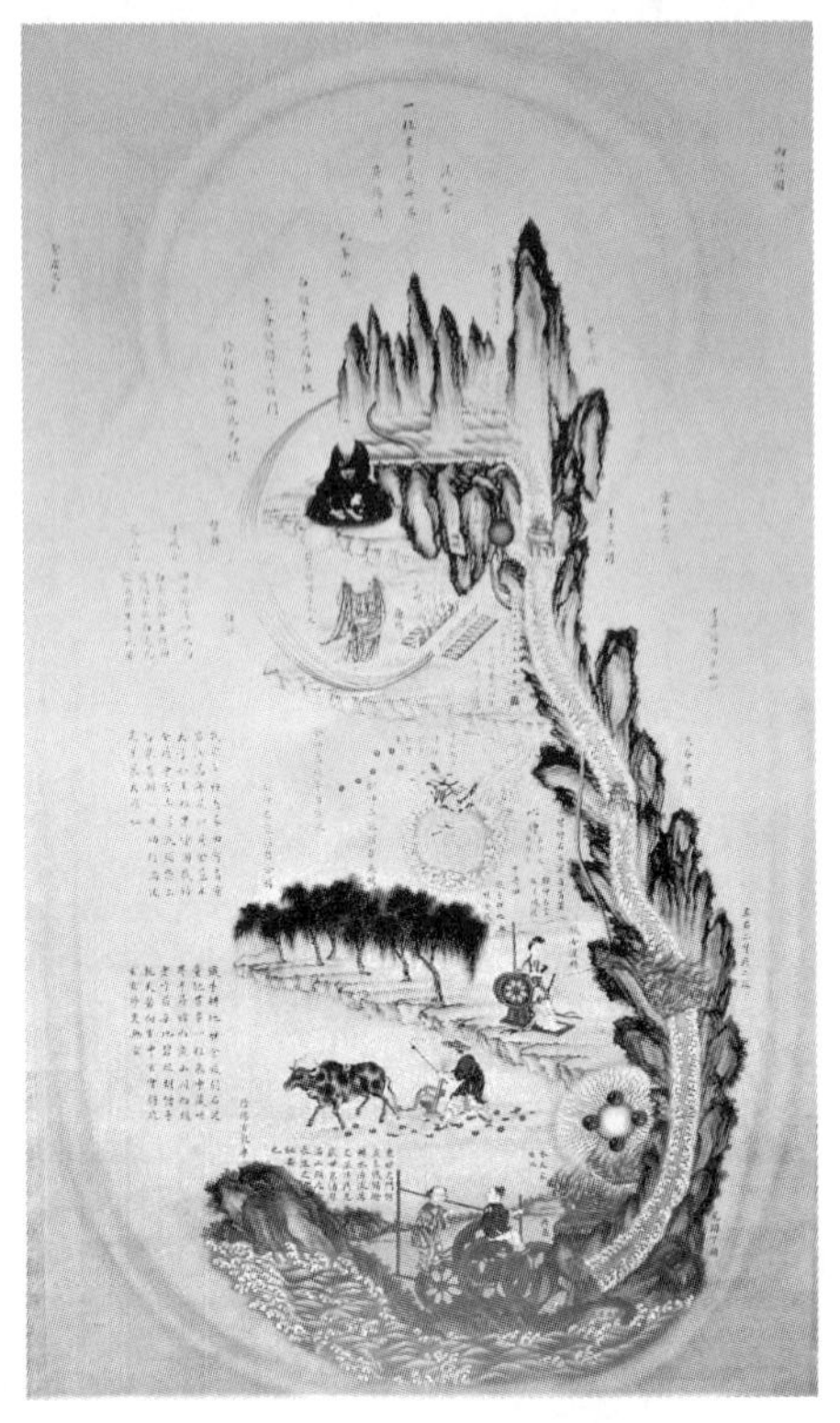

『内景図』　中国医史博物館

原画は拓本のものと構図も配置も同じだが、風景を借りた謎解きの如き様相を呈している。拓本よりも波のうねりなどは穏やかに描かれており、彩色のおかげで、線のつながりはよりはっきりわかる。『内景図』の制作年に関しては、作者の記名もなく、清代の初期ではないかとされる。所蔵されていた如意館が、宮中の工芸、絵画の制作をおこなう工房でもあることから、職人が作成し、構図は、道教の内丹術に精通した人物がおこなった、といった類推にと

どまる。(9)

つまり、この『内景図』は、清初に道教が皇帝の優遇をうけて、しかも、白雲観の道士が、普及拡大の方針を打ち出したさいに、描かれたと考えられる。これは、たとえば、明の一六〇一（万暦二十九）年に全身の経絡の詳細図「銅人明堂之図」（上海中医薬大学医史博物館蔵）(10)といった医療従事者向け実践図とは異なるものであることは明らかである。では、どういう意図で作成されたのか、これまでの研究から、およそ三つに集約される。一つには、身体の内臓の解剖図であり、その目的は人体解剖や内臓の関係を学び道家の養生の方法を示すためのもの、二つには、道教の内丹の法の境地を示そうとしたもの、三つには、体内養生により健康な状態を作り維持する考え方を明らかにしようとしたもの、などである。

養生は、心と体の両方から考えられる。たとえば嵇康（二二三〜二六二）は「養生論」で次のように述べている。(11)

> （身体を）導き養う道を正しく守り、寿命を全うするならば、長くて千余歳、短くても数百歳生きることは有り得るであろう。ところが、世の人はみなその道に詳しくないためこのような長寿を得ることができない。
>
> 　肉体と精神の関係は、国家に君主がいるようなものである。内側で精神が混乱すると、外側で肉体の調和が崩れ、まるで愚かな君主が上にいれば、国家が乱れるのと同じである。

さらに日常の心が身体に及ぼす事例をあげた上で次のように喩える。

この後、心と身体を穏やかに調えることが重要だと述べる。

> また呼吸吐納（悪い気を吐き出し、新鮮な気を吸い込む呼吸法、吐故新納、道家修練の術）して、丹薬を服用し身体を養い、肉体と精神（形神）とを調和させて表裏でともに成し遂げるのである。

こういった嵇康の養生について、「道家の精神の養に重きを置いて、道教の形体の養を援用したもの」と解釈されている。(12)その後時代を経るうちに、身体の修養は、一般の人々の健康志向による養生へと裾野を広げていった状況が見られる。『内景図』『内経図』ともにその一幅で鑑賞に耐えうる作品になっていることは、実際に身体を小宇宙ととらえ、自然との関係を想起しやすく、記憶にとどめやすい効果がある。

たとえば同じく清代に図示された「周身関脈之図」[13]は内丹修養の図だが、『内経図』とは異なる直接的な表現がとられている。これは本来、後漢の魏伯陽『周易参同契』に付された図である。同書は、身体の中における、養生の要である煉丹の代表的な書とされ、「参同契は乃ち万古丹経の祖」[14]とまでいわれ、その後も清末に至って新たな注釈書が編まれた。

日本における研究では、『内経図』を直接対象にするのではなく、この図を用いてそれぞれの論を展開している。たとえば、石田秀実は『中国医学思想史』[15]の中で、六、七世紀以降に成立する運気論の一つの契機として、「身体を宇宙とみなす思考の徹底」があるとしてこの図を用いている。つまり「身体である宇宙を構成する気のめぐりの詳細な図式」で、「身体中におけるこうした気のめぐりはヴィジュアルなものとして意識化されるときには、『体内神』という形をとる。人の身体は宇宙と対応するというより、本来同じものである入れ子的な宇宙の二つの相」をなすとして用いている。また、加藤千恵は『不老不死の身体』[16]の中で、道教徒の身体観として、「内景図」は、道教徒の修行を補助するためのもので、「大自然と人体内部とは、皮膚の壁を隔てて互いに響き合う」「宇宙とはすなわち身体の仕切りをはずした姿にほかならない―内景図が描き出すのは、このような『大宇宙に解き放たれた人体』なのだ」として用いている。

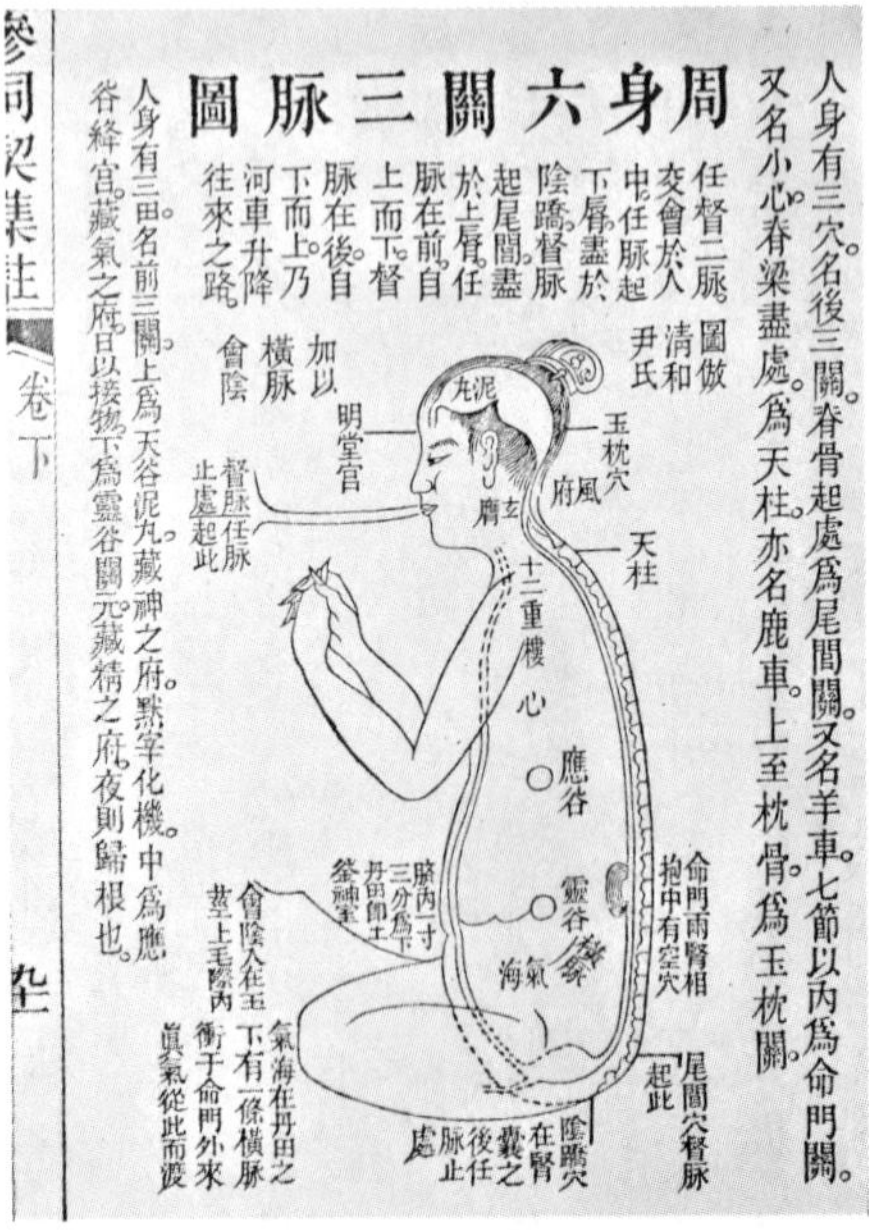

「周身関脈之図」『古本周易参同契集注』

三　『内経図』の表現

（一）体内の観照による発見

『内経図』は、一見すると、風景のように見えながら、各部位を見ると、暗喩に充ち満ちている。陳国符は、「内丹書には秘密にして読解しがたいものがある」[17]とし、陳霞は、隠語、謎詞、廋辞（隠れた辞）が濃厚[18]とも分析している。それはまさに見立の特徴とも合致する。ここでは、『内経図』の表現の詳細とその見立の意味を探っていく。

まず、この図の目的は上部に「延寿　仙図」と刻される。つまり、延寿仙図は不老不死の神仙をめざすことでもあり、養生の目的とも合致している。『荘子・内篇』にいう「藐かなる姑射の山に神人の居める有り。肌膚は氷や雪の若く、淖約かなること処子の若し。五穀を食わず、風を吸い露を飲み、雲気に乗り」[19]という不老の人であり、『釈名』にいう「老いて死せざるを仙という。仙は遷なり。遷りて山に入るなり」[20]という不死の人をも暗にイメージしている。

具体的な図絵の表現の中心となるのは流水に托す気の流れであり、それと呼応する五臓六腑の中身を「周身関脈之図」とも照らしながら示す。「任督の二脈は人中（水溝穴ともいう鼻下の凹みで重要なツボ）でまじわる。任脈の始まりで唇へ下り陰蹻（会陰穴ともいう腎嚢の後部）に達する。督脈は尾閭から起こり上唇に達する。任脈は前にあって上から下へ、督脈は後にあって下から上へ、すなわち河車が昇降往来する路である」（「周身関脈之図」）と記される任脈督脈の流れに添って示す。

〈図像〉

任脈の流れ：正面の気の流れ（上部から下部へ）

碧眼胡僧―十二楼―児童と北斗―機と織女―牛と牛郎―炉―陰陽玄踏車と女児男児

〈身体部位〉

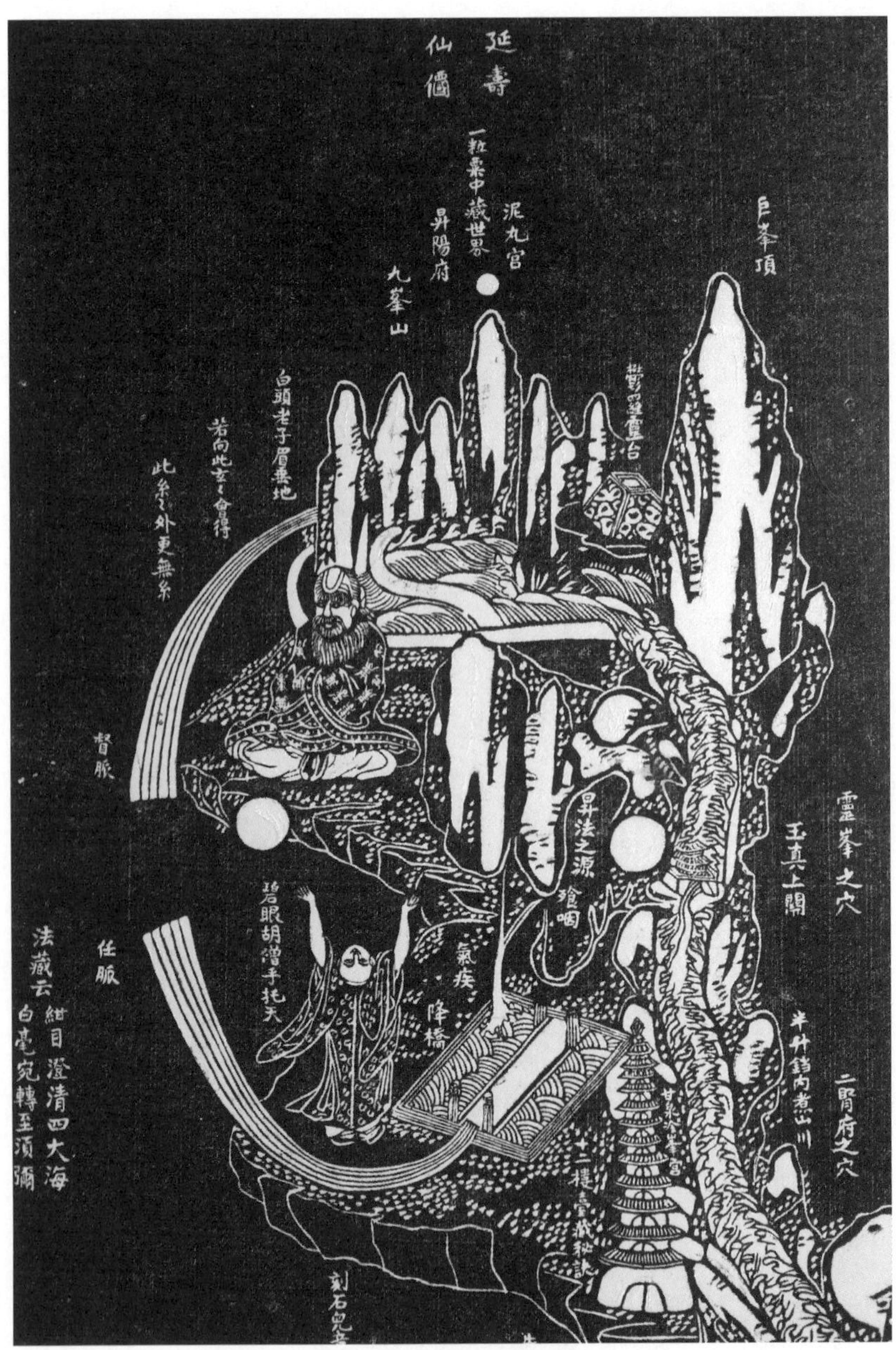

『内景図』頭部　白頭老子・九峯山、任脈・督脈

舌―咽喉―心―脾―肝―正丹田―腎

督脈の流れ：背面の気の流れ（下部から上部へ）

〈図像〉

坎水逆流車（陰陽玄踏車）―甘泉金峯宮―巨峯頂―九峯山―白頭老子

〈身体部位〉

腎―脊椎―頭頂―脳―眉間

以下、図像に込められた意味を読み解いていく。

図の全体の中の重要なものは、勢いよく逆流する川、そそりたつ山脈、という自然の景観からの象徴がある。そこに関わる人型表現として、水車を回す女児男児、牛を追って田を耕す牛郎、機を織る織女、北斗を操る男児、天を仰ぐ男児、鎮座する老人、建造物型表現として門、塔がある。

「体内の気機運化図」[21]と論じられるように、全体があらわしているのは、身体を小宇宙と見立て、その中における天地人の関係として自然の山、川、地、北斗七星、天の川、などを配し、白頭老子、牽牛織女、女児男児が配されている。それは実際には体内の気の運行を表現するものとなっており、波打つ川の流れで表現される。こういった象徴的な表現は、時代や修練を重ねて、さまざまな事柄が複合的に積み重なった見立表現になっている。それをとらえるために、現在でも東洋医学で参考にされる明の李時珍（一五一八～一五九三）による『奇経八脈考』[22]を適宜用いつつ、さらにこれまでの異なるジャンルの集積を加味しながら、要となる表現の意味するところをとらえたい。李時珍といえば薬物書『本草綱目』がまずはあげられ、日本をはじめ欧州にもその影響は深くて広い。医者の家に生まれ、自らも治療をおこないながら薬物書を検討すると同時に薬物採取をつづけ、二十七年間かけて臨床応用目的で執筆したその書は、『黄帝内経』などの理論と『千金方』などの臨床との融合をなした金元時代の医学を渉猟した成果とされる。

一方、『奇経八脈考』は、多くの文献を傍証しながら、臨床のために編まれている。当時その書のはしがきとして次のように同郷の士（日岩）が記している。「本書は医家だけが頼みとするばかりではなく、仙道を修めようとする者にとっても、身体内の造化のメカニズム（身中造化真機）をこれによって知ることができるのである」。

また自らも、冒頭の一節でこう記す。「医家たる者がもし奇経八脈を理解していなければ、病の要因を探ることができない。また仙道を修める者が奇経八脈について無理解ならば、炉鼎を有効に運用することができない。非才の私ではあるが、諸説を参考にして抜粋し、本書を作成した。本書が仙道と医学を学ぶ者の手引き書として役立てば幸いである」。文中の炉鼎は、本来は練丹の用具だが、ここでは気功のさいに意守すなわち意識をそこにむけて気を集める部位をいうとされる。（王羅珍・李鼎校注）

さらに特徴としてこの論をささえている根底にあるのが、直接目に見えない経絡や気穴も気の流れを強く感じとる身体感覚である。「返観」すなわち身体内を内観して「照察」すなわち体感して照らし出すことが不可欠という。気穴について、「人身の孔穴は、いずれも気がそこに居住する場である」と説明されている。（『黄帝内経素問』第五十八「気穴論篇」の張景岳の注釈）「また気穴とは経穴のことで、経脈の気と通じているので気穴という」（『黄帝内経霊枢』「邪気蔵府病形篇第四」注）とされる。

李時珍は張紫陽（南宋）の『八脈経』が他の医書とは異なる論を立てていることについて紹介し、さらに自ら注釈していう。「内景隧道は、惟だ返観する者のみ能く之を照察す。其の言は必ず謬らざるなり。〔訳文〕内景隧道つまり気が流注している臓腑や経絡は、ただ内丹の術を練功して内観できる者だけが、あきらかに洞察することができるのである。その所説は誤りではない」。（勝田正泰訳）王羅珍・李鼎校注に「内景は内臓の生理機能を指す。隧道は気感が伝導する通路を指す。返観は気功中の『視を収め聴を返す』状態であり、これは精神を統一して心を内に集中することで、内照ともいう」（「陰蹻脈」）と説明されており、校注者も訳者も、同じく実践を通して内観しつつ、誤りでないこと、理解の正しいことを確認しながら執筆していることが記されている。

この書の冒頭では、「凡そ人の一身に経脈、絡脈あり。直行するを経といい、旁支を絡という。〔訳文〕そもそも、人体には経脈と絡脈とがあり、縦の方向に直行するものを経脈といい、分岐したものを絡脈という」と経絡の記述で始まる。ここは、『内経図』の根本にも通じ、解剖学とは異なる体内理解であり、李時珍が多くの書籍を吟味しつつ、体感しながら修正と著述をおこなっていたことがわかる。経絡と気の流れの理解は、『内経図』の理解にかかせないのでふれておく。経絡について、縦方向に直行する「経脈」は十二脈あり、分岐したものが「絡脈」で十五脈あり、これら気の通り道は次のように記される。

相随いて上下し、泉の流れの如く、日月の行る（めぐる）が如く、休息することを得ず。故に陰脈は五臓を営し、陰陽相貫き、環（たまき）の端（はし）なきが如く、其の紀（はじめ）を知ることなく、終りて復た始まる。

〔訳文〕順序に従って上下に流注し、泉の流れるように、また太陽や月の運行のように、休むことなく循行している。それゆえ陰脈は五臓を運営し、陽脈は六腑を運営し、陰脈と陽脈が相互に流注していて、その状態はあたかも輪形の宝玉に発端がないのと同じであり、その起始点は判らず、終わってまた始まるのである（「総説」）

気の流れは泉の流れとして表現され、日月の運行のように巡行していると喩えられている。これは、「仙にして八脈を知らば、則ち竜虎昇降、玄牝幽微の竅妙（きょうみょう）を得るなり。〔訳文〕もし仙道を修める者〈気功養生家〉がこれを理解することができたならば、陽升陰降や呼吸法や玄牝のような奥深い妙竅（みょうきょう）を体得できるようになるのである」（「八脈」）とされる状態を獲得するためである。

この図では、顔面部分に任脈と督脈とが見え、体内の気の運行は大きく二つの流れがある。任脈上の流れと督脈上の流れである。『奇経八脈』の「八脈」によると、任脈、督脈は、それぞれ奇経八脈を構成する。「任脈は陰脈の海である」「督脈は陽脈の海である」とあり、陰陽の関係にあり、任脈は胸腹部、上から下への流れ、督脈は背部、下から上への流れを形作る。これについてさらに李時珍が滑伯仁著『十四経発揮』を引用し次のように解している。

滑伯仁曰く。任、督二脈は、一源にして二岐なり、一つは身の前を行き、一つは身の後を行く。人身の任督あるは、猶ほ天地の子午あるがごとし。以て分つべく、以て合すべし。之を分ちて陰陽の離れざるを見、之を合せて以て渾淪の間無きを見る。一にして二、二にして一なる者なり。

〔訳文〕任脈と督脈の二脈は、源は一つ（胞中）であり、二岐に別れて、一つは身体の前面を行き、一つは身体の後を行くのである。人体に任脈と督脈があるのは、ちょうど天地に子午（子午線）があるようなものである。両脈は分けて考えることもできるし、合せて一つのものとして考えることもできる。分けて考えれば陰陽の密接な関係が判り、両者を合せて考えれば混沌とした状態が見られる。このように、任脈と督脈の二脈は、一にして二、二にして一のものである。（「督脈」）

任脈督脈に関する説明は言葉を換えて多々ある中でも、ここにあげた解釈は、図の指し示すことを端的にあらわしている。脈については、「トンネルのように営気の運行を制約して、それが勝手気ままな所に行かないようにするものを脈という」（「決気篇第三十」『黄帝内経霊枢』）とあり、また、営気とは、飲食により消化吸収される栄養の精気の清粋な部分（「営衛生会篇第十八」『黄帝内経霊枢』）となる。このように、この図の全体像は、長い歳月をかけて体外と体内の関係性の融合に基づいた緻密な観察を経る中で発見し培われたものであるといえよう。

（二）『内景図』の表現のそれぞれ

先天の気、後天の気が体内においてどのように生成され、それを自ら意識的に循環させるのかについて、さらに各部位の作用を検討していくこととする。

最下部の「陰陽玄踏車」と名づけられた部分では、一男一女が足踏み揚水機で水車を回している。その下には、「坎水逆流」と記されている。坎は八卦の北方を指し、北水門を通って流れ込んだ水が逆流する様が描いてある。これは水の流れを生みだし、気の元である腎の働きを象徴している。

『内経図』の七言絶句には次のように詠まれている。

復復　連連　歩歩週（めぐ）り　――　くりかえし絶えまなく着実にめぐりゆき、

機関　撥転し　水東流す
万丈　深潭　応に底を見るべし
甘泉　湧起　南山頭

水車は流れを転じさせ水は東へと流る。
万丈の深き潭はその底が見えるはず、
甘泉は南山から湧き出づる。

水車の動力により途切れることなく循環して、水が流れるとはすなわち、気が醸成され運行される生成流動の連続性の重要さを詠っている。この涌き出ずる甘泉は、南山から勢いを帯びて甘泉金峯宮へと向かう。

南山とは道教発祥の地の一つでもある終南山（現陝西省西安の南に位置する）を意識したものであろう。古くは東晋（四世紀初頭）の葛洪『抱朴子』（内篇巻四）に、仙道の場として欠かせない名山二十七山の一つに数えられている。上下に貫かれる帯状の流れは脈流であり気の流れをあらわす。図の「昇法之源」とはまさに、気の上昇するこの水源すなわち腎の気、元気の源を指す。『奇経八脈考』「衡脈」には腎の気について次のように記される。

腎は生気の門と為す、出でて臍下を治め、三岐に分れ、上衡して臍を夾みて天枢を過ぎ、上りて、膻中、両乳の間に至る。元気と繫がる所なり。

〔訳文〕腎は生気の門であり、ここから出発した生気は、臍下を治めてから三つに分岐し、臍を夾んで上り、天枢穴を経て、両乳の間の膻中穴に至る。いずれも元気と連係している部位である。

さらにまた次のようにも記される。

腎間の動気は、真元の一気にして、分れて三路を為す、人の生命なり、十二経の根本なり。

〔訳文〕腎間の動気は、真元の一気であり、三つに分岐して、上、中、下の三焦となる。これは人間の生命であり、十二経脈の根本である。

「腎間の動気」について、訳注では「両腎の間で産生される一種の熱エネルギーであり、命門の火の作用と同じである。人体活動の源泉であり、生命力の根源である」とする。図では踏車の上方へ流れを昇った位置に火焔勢いよく上がっており、そのことを示している。さらに上部に「二腎府の穴」と刻され、「半升は鐺（鼎）の内、山川を煮す」

刻石兒童把貫串
我家耑種自家田内有靈苗活
萬年花似黄金色不異手如玉粒
果皆圓栽培全賴中宮土灌溉
須憑上谷泉功課一朝成大道
胆神能曜自威明
肝神能曜自含明
心神丹元自守靈
中丹田
鉄牛耕地種金錢
坎水逆流

『内経図』下部

と詠じた句が配されている。

次に、九峯山、巨峰頂に目を移す。「泥丸宮」の位置、すなわち頭部である。（『黄帝内景経』）

最上部の九峯山は、九つの峰が連なった山脈の形状をとる。地理上の山脈「九嶷山」（現湖南省寧遠県）を投影しているともされる。(23)『史記』「五帝本紀」に「舜南巡し蒼梧の野にて崩じ、江南九嶷に葬られ、零陵となす」とある。(24)『太平御覧』「九嶷山」では『山海経』をはじめ、七本の文献の記述が収載されている。そこから九嶷山に托されたものを考えてみたい。〔（）は筆者注〕(25)

『山海経』によると、南方に蒼梧の丘、蒼梧の淵、その中にある九嶷山は、舜を葬るところで、長沙・零陵の境界にある。（第十八海内経）(26)

『郡国志』によると、九嶷峰は九峰あり、一つには丹朱峰といい、二つには石城峰といい、三つには楼渓峰といい、形は楼の如し、四つには娥皇峰といい、峰の下には舜池があり、池の傍では春に様々な鳥が卵を産むが人が之を取ると路に迷い、元のところにもどれれば帰ることができる。五つには舜源峰といい、この峰は最も高く、峰上には多くの紫蘭が咲く、六つには女英峰といい、舜墓はこの峰の下にある、七つには簫韶峰といい、峰の下には象耕し鳥耘る地で舜禹の遺風を残す純朴な地であり（左思「呉都賦」『文選』李善注に引く『越絶書』に「舜蒼梧に死す。象之が為に耕す。禹会稽に葬る。鳥之が為に耘る」とある）(27)、八つには紀峰といい、後漢の人、馬明生が仙人安期生に出遭い金液神丹を授かったところである、九つには紀林峰という。周義山、字は秀通は、石函を開き李山経を得、これを読み仙を得る也。（周義山は『歴世真仙體道通鑑』巻十四によると、西漢時代の人で紫陽真人とも呼ばれるまでになる。その修行の過程で、天下の名山大沢を遊行したとして二十八の名山をあげ、そのつど様々な人から術や経を得ている。その中に、「九嶷山に登り、李伯陽に遇い、李氏の幽経を授かった」とある。李伯陽は老子の姓と字である。通鑑の記述は神仙の称揚の記述に満ちている）(28)。

九嶷山は名山に数えられる山ではないが、伝説の五帝舜と密接な関係をもってとらえられている。さらに、仙道とのつながりも強調される。つまり日常を超脱した空間が想起されている。最上部の九峯山は、頭部の経穴である泥丸九宮、右の巨峰頂は、頭頂の経穴である百会にあたる。

山を用いた身体内の表現は、東晋時代（三六五〜四一九）に山川河岳を用いて道の奥義が示されたところまでは遡れ、宋の時代には、内丹に関する書の中で、山の図像は人体を象るものとして多く使われてきたとされる。

ここでは図像が明確な『元始無量度人上品妙経内義』の第八に掲載される「体象陰陽昇降図」から検討してみる[29]。この図は「譬喩」と明示されているように、山川は身体の内部を表現している。それは全体が山脈で、その中に右下から右上へ川が巡り、左側には関門があり、塔がある。

上には八卦で火をあらわす「離」、下には水をあらわす「坎」、さらにまた、上には剛、天、陽をあらわす「乾宮」、下には柔、土、陰をあらわす「坤宮」が配される。山中を巡る太い脈流を追って、「坎」の「苦海」から上に遡ると、「命門」→「玄関」→「精房」→「双関」→「陽関」→「金闕」を通って「乾宮」につながる。一方、中央上の「崑崙」から「玉房」→「天関」→「重楼」→「白元宮」→「絳宮」→「丹田」→「坎」へと展開する。

「体象陰陽昇降図」

図には次の一文が記されている。

この身体は天地の炉竈であり、中宮を鼎となし、身体の外は乃ち太虚である。乾宮は髄の海、坤宮は精房、神室は丹鼎で、名づけて三宮という。乾坤は天地の綱紀なり、陰陽はその中を巡る。天地は大いなる治（の能力）があり、陰陽は機に化し、すぐに炁（気）は薬物となる。牝牡の炁、周く星を運養して鼎器となす。山脈は体内に求める理想的な気の流れを容易に反映できるものであったといえる。

一方、川については、宋代以前の文献を集めたとされる『医心方』「養生篇」（丹波康頼撰、九八四年）[30]の「用気」に「服気経」の説として、次のようにある。「道とは気である。気を宝とすれば、すなわち道を得られ、しかるに生きながらえる。神とは精である。精を宝とすれば、すなわち精神は明確であり、しかるに長生す。精とは喩えていえば血脈の川であり、その流れは骨と霊と神を守っているのである。精が失われれば骨は枯れ、しかるに人は死す」。このように体内の気の流れ、血脈の流れがかなり早い段階で川に見立てられていたことが見て取れる。

では、身体に配される白頭老子、碧眼胡僧、児童、織女、牽牛は何を見立てたものであろうか。

「白頭老子」の解釈は多様である。長寿の象徴で、修練のときには精神をリラックスさせることを意味するとする説、白頭、白髪、白眉はすべて気の代名詞とする説がある。また、「白頭老子は眉を地に垂れ」（後述）は目を瞑ることを意味している。

「碧眼胡僧」の形象で、手で天を托すとは、修練のときに舌を上顎にあてる、すなわち鵲が天の川の橋となるように、舌を上顎にあてることで任脈と督脈とが通じ、玉泉（唾液、玉泉には不老長寿の薬である玉の液の意味もある）を生じさせ、真元（真の元気）を養うことになる。

碧眼胡僧の右にあるのは水池で「玉池」と表現されるが口を喩えている。[31]この池の中の橋は、鵲橋の喩えで、上は任脈督脈の二脈をつなぎ、下は舌の根の「玄膺穴」と咽喉に通じる。玉池の右下にある十二層の楼閣は、「十二重楼」と呼称され、体の喉管に十二の節があり、それを指すとされる。真炁が生じて楼閣の下より気団がのびて、児童へとつながる。

「児童」の立っている場所は「絳宮」で、気が正常に運行するしくみの中枢となり、人心を喩えてある。児童は石塊を突き通してつないで一連の北斗七星を象っており、「人心」と「天心」との対応を暗喩している。ここが「中丹田」となる。

「織女運転」と刻まれたところには、古装の女性は木座にすわり、その底板には可動する回転盤が見える。形状から足踏み糸車（脚踏糸車）とわかる。織女の左右に文字が刻まれている。右には「腎神玄冥自育嬰」とあり、腎は水の藏であり、玄冥はまた水神の名であるともされる。「神」の意味は『黄帝内経』の中でもさまざまな意味があり、さらに時代とともに多様化する。ここでは五蔵の腎以外に心、肺、肝、脾、胆について『黄帝内景経』「心神章」を出典としており、「五臓心」とも呼称するようになっている、それぞれの臓器の生命活動を主宰するものといった意味として用いられている。左には「脾神常在自魂亭」とある。「脾は中央の土、黄庭の宮也。脾土は四時の常の気にて、ゆえに常に在るという」。脾は人の感情を主宰する。魂は五行の木に属し、木は土より生ずる。そのため「魂亭る」となる。中国語で脾気大（癇癪もち）とか脾気壊（気性が激しい）などと用い、脾のとらえかたがあらわれている。織女は、上谷の精気が泉の流れるごとく流れ来るのを貯える。そして培養育成して転化し、心と意の相互の感応を象徴し、内丹を育てる。

「鉄牛耕地」は、「下丹田」の喩えとされる。牛追いが鞭を手にして牛を追う。近くには鉄の炉があり、火がめらめらと炎を上げている。これは五行相生の「金は水を生じ、水は木を生じ、木は火を生ず」を暗示している。

李時珍は任督二脈の気の流れを修練する小周天功を説明するために『奇経八脈』「督脈」で、『天元入薬鏡』（崔希範）の一文、「上鵲橋、下鵲橋、天は星に応じ、地は潮に応ず。根竅に帰り、命関に復り、尾閭を貫き、泥丸に通ず」を引用している。これについて王道淵注では次のようにいう。「人身の脊を夾むを天の銀河に比するなり。銀河は阻隔し、霊鵲の橋を作るなり、故に鵲橋の説あり。人の舌もまた鵲橋と言うなり。凡そ丹を作るの時、黄婆（脾）を以て嬰児（腎精）を引き、泥丸（脳）に上升して奼女（心神）と交合す、名づけて上鵲橋と曰うなり。……泥丸よりして降る、故に下鵲橋と曰うなり。黄婆、嬰児、奼女は、真に有るに非ざるなり、乃ち譬喩の説にて身、心、意の三者を出づること無きのみ」。先の一文は次のように解釈されている。「人体の脊柱を、天の銀河に喩えれば、上では舌で、下では肛門によって隔てられている。そのため小周天功を行うときは、陰陽交通作用のある黄婆に願って、鵲に銀河をかけてもらうように、開通してもらうのである。そうすれば、上鵲橋（舌）も下鵲橋（肛門）も通じて、任督二脈は開通し、小周天功は完成する。こうして精が化した気を、尾閭から泥丸に上げ、泥丸を本居とするのである」。これらは図の表現と表す内容が合致しており、相互の関係がはっきりしてくる。

図の左側下方、身体の腹部の前あたりに七言律詩が刻まれている。

鉄牛　耕地　種金銭
刻石　児童　把貫串
一粒　粟中　藏世界
半升　鐺内　煮山川
白頭　老子　眉垂地
碧眼　胡僧　手托天
若向　此玄　玄会得
此玄　玄外　更無玄

鉄牛、地を耕し、金銭を種く、
石を刻み、児童貫串を把る。
一粒の粟の中に世界を藏し、
半升は鐺（鼎）の内、山川を煮す。
白頭老子は眉を地に垂れ、
碧眼の胡僧、天を托す。
若しこの玄に向かい玄を会得すれば、
この玄は玄の外にさらに玄なし。

この詩は、『呂祖全書』[32]と文面が酷似していることがわかっている。『呂祖全書』は、五代から北宋初期頃までに流布した呂姓の神仙伝説を集約した書である。八仙の一人呂洞賓は早くから神格化して、元曲には得道をする、つまり普通の人から神仙の道に入る葛藤の過程が描かれ、道教の中での知名度が群を抜いて高かったことが知られる。清の時代には特に信奉されていたようである。この書にある内容も呂洞賓に仮託したものとされる。修練をするときに、呂洞賓を思い浮かべることで、目指すところが明確になり、集中度も変わってくるであろう。そのことは、また、体験と実践の中から積み重ねられてきた身体の把握の歴史を象徴してもいる。

鉄牛と「腎」との関係性についても、呂洞賓とその師である鍾離権の対話という形式で記されている。「純陽子（呂洞賓）曰く、『乾之牛とは何ぞや？』正陽子（鍾離権）曰く『腎之気、北方壬癸之（五行では）水也、所謂鉄牛なり』(33)」。「腎」についての表現は、『黄帝内経・素問』の「霊蘭秘典論篇第八」は十二の蔵府の働きを当時の官職に見立てて述べるなかで次のように記載される。「腎なる者は、作強の官、伎巧焉より出づ。（訳文）腎の働きが充実していれば、四肢は強健になって疲れにくく、また智恵もどんどん湧き出で、繊細な作業をすることが可能となります(34)」。「牛」についての表現は『老子』との関係が切り離せない。「牛」は腎の気で、鉄は黒色、玄とつながっている。玄は『老子』からきている。池田知久の解釈で見てみる(35)。

〔原文〕：恒无欲也，以観其眇（妙）。恒有欲也，以観其所噭（噭）。両者同出，異名同胃（謂）。玄之有（又）玄，衆眇（妙）之〔門〕。

〔読み下し〕：恒に无欲にして、以て其の眇（妙）を観る。恒に有欲にして、以て其の噭（噭）らかなる所を観る。両者は同じく出で、名を異にし、胃（謂）を同じくす。之を玄にし有（又）た玄にするは、衆眇（妙）の〔門〕なり。

〔解釈〕：人間は無欲の態度に徹することによって目に見えぬ道を把え、同時にまた、有欲の態度に徹することによって姿形のある万物を把えるのだ。この道と万物との両者は、同一の根源から出てきたものであって、名前（表現）こそ異なるものの意味（内容）は同じである。そこで、この両者を否定しつつ真の根源に向かって遡及し、その否定をくり返しながらさらに真の根源に向かって遡及していくならば、ついには多数の霊妙な宝物の蔵されている〔門〕にたどりつくであろう。（第一章）

この言説が心身の修練の過程で得られる感覚表現に多用されている。

さらにまた、『老子』「玄牝」の言が用いられている。同じく池田知久訳で見てみる。

〔原文〕浴（谷）神〔不〕死，是胃（謂）玄牝。玄〔牝〕之門，是胃（謂）〔天〕地之根。緜緜呵（乎）若存，用之不堇（勤）。

〔読み下し〕「浴（谷）神は死せ（ず）。是を玄牝と胃（謂）う。玄（牝）の門は、是を（天）地の根と胃（謂）う。緜緜呵（乎）として存するが若く、之を用うるも堇（勤）きず」

〔解釈〕そもそも谷間に宿る神は、永遠に（不）滅であり、これを奥深い牝と言う。奥深い（牝）の陰門は、これを（天）地が万物を生み出す根源と言う。この根源は太古より連綿と存続しているかのようであって、その働きはいつまでも尽きることがない。（第六章）

池田はこの章について、女性性器を道のメタファーに用いて、天地の万物を生み出していく他産生を謳ったものとする。また、森三樹三郎は「この女性の陰門こそ、天地万物の根源とよばれるものである。そこから流れ出る生命の水の流れは、果てしもなくつづくように見え、いくらこれを汲みとって用いても、その力を失うことがない」と解釈し、農耕民が豊穣を女性の生殖力に結びつける生殖器崇拝を反映したものとする。(36)

『修身十書金丹大成集』巻之九第三では「玄牝図」、「河車図」が示される。「河車図」には、「北方正気日月を輪となし、水を搬び火を運ぶこと昼夜停まらず」とある。(37) 河車は、内丹で、気を体内に巡らせることをいう。小周天（小河車）で車が川の中を進むのは、気が身体の経路にそって進むことを意味する。

玄牝図

河車図

「鉄牛、地を耕し、金銭をまく」にもどると、「地」は人体を表し、「金銭をまく」とは、呼吸法、気の運用による修練を種まきに喩える。つまり、腎は元気のもとでそれを修練することによって丹田を耕し育てることになる。門、橋、楼は精気の循環する要所であり、人体の重要な経穴や臓器を象徴化している。この『内経図』を身体修練と見るものにとっては、最終目的は、個の身体と自然が融合して一つになる、というところにある。

『内経図』左側中央の詩は、その一句一句が、それぞれ全体の部位に配置されており、図像の意味を示すものとなっている。詩そのものは、全体の過程とその目的、つまり内丹の過程で、自己の体内で修練して延寿を得るというものである。

我家　耑種　自家田	我が家は耑ら自家の田を種え、
内有　霊苗　活万年	内に霊苗ありて、万年活きる。
花似　黄金　色不異	花は黄金に似て、色異ならず、
籽如　玉粒　果皆圓	籽は玉粒のごとく、果みな丸し。
栽培　全頼　中宮土	栽培　全て、中宮土に頼り、
灌漑　湏憑　上谷泉	灌漑により水憑る上谷泉（湏は水のさま）
功課　一朝　成大道	課を功れば一朝にして大道は成り、
逍遙　陸地　水蓬仙	逍遙す陸地水中の蓬萊仙境を。

田は上中下の三丹田を指す。霊苗は人の潜在的な力で、それを内から開発すれば万年活きられる。花も種も、内丹にできた丹を指す。金の玉はその修練によってできあがった内丹をいう。「精を錬りて気と化し、気を錬りて精を生じる」。中宮土は脾、上谷泉は唾液で、修練のさいに、上谷泉が下に流れ、灌漑を造り、霊苗を育てる。

（三）収斂される図像

『内経図』に基づいて、「真気を運行すること」と「未病の段階で治すこと」を実践したという陳清潔は、この図は、「中医の治病と健康の核心を秘蔵している、すなわち、道教、儒教、仏教、医術、陰陽、五行、太極、八卦、前三田・後三関、臓象、経絡効能、治病、養生、益寿の智慧であり、それはまた、真気を培養し陰陽を調整することに突出しており、任脈、督脈を通じさせ、性命を修める規則をかためる、つまり、人体経絡の秘密の道を開く鍵」とまで述べている。(38)

さらに、『素問』第一の養生の道を述べている「上古天真論篇」(39)にある次の一句が、『内経図』と真気運行の法則を概括しているとする。

「括憺虚無なれば、真気これに従い、精神内に守る、病安んぞ従い来んや。（訳文）外界の虚邪賊風に注意して回避すべきときに回避すると共に、心がけは安らかで静かであるべきで、貪欲であったり、妄想したりしてはならない。そうすれば真気が調和し、精神もまた内を守ってすりへり散じることはない。このようであれば病が襲うというようなことがあろか」。つまり実践するにあたっては、簡潔に呼吸と経絡の効果、意識の仕方を想像できるものであることに実質的な意味がある。

図像の存在について、たとえば、『道経目録』巻首の冒頭に、「衆生は暗愚にして鈍感、直接教えを聞いても、理解し悟ることができない、故に図像を用いて表現の一助とする」(40)とある。図像に共通する意識がよく明示されている。今生で生命を宿す器としての身体は、どのように把握されて、魂魄を宿すものとして理解され、さらにどのように生命を維持し、時間の推移とそれに伴う衰退に抗おうとしてきたのか。それらを図像で表現することは唐の後期頃から盛んになり、図像を使って養生技術の伝承が重宝がられていったとの言及があり、道蔵にその痕跡を見ることができる。この『内経図』の系譜として考えられているのが、中唐の胡愔（こいん）の「黄帝内経五臓六腑図」で六幅の「六臓存思図」があり、これが、『内経図』の考え方の元になっていると位置づけられている。(41)

このように、隠遁への希求を内在化させ、体内への意識を高め、内観を促し、体内の気の流れを育み制御していくという肉体と精神の調整は、視角化することによって一気に理解を促すものとなった。

四　反転する意識

意象はイメージと訳される漢語だが、実際には漠然とした印象といったものではなく、もっとはっきりと意図をもった表現で、意図的図像といった意味であり、ここではそのまま使うこととする。『内経図』の派生として、身体を今度は外側へ投影させ、宮殿造りに反映させているのが頤和園であったとする論がある。

建築学からの研究として、離宮（中国では皇家園林）である頤和園と『内経図』の関係を論じている。(42) それによると園林は一七五〇（乾隆十五）年、乾隆帝の母の還暦の祝い「六十大寿」を祝うために造られ、当時は清漪園とよばれた。

この論は現代の建築家によるもので、「如何なる要素と意図があって、造園者が計画を立てるときに今日見るような配置をおこなうことになったのか」、という疑問を抱いたことからはじまっている。その疑問をもつに至った要因は、園林が造園前後で大きく環境そのものを変えており、それは造園者の「匠心のありよう」を示していると考えたためであるという。

この場所はもともとは、十二世紀、金王朝の行宮で、一四九七年に圓静寺が建てられて、西湖蘇堤の造園を模して湖を配し、好山園となっていたところを改築したものという。頤和園の名は、一八八八年に西太后による修復のさいに改名された。一九〇〇年に再度破壊されて、現存のものは一九〇三年に復旧したものとされる。頤和園東側に人工湖を拡大していくさいに、もとあった竜王廟、知春亭、鳳凰墩（丘）という三箇所の景勝地点を残している。それはいったい如何なる理由によるものなのかを問い、造園者の立場で見ることを強調している。

ただしこの園林は乾隆帝によるその母への祝いという依頼主側の意図がまず前提としてある。その上で、意図を表現するために造園者は作為を凝らすということになる。そのため、建物の名前に仁寿殿、楽寿堂、寿膳房、寿薬房など寿の言葉が盛り込まれ、延寿が主題であることがまず指摘されている。実際、歴史的な記載において「益寿」「延寿館」といった呼称をもつ離宮の建造物は建てられてきた。『漢書』（巻二十五下郊祀志下）に「甘泉（離宮）に益寿、延寿館を造る。（公孫）卿をつかわして節設具をもたせ神人を待たせる。通天台を造る。祭祀の道具をその下に置く。神仙の招来に属する」といった記述がある。同様に『史記』（巻十二武帝孝武本紀）に見える通天台は、「高さ五十丈、長安を去ること二百里、長安城を望み見ることができる」とある。(43)つまり古代において延寿の建物は、神仙に対する願望ひいては生命の延寿に対する願望を反映したものということになる。

延寿のための保健養生の目的は、『素問・宝命全形記』を引いて「必ず神をおさえ、人体の精神状態を調節する、養生の術を知ること」と論じている。頤和園の平面図と『内経図』を附合させて、たとえば、頤和園の小高い人工の山万寿山にある伽藍「智慧海」は、『内経図』の脳の部分を暗示しているとする。確かに『内経図』の上部に刻まれた「延寿」と頤和園の目的である延寿との一致を見ることができる。

＊　＊　＊

身体の見立は、身体の内と外とのつながりをマクロにとらえ、天地人における人が自然界の気と通じ合っているという身体観がまずある。それは同時に、ミクロの目をそなえていなければ成り立たない。

自然の中に身を置いて自らの身体を見つめていくことで自然界と自分との一体感が実感される。同時に、体内の臓器や節々の動きや流れを体感できる。それにより、体内に自然界と同様の世界を見立てるに至っている。そこには人間の倦くことなき永遠の生命への願望が存在している。そのために身体の内を制御する意識の力「意念」が求められる。そうしてはじめて体内の気の流れと自然界とを通じさせることが可能になる。李時珍は『黄帝経』の次の言葉を引いている。「皆心内に在りて天経を運らせ、昼夜之を存たば自ら長生す。（訳文）すべての人が、心の中で、天体の運行のように、昼夜にわたって休むことなく気を運行させれば、自然に長寿を全うすることができる」。（『奇経八脈』「督脈」）そのときに求められる身体の各部位の見立は、舜の活躍する神話の世界や老子や超俗的な神仙といった非日常的な存在と結びつける傾向にある。この見立によって、謎の多い煉丹や術学的要素が、牽牛織女や呂洞賓といったよく周知されている庶民的な物語とつながることになる。そのことは、自然の中において自身の身体をどのように位置づけて理解すればいいのかを、わかりやすくドラマチックに会得することを可能にし、その裾野は限りなく広がることとなったといえよう。

注

（1）『黄帝内経・霊枢』「胃腸篇」『黄帝内経霊枢』南京中医薬大学編現代語訳版　石田秀実・白杉悦雄監訳　東洋学術出版社　一九九九年十二月
現存する最古の版本は一三三九年（元・至元五年）胡氏古林書堂刻本、中国国家図書館蔵

（2）『漢書芸文志』に記載の『黄帝内経十八巻』とある内容は不明で、現存の『黄帝内経素問』は、唐の王冰、北宋の林億らが注を付し校訂改編したとされる。『黄帝外経』も名は残るが、散逸して不明となっている。このほか『黄帝内経太素』は『素問』と『霊枢』との内容の重なりが見られ、中国南宋の頃には亡失したとされる。京都仁和寺に平安時代（仁安二～三年）の古写本（国宝）二十三巻が現存している。

（3）「生気通天論篇第三」『黄帝内経・素問』上巻　南京中医学院編現代語訳版　島田隆司等訳　石田秀実監訳　東洋学術出版社　二〇〇九年八月　書き下し文、訳文は変更を加えたところがある。

（4）小野沢精一他編著『気の思想―中国における自然観と人間観の展開―』東京大学出版会　一九八三年二月

（5）劉安『淮南子』「精神訓」　楠山春樹訳注　新釈漢文大系第五十四巻　明治書院　一九七九年八月、張双『淮南子校釋』北京大学出版社　二〇一三年一月「精神訓」題辞の高誘注（漢）による精神の意味は「精は人の気、神は人の守りなり」

とする。
（6）『内経図』詩文で、広州中医薬大学医史博物館蔵には、「光緒丙戌年荷月上浣」（一八八六年光緒十二年陰暦六月）の記載があるという。
（7）『中国医学通史・文物図譜巻』人文衛生出版社　二〇〇〇年三月
（8）『黄帝経集釈』中央編訳出版社　二〇一五年六月　底本『正統道蔵』
（9）林沁臻「『内経図』拓片研究」『中医薬文化』二〇〇六年三月　何振中「『内経図』対伝統医学文化的伝承」中医科学文献、劉直「『内経図』創作時間考」『史料與文物』等多くの論文で同様に論じられている。
（10）「銅人明堂之図」（正面、背面、左右側面の四幅）上海中医薬大学医史博物館蔵
（11）三国魏・嵇康「養生論」『嵇康集校注』戴明揚校注　中華書局　二〇一七年二月、『文選（文章篇）下』新釈漢文大系第九十三巻　竹田晃　明治書院　二〇〇一年一月
（12）曽春海『嵇康』輔仁大学出版社　一九九四年八月
（13）（清）仇滄柱集注　（漢）魏伯陽著「周身関脈之図」『古本周易参同契集注』（一七〇四年康熙四十三年三月）中医古籍出版社　一九九〇年六月
（14）兪琰（ゆえん）「周易参同契発揮」（宋末元初）阮登炳（げんとうへい）序『古本周易参同契集注』（一七〇四年康熙四十三年三月）中医古籍出版社　一九九〇年六月
（15）石田秀実『中国医学思想史』東京大学出版会　一九九二年七月
（16）加藤千恵『不老不死の身体』大修館書店　二〇〇二年九月
（17）陳国符「説周易参同契與内丹外丹」『道蔵源流考』古亭書屋　一九七五年三月
（18）陳霞「従『内経図』看道教身体観的生態意義」錦州医学院学報　第四巻第二期　二〇〇六年五月
（19）『荘子・内篇』福永光司　講談社学術文庫　二〇一一年七月
（20）（漢）劉熙『釈名』巻三「釈長幼」四庫全書経部小学類訓詁之属所収
（21）陳清潔『現代養生』二〇〇九年十一月

（22）『奇経八脈考』明・李時珍、王羅珍・李鼎校注（上海科学技術出版社　一九九〇年二月）勝田正泰訳　東洋学術出版社　二〇一四年二月

（23）李安綱・趙暁鵬「論九峰山在道教内丹学中的地位」運城学院学報第三十巻　二〇一二年三月

（24）司馬遷『史記』第一冊（宋）裴駰（はいいん）集解・（唐）司馬貞索隠・（唐）張守節正義　中華書局　二〇一三年九月

（25）『太平御覧』巻四十一・地部六「九疑山」李昉ほか　中華書局　一九六〇年二月

（26）『山海経校注』袁珂校注　巴蜀書社　一九九三年四月

（27）左太冲「呉都賦」『文選（賦篇）上』中島千秋　新釈漢文大系第七十九巻　明治書院　一九七七年一月

（28）趙道一『歴世真仙體道通鑑』巻十四（一二九四年）『正統道蔵』洞真部記伝類所収

（29）『元始無量度人上品妙経内義』『道蔵』（九十）

（30）『医心方』巻二十七　丹波康頼撰（九八四年）、一七九一年寛政三年写本　内閣文庫、この他に、正宗敦夫編纂校訂日本古典全集　一九三五年九月、槇佐知子訳　筑摩書房　一九九三年六月

（31）陳霞「従『内経図』看道教身体観的生態意義」錦州医学院学報　第四巻第二期　二〇〇六年五月　「『内経図』與『修真図』初探」道教論壇　二〇一〇年一月

（32）『呂祖全書』巻之四　無我子編　廣文書局　一九八〇年十二月　全書は全六四巻　一八六八（同治七）年刻印　（唐）呂嵒（がん）著（すなわち呂洞濱のこと、道号は純陽子）「七言律詩（一百七首）」中の一首異なる箇所は以下となる。二句め図「刻石児童把貫串」の箇所は「刻石時童把貫穿」、「半升」は「二升」、「碧眼胡僧手托天」は「碧眼□□手指天」、「若向此糸」は「若向此中」、「更無糸」は「更無玄」。（清）邵志琳編　中華続道蔵初輯第二十冊　『正統道蔵』（一〇七七）「純陽真人渾成集」巻下　七言律詩所収文も多少文言を異にする。「胡僧手托天」は「胡児手指天」、「若向此糸」は「若向此中」、「更無糸」は「更無玄」。本文中はこれらから意味の通るものを選択した。

（33）『道枢』巻五、曽慥、北宋から南宋、『正統道蔵』太玄部（六四一〜六四八）の「百問篇」

（34）『修身十書金丹大成集』巻九第三　『正統道蔵』（一一二二）『中華古典気功文庫』第三冊　高鶴亭主編　北京出版社

(35)『老子』池田知久全訳注　講談社学術文庫　二〇一九年一月
(36)森三樹三郎『老子・荘子』　講談社学術文庫　二〇〇〇年十月
(37)前掲書（3）「霊蘭秘典論篇第八」『黄帝内経・素問』
(38)陳清潔「《内経図》的真気運行与治未病簡説」『現代養生』第十一期　河北省医療気功医院　二〇〇九年十一月
(39)「上古天真論篇第一」『黄帝内経・素問』前掲書上巻
(40)『道経目録』巻首『中華古典気功文庫』第一冊所収　高鶴亭主編　北京出版社　一九九一年四月
(41)何振中、王体「『内経図』図式源流初考」『山東中医薬大学学報』vol.39 No.5　二〇一五年九月
(42)王昀「頤和園総体布局意義的詮釈」『華中建築』vol.10 No.4　一九九二年
(43)「漢書巻二十一、漢紀十三」『中国古代造園史料集成』田中淡、外村中、福田美穂編　中央公論美術出版　二〇〇三年五月

第十章
市井化する身体

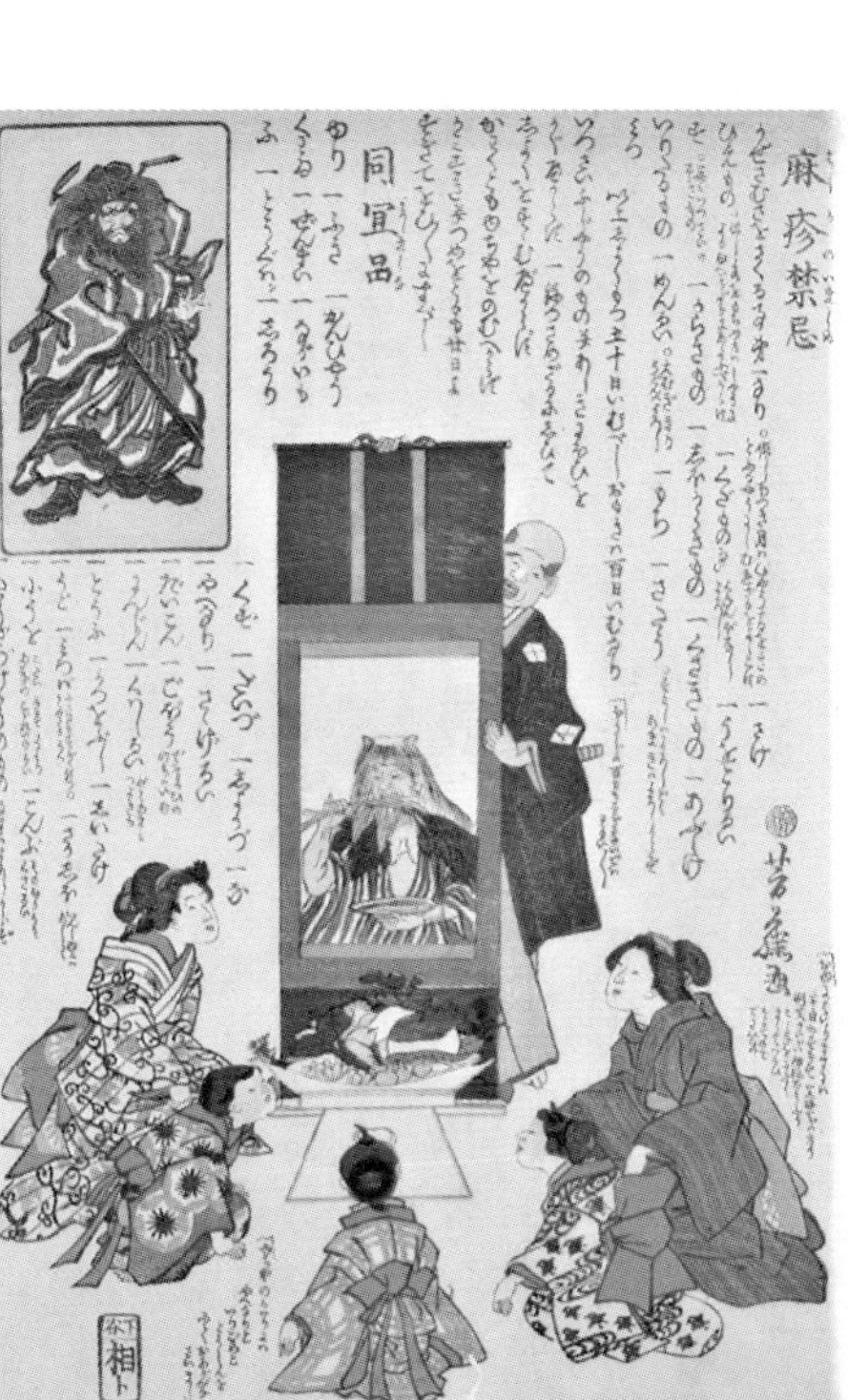

麻疹禁忌（はしかのいましめ）・麻疹予防を学ぶ
中央掛け軸は薬草の判別をした伝説の医薬神・神農（しんのう）　左上は魔除けの鬼神鍾馗画　歌川芳藤　一八六二（文久二）年
宗田文庫・国際日本文化研究センター

一　養生は未病から

生老病死すべてに身体が関係し、人は身体から離れられない。ここではその身体を病から守るために、身体を一つの社会ととらえ、臓器の働きを社会の機能のように考えたり、治療の手立てのない病から身を守るために臓器を人に見立て、病を鬼に見立てるなど、日本における身体理解に見立がどのように用いられたのか考えてみたい。

（一）土台となる中国の養生書『千金方』

本格的な病になるまえの「未病」のうちに原因を察知して予防し、病気にならなよう身体を維持することは、今でも漢方でよくいわれる。時代が変わっても変わらない人間の願望でもある。

「そもそも養生とは、知識として理解するだけではなく、何度も繰り返して習得し、生まれながらに身についているもののようにしなければならない。身にそなわれば、自然に身体に良い結果が現れる」、「思うに養生とは、病気にならないうちに病気の源を治める、つまり、病気を未然に防ぐことなのである」と記すのは、中国唐の孫思邈（そんしばく）（五八一？〜六八二）の『千金方』[1]（六五二年頃）である。書名は、「人命は貴く千金の価値がある」（自序）との思いからつけられている。この書は、中国の医書を引用編纂し、日本において現存する最古の医書とされる丹波康頼の編纂した『医心方』（九八四年）にも四八一条の引用があるとされる。医薬学に深い影響を与えてきたことがわかっている。[2]江戸後期奈須恒徳（なすつねのり）による『本朝医談』（一八二二年）には「唐土の医書斯邦に入りしは千金方を初とすると養生訓に見ゆ。今延喜式を見るに千金方の行われし事志るべし。屠蘇を初めとして民間に流布する薬膏盲に灸する事万能膏の原方等皆千金方に出たり」[3]と記され、中国伝来の養生書の初めと見なされていたことがわかる。孫思邈は、医術を志し、後世においても薬王と呼称されるまでになる。仏教、道教、儒教を随所に取り込み、また、生涯官職を断って晩年には終南山に住まいし、伝説も多い。後世の衒学的なあるいは意図的に謎めかした身体にまつわる書とはちがって、孫思邈の著述は、わかりやすく人に健康を享受させようという思いに裏打ちされている。それが日本では理解しやすく、病気に対応した薬の処方などは実用的でもあり、受け入れられた大きな要因であったかもしれない。

（二）貝原益軒『養生訓』に見る養生の意識

養生の要は、未病の状態をいかに持続させるかにある。医療施設も医者の腕も数も存在自体が、庶民にとってはあてにはならず、未病を維持する養生は関心事だったにちがいない。江戸初期、貝原益軒（一六三〇〜一七一四）の『養生訓』（一七一三年、益軒八十四歳）[4]に記される「貧民は医なき故に死し、愚民は庸医にあやまられて死ぬる者多し」という状況はずっと続いていたのであろう。益軒は「もし養生の術をつとめ学んで、久しく行はば、身つよく病なくして、天年をたもち、長生を得て、久しく楽まん事、必然のしるしあるべし」と万民の為にこの書を記したという。そして、益軒の独創性は「みずから科学的に観察・実験・思索[5]」をへたところからくるものだとされる。もの事にとりくむ探究心のありかたは、孫思邈と通ずるものがある。

実際、巻第一のなかで「孫真人も、『養生は畏るるを以て本とす』、といへり、是養生の要也」と孫思邈の考えの基本を受取っていることが示される。さらに『千金方』の引用がない巻はなく、随所で孫思邈の言が顔をだす。それは、養生の基本精神にとどまらず、具体的な対処に関しての記述においても同様で、実用的な面で用いられている。

「千金方に曰、養生の道、久しく行き、久しく坐し、久しく臥し、久しく視ることなかれ」（巻第二）と引き、動いて血気をめぐらせることが大事なのだと実践的な養生方をあげている。現代にも通用する内容である。また、「孫思邈が千金方にも、養生の十二少をいへり。其意同じ」として「元気へらず、脾腎損せず」となるために、欲を少なくする十二項目があるとするが、『千金方』の十二少は、「思、念、慾、事、語、笑、愁、楽、喜、怒、好、悪」となっており、益軒があげているのは十一項目、食、飲、五味の偏、色欲、言語、事、怒、憂、悲、思、臥事で、「今の時宜にかなへるなり」と記すように、状況にあわせた選択をしている。

修養によいことについて、「孫真人が曰、『修養の五宜あり。髪は多くけづるに宜し。手は面にあるに宜し（顔に手をあてる）。歯はしばしばたたくに宜し。津は常にのむに宜し。気は常に練るに宜し。練るとは、騒がしからずして静けなる也』」。

さらに呼吸法に関して、「千金方に、常に鼻より清気を引入れ、口より濁気を吐出す。入るる事多く出す事すくなくす。出す時は口をほそくひらきて少吐べし」。

『千金方』にいう「山中の人は、肉食乏しくて、病少なく命長し。海辺、魚肉多き里に住む人は、病多くして命短し」。（巻第三）

五臓のなかの腎のはたらきと日常の性の関係について、「素問に、『腎者五蔵の本』…腎を養なふ事、薬補をたのむべからず。只、精気を保って、へらさず、腎気をおさめて、動かすべからず」ではじまり、それは色を慎むことによってなされ、『千金方』の「男女交接の期」の年齢層による適度な回数が記されている。さらに『千金方』の「房中補益」をあげ、その意図を考察し肯定している。「腎は五蔵の本、脾は滋養の源也。ここを以て、人身は脾腎を本源とす。草木の根本があるが如し」（巻第四）と腎と脾の役割を強調している。

食べた後のすごしかたについて、『千金方』の「飲食して即臥すれば、百病生ず」（巻第五）など日常の生活態度も記され、病を慎む、病になるまえに身を慎んで避ける、という態度を記した巻第六でも『千金方』の「凡一時快き事は必ず後の災となる」が引用される。

この巻第六では、「医は仁術なり。仁愛のことを本とし、人を救ふを以て、志とすべし」と、医者のあるべき姿や、どんな医者を選べばよいのかが詳述される。その中で、「孫思邈曰、『凡そ大医たるには先ず儒書に通ずべし』」。又曰、『易を知らざれば、以て医となるべからず』。此言、信ずべし。」「医を学ぶに、殊に文学を基とすべし。文学がなければ、医書をよみがたし。医道は、陰陽五行の理なる故、儒学のちから、易の理を以て、医道を明らむべし」と、医者としての必要な学問力が述べられている。同時にここからは、この時期の医の基盤になる考えが、陰陽五行にあるという認識をもっていたことも示している。

多くの漢籍医書をあげるなかで、「孫思邈は、又、養生の祖なり。千金方をあらはす。養生の術も医方も、皆宗とすべし。老荘を好んで異術の人なれど、長ずる所多し。医生にすすむるに、儒書に通じ、易を知るを以てす。……後世に益あり。……むかし日本に方書【治療書】の来りし初は、千金方なり」と評価している。

巻第七の用薬では、「孫思邈曰、人、故なくんば薬を餌(くらう)べからず。偏に助くれば、蔵気不平にして病生ず」をあげ、むやみに薬にたよることを誡めている。

巻第八の鍼(はり)、灸法では「千金方に、少児初生に病いなきに、かねて鍼灸すべからず。もし灸すれば癇(かん)（ひきつけ）をなすといえり」。

このように八巻すべてに、孫思邈の『千金方』は取り上げられており、引用の中でも突出している。そのほか、要所〳〵に中国の思想が盛り込まれている。諸子百家から李漁の『閑情寓寄』まで、様々である。益軒は「後記」に、「群書の内、養生の術を説ける古語をあつめて」、そして弟子とともに分類し、『頤生輯要(いせいしゅうよう)』を編纂し、これはその要をとったものと記している。そのため中国文献がふんだんに用いられるのは当然で、さらにそこから、日本の風土や日本人の体型を考えて自らも試し、書を成している。中国の養生の受容と取捨選択を如実に示す書といってもいいであろう。

基本的な考え方に焦点をあててみると、長寿と幸福の関係は、「寿(いのちなが)きは、尚書に、五福の第一とす。是万福の根本なり」（巻第一）とし、長生の目的は、「長生すれば、楽(たのしみ)多く益多し。……学問の長進する事も、知識の明達なる事も、長生せざれば得がたし」（巻第一）。なぜ養生をわざわざ勧めるのかといえば、「其術をしらざれば、其事をなしがたし……夫(それ)養生の術、そくばくの（大変な）大道にして、小芸にあらず」で、この術を知らないで病気になったら「天地父母に対し大不孝と云べし」（巻第一）。これにより、人の道としても養生は学ぶべきものとする。

益軒はつねに「民生日用の小補」すなわち庶民の日常生活に役立つことを願っていたとされる。たとえば養生訓の巻第四には、食べ合わせ、食べる時間、飲む適時、飲茶、煙草について、巻第五には、秘結（便秘）、浴（入浴）、沐（サウナ）、女性の経水（生理）のときの注意点、湯治のときの食べ物、日常の注意点などが記されている。このように日常に即した内容は、様々な知識を庶民に与えうるものであった。

二　庶民の身体理解

（一）鬼に見立てて病も顕現化

江戸時代に庶民の間で様々な風俗錦絵が誕生する。それは娯楽鑑賞のため以外に、中国で吉祥を表す彩色の年画や魔除けの符のように、意図的なものもある。中野操は特に疾病関連の錦絵を蒐集している。それを見ると麻疹などの伝染病を撃退する願いを込めた内容のものが際立つ。中でも鍾馗図は、中国では魔除けの年画として飾られ、日本では鍾馗の赤摺り浮世絵が疱瘡退治の願いを込めて掲げられる。[6]

伝染病の中でも麻疹は平安朝の頃より現在に至るまで、感染力の極めて強い感染症として、流行の高下を繰り返してきた。富士川游の『日本疾病史』[7]によると、麻疹は『日本紀略』に明記される平安中期の九九八年以来三十八回の流行を繰り返してきた。益軒の書がでる五年ほどまえの一七〇八年も日本六十余州で麻疹が流行している。予防の錦絵が多くみられる一八六二（文久二）年は、夏の半ばに蔓延し、「良賤男女この病痘に罹らざる家なし」という状況で、医者や薬舗も罹患して亡くなるほどであったという。「寺院は葬式を行うにひまなく、日本橋上には一日棺の渡ること、二百に及べる日もありしとぞ（武江年表）」とある。こういう状況にあって、庶民は自衛手段として、未病の状態を保とうと工夫する。伝染病に対峙するための自身の身体への意識が高まるなかで生まれてくる表現がある。

錦絵『麦殿大明神』歌川芳盛作（一八六二年文久二年）では、麦が神格を与えられ、「烏犀角」と書写された鎧をまとった麦を神に見立てた麦殿大明神が、悪鬼のごとき妖怪変化に見立てられた麻疹を取り押さえている掛け軸に向かって、皆がありがたそうに拝んでいる。右側には、「どくだて（禁物）のもの」と「たべてよいもの」が列記されて養生を促す内容になっている。なぜ麦なのかを考えてみると、ことわざに「麦の芒と疱瘡とは叶わぬ」(8)とあり、その意味は、「麦の芒に触れるのと疱瘡にかかるのとは、ともにかゆくてやりきれない。〔はしか〕は、麦の実の殻にある針のような毛。のぎ」とあり、つまりは、麦の実が生き物のようにまるで芒（＝麻疹）を組み敷いて、豊かな実りを生み出している、といったハシカの同音異義語から想像された大自然の力への畏怖だったのではないだろうか。「烏犀角」はサイの黒い角のことで、漢方薬として中国では使用されている。勿論俗信とはいえ、麦神がその薬効をもっているのではという願望を象徴した表現であろう。これより前に、洒落本・滑稽本作者の式亭三馬（一七七六〜一八二二）は、自分自身が麻疹にかかって、治るまでの間に書いたという「麻疹戯言」（一八〇三年）(9)で、麻疹の神についてこんなふうにいっている。「此ごろの人は、疱瘡鬼の合棚に、麻疹の神のあるとまで心得けん」と手厚い疱瘡神の扱いに対して、麻疹の神はそこまでいかない。「麻疹は神というまでにて、赤の飯の沙汰もなく、梟の張籠も見えず、神でもない物神々と利を付るは。（略）噫、この夏いかなれば、かかる天疫の災を下して、吏民にくるしみをかけ給うぞ。ねがわくば、天神地祇、哀愍のまなじりをたれ給ひ、まこと麻疹の神

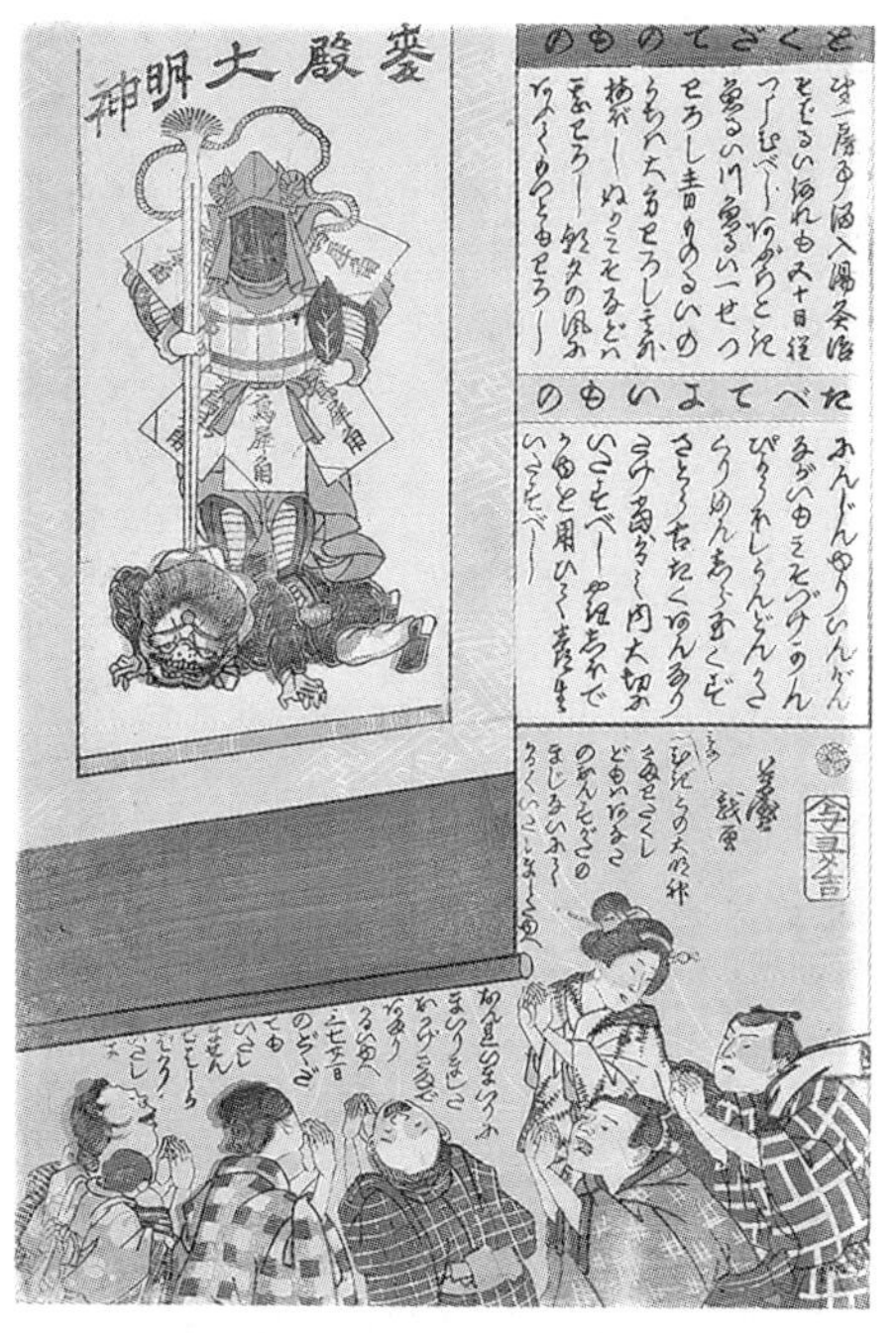

『麦殿大明神』歌川芳盛
宗田文庫・国際日本文化研究センター

あらば、すみやかにちくらが沖（築羅が沖・日本の海の果て）へ送り給へ」（「送麻疹神表」）。本気で信じるわけでもないが、麻疹の神がいるならば、すがりたい心境、という切実さが透けて見える。そして跋文で、「麻疹は養生にあり」と記している。

『はしかまじないおしえ宝』歌川芳艶（号は一英齋）作では、題辞があるこの葉は多羅葉の葉で、麦殿の身体にも付いている。（葉面に傷をつけると黒に変色し文字を書ける。呪術に使われた）呪術の文言を書いているのは、麦、金柑、桶で、いずれも首の下からは人に見立てられている。

『はしか養生草』歌川芳幾作（一八六二年文久二年）では、麻疹の病魔に対して、黒豆は枡入りの黒豆をふりそそぎ、麦は穂を槍の如く構え、黒犀角は煎じた漢方薬を土瓶でそそぐ。このように、物は人格を帯びて見立てられる。麻疹の病魔も人的形象、歌舞伎の青筋の隈取りをつけた敵役のようにも見立てられている。なお、この三件の作者はいずれも歌川国芳の弟子で、国芳は、この前年の一八六一年に亡くなっている。三人による麻疹を表現した見立はその理解と表現が共通している。

ただし、こういった病気という目に見えない事柄を、形あるもので擬人化して見立てた表現は、このとき誕生したわけではなく、それはずっと以前に遡る。伝染病はその原因も治療はもとより病名さえもわからなかった頃には、病をはっきりととらえられるように表現し、それを目に見える儀式に仕立て年中行事に定着している。

『はしかまじないおしえ宝』歌川芳艶
宗田文庫・国際日本文化研究センター

『続日本紀』には七〇六（慶雲三）年に「是の年、天下の諸国に疫疾ありて、百姓多く死ぬ。始めて土牛を作りて大きに儺す」(10)とあり、各地に疫病が流行ったため、疫病よけに土牛がつくられ儺がおこなわれたとある。この儺について、平安時代になると、宮中の儀式としての詳しい記載が見られ、その内容を知ることができる。主な年中行事の設営や次第などを定めた「内裏式」（八二一年撰）や「延喜式」（九六七年施行）などを見ると、大晦日に宮中で大がかりな儺の儀式がおこなわれている。追儺についての記述は多いが、図は『政事要略』(11)に附されている。

詳細はおよそつぎの内容である。方相氏は官人の大舎人の中の長身で大柄な者がつとめ、二十人の辰子（紺布衣、朱末額をつけた小児）がともに参入する。そして陰陽師が疫鬼に対して、以下の内容の祭文をよみあげる。「宝や山海の珍味をやるからこの国から出ていけ。さもなくば大儺（方相氏）小儺（辰子）が追いかけて殺してしまうぞ」。そして鬼を京外へ追いやる。このように疫病は有形化した鬼に見立てられる。ただし疫鬼は誰かが演じているのではなく、想像上での形象であり、その後、鬼は人が面をつけ、明確化される。

方相氏の形像は、大柄な長身で、四目のおどろおどろしい形相をたたえている。これは目にみえない恐ろしい悪鬼を追い払う超人的な役割を担うが、この形象も儀礼も、中国を由来とする。中国の『周礼』(12)は西周（前十一世紀～前七七一）において天地春夏秋冬に則して官制を記した

『はしか養生草』歌川芳幾
宗田文庫・国際日本文化研究センター

疫病を鬼に見立てる　追儺儀式『政事要略』内閣文庫

もので、天官、地官、春官、夏官、秋官、冬官の六類からなる。「方相氏（という役職）は、熊皮を蒙り、黄金の四つ目（の仮面をつけ）、玄の衣と朱の裳（をつけ）、戈を執り盾を揚げ、百隷（大勢の家来）を帥いて、時に儺し（元の字は難。儺禦：春夏秋冬に方相氏によって凶悪をはらいふせぐ）、もって室を索め（部屋の中を探して）、疫（疫病の悪鬼）を駆る（おいはらう）ことを掌る」（夏官）。方相氏や疫鬼の形象はその後変化するが、目に見えない病を形象化し見立てる考え方は古くからあったことが示されている。

呪いや俗信は恐れと迷いの反映であり、庶民にとっての病に対する防御策としては、貝原益軒が唱えたように、日常の養生が重要になる。そういった中に、体内を表現した男女の錦絵『飲食養生鑑』、『房事養生鑑』がある。『房事養生鑑』冒頭には「凡人の無病長寿は飲食と房事の事」とあり、対になったものとされる。いくつかの版が存在し、ここに掲載するものは、宗田一が蒐集した宗田文庫（国際日本文化研究センター）所蔵のもので、錦絵を収めてあった袋も珍しく残されており、この絵の意図を示す情報をくみ取ることができる。同様のものは、内藤記念くすり博物館（岐阜県）にも所蔵されている。(13)

（二）『飲食養生鑑』からみる身体理解

江戸庶民が目にしたこの二点の養生鑑は、『図録日本医事文化史資料集成』(14)では、「養生」の項目に配され、二つの外袋も載せている。この外袋の画は、下半身が人体、頭部はそれが表す抽象的な事柄を文字で表現する方法をとる。この描き方は、悪玉善玉といった心の表現として錦絵や戯作の挿絵、歌舞伎の演出などでも江戸時代によく見られる。『飲食養生鑑』では、「気」の力によって「心」から「酒」と「色」が追い出されている。気の働きの効力を示唆したものとなっている。中野操もまた、この対の錦絵を、麻疹、疱瘡の予防として、飲酒房事湯治などの摂生が説かれる風潮のなかでできたものとする。記載から測るに飲食図が先に作られている。

『飲食養生鑑』は、若い男性が鯛の尾頭付き膳を前に、お猪口で酒を嗜んでいる。先にあげた貝原益軒は『養生訓』巻第三「飲食」の項で、飲食について論じている。「元気は生命の根源である。飲食は生命を養う養分である」、「とはいうものの、飲食は人間の大欲であって、口や腹が好むところである。好みに任せて食べすぎると、度をこして脾胃を傷つけて諸病をひきおこし、命を失うことになる。五臓が生じるのは腎からである。生じてしまえば脾胃が中心になる。飲食すると脾胃がこれを受けて消化し、その養液を内臓に送り出す」。現代とは異なる五臓六腑の知識が中心となるものの、食べたものが体内でどう流れていくのかという意識は強くある。そして、「内臓が脾胃に養われることは、草木が土気によって成長するようなものである」

『飲食養生鑑』外袋
宗田文庫・国際日本文化研究センター

と譬えている。草木が養分を吸収して成長するというイメージである。

養生鑑では次のように始まる。（現代仮名遣いと漢字に変更し、（　）に注を入れた）

「序に云う、凡そ、人間の貴人高位というも下賤の身も、又賢も愚なるも、はらの中にそなえたる臓腑此ごとし。（略）然れども、瘡疥（できもの、発疹）膿、血の出づる悪病にて身を汚す等は、皆、飲食不養生より起る所也。之に依り、食用を選み、長命子孫繁栄の基を希のみ」。まず目的が明示されている。体内には六十六人の男性が働いており、武士風、公家風が数人、おおよそは町人風で市井の生活が配され、飲食による五臓六腑の働きと疾病との関係に対する理解を促す意図がある。

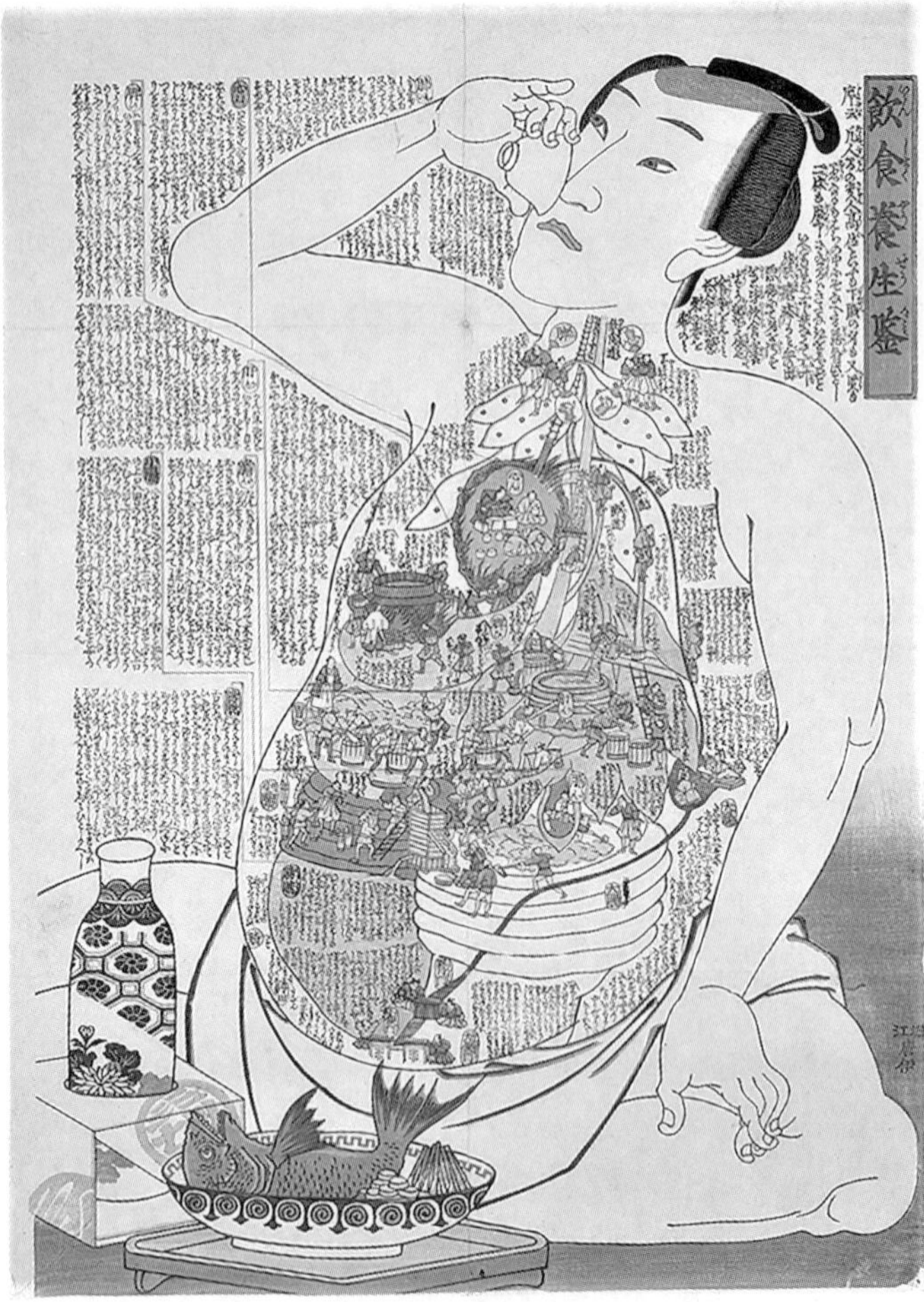

『飲食養生鑑』宗田文庫・国際日本文化研究センター

まず、心は、炎にかこまれ、色は赤で、五行の考え方をそのまま踏襲している。

心：心は、火に属し、いろ赤し。舌、口をつかさどる也。右肺の下、膈膜の上に有て、小腸に通ず。その形は、蓮の花の実のごとく、その中に穴有。（略）これより四つの筒ありて、腎△肝△胃△脾とうの四臓に通ずる君主の官（つとめ＝関：人体の要所）にして、身命を出し、ひろく規を備え、万事に通用する大事の所なり。

心の絵図では、紋付き袴の武士風の者が一人、その配下と思われる者が三人配される。

心は第一の所でござるから、どうも吟味をよくいたし、ちっとも滞りなく、通用をよくし、こまらぬようにいたす役だが、とかく乱暴が多くてこまりはてるテ。

さようでござり升。

心から「腎道、肝道、肺道」が伸びている。それぞれの道には、脚絆姿で状箱を担いだ飛脚風の人が歩いている。

腎道：拙者のほうの役は、一番いそがしい、先物からさばいて行くのに、又、すぐと持ち込むから、いかなといやでも、そうはさばけねえワ。

肝道：勘当の身といっても、おいらは、親孝行だぜ。

肺道：はいどう（ハイ、ドウ）とは、馬でも追ってるようだ。

肺：肺は金に属し、いろ白なり。鼻、又、大腸へつうずるの道也。（略）これを相伝の官といいて、いろいろなる食物おさめ、五臓の気を巡らすゆえ、第一のところなり。

肺は、体内では四人が大団扇（団扇には肺、息の字が入っている）で煽いで、呼吸の働きを見立てている。

団扇の骨も折れるが、又、からだの骨も折れるようだ。ちっと、休もうじゃねえか—

団扇乱脈だ、なぞといわれちゃ悪いから、なんでも骨おってから休みやしょう。

この仲間が、働かねえときは、どうするだろう。たちまち騒ぎ、片がつかねえから。ソレ目の前、難儀だ。ハイハイといっているだろう。

脾：脾は、胃と膜を一つにして左の上につく。土に属し、色は黄也。（略）大食・大酒・如何物食いするものは、此の脾を破るゆえ、色々の病となる一大事の所なり。

体内の脾は黄色で、大釜が炎に炙られている。背負籠を一杯にした脚絆姿の男たちが大釜へものを運んでくる。

此の頃は夜昼絶える間なしだからまことに落ち着いて寝ることもできねえぜ。

かかあどんが腹を立てるだろう。ハヽヽハヽヽ

かまうことはねえ。おいら独りもんだから。

火の用心とはここらのことだろう。

して追々足がすりこ木だ。

すり鉢が待ってるわ。

手鍋提げても（貧しい生活をしても）おまえと二人添うことならというが、此の大釜は格別だろう。

胃：脾につきたる臓府也。これ又蔵の官にて脾と同じく、色々飲み食いの品を収め、命を養う基なり。それゆえ養生第一ある所也。（略）多くの病は此れ脾胃よりおこる所にして、いずれも毎日の食い飲みから無駄食いまでよく慎み、大食大酒むら食いをせず、多寡不足なく、此の脾胃の二つを損ぜぬようするを第一に心がけざれば、身を苦しめ命を縮めるの憂いあり。

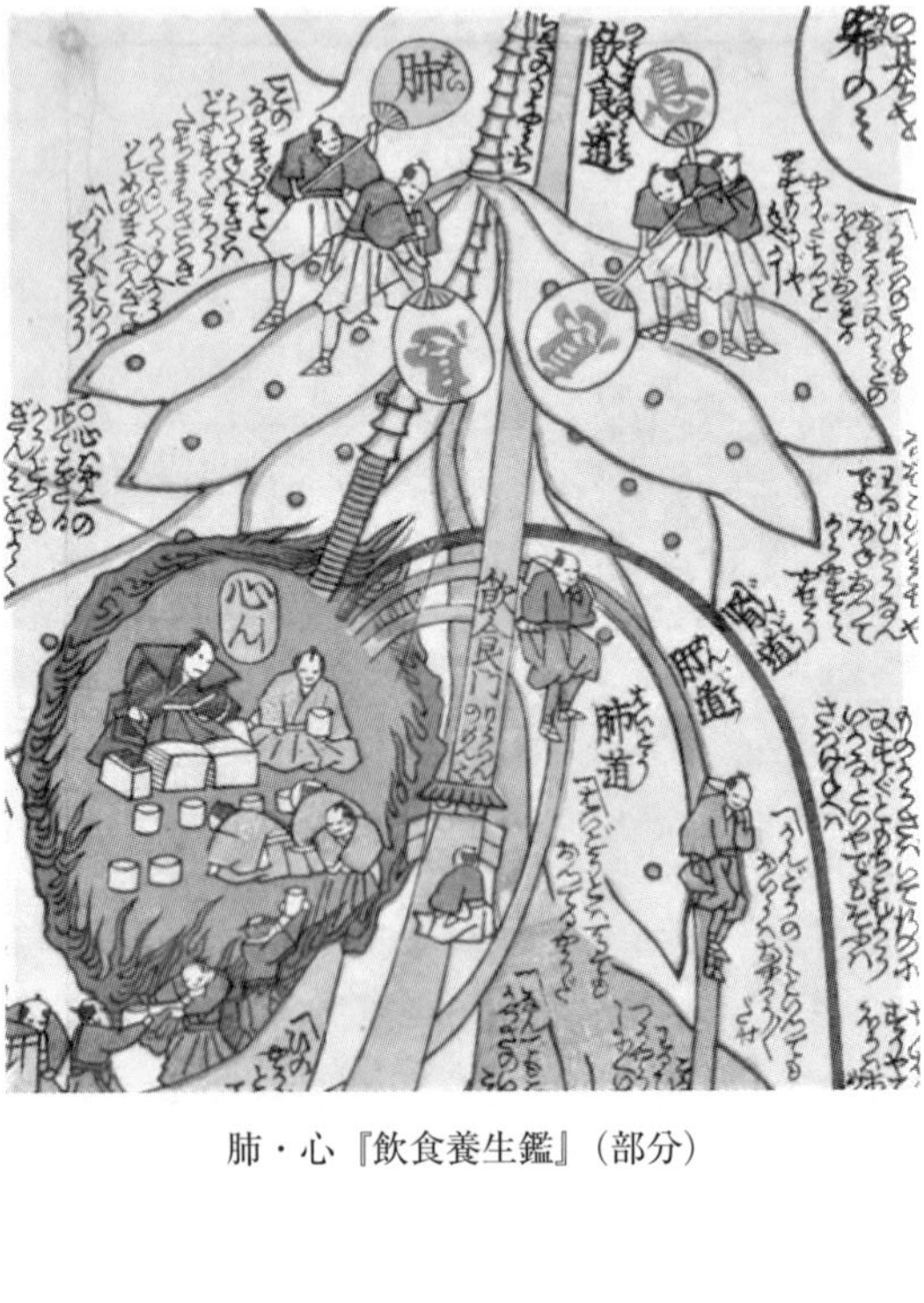

体内図で胃は黄色。酒造りのようである。大きな木樽を天秤棒で担いでいる。江戸庶民が清酒を飲めるようになるの

肺・心『飲食養生鑑』（部分）

は摂津伊丹（現兵庫県伊丹市）の酒造りの大量生産による。この絵図の少し前、『日本山海名産図会』巻之一（木村孔恭著、法橋關月画、一七九九年寛政十一年）では「摂津伊丹酒造」のようすが描かれており、そのさまと近似している。

　こんなに骨を折っても平気の平左衛門どの（語呂合わせ）には困るぞ。

　伊丹樽を担ぐとは、ちがってるのう。

　少々臭くも我慢してやれ〳〵

　田舎のはたらきとは、ここらのことだろう。

肝・・肝は木に属し色青し。目と筋を掌る。胸の下にあり。肺の蔵を包む也。将軍の官にして、計略を巡らし、万の食物飲むものみな此の所にしてよく熟し（消化し）、その気をもって五蔵六府を養う也。（略）その熟れよきものは速やかに脾の蔵へ渡り、身の養いとなる。しかるに肝の嫌うほど大食大酒を呑む人は、第一此の肝の熟す暇なくしてまた、その後から色々の食い物の塚へ押しかけるゆえ、腹の内のせいとう届きがたく、ついには食い物より蔵府を破り、色々の病をおこす。此の肝を大切にすることをせん（専）一に心がけ給うべし。

体内の肝は青。酒造りも熟成の段階のようで中央に大きな甕、木樽があり、それを取り巻いて天秤で桶を運ぶなど忙しそうな光景がある。（抜粋）

　しっかりやってくんねえヨ。

脾

熟れが悪いと通用（出入り）がしにくいぜ。きょうはやたらと持ち込むから足も腰も堪るころじゃねえハ。

腎：腎は背骨の十四に付、二つ有り。左強の官にて精神の宿る命門也。此の所なれば、淫事にふけらず身を慎み養生をよくして、子孫を求むるを肝要とす。（『難経』では左を腎、右を命門とする）

体内の図で腎の部分では言葉は交わしていないものの、公家風の装いで向き合って坐している。

腎から黒色のくだが下までのび、「腎門」では小さな観音開きの門と両側に二人の男、更に下に大きな門があって人が配され、「大便門」、「小便門」とある。

腎門：腎門（＝尋問）の役はいけねえ。そのわけは、いつでも心よく通してやるのだが、度々通るうちには、自分でやりそこないして、淋という病となる、こりゃ拙者なぞの知ったもんじゃない。

胆：胆はきも也。肝の下にありて、木に属しいろ青し。中正の官にして、ものをよく治め定め、もろ〳〵の身のうちのことに決断することを掌る也。腹立ち怒るときは此の胆の動くことその身に知れる也。かくの如きこととまた、驚くことなどあればまず、心を痛め苦しめ、此の胆を驚かすようになれば、気をふさぎて万の食物旨からず。酒を無理飲み等するものありて、かえって厄を求むる也。

肝・胆

人体の胆の図は、室内で一人は腕組みして思案、一人は手をついてそれを見ているという風情で、まさに決断を掌る体に見える。

小腸：小腸は、心につきて色赤く、舌と血をば掌る也。（略）食物をほどよくして、障り無く巡らすときは小腸に憂いなく健やかなる身となる也。多くは此の所にて滞る也。

体内の小腸図では天秤を担ぐ者がいう。「小腸より中の丁へ出かけようじゃねえか。心持ちがなおるぜ」。

膀胱：（略）常に大酒大食するもの、此の小腸までくだるを待たず、あとより追いかけ酒を飲み、めし其の外を食うものから上の管にて正当なりがたきにより、吐き戻しせつなき思いをなし、その気残り二日酔い又つづけり。めまい等に苦しみて他の病を招くこと多し、それらはみな此の膀胱の患いと知るべし。

体内の膀胱の図は、赤い小腸の下に位置するが、人物図は小腸との区別が曖昧である。指図する武士、天秤で桶を担ぐ者など役割分担は明確で、大腸に流れる固形物と膀胱に流れる液体とに仕分けて働いている。

（口鼻を押さえて）なんと今日のは鼻持ちがならぬえ。おいらはこの臭いで三日酔いをばするようだぜ。

それだって自分の身にも覚えのあることだ。それじゃ、腹を知らねえというもんだ。ハヽヽハヽヽ。

そうだ〳〵てめえは腹のいい男だ。どこを働くも役目だ。しかしまぁ此のころのように、やたらと持ち込むには困ることだろう。たる（足る・垂る）とは困るとはここのことだろう。

臍（へそ）と丹田（たんでん）は文字で簡単に示されるだけでこの図では詳しくない。臍は「此のへんより金の出るよし。これをへそくり金という」。丹田は「雷の如くご

腎門

ろ〳〵音のすることあり」と遊び心で触れている。丹田については、貝原益軒が経絡の重要な経穴で、臍下に位置する特に重要なこととして言及している。

臍の下三寸を丹田という。腎臓の動気といわれるものはここにある。『難経』（斉の医者・秦越人の著）という医書に「臍下腎間の動気は、人の生命なり。十二経（鍼灸学・手足の十二経脈）の根本なり」と書かれている。ここには生命の根本が集合している。気を養う術はつねに腰をすえて真気を丹田に集め、呼吸を静かにし荒くせず、事をするときは胸中から何度も軽く気を吐きだして、胸中に気を集めないで丹田に気を集めなければならない。こうすれば気はのぼらないし、胸は騒がないで身体に力が養われる。（略）芸術家が芸術に励み、武人が武術に励み、敵と戦うときにも、みなこの心がけを主としなければならない。これは事に励み気を養うためのよい術（方法）である。（巻第二）(15)

このように、丹田の位置とその重要性は、様々な人々に、関心がもたれていた。ただこの『飲食養生鑑』では、その理解は反映されていない。体内図の人の会話も主に食べ過ぎ飲み過ぎを戒める内容が多い。食べたものが体内で、各臓器の働きによって、どのように分解作用しているのか、さらにどういった負担がかかっているのか、ということを意識させるものとなっている。

「〈病は口より入る〉〈諸病は飲食の招く所〉という病因説は唐の『千金方』にみられる説(16)」とあるように、中国の医書がはいって後、根底の一つにあるのは、食のコントロールであると認識されており、この『飲食養生鑑』に脈々と受け継がれている。

(三)『房事養生鑑』の表現

『房事養生鑑』もまた着物を羽織った女性の身体の前側はいわば内経図になっている。そこに展開するのは、廓の世界である。漢方の五臓六腑と西洋の解剖図からの臓器の知識が折衷され、廓世界に見立てられているのである。

この外袋には、図にあるように、著者、作画、版元が記載されているものの、いずれも実在しない偽名であることがわかっている。ただし袋中央の歌は、加州（加賀藩、現石川県）の女流俳人として生前すでに名を馳せた千代女（一七〇三〜一七七五）の句「だまされて来て誠なりはつ桜」が記されている。[17]『摂津名所図会』（一七九六〜九八）[18]巻の四には、大坂新町九軒町の傾城廓の様子が描かれている。その後その地に桜を植えた九軒桜堤がつくられ、その跡に一八一九年千代女のこの句碑を置いたとされる。描かれるモデルが傾城であることとのつながりが示されている。

この錦絵が描かれるより前、一八二二（文政五）年から一八三八（天保九）年にかけて、庶民に向けて性知識を著した『枕文庫』が「シリーズで十冊近く発行」され、ベストセラーになったという。この完本を先祖が残してくれたという田野辺富蔵は医者でもあり、これを「性の百科全書」と評し解説している。[19]枕文庫第一輯には、冒頭、「和合神」と題し、「倭国和合神と云い、此の二神(ふたかみ)なり、筑波山(つくばやま)の陰陽峰に祭る可尊(とうとむべし)」と記され、風景を男女の和合を見立てた背景に伊弉諾尊(いざなぎのみこと)、伊弉冉尊(いざなみのみこと)が寄り添っている絵が象徴的に描かれている。さらに房事のことが、いわば医学書のように解体して描かれており、日常の中の関心事として出版がおこなわれていたといえる。

『房事養生鑑』は特に花魁をモデルにして体内も花魁世界に見立てられている。

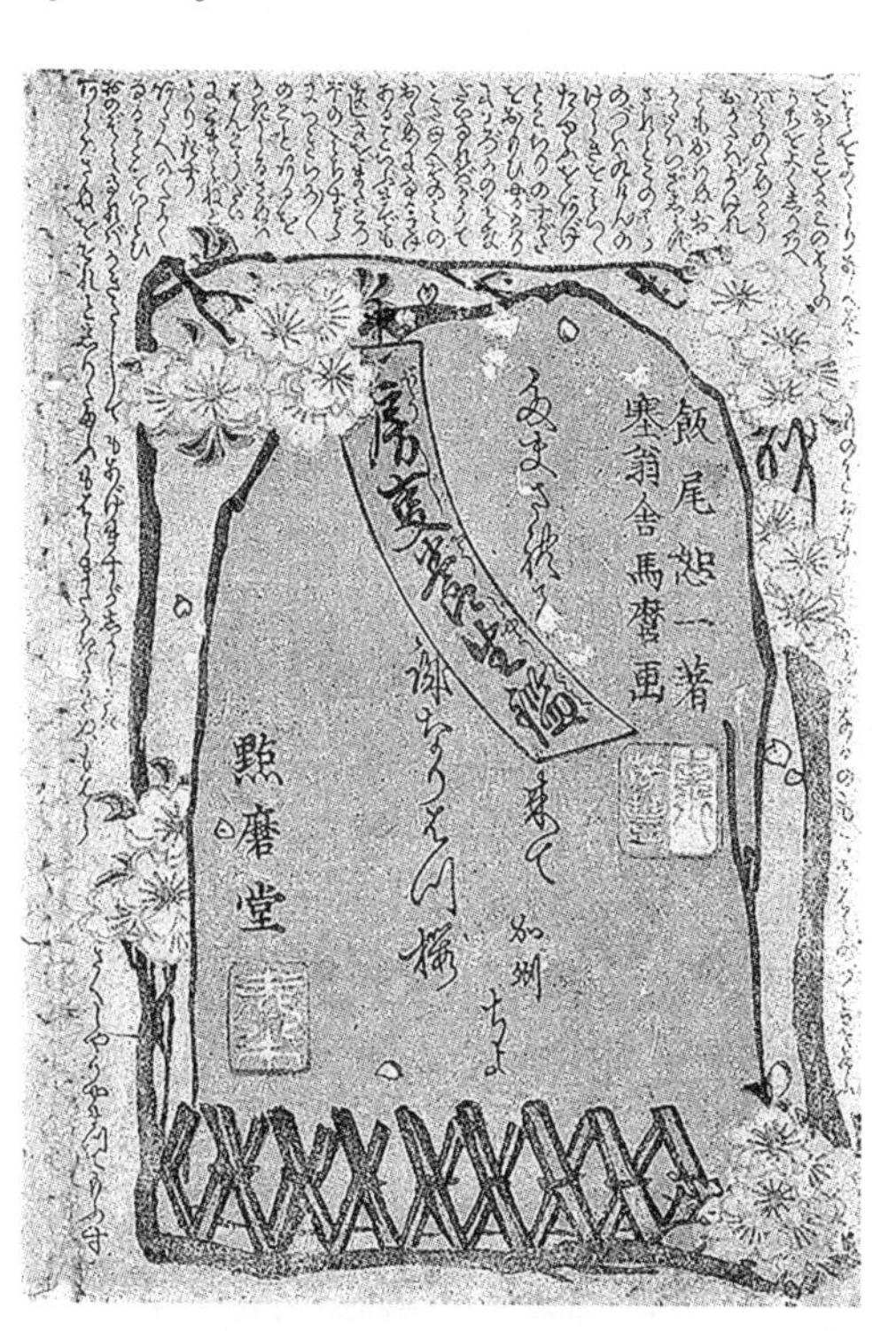

『房事養生鑑』外袋
宗田文庫・国際日本文化研究センター

花魁は煙管を右手に、左手には烟草盆の取っ手をつかんでいる。『養生訓』では、たばこについて、「淡婆姑は、和語にあらず。蛮語也。近世の中華の書に多くのせたり。又、烟草と云。……烟草は性毒あり」（巻第四）とある。それでもたばこは流行る。煙管は、林羅山『羅山文集』（五十六雑）に「佗波古、希施婁は南蛮語で、タバコは草の名」とあり、「その煙は諸病を療し、人は多くこれをなす」[20]と養生訓とは真逆のことが記されている。『蔫録』にはキセルについて、相伝のはじめは漢の船舶がもたらし、それを真似て日本で作るようになったのは江戸元和年間（一六一五〜一六二四）と記す。

『房事養生鑑』　宗田文庫・国際日本文化研究センター

『煙草記』長歌に「客あれば、お茶より先に、たばこぼん、愛敬草に、さしいだす、話の絶え間、継ぎ煙管、口上ひねり、吹く煙」などとあり、客の接待にも用いられている。吉原の煙管、などと呼ばれ、専ら吉原に卸す煙管をつくる店もあったようで（『嬉遊笑覧』二中器用）一見して花魁の風情が思い浮かぶことになる。

冒頭、『飲食養生鑑』にはない房事の戒めを目的とすることが示される。

凡そ、人の無病長寿は飲食と房事の乱りなるにあり。其飲食につき疾病おこり五臓六腑のはたらきしわけは、さきにいでし男の図、飲食養生鑑にくわしければ、ここにしるさず。今図するところの女は房事にて、男女ともに有病短命の人多し。依りて、男の図に漏れし房事をみだりに好む人の心得となるためを示すことしかり。

説明書きは乳糜、乳糜嚢、経水、子宮の四つについて記している。花魁の体内に目を移すと、体内には三十四人の大人の女性と、二人の子供が描かれ、体内の臓器の働きや仕組みが見立てられ表現されている。

肺の体内図‥まず喉から五枚の葉状の肺がある。色は白。左右に「息」と印されたふいごがあり、右が「つくいき」（吐く息）、左が「ひくいき」（吸う息）で、ふいごの作業をしている人も諸肌を脱いで暑そうにしている。

（団扇で煽ぐ二人）肝心のときは、鼻息の荒いよ。
くたびれはすれど、わしらも消えちゃたまらねえ。
（黒い虫二匹を前にして）これ、てめえも、大きなりて、あまりすぎると、労咳という病がおこるヨ。

肺『房事養生鑑』（部分）

おや〱、労咳の虫が、またでおったぜ。（労咳：肺結核。病気を虫で表現することが多く見られることは後述する）

心の体内図：気管と梯子でつながっている。梯子をのぼる女性の上には「啌（せき）」の文字がある。心は男図と同様赤く球形で炎の玉のごとき形状。

（番台の帳簿を繰る人）おまえがたのお客は、とんと来やしないね。

（煙管をくゆらせる女）なぜ。私のこころを知ってじゃない。じれったく、騙したゆえだか、しらねえサ。

（「実」の字の下、箱膳を整える女）こんなに、実（まごころ）を見せたといっても、ぬしへとどかないかしらねえ。

脾の体内図：竈があり、火吹き竹で火を熾（お）こしている女がいる。「あんまり脾の臓が強いから、たきたてたくらいではこたえぬえ」。

乳糜（ちしる）：乳糜は飲み食いせし品のよくこなれ、成るものにて、乳糜嚢の袋より乳糜管のくだに送り、乳房にたまりいずるもののもとは、男女ともにからだを養う大事のものなり。（略）

乳糜嚢（にゅうびのう）：乳糜嚢は腎とならびありて、ちしるを入れる小さき袋なり。しもはあまたの乳糜脈の血筋より集まりて一つ

心

の袋となり、かみは乳糜管のくだとなる。そのくだより女はちしるを乳房に送り、子を養い、また男女ともにちしるを心肺へ送り血にまじり血となりてからだを養うなり。

乳嚢の体内図：延命袋の形状をしている。

（赤子を背負った女）まだ乳首くちがでないから、こちて一ぱい飲まそうか。

（左手に蠅叩きを持ち桶の準備をする女）ちちを運ばすこしらえをしておかなくちゃかなわぬヨ。

乳糜管の体内図：乳嚢とつながっている。

（手桶をもつ女）子ができたなら、ちちを運ぶのにせわしいだろ。

飲食道（いんしょくみち）の体内図：胃につながる道をいく二人の女。一人は小脇に荷を抱え、一人は大原女のように頭に荷を載せている。

客の前ではおとなしくって暇だけれど、部屋ではよく食ってでだから忙しくてならぬヨ。

胃の体内図：土臼（どうす）と、千石通しという米精製の道具が配され、女二人が土臼を回している。

夜も昼も食いつづけだから、こなすにたいそう骨が折れるね。

アイ、そうさねえ。

肝は青を背景に、まな板庖丁で料理する女、すり鉢でする女、篩で選別する女がかいがいしく働いている。その下にある大腸では薦にひろげた穀物を二人が唐棹で脱穀し、一人は畑を鍬で耕している。

女でも当世は肉食いが過ぎるから、臭くて鼻持ちができぬえ。

サアそうだけども辛抱してやろうよ。

乳嚢・胃

経水（めぐり）：経水は生動脈の血筋、腎の下より子壷（子宮の俗称）の内へわたりて経水を送るも、年十四五になれば血のあまり出けるころにて、はらめば経水なく、はらまざれば経水あり。よりて男より血の多いわけはこのいわれなり。（略）すべて経水のあるとき、下腹より腰の痛むことあり。また、からだほめき（ほてる）頭（かしら）痛み、足怠きことあるは、経水の血障るところより病むなり。

経水の体内図：女が片口鉢から赤色の液体を大鉢にそそいでいる。

男とはちがって毎月七日の世話か、罪の深いのサ。

子宮、卵巣、喇叭管の形が背景として臓器の形が象られて描かれている。解剖図からの影響が見て取れる。子宮の中には胎児の影も見える。

子宮（こつぼ）：子宮は膀胱と直腸とて大腸のしも直（すぐ）なるところの間にありて、大きさニワトリの卵ほどのものにて、しもに小さき横口あり。はらめば月のかさなるにしたがい、張り伸びて大きになるなり。（略）ここに房事を乱りに好み魂衰え、からだ痩せてつやなく、はてはいろ〳〵のあやうき病をおこすは、その精液のみずを減らしすごすにて、もと精液は血よりなるものゆえ、その血のからだを養うに足らぬこととなればなり。おそれ慎むべし。

子宮の体内図：杖をついて腰の少し曲がった老女がいる。

少しはこらえなくちゃよくはありませぬよ。それはそうと、子を産んだひとは、肝心の時たいそういいものだが、わしらのように年を寄るとこそばいことばかりさ。

卵巣の体内図：二人の王朝風の装いをした女性が向き合って一人は扇を手にしている。

丹田・子宮

子胤はほどよく授けたからめんどうでありますヨ。

膀胱の体内図：年配らしき女が一人。

吸い物をめったに（やたらに）食べられますが、いいものでありますかね。

丹田の体内図：縄を管の枝わかれしたところに掛けて引っ張っている女、それを見る女、背を向けて坐す女がいる。

癪が筋張るから、どうりであのぬしゆえ差し込むのさ。（癪が差し込む：胸や腹が急に痛くなる）

このように『房事養生鑑』は、直接的な養生の啓蒙というよりは、見る者に自身の体内に思いを巡らすことを促し、臓器に注意を向けるように意図されている。さらに、それぞれが女性のコミュニティーに見立ててあるため、感情移入しやすく、見えないはずの体内を掌中にするように鮮明なイメージをかき立てられたであろう。

益軒の『養生訓』が世に出てからおよそ百五十年前後の時を経て、養生鑑は知りたい自身の身体を写しだし観察するための目安となったのではなかろうか。『養生訓』では、薬や鍼灸を使うのは下策であり、それを用いる前に、「飲食・色欲を慎み、規則正しく寝起きして養生をすれば病にはかからない」と述べている。ただ、生命に不可欠な食欲と性欲だが、わかっていてもなかなか自制は容易ではない。錦絵で表される養生鑑が飲食と房事であることも、庶民の日常という身近な関心事とつながっている。身体を一つの人の社会として表現すると、それぞれの臓器の働きやつながりを理解することを容易にさせる。このように見立の文化へと熟成させることにより、印象深く庶民の間にひろがったと見ることができる。

三　身体を自然界に見立てる

よく知られる中国の王圻（おうき）著『三才図会』（一六〇七年）に倣って本朝版『和漢三才図会』（一七一二年）を編んだ江戸時代後期の医者寺島良安（生没年未詳）は、自叙の中で、師である和気仲安（典薬頭になった医師）が言った言葉を胸に刻む。それは中国の劉完素の言葉を引用したものである。「医を業としようとするならば、上は天文を知り、下は地理を知り、中は人事を知らねばならない。この三つを倶に明らかにしてのち、はじめて人の疾病について語ることができる」。それを目指して良安は、「医業のかたわら和漢の古書を渉猟し」三十有余年、百五巻の書を完成させる(21)。

寺島良安の考え方は、『日本医療文化史』を著した宗田一によると、「医は天地人の三才を明らかにして易の理に通じ、天人合一の妙を察知すべきだ」とする「易医論派」に属し、「医学の天人合一説の思想から、天地人三才に通暁せしめようとするための編著である」と評している(21)。

その巻第十二「支体部」で各部位を解説した後、最後に良安は身体を次のように表現している。「思うに、頭は天、足は地、骨は石、肉は土、筋は通路、毛髪は草木、両眼は日月、血は海水、息は風邪、二便は雨、汗は露、といった類である」とあげ、自然界のものに各部位を見立てた古来からの言い方を列記して、さらに私見として、次のように身体の見立を増幅している。

「頭は棟、足は礎、骨は柱、肉は壁、筋は纏縄、毛髪は萱、口は門、眼は窓、血は井水、三焦は郭牆（そとくるわ）、膀胱は水溝、命門は柴薪、肺は玄関、大腸は裏門、肝・胆は決断所、小腸は庖厨（ほうちゅう）、腎は金銀〔もとは水に属するけれどもこれを金銀に譬える〕、脾・胃は米穀、心は主人」とし、良安はこれは全体を「家財」に譬えたと記している。つまり身体を中国のように宇宙に見立てるのではなく、家に見立て、身近なところに引き寄せたともいえる。

巻第十一の「経絡部」冒頭で、「五臓六腑」については次のように解説している。

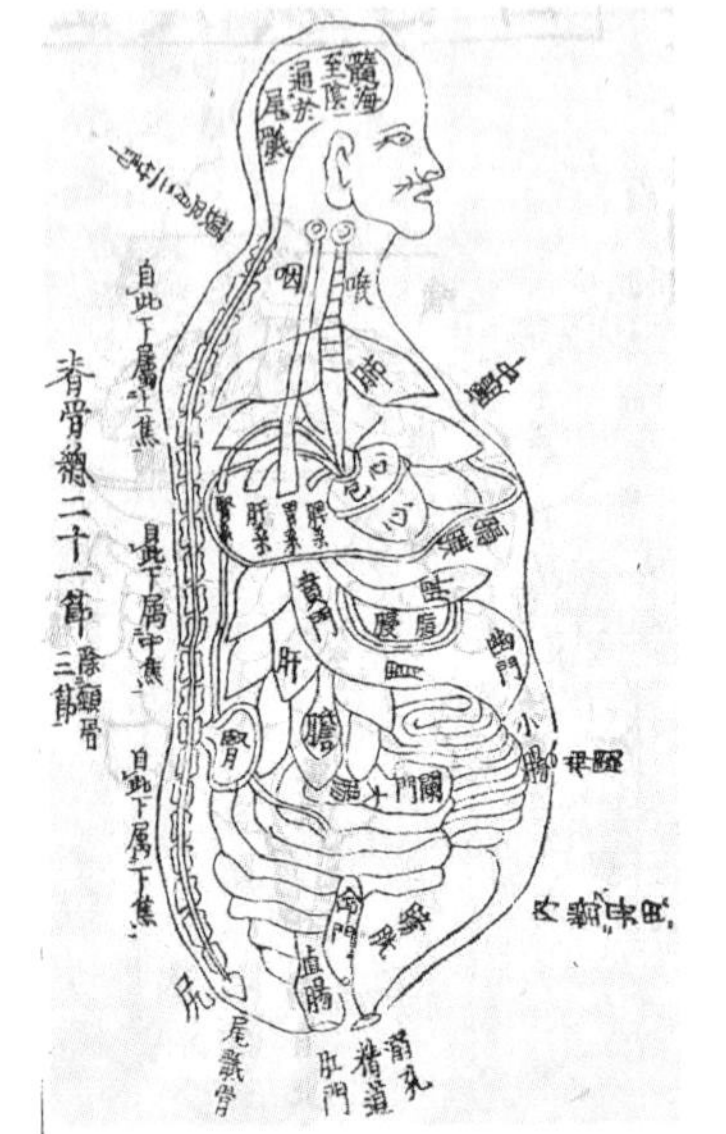

銅人形『和漢三才図会』一八二四年版
国立国会図書館

「臓を陰とし、腑を陽とする。臓とは蔵のことである。神（精神）は心の中に蔵れており、魂は肝に蔵れており、精は腎に蔵れ、魄は肺に、志は脾に蔵れている。五臓とは心・肝・腎・肺・脾で、それに膻中（鬲膜）を加えて六臓となる。六腑とは小腸・胆・膀胱・大腸・胃・三焦のことである」。

腎について記されているところを見てみると、「腎は作強の官（力強さを作り出す役）で伎巧はここから出る。北方の水に属し精を蔵す。精は人体形成の本で、精が盛んに作り出されるときは作用が強い。それで作強の官という。水はよく万物を化生し、その精妙であることは測ることができない。それで伎巧はこれから出るという。蔵の本、精の処である。父母が精を構えてのち、まだなんの形象もない中から先ず河車（胞衣・胎児を包む膜や胎盤）ができてくる」。これらの記述は『三才図会』の中の「腎臓歌」の記述と同じ部分も当然のことながらある。自ら医者である良安はそれにとどまらず、中国の文献の正否を実践から判断したり、内臓模型を綿でつくって、位置を測ったりしていたことが見て取れる。

督脈任脈については、「督、正である。真中である。背の中行を行く。それで督脈という」とし、そこに二十八穴があると説明している。さらに、「任脈と督脈とは源は一つで二つに分かれたものである。〔督は会陰から背に行き、任は会陰から腹に行く。〕そもそも人身に任・督のあるのは、ちょうど、天地に子午のあるようなものである」とし、任

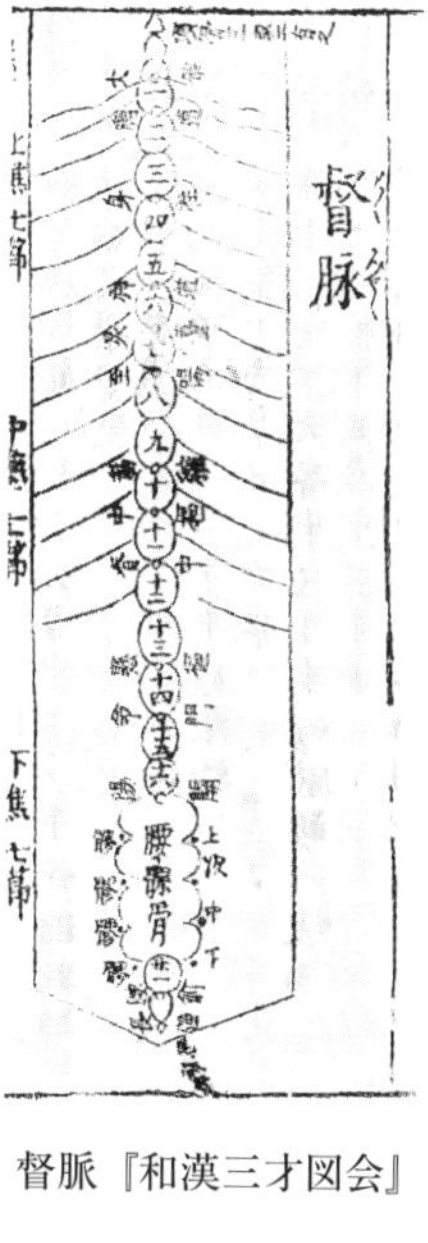

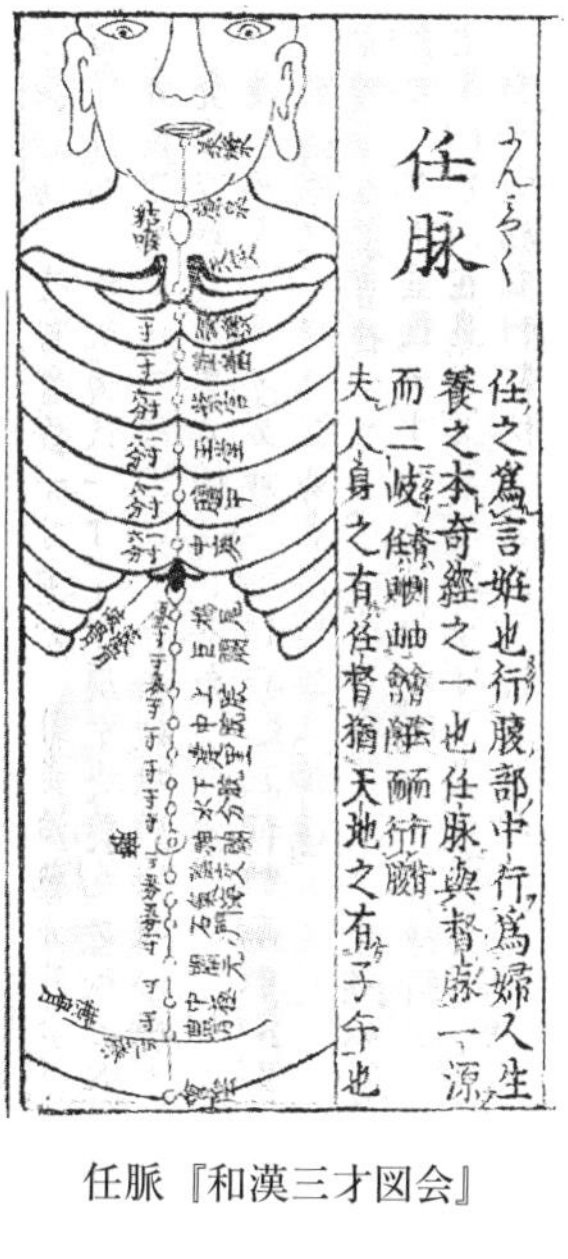

任脈『和漢三才図会』

督脈『和漢三才図会』

脈の二十四穴を述べている。

『和漢三才図会』の身体部分は、『三才図会』より量的にかなり少ないが、自ら取捨選択をし、理解を反映している状況をみてとれる。最初の出版から百年以上たってなお、江戸や大阪で出版されており、それは錦絵の養生鑑が世にでた時期と近く、説明文も重なるところがある。

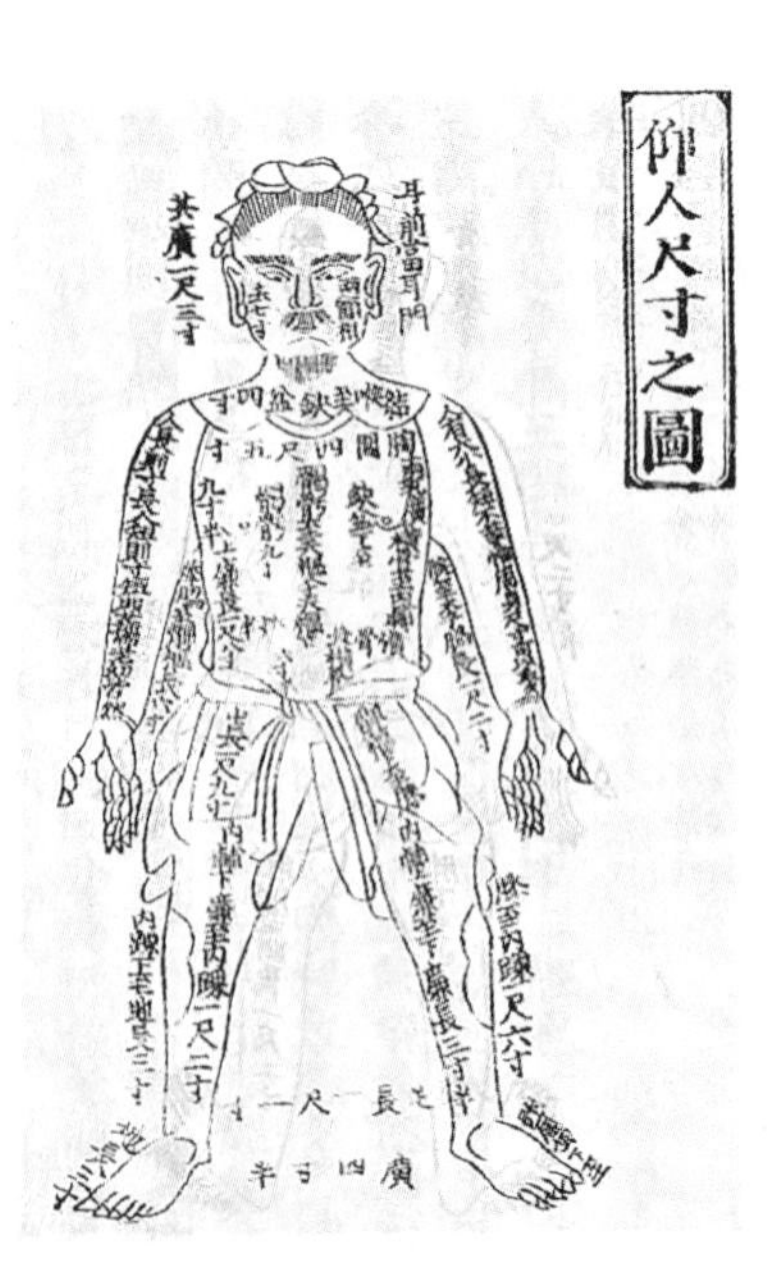

「仰人尺寸之図」　国立国会図書館

四　読本の中の身体の物語

文芸の中における見立については、中野三敏が、「日用の器材を木と鳥に見立てた絵を載せ、うがちのきいた説明の文章を附す」『百化鳥』以来、「幕末迄優に一ジャンルを形成する程の流行を示す[22]」とする詳細な研究があり、多くの作品を見ることができる。江戸時代のそういった傾向の中で、読本の『十四傾城腹之内（じゅうしけいせいはらのうち）』[23]は創作された。中国元代の滑伯仁の『十四経発揮』に関して元禄時代に解釈本『十四経絡発揮和解』[24]が著され、それをネタとして作られたものとされる。作者の芝全交（一七五〇～一七九三、本名は山本藤十郎、水戸藩大蔵流狂言師）の読本は、「発想の奇抜さとその付会の才とが随所に見出される[25]」と評されるが、趣旨は医とは関係ないところにある。画は北尾重政（一七三九～一八二〇）で黄表紙などの挿絵は八百種におよぶとされ、要をおさえた画になっている。今ここでは、庶民が身体を理解する一つの側面からの派生として、読本の内容に注目してみたい。『十四経絡発揮』は、医書の経絡および経穴に関する書の説明図で、鍼灸のための全身の六五七穴は、十四の経絡の上に配されている。これだけではなく、おそらくは先にあげた『和漢三才図会』などの知識も得ながら、経絡を傾城ともじり、遊女傾城の腹の内、つまりは読みにくい心のありようを、傾城の身体のなかを遊里の世界に見立てて物語風に展開させている。

冒頭の花魁の正面図絵は、「真向成嘘言吐図（まむきになってうそをつくず）」とあるように、花魁の本音はなかなかわからないので、その本音、腹の内を人の社会に見立てて赤裸々に解剖しようというものだ。

たとえばこの絵図は、一見すると遊里の番台だが、肝のことが書かれている。人の姿の上に、象徴的な臓器の形がついていて、臓器の擬人化をしている。臓器そのものというより、伝統的な五臓六腑の知識に根ざした形象化である。「肝の藏は、形青くして、木に象る」(「臓」は本文ひらがな。以下同様)。医学書によらずとも、古くは『和名類聚抄』三蔵府に、「白虎通に云う、肝は木之精也、色は青」とあり、五臓と五行の配当の知識は古くから相当普及してきていたのであろう。「肝の臓は心の臓の召使いにて、万事万端、腹の内のことは、みな、肝の臓の承りにて、腹の中の番頭なり。そこで、朝晩三度の食事の出入」など様々な食の出入を、「帳に付け、毎晩、体が寝ると、出入算用をするから、腹の内の手合は、みな、肝の臓が支配にて、たいてい忙しいことはなし」と肝は店の番台で帳簿をつけている。

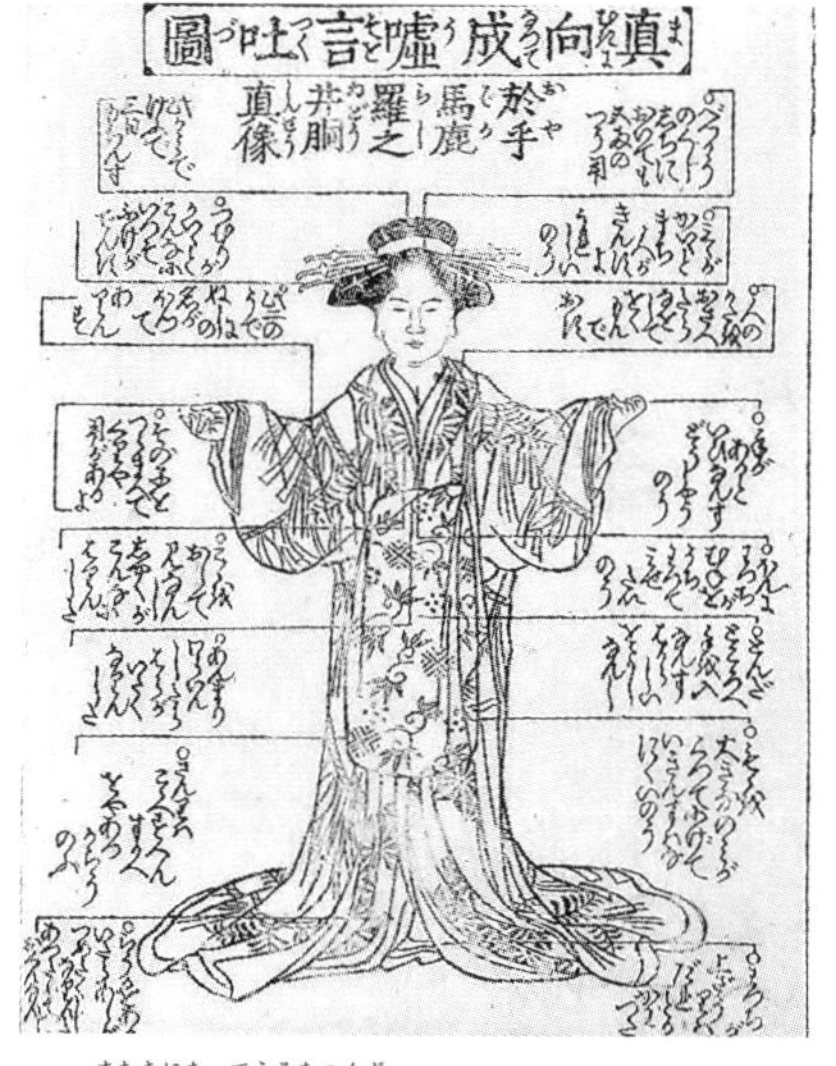

真向成嘘言吐図（まむきになってうそをつくず）『十四傾城腹之内』

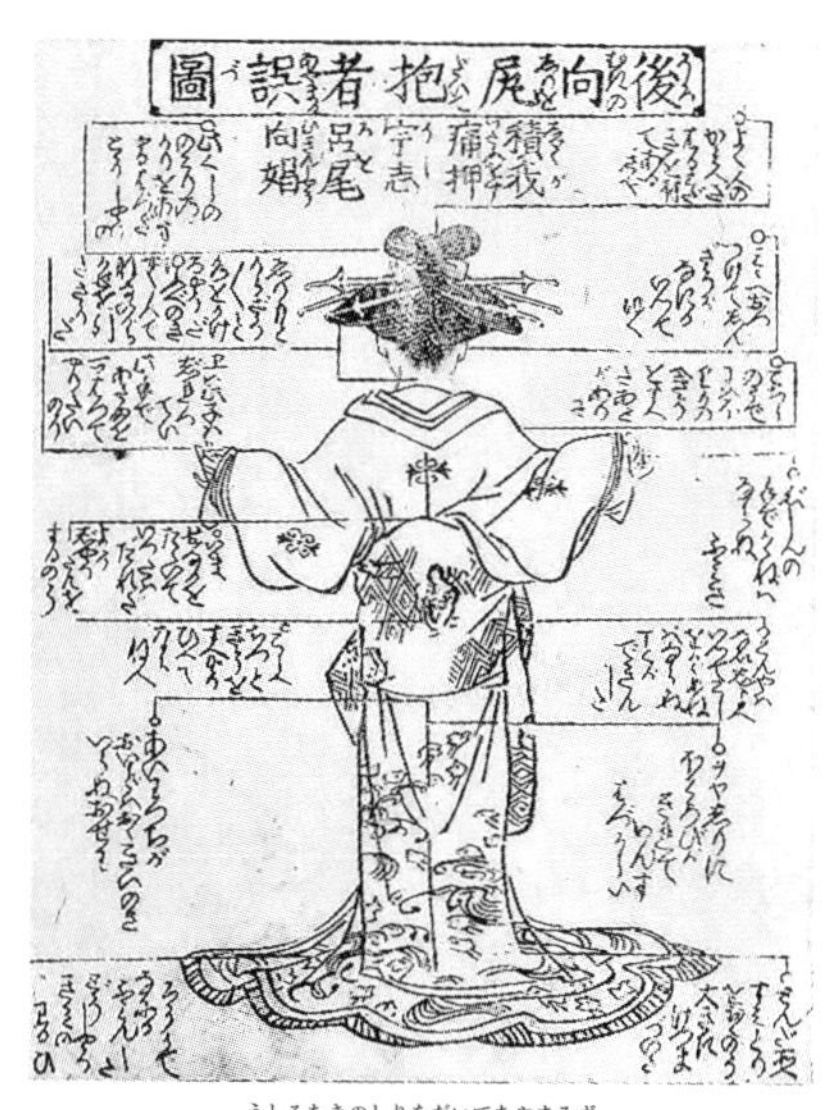

後向尻抱者誤図（うしろむきのしりをだいてあやまるず）

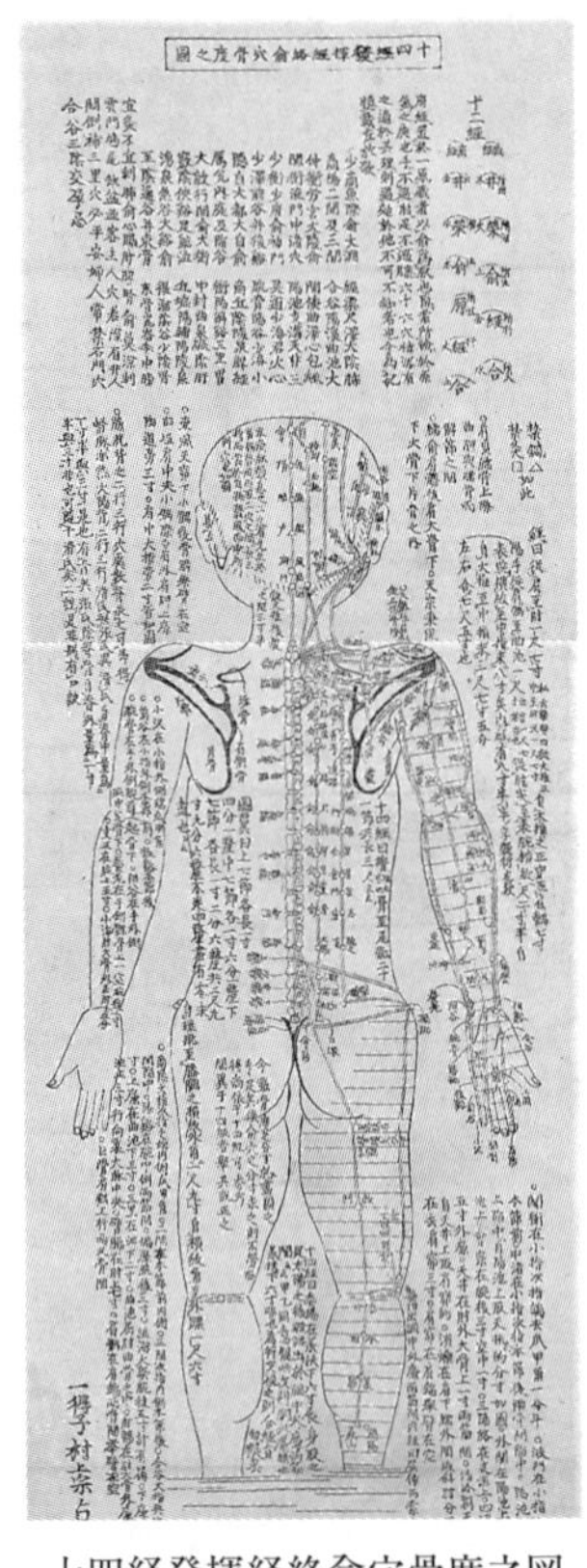

十四経発揮経絡兪穴骨度之図
国立国会図書館

その右に坐しているのが六腑のひとつ、胆（膽）で、「人の胆というものは、肝の臓に付いているものにて、肝の臓がお側去らずにいる」とあり、番頭にかわいがられている手代といったところであろう。図の左下は五臓の脾と六腑の胃が一体で「脾胃袋は延命小袋という気取りにて、何か金持ちの風をして、おとなしい身をしたがる」と描かれる。その左の、異体のものは、臓器ではなく、身体にひそんで悪さをするものを虫としてとらえている。それは、元をたどれば、中国の庚申信仰と、さらに実際に認識されていた寄生虫の存在などがあり、病気の要因を虫に見立てている。古くは晋の葛洪の『抱朴子』（内篇・巻六・微旨）[26]に「人の身中には三尸という虫がいる。三尸とは、形がなく、実は霊魂鬼神の類いである。この虫はその人を早く死なせたいと思っている。人が死ねば虫自体は幽霊となって思いのままに浮かれ歩き、死者を祭る供物を食べることができるからである。そこで庚申（かのえさる）の日になると、いつも天に昇って司命（人の命数を司る神）に申し上げ、その人の犯した過失を報告する」。そして他の篇では三尸の虫を駆除する薬のことが書かれている。日本でも早くに伝来し、独自の信仰へと拡大していったとされる。『医心方』二十六にも「去三尸方」[27]があり、江戸時代に習俗として変貌をとげたようである。

虫の居所が悪いなど虫言葉はよくあるが、「癪の虫は真黒にて、黒ん坊のようなり。腹の虫は真白にて、蚯蚓（みみず）のふやけたようなものにて、年中、くなりしゃなりと怠けていて、なんぞというと、よくかぶる（かじって腹痛を起こす）男なり」と表される。癪は国字で、病気の実態はよくわかっておらず、俗に女性に多くある胸部腹部の痙攣をともなう痛みで、「辛苦の積もりによって起こるものと解されていた」という(28)。

腎の臓を中心に描いた箇所では、臓器同士の対話、つまりは臓器間の働きや連鎖、伝達が表現されている。

「腎の臓は形黒くして、水なり」。

「それゆえ、水舟そのほか容物・小鉢、なんでも水の入りそうなものへ、やたらに水を吸込ませ、体の内へ潤いを付けている水屋なり」。立ち姿の男が腎の藏で、その後ろに満々と水をたたえた水瓶、水桶、水柄杓、水盥などが見えている。

「しかも、肝の藏とはじきに隣り合わせにて、別して(格別に)懇ろ、親類同然なり。ずいぶん、水を減さぬように、商売大切にしていれども、きつく心労・苦労でもあるときや、また、とんだことで気をもんだり、不養生なことがあると、算用のほかの水が減るなり。

あるとき、一夜の内に、腎の臓が所の水よほど減りけるゆえ、大きに驚き、肝の臓・脾胃袋を呼び、相談する」と体内に不調を来していく様が描かれる。

さてここで、傾城なので、心の臓は年末や年始に客を取らねばならない紋日(物日)の上に、客に解約される

右から胃と脾・癪の虫・腹の虫

右から胆・肝

「変更（へんがえ）」で、心のせわしなさ、心臓の激しい動悸により「杵（きね）や棒が胸より涌き出し、胸の内は八人搗（づき）をしけるゆえ、心の臓が上の方へぐっと吊し上がり、てんてこ舞いをぞ始めける」。心の形は花魁の格好で、八人前の鳴り物の八人搗の様で表し、ここがもっとも傾城を主体に選んだ意味の強調されるところとなっている。

そして展開するのは、鍼治療、丸薬の服薬によって、癪の虫、腹の虫がさんざんに退治されていくさまである。

腎は水が減って、顔色も衰えるなか、「今は腹の中にて、虚空に火がたかぶり、腹中を気負い廻り、五臓六腑を熱くさせて、喧嘩を仕掛け、やけのやん八という悪者となり、腹中が困り果てる」。体内バランスが乱れると、体に火がある、と中国では一般的に表現されるが、水の属性である腎の劣勢を意味することになる。ここではその火が「やけのやん八」と名乗る。やけは「焼け」・「自棄」で「やん八」は「勘八」などとも表記され、擬人化して強調したもので、腎に対して「口惜しくば、水を足して俺を消してみろ」といわせている。

あまりいろいろあって肝玉はつぶれて、肝が細くなったので、「いろいろ療治せしが、酒を飲み〳〵すれば、肝が

腎（右）は水が減ったことに驚く

（右から）胃脾・肝・胆玉と相談

太くなるものと聞いて、毎日徳利が店へ来て、居酒を飲みければだんだん胆が太くなり」とあり、その徳利もまた人に見立てられて、「花魁の腹の内に、飴色の徳利がありて、昼夜飲む酒が、これへ、みな、おさまり、腹の内の酒屋のようなものなり」とある。「喉にぐいぐい虫という虫があって、人の酒を飲むを見ては、ぐいぐいとして飲みたがる」。「ぐい」は「一」接頭語で一息、一気にということで、酒虫のように表し、「喉平（のどへい）」という名前もつけている。つぶれていた肝が、酒の力を借りて、から元気になるという絡繰りを滑稽に描いている。

肺は、「肺の臓は色白くして、金（かね）に象る」とあり、これも五行解釈を踏襲している。しかしその後、肺は「腹の内での芸者也」と肺を芸者に見立て、発声すべてをしきる器官と理解している。位置づけとしては、心の臓を守るためにいて、しかも心の臓に使われてばかりで、家の真ん中に陣取っている。「肺の臓の商売は、万事、声を発する役にて、浄瑠璃でも、長唄でも、お茶っぴい（お茶目）でも、おしゃべりでも、みんなこの肺の臓から出すことなれば、これは腹の内での芸者也」。痰や咳は、肺の係だが、その原因は、腎の水が減ったり、花魁の不養生、医者が食うなといった食べ物をたべたためだと展開する。

脾臓「これは黄色にして、土なり。すなわち、脾胃袋のことなり。」「脾はいっさいの食物をこなす役、胃は食を受取る役にて、朝晩の食い物を、みんなここへ入れてこなすから、腹の内の旨い物屋なり」と理解している。そして腎の水が減って以来、花魁は、それを補おうと、鰻と卵を毎日た

心の八人搗、手前は肝の臓

べて、腎は快復したものの、そのせいでかえって脾胃袋が痛んでしまい、それを心の臓が心配していう。「腎虚が直ったら、又脾胃虚」とあり、虚の状態の理解が見え、経穴の命門を腹の中の大門口つまり吉原の正面口に似たもの、といった理解の思い違いがあったりすることはすでに指摘があるが、経穴と、臓器と五臓六腑のとらえ方に混乱があったようである。

その後、お灸によって肝の臓の癪の虫もおさまる。上手な医者にかかって腹の中で「滝の水の落ちるがごとく」病の瘡（かさ）も、痰も下っていく。そして最後は、脾胃袋を「息災延命袋」とし、袋に掛けて、花魁の堪忍袋、嫁ぎ先では「お袋さまと崇められ」「金袋」をもち「福袋」を子供に贈る身分になる。傾城の体の内であれば、心の表裏が作用しあって身体で起こる様々な状況を想定でき、豊かな見立につながっている。

『解体新書』の翻訳刊行が一七七四年でこの書の十九年前となる。その影響も指摘されているが、理解の度合いは伝統的な医学と因習とが様々に混じり合っていることが表れており、それは『房事養生鑑』にも通じている。

この頃は未だ知られていない生活習慣病や体調不良や

腎は弱り、火が勢いづく

ぐいぐい虫は酒を飲みたがり、
胆玉は徳利から酒を貰って飲む

病気の要因を、傾城の日常の腹の中に見立てて描くという発想によって、女性を含めた多くの庶民への関心を促したことであろう。

＊　＊　＊

人のからだの表記は様々で、その中でも、「人体」と「身体」は異なる。「人体」は、筋組織とか神経組織などが組み合わさってできる各種の器官によって構成され解剖学用語が多用される。「身体」は『倭名類聚抄』（九三七年）においてすでに中国からはいってきた言葉として使用が説明されて用いられ、そのとらえ方は、生理的物理的心的な意味をもつものとして多様性を帯びる。『人体観の歴史』[29]では、「〈からだ〉に関する日本語の多様な表現には、表現をする主体と表現する客体である〈からだ〉との関わりがすでに含意されている」とし、「〈人体〉には、科学の対象として客観的に取り扱うという意味が忍び込んでいる。解剖を許されるのは、あくまでも客観的に扱われる〈人体〉である。〈身体〉は、個人という存在と結びつけられていて、解剖をされてはならないのである」と区別している。また、市川浩は身体という呼称は精神と二分法に分けた拘束された考え方であるとし、そこから脱して「個人的かつ社会的な人格的主体」をふくんだ古来より用いられている「身」という言い方に焦点をあて、身体のダイナミックスを表すもっとも相応しい表現とした[30]。

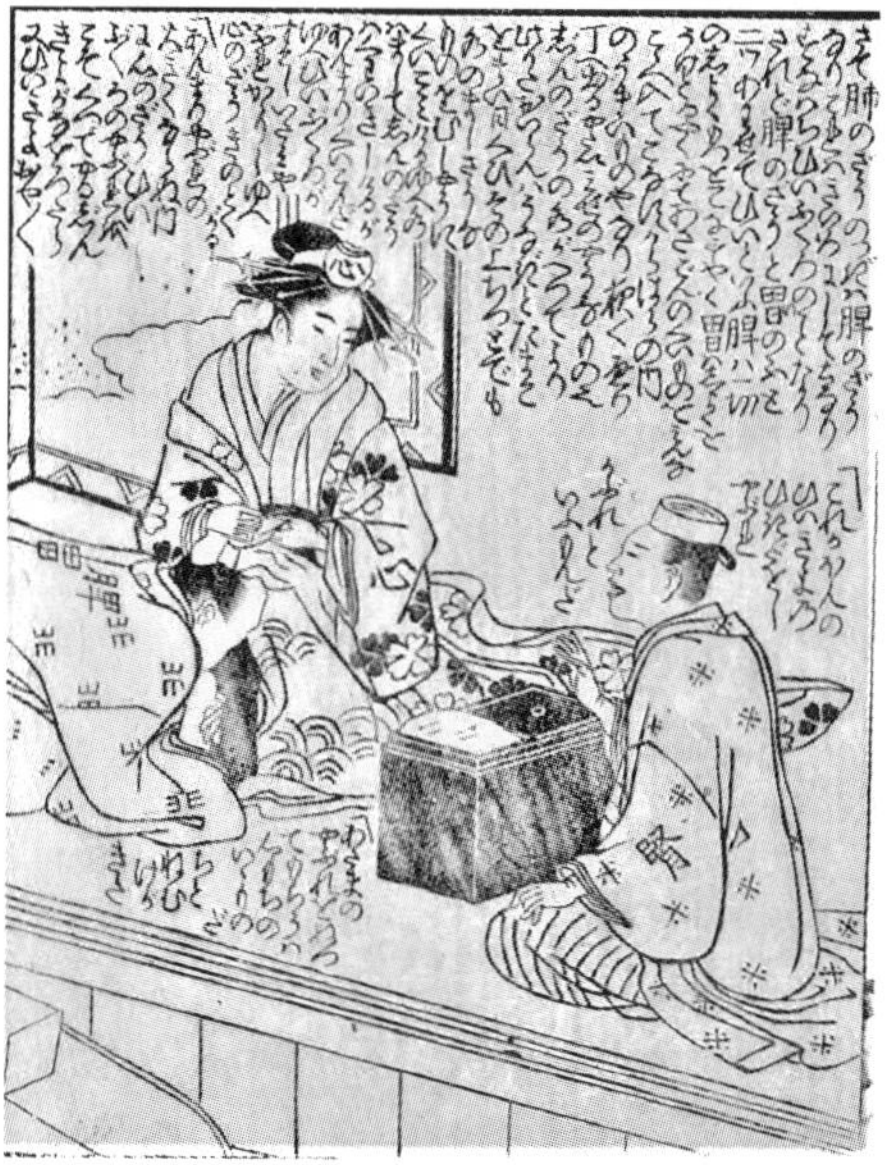

近世までに積み重ねられた心身への意識、医術、養生は、複合的に反応しあって、見立の文化と融合することによ

腎は快復したが、脾は却って弱り、
心の臓が心配して介抱する

り、一番身近なそのものであるのに最も解らない心身を、様々な角度でとらえようとしてきたことがわかった。日本の身体理解は中国からの知識に基づいているが、それがより身近なものに置き換わり、さらにはユーモアさえも加わって展開してきた。身体観には、民族や地域の多様な習俗、解釈も反映している。それは生と死を分ける疾病との戦いと葛藤の歴史そのものでもあったのだ。

注

(1)『宋版　新雕孫真人千金方』巻第二十八「養性序第一」影印版　『東洋医学善本叢書』第十二冊　オリエント出版社　一九八九年五月
(2)宮下三郎「日本へきた孫思邈」『東洋医学善本叢書』第十二冊　オリエント出版社　一九八九年五月
(3)奈須恒徳『本朝医談』一八二二（文政五）年　伊勢屋忠右衛門出版　『近世漢方医学書集成』四十　大塚敬節・矢数道明編　名著出版　一九八一年八月
(4)貝原益軒『養生訓・和俗童子訓』石川謙校訂　岩波書店　二〇一二年六月
(5)貝原益軒『養生訓』伊藤友信訳　講談社　二〇一二年二月
(6)中野操『錦絵医学民俗志』金原出版　一九八〇年七月
(7)富士川游『日本疾病史』東洋文庫　平凡社　一九九四年十月
(8)『故事俗信ことわざ大辞典』北村孝一監修　小学館　二〇一二年二月
(9)式亭三馬「麻疹戯言」『古典叢書　式亭三馬集』第二巻　本邦書籍　一九八九年十一月
(10)『続日本紀』一　『新日本古典文学大系』十二　青木和夫・稲岡耕二・笹山晴生・白藤禮幸校注　岩波書店　一九八九年三月
(11)『政事要略』巻二十九「年中行事十二月下」明法（みょうぼう）博士令宗（よしむね）・惟宗（これむね）・允亮（まさすけ）編著　一〇〇二年頃成立　内閣文庫
(12)『周禮注疏』（漢）鄭玄注、（唐）賈公彦疏　趙伯雄整理　王文錦審定　『儀禮注疏（十三経注疏）』北京大学出版社　二〇〇〇年十二月

（13）岐阜県内藤記念くすり博物館蔵（50×37㎝）のものも、外袋はないが、同じ画面である。東京国立博物館所蔵の類似作（43.2×32.5㎝）があり、歌川芳綱の作とされる。出版年も出版地も記されていないが、歌川芳綱（生没年未詳）は国芳の門人で、江戸嘉永から慶応年間（一八四八～一八六八）を作画期とし「田辺氏、俗称清太郎、一登斎・一度斎の号あり、下槇町に住す、武者絵をよくせり」（井上和雄編『浮世絵師伝』渡辺版画店　一九三一年）などのことから、江戸後期の作品と推定されている。

白杉悦雄「江戸の体内想像図――『飲食養生鑑』と『房事養生鑑』」（解剖学雑誌八十一　日本解剖学会編　二〇〇六年三月）もこの図絵の存在を論じ、中国伝統医学の臓腑説と貝原益軒『養生訓』の知識および「人の身体を小天地とみる身体観に基づく」見立であるとしている。

（14）宗田一『図説・日本医療文化史』思文閣出版　一九八九年二月

（15）前掲書（5）該当箇所原文「臍下三寸を丹田と云。腎間の動気ここにあり。難経に、臍下腎間ノ動気者人之生命也。十二経の根本也といへり。是人身命根本のある所也。養気の術つねに腰を正しくすゑ、真気を丹田におさめあつめ、呼吸をしづめてあらくせず、事にあたつては、胸中より微気をしばしば口に吐き出して、胸中に気をあつむべし。如此すれば気のぼらず、むねさはがずして身に力あり。（略）芸術家をつとめ、武人の槍太刀をつかひ、敵と戦ふにも、皆此法を主とすべし。是事をつとめ、気を養ふに益ある術なり」。

（16）内山孝一「明治前日本生理学史」『明治前日本医学史』第二巻　日本学術振興会　一九五五年四月

（17）『加賀の千代』中原辰哉（清秀）　文学同志会　一九〇二年五月　千代女は加賀松任（現石川県白山市）で元禄十五年に生を受ける。この句は「初桜」を詠んだ句の一つ。

（18）『摂津名所図会』秋里籬島著・竹原春朝斎ほか画　初版は一七九六（寛政八）年・一七九八（寛政十）年　九巻十二冊　異本多数とされる。『摂津名所図会』上巻　原田幹校訂　『大日本名所図会』第一輯第五編　一九一六（大正八）年二月

（19）田野辺富蔵『医者見立て英泉《枕文庫》』河出書房新社　一九九六年七月　この中には、『医心方』の影響があり、神仙道不老長寿法を混入させていると田野辺は述べているが、医心方はこの時期まだ秘蔵されている。

（20）林羅山『羅山文集』（五十六雑）『蔫録』『煙草記』　京都史蹟会　ペリカン社　一九七九年九月

(21) 寺島良安『和漢三才図会』島田勇雄・竹島淳夫・樋口元巳訳注　平凡社　東洋文庫　一九九九年一月
原本表記は『倭漢三才圖會』一〇五巻首一巻尾一巻　一八二四（文政七）年　出版人：須原屋茂兵衛（江都）、秋田屋太右衛門（大坂）
(22) 中野三敏『戯作研究』中央公論社　一九八一年二月
(23) 図版は『十四傾城腹之内』芝全交作、北尾重政画　鶴屋吉右衛門　一七九三（寛政五）年刊行　国立国会図書館蔵
図版は『十四経発揮』第三巻　一七一六（享保元）年に須原屋平助刊行　国立国会図書館蔵
『十四経絡発揮和解』岡本為竹（一抱）小佐治半右衛門宗貞刊行　一六九三（元禄六）年　国立国会図書館蔵
(24) 元・滑伯仁『十四経発揮鈔』谷村玄仙注　一六五九（万治二）年出版　国立国会図書館蔵
(25)『江戸の戯作絵本』（四）小池正胤、宇田敏彦、中山右尚、棚橋正博編　社会思想社　一九八三年三月
(26) 晋・葛洪『抱朴子』（内篇・巻六・微旨）本田済訳注　東洋文庫　平凡社　一九九〇年一月
(27) 丹波康頼『医心方』二十六　土肥慶蔵ほか校定　日本医学叢書活字本　オリエント出版　一九九一年一月
(28)「癪」日本国語大辞典の語誌に「癇」は子供に起こり、体内の虫が起こすと信じられており、二つあわせた「癇癪」は、「もっぱら気に障って腹をたてることをいう」と説明される。
(29) 坂井建雄『人体観の歴史』岩波書店　二〇〇八年九月　参照：香西豊子『流通する「人体」―献体・献血・臓器提供の歴史』勁草書房　二〇〇七年七月
(30) 市川浩『身の構造』講談社学術文庫　一九九三年四月

錦絵　宗田文庫図版データベース　国際日本文化研究センター蔵
『麻疹禁忌』歌川芳藤（号は一鵬斎）作　江戸　相卜　一八六二（文久二）年
『麦殿大明神』歌川芳盛（よしもり）（号は一光斎）作　江戸・太田屋多吉出版　一八六二（文久二）年
『はしかまじないおしえ寶』歌川芳艶（よしてる）（号は一英斎）作　江戸正文堂
『はしか養生草』歌川芳幾（よしいく）（号は一蕙斎）作　近江屋久助出版　一八六二（文久二）年

『飲食養生鑑』（52.7×38.5㎝）出版地・出版社不明　外袋付き：版元　堀江・唐伊　なお、原本「鑒」は、本文中では「鑑」で統一した。

『房事養生鑑』（51.7×38.2㎝）出版地・出版社不明　外袋付き：飯尾恕一著　塞翁舎馬磨画　黙磨堂

附　録

本書では、異文化受容と変容に関わる多様な文化のありようを探求する鍵として見立という観点を選んだ。それは特殊性を特に取り上げたり、起源を主張したり、影響をクローズアップするためではない。簡単そうに何気なくある一つの現象、一つの表象は、実は複雑で多様性に充ちている。そこには、智慧や蘊蓄が組み合わされた記憶の回路をつなぐように、各時代の文化の歴史が顔をだす。つまり見立の展開には文化の熟成がベースとしてある。最後に、主に日本における見立に関する研究の蓄積にふれておきたい。

建築家の磯崎新には、見立の三部作ともいえる著作がある。その一つ『見立の手法—日本的空間の読解』(鹿島出版会一九九〇年)で日本的な表現を論じる中で、それが最も表れるものとして選んだのは庭である。庭の表現方法は見立であり、そこを端緒として考えてみると、日本文化全域に広がる手がかりがあるとしている。建築家内田繁もまた共通の着想を得て、分解でき折り畳める認識的な茶室「受庵」「想庵」「行庵」を創り、「方法の記憶」という主題で世に問うた。(『インテリアと日本人』晶文社二〇〇一年)欧米建築を専門とする建築家がどちらも見立に強い関心を持ち、インスピレーションの源泉としているのは偶然ではあるまい。

文化論を展開する松岡正剛は、日本の芸能の「翁」を「神を擬した芸能」と考察しつつ、「モドキには先行する類型や原型がある。先行しているのは何かの『もと』である。何かの『おおもと』だ。それがなければモドキは生まれない」、「日本人は『もと(ルーツ)』をあらわすにあたっては、『もと』を擬(もど)くという方法を編み出したのである」と解す。特に折口信夫がそれを「日本という方法」として積み重ねていったと見る。（『擬　ＭＯＤＯＫＩ　「世」あるいは別様の可能性』春秋社二〇一七年）多田道太郎は、『しぐさの日本文化』（筑摩書房一九七四年）の中で「見たて」を論じ、見立は人間生活の俗の中に、聖なるものを取り込もうとするときの通路を設けるさいの遊びとして成立したと見る。

中世における文芸と絵画との関係の研究として、片野達郎は『日本文芸と絵画の相関性の研究』（笠間書院一九七五年）で、和歌の豊富な装飾的自然描写の表現は、絵画から着想を得て、「花を雪と、浪を花と、篝火を星と、鶴を雪と、卯の花を雪と見立てる」という表現を生み、さらに独立して展開するようになったとする。根来司「枕草子の文体—『見立て』と『をかし』—」（『国語と国文学』五十一・一九七四年）では、巧みに見立が行われたときに生ずる感動が、作者の美意識の表現とされる「をかし」であるとし、ただ、見立ての発想を楽しむ要因は何かは未決であるもののそこには、才気、狂気、ユーモア、そして創造意欲とエネルギーが不可欠だとし、「本質的な精神は、現代の創造に示唆を与えるところがある」と結んでいる。

一方、小島憲之は『上代日本文学と中国文学』（塙書房一九六二年）で、文学の世界における見立の手法は、万葉集の時代から存在し、漢籍によって触発されることが多く、古今集によって発達したことをあげている。つまり見立の手法は、漢籍と関係が深いことを認めている。さらにこの系列の見立は比喩に近いことも言及している。

見立は近世文学の特徴の一つでもある。中野三敏は『江戸名物評判記案内』（岩波新書一九九三年）で、役者評判記に擬して作られた戯作「擬評判記」「見立評判記」の類で、「稗史、名物、能楽、小銭、遊女、相撲」など様々なものが対象となったことを詳述している。中村幸彦は見立絵本や見立評判記が多数出版される状況を示し分析する。近世における文学の構図として、二つのものを並べて似ているか似ていないかを考え見分けて鑑賞することが、江戸人の嗜好にかなっていたからだと述べている。（「構成の特色」『近世的表現』中村幸彦著作集第二巻中央公論社一九八二年）

近世浮世絵に関して、諏訪春雄は『視覚革命　浮世絵』（勉誠出版二〇〇三年）において、術語としての見立を、「芸能」という日本独特な概念用語と同じく、「類似のことばを包括した拡がりと、浮世絵の本質をあらわした的確な意味と用法」を持った言葉であると位置づけている。そこでは浮世絵における見立は「えがきたい対象とそれを規制して枠組みをあたえる規範の関係」であり、広義には「伝統の再生・利用」とも言えるとする。そして見立の機能の型を古典や伝統、当世の風俗、それら複数の事柄を掛け合わせるもの、部分的に典型的な規範を取り込んだものなど四つに分類して、見立の多彩な用法と意味を示している。

歌舞伎の見立について、服部幸雄は『変化論　歌舞伎の精神史』（平凡社一九七五年）で、見立は「普遍的な知識に関する連想の働きを刺激し、揺り動かしながら、まったく別な新しい世界を現出して見せる知的な遊び」であり、「その精神は、即興性と意外性を格別に尊ぶもの」であり、「江戸時代の庶民文化の中核をなした『風流』『趣向』の『かぶく』こころと合致する」とした。さらにその構造については次のように述べている。

眼前にある「見立て」の形を通して、その奥に「見立てられた」ものの形が二重写しのようになってほの見えることになる。その構造は、いわば二重構造なのであるけれども、バックにある「見立てられたもの」が強烈に印象に残るようでは成功したといえない。つまり、基本的なところでは、しっかりと共通の因子を押さえながら、発想はできるだけ奇抜に、思い切った飛躍をすることが重要な点である。

服部は誹諧の影響にかぎらず、江戸人にはそれ以前に江戸文化に共通する「戯作ごころ」があったとする。さらには、『古事記』の「天の御柱（みはしら）を見立て、八尋殿（ヤイロトノ）を見立て」の折口信夫の解釈を引き、「古代日本人の思考形態・思惟形式の一つのパターンを表わすもの」との考えを提示する。その上で、古代人は近代人の仮想を超越した観念の実在があり、「見立てるものと見立てられるものとの関係が、単純な象徴もしくは比喩の関係を超えて、二つのものを同時に、一つのものとして、重ね焼きの構造において見ることを可能にしたのだ」と分析している。

見立そのものの示す意味範疇についての考察は多くあり、中でも国文学研究資料館編『図説「見立」と「やつし」：日本文化の表現技法』（八木書店二〇〇八年）では、日本文化にとっての重要な発想方法、あるいは表現方法としての見立とやつしの異なる歴史的背景をはっきりさせそれぞれの位置づけを示そうとしている。そこでは、「見立」は

「あるものを別のものになぞらえること」、「やつし」は「昔の権威あるものを現代風に卑近にして表すこと」（山下則子）と定義して、とくに近世文芸に対して各研究者が、それぞれ浮世絵、俳諧、歌舞伎、庭園、なぞなぞ絵本、戯作に関して論じている。新藤茂は浮世絵に関して「『見立』と『やつし』の定義」で、「『やつし』は人間同士しか結び付かない」「『見立』は自由に連想して何を結び付けてもよい」とし、「『やつし』と『見立』をとり違えて混同することはできない」とする。そこでは見立とやつしいずれも主体と客体の当座の意味と関係性が軸になっている。一方、加藤定彦は「やつしと庭園文化」において、日本の立花、庭園および花道は「やつし」の語で説明され、「軽薄短小化」する俳諧の影響に言及している。さらに「やつしと俳諧」で、「〈ヤツシの美〉は〈貴種流離譚〉を淵源とする伝統的心性に基づくものであり、〈方法としてのヤツシ〉、はダテやシャレとともに〈風流〉精神の発露で、和漢の古典文化を近世化することの謂いであった」とする。そこには中国の風流に関する概念の浸透が念頭におかれている。「『見立』と『やつし』〈試論〉」（高橋則子）では、それぞれの使われ方を歴史的にたどってその背景の異なる変遷を詳述している。その中でやつしは「『略す』『行儀をくずす』ということの一部である、中国もしくは大陸的なものを、日本的なものに変化させるという意味では、日本は古来から外来文化を「やつし」てきたのであり、「やつし」は日本文化の根源に関わる方法とさえ言える」とし、「『見立』『やつし』の表現方法は、江戸時代に突然表れたものではなく、それぞれ前代からの文学・芸能上の表現方法の流れを汲みながら、近世的変容を遂げたものと考えられる」と論じている。

こういった複雑に見える諸相に共通しているのは、根底に異文化受容という文化の流れが存在していることである。日本の異文化受容のとらえかたについて、小坂井敏晶は、日本は無限に受け入れるのでもなく、並列的に共存していくのでもなく、「異物は日本文化に受容される際に大きく変容を受けるからこそ、日本文化自体には急激な変化をおよぼさないのである。受容に際してこうむる変容のおかげで、異物がいわば解毒あるいは中和され、〈土着〉との親和性が高まるゆえに正面対決が回避され、日本文化への統合が無理なく行われる」（『異文化受容のパラドックス』朝日選書一九九六年）とする。このそれまでとは異なる文化受容のとらえかたは、見立の変化を考える上での示唆を与えてくれる。見立の多様な変化は文化変容の過程における必然ともいえる。

中国において見立の文化を最先端で創りだしていく文人はしばしば風流才子と呼ばれると同時に世の中からはみ出し、また隠逸志向をもっている。風流の意味あいもまた、原初の伝統の遺風の意味から多様に変化し超俗洒脱なありようをさすようになる。岡崎義恵は早くに日中の風流について考察をおこない、中国の風流の原義と転義をたどった上で、「その根本的異議は優れたる精神文化的価値の存する有様ということである」（「風流の思想」『日本芸術思潮』第二巻岩波書店一九四八年）とし、その示す内容は政教、倫理、美的価値におよび、範囲は民俗全体、個人、自然物、芸術品など多岐にわたって一見違いが甚だしいと見えるものの、「よく見ると根本義は一つである」と述べる。それを日本が受容して変容表出する美的特徴は、一つには具象性、直感性、二つには超脱的、三つには快感性であるとする。そこには多様な展開が存在している。中国の文献についてては各章の中でとりあげたのでここでは改めてふれない。

以上、蓄積されてきた見立についてたどってみた。とはいえここに挙げたのはごく一部にすぎない。それでも見立の観点の用い方及びそこに托される意味は、領域や時代や担い手によって変容し広がりをもっていくことは確かである。文化の諸相における異文化受容と変容のありようを見立を軸に考察をしていく本著の構想は、これら先人のそれぞれの分野での研究成果に触発されたことに因るところが大きい。それも含めて積み重ねられてきた智慧の集積は、文化現象を考える上でなくてはならないものであることは言を待たない。

あとがき

文化の変容を見立の観点で中国と対比しながら深層を探ることを試みてきた。そこで見えてきたのは、常に文化を創造した人に対するリスペクトが厳然として存在していることである。しかも奇人とよばれるアウトサイダーな文人たちはこの文化創造にとって不即不離の関係にある。

奇人、痴人などといわれ常識を逸脱したこだわりをもった人、社会のはみ出し者である文人は、社会的には不遇で終わりながら時をこえて敬愛され愛読される。そういった人達の研ぎ澄まされたクリエイティブな事跡の肯定は模倣されさらにつぎの創造を生んでいき、海を越えて新たな時代の文化を創り出していく。見立を通して見えてくる一つの傾向である。

それゆえに見立の精神は、溢れんばかりの人々の知識欲や創造性で成り立っている。だからこそそれは牽強付会的な稚拙なものではない。異文化を否定しては生まれ得ないものである。異文化を「異」と明確に意識するからこそそこには積極的に理解し、抽象と捨象の選別をしながら自分の中に取り込んでいこうとする。見立を追っていくとその過程が鮮明に見えてくる。さらにそれは個から社会へのひろがりとしてとらえられる。

見立をめぐる旅は、豊饒な旅である。一人一人の奇人たちを読み解く中で、折にふれ、迷路のように入り組んだ蘇州園林の陰翳や柳絮が舞う北京の胡同を髣髴とする。それぞれの文化の路地裏の吹きだまりの随所に奇人の残した足跡を追って、埋没してみたい誘惑に駆られる。このテーマは完結しないテーマでもある。だがこの旅も一旦休止符を打つ時がきた。

本書は、これまで発表してきた論文をもとにしている部分と、書き下ろしの部分とからなる。本を成す過程で、新たな資料を加え、リライトを重ねてきた。

見立をきっかけに、日常の節々でふと心を留める機会が増え、そこにこめられた様々な人のイメージの記憶に思いを馳せて、新たな創造へと触発されたら幸いである。日常のあたりまえの中にあたりまえでないものがつまっていることに気がつくことができたら、周りは豊かに動きだすだろう。

二〇一九年十二月三十日

執筆にあたり、貴重な図版写真の掲載をご許可いただいた各美術館、博物館、資料館、図書館の皆様に深く感謝申しあげます。最後に、研文出版の山本實社長、出版までこぎつけてくださりありがとうございました。

有澤　晶子（ありさわ　あきこ）
東洋大学文学部教授
1989　中国藝術研究院・修士
2004　博士（日本語日本文学）
主著　『中国伝統演劇様式の研究』（研文出版），
『比較文学――比較を生きた時代　日本・
中国』（研文出版）

見立の文化表象
中国・日本――比較の観点

2020年11月10日初版第1刷印刷
2020年11月20日初版第1刷発行

定価［本体2400円＋税］

著　者　有澤晶子
発行者　山本　實
発行所　研文出版（山本書店出版部）
東京都千代田区神田神保町2－7
〒101-0051　TEL(03)3261-9337
FAX(03)3261-6276

印刷・製本　富士リプロ

ISBN978-4-87636-458-9　C1090